HEYNE BÜCHER

SCIENCE FICTION

Herausgegeben
von Wolfgang Jeschke

Aus der Serie »Die Abenteuer des Raumschiffs ›Enterprise‹«
in der Reihe HEYNE SCIENCE FICTION & FANTASY
sind bereits erschienen:

Vonda N. McIntyre, Star Trek II: Der Zorn des Khan · 06/3971
Vonda N. McIntyre, Der Entropie-Effekt · 06/3988
Robert E. Vardeman, Das Klingonen-Gambit · 06/4035
Lee Correy, Hort des Lebens · 06/4083
Vonda N. McIntyre, Star Trek III: Auf der Suche nach Mr. Spock · 06/4181
S. M. Murdock, Das Netz der Romulaner · 06/4209
Sonni Cooper, Schwarzes Feuer · 06/4270
Robert E. Vardeman, Meuterei auf der Enterprise · 06/4285
Howard Weinstein, Die Macht der Krone · 06/4342
Sondra Marshak & Myrna Culbreath, Das Prometheus-Projekt · 06/4379
Sondra Marshak & Myrna Culbreath, Tödliches Dreieck · 06/4411
A. C. Crispin, Sohn der Vergangenheit · 06/4431
Diane Duane, Der verwundete Himmel · 06/4458
David Dvorkin, Die Trellisane-Konfrontation · 06/4474
Vonda N. McIntyre, Star Trek IV: Zurück in die Gegenwart · 06/4486
Greg Bear, Corona · 06/4499
John M. Ford, Der letzte Schachzug · 06/4528
Diane Duane, Der Feind — mein Verbündeter · 06/4535
Melinda Snodgrass, Die Tränen der Sänger · 06/4551
Jean Lorrah, Mord an der Vulkan Akademie · 06/4568
Janet Kagan, Uhuras Lied · 06/4605
Laurence Yep, Herr der Schatten · 06/4627
Barbara Hambly, Ishmael · 06/4662
J. M. Dillard, Star Trek V: Am Rande des Universums · 06/4682
Della van Hise, Zeit zu töten · 06/4698
Margaret Wander Bonanno, Geiseln für den Frieden · 06/4724
Majliss Larson, Das Faustpfand der Klingonen · 06/4741
J. M. Dillard, Bewußtseinsschatten · 06/4762
Brad Ferguson, Krise auf Centaurus · 06/4776
Diane Carey, Das Schlachtschiff · 06/4804
J. M. Dillard, Dämonen · 06/4819
Diane Duane, Spocks Welt · 06/4830
Diane Carey, Der Verräter · 06/4848
Gene DeWeese, Zwischen den Fronten · 06/4862
J. M. Dillard, Die verlorenen Jahre · 06/4869
Howard Weinstein, Akkalla · 06/4879
Carmen Carter, McCoys Träume · 06/4898
Diane Duane & Peter Norwood, Die Romulaner · 06/4907
John M. Ford, Was kostet dieser Planet? · 06/4922
J. M. Dillard, Blutdurst · 06/4929
Gene Roddenberry, Star Trek (I): Der Film · 06/4942
J. M. Dillard, Star Trek VI: Das unentdeckte Land · 06/4943

Ein Verzeichnis weiterer Bände dieser Serie finden Sie am Schluß des Bandes

VONDA N. McINTYRE

STAR TREK IV – ZURÜCK IN DIE GEGENWART

Science Fiction Roman
zum gleichnamigen Film
nach dem Drehbuch
von Steve Meerson, Peter Krikes,
Harve Bennett und Nicholas Meyer
mit farbigen Abbildungen aus dem Film

Einmalige Sonderausgabe

WILHELM HEYNE VERLAG
MÜNCHEN

HEYNE SCIENCE FICTION & FANTASY
Band 06/5225

Titel der amerikanischen Originalausgabe
STAR TREK IV — THE VOYAGE HOME
Deutsche Übersetzung von Hans Maeter
Titelbild und Innenfotos: UIP Filmverleih, Frankfurt

Dieses Buch erschien ursprünglich
als Heyne Taschenbuch Nummer
06/4486

Redaktion: Rainer Michael Rahn

Printed in Germany 1994
Umschlaggestaltung: Atelier Ingrid Schütz, München
Bildteildruck: RMO, München
Gesamtherstellung: Ebner Ulm

ISBN 3-453-07437-8

PROLOG

Der Reisende sang.

Inmitten seiner Vielgestaltigkeit und seiner empfindsamen, unvorstellbar langen Erinnerung sang er. In der absoluten Kälte des tiefen Raumes begann der Gesang bei einem Extrem, drehte sich in Kreisen superleitfähiger Kräfte und Geschwindigkeiten und entwikkelte sich weiter. Er kulminierte im Herzen des Reisenden, nach einer Zeit, die nicht mit Mikromaßen meßbar war, sondern nach den galaktischen Maßstäben der Entstehung von Planeten.

Der Reisende schickte jedes Lied in das Vakuum. Dafür erhielt er neue Lieder von anderen Wesen. So wob er ein Netz von Kommunikation durch die ganze Galaxis. Ungeachtet der Entfernungen verband er viele Spezies denkender Wesen miteinander.

Von Zeit zu Zeit entdeckte er eine neu entwickelte Intelligenz, um sie seinem feinen Gewebe hinzuzufügen. Bei diesen seltenen Gelegenheiten jubelte er.

Bei noch selteneren Gelegenheiten trauerte er.

Der Reisende folgte einer weiten Kurve, die vom Rand der Galaxis spiralförmig zu dessen Zentrum verlief, und dann, auf einer gleichen Spiralkurve, wieder auswärts. Er reiste durch Äonen, umspann seine Route mit der Musik von Intelligenzen.

Der Klang dieser Lieder gab ihm ein Glücksgefühl, das seine einzige Verwundbarkeit darstellte. Er war immun gegenüber der Strahlung explodierender Sterne. Er konnte sich vor jeder Beschädigung durch bloße Materie schützen. Doch wenn irgendeiner seiner Kommunikationsfäden riß, wurde er von Trauer und Schmerz überwältigt.

Als das Lied eines dieser anderen sich von Glück und

Entdeckerfreude zu Trauer und Verwirrung, Schmerz und Furcht veränderte, lauschte der Reisende darauf, traf dann eine Entscheidung und sammelte die ungeheure Energie, die er brauchte, um seinen Kurs zu ändern.

Der Reisende sang Ermunterung und nahm Richtung auf die andere Seite der Galaxis, auf einen kleinen, blauen Planeten, der um eine recht gewöhnliche, gelbe Sonne kreiste.

Admiral James T. Kirk schritt in einer gewölbten Steinkammer auf und ab, ohne auch nur einen Blick auf das atemberaubende Panorama zu werfen, das eine ganze Wand ausfüllte. Draußen flammte die rote Sonne Vulkans, doch in dieser Studenten-Klause blieb es kühl, da sie von dem Berg geschützt wurde, in den sie geschlagen worden war.

»Beruhige dich, Jim«, sagte Leonard McCoy. »Du wirst T'Lar nicht früher zu sehen kriegen, wenn du auf der Stelle läufst. Du machst mich müde.«

»Es ist mir egal, ob ich T'Lar treffe oder nicht«, antwortete Jim. »Aber sie halten Spock seit drei Tagen praktisch vom Verkehr mit der Außenwelt abgeschnitten. Ich will mich versichern, daß mit ihm alles in Ordnung ist, bevor wir diesen Planeten verlassen.«

»Ob das der Fall ist oder nicht – du wirst kaum etwas daran ändern können.« Der Arzt zwang sich zu einem matten Lächeln. »Und ich auch nicht, fürchte ich.«

»Nein«, sagte Jim sanft. »Du hast deinen Teil getan. Du hast ihm das Leben gerettet.« Jim machte sich um McCoy fast so viele Sorgen wie um Spock. Die Erschöpfung des Arztes gab ihm zu denken. Selbst ein flüchtiges Aufblitzen von McCoys geistreichem Humor, eine ironische Bemerkung hätte Jims Sorgen lindern können.

»Verlassen wir den Planeten?« fragte McCoy. »Hast du einen Befehl von Starfleet erhalten?«

»Nein. Aber wir müssen zur Erde zurückkehren. Zumindest ich muß es. Ich habe mich für mein Handeln zu verantworten. Für meinen Ungehorsam. Für den Verlust der *Enterprise.*«

»Du wirst dabei nicht allein sein«, sagte McCoy.

»Ich will nicht, daß irgend jemand versucht, um meinetwillen den Helden zu spielen!« sagte Jim. »Ich allein trage die Verantwortung.«

»Wer spricht denn von Verantwortung?« fragte McCoy. »Ich rede davon, von Vulkan herunterzukommen. Jim, diese verdammte Schwerkraft zerquetscht mich. Wenn ich noch länger hier leben muß, verwandele ich mich in eine Protoplasmapfütze.«

Jim lachte. »So gefällst du mir schon besser, Pille.«

»Kirk. McCoy.«

Eine junge Vulkanierin stand in der Tür.

Jim hörte auf zu lachen. »Ja? Bringen Sie Nachricht von Spock?«

»Ich bin T'Mei. Ich werde Sie zu T'Lar bringen.«

Sie wandte sich um. Ihre lange, dunkle Robe schleifte sanft über den Steinboden. Sie trug das tiefe Blau einer Studentin der Disziplin. Nur einmal, vor vielen Jahren, hatte Jim eine Vulkanierin gesehen, die so schön war wie sie, mit blondem Haar, blauen Augen und einer gold-grün getönten Haut.

»Ich werde hier warten, und du kannst mir später alles über T'Lar erzählen«, sagte McCoy.

T'Mei blickte zurück. »McCoy, Sie sind es, und nicht Kirk, den ich zu T'Lar bringen soll.«

»Was will sie denn von mir?«

»Ich bin ihre Studentin, nicht ihre Interpretin.«

»Mach schon, Pille«, sagte Jim. »Ich bin sicher, daß T'Lar deine Neugier befriedigen wird.«

»Ich habe so viel Befriedigung meiner Neugier gehabt, wie ich derzeit verkraften kann, aber dennoch vielen Dank.« Er stemmte sich aus dem Stuhl. Leise vor sich hinmurmelnd folgte er T'Mei den langen Korridor entlang. Jim begleitete ihn.

Die vulkanische Studentin führte sie zu der Tür eines Raumes und zog sich schweigend zurück. Jim und McCoy traten vor die Hochmeisterin der Disziplin.

T'Lar hatte die zeremoniellen Roben der *fal-tor-pan*-Riten abgelegt, doch weder ihre Persönlichkeit noch ihre Macht benötigten solche äußeren Zeichen ihres Ranges. Selbst in einer einfachen, grünen Robe, das weiße Haar streng zurückgekämmt, strahlte die alte Vulkanierin Würde und Autorität aus.

»Wir haben Spock untersucht«, sagte sie ohne jede Vorrede. Sie sprach zu McCoy. »Der Transfer seines *katra*, seines Geistes, ist vollendet.«

»Dann ist er also in Ordnung«, sagte Jim. »Er ist wieder gesund und kann...«

Als sie ihn anblickte, schwieg er. Sie wandte sich wieder McCoy zu.

»Aber Sie, McCoy, waren nicht richtig darauf vorbereitet, den Transfer zu empfangen. Ich habe festgestellt, daß er gewisse Elemente Ihrer Psyche zurückbehalten hat, und daß gewisse Elemente seiner Persönlichkeit und seines Geistes bei Ihnen verblieben sind.«

»Was!« rief McCoy entsetzt.

»Ich werde den Transfer zwischen Ihnen weiterführen, bis er abgeschlossen ist.« Sie erhob sich. »Bitte kommen Sie mit mir.«

McCoy zuckte zusammen.

»Was wollen Sie damit sagen?« empörte sich Jim. »Daß Pille noch einmal *fal-tor-pan* durchstehen muß? Was glauben Sie denn, wieviel er ertragen kann?«

»Dies hat nichts mit Ihnen zu tun, Kirk«, sagte T'Lar.

»Alles, was meine Offiziere betrifft, hat mit mir zu tun!«

»Warum müßt ihr Menschen euch immer in Dinge einmischen, die ihr nicht beeinflussen könnt?« sagte T'Lar. »Ich werde eine einfache Gehirnverschmelzung durchführen. Im Lauf der Zeit wird dieser Prozeß Spock und McCoy in die Lage versetzen, sich ganz voneinander zu trennen.«

»Im Lauf der Zeit?« sagte McCoy. »Wie lange ist ›im Lauf der Zeit‹?«

»Das können wir nicht wissen«, sagte T'Lar. »Die Wiedervereinigung des *katra* mit dem physischen Körper ist in historischer Zeit nie versucht worden, und selbst in der Legende wurde so ein Transfer nur von Vulkanier zu Vulkanier durchgeführt.«

»Was ist, wenn ich mich weigere, mich noch einer Gehirnverschmelzung zu unterziehen?«

»Dann werden Sie Spock zum Krüppel machen.«

»Und was ist mit McCoy?« fragte Jim.

»Ich halte es für wahrscheinlich, daß die Kraft von Spocks psychischer Energie wieder von McCoy Besitz ergreifen wird, wie damals, als er Spocks *katra* in sich aufnahm.«

McCoy verzog das Gesicht. »Ich habe wohl keine andere Wahl, nicht wahr?«

»Nein«, sagte T'Lar, »die haben Sie nicht.« Sie deutete auf eine durch einen Vorhang verdeckte Tür. »Der Behandlungsraum. Kommen Sie.«

McCoy zögerte. Jim trat an seine Seite.

»Kirk«, sagte T'Lar, »Sie werden hierbleiben.«

»Aber…«

»Sie können nicht helfen. Sie können nur stören.«

»Was sollte mich daran hindern, mitzukommen?«

»Ihr Interesse am Wohlergehen von Spock und McCoy.«

»Es ist schon gut, Jim«, sagte McCoy. T'Lar führte ihn in den Behandlungsraum. Sie verschwanden im Dunkel hinter dem Vorhang. Nichts außer einem Stück schweren Textilstoffes hielt ihn zurück.

Jim ging in dem Vorraum auf und ab, kochend vor Wut und Frustration.

McCoy folgte T'Lar in den Behandlungsraum.

Spock wartete, das Gesicht ausdruckslos. Er trug eine lange, vulkanische Robe, die so völlig anders war als die Uniform, in der McCoy ihn zu sehen gewohnt war. Sonst aber sah er aus wie immer, das schwarze Haar untadelig gekämmt, kurze Fransen in die Stirn gestrichen. Seine tiefliegenden, braunen Augen verrieten nichts.

»Spock?«

McCoy kannte den Vulkanier, der zur Hälfte menschlicher Abstammung war, seit langer Zeit. Doch Spock sprach weder zu ihm, noch nahm er von seiner Anwesenheit Notiz. Er hob nicht einmal eine seiner geschwungenen Brauen. Die menschliche Seite schien stärker unterdrückt zu sein, als dies seit vielen Jahren der Fall gewesen war.

T'Lar winkte McCoy heran. Weder Macht noch Leistung hatten sie dazu bringen können, sich in Geduld zu üben. Spock lag auf einer langen, flachen Granitplatte. Ihre kristalline Matrize glänzte in dem matten Licht. McCoy blieb vor einer identischen Granitplatte stehen und starrte sie mißbilligend an.

»Habt ihr hier eigentlich noch nichts von Federbetten gehört?« fragte er.

Weder T'Lar noch Spock antworteten ihm. McCoy setzte sich auf seine Platte und ließ sich auf den harten Stein zurücksinken.

T'Lar legte eine Hand an McCoys Schläfe und die andere an Spocks. Eine intensive Verbindung nahm von allen dreien Besitz. McCoy verzog das Gesicht und schloß die Augen.

»Löst euch voneinander«, flüsterte T'Lar mit heiserer Stimme. »Werdet wieder komplett...«

Jim wartete ungeduldig. Er war es gewohnt zu befehlen. Er war es gewohnt zu handeln. Er war es nicht gewohnt, tatenlos zu warten und seine Fragen nicht beantwortet zu bekommen.

Intellektuell verstand er, was T'Lar ihm gesagt hatte. Er und sie und vor allem Spock und McCoy waren in ein einmaliges Experiment verwickelt. Nur in der Legende hatte bisher ein sterbender Vulkanier sein *katra*, seinen Geist, aufgegeben und überlebt, um ihn wieder zurückzuholen. Spocks Tod und Regeneration in der Genesis-Welle war für die Vulkanier eine Herausforderung, der sie sich im Lauf ihrer Geschichte noch nie hatten stellen müssen.

Sowohl McCoy, der unwissentlich Spocks *katra* übernommen hatte, als auch Spock, der seine Erinnerungen und seine Persönlichkeit in sein körperliches Ich reintegrieren mußte, waren in extremer Gefahr gewesen.

»Jim?« Kirk zuckte zusammen und stand auf.

»Harry!«

Starfleet Commander Harry Morrow trat in den Vorraum. Die beiden Offiziere schüttelten einander die Hände. »Was tun Sie hier?« fragte Jim.

»Ich bin gekommen, um mit Ihnen zu reden. Ich möchte das, was geschehen ist, direkt von Ihnen erfahren, und nicht aus Berichten. Oder durch Klatsch.«

Jim lachte bitter. »Das ist eine lange Geschichte.«

»Sie werden sie dennoch erzählen müssen – mir, Starfleet und dem Rat der Föderation.«

»Ich weiß.«

»Wie bald können Sie Vulkan verlassen?«

»Das weiß ich nicht.«

»Jim, das war nicht als höfliche Frage gemeint. Sie haben bereits gegen so viele Befehle verstoßen, um sich für den Rest Ihres Lebens hinter Gitter zu bringen.«

»Mir blieb keine andere Wahl, Harry. Ich hatte Sie um Hilfe gebeten, und Sie haben sie mir verweigert. Sareks Bitte...«

»Sarek hätte den Dienstweg einhalten sollen.«

»Dazu war keine Zeit! Leonard McCoy stand unmittelbar davor, den Verstand zu verlieren, und Spock wäre gestorben.«

»Ich bin nicht hergekommen, um mit Ihnen zu argumentieren«, sagte Morrow. »Sie und Ihre Leute haben eine Menge Unheil angerichtet. Ich kann die gegen Sie erhobenen Beschuldigungen nicht einfach in Luft auflösen. So sehr mir daran gelegen wäre, diese Angelegenheit innerhalb von Starfleet zu regeln – sie hat leider zu weite Kreise gezogen. Der Rat der Föderation verlangt, daß Sie vor ihm erscheinen. Bis jetzt spricht man lediglich von einer Ermittlung. Wenn Sie sofort kommen, mag eine Erklärung ausreichend sein. Wenn nicht, wird man Sie vor Gericht stellen.«

»Unter welcher Anklage?« fragte Jim betroffen.

»Wegen Mordes an Commander Kruge, unter anderem.«

»Mord! Das ist doch lächerlich! Ich habe versucht, ihn von Genesis herunterzuholen, und er wollte mich in eine Grube glühender Lava zerren! Kruge ist in den Raum der Föderation eingedrungen, er hat ein Handelsschiff zerstört, er hat andere zur Spionage angestiftet, er hat die *Grissom* zerstört, mit allen, die sich an Bord befanden. Er hat David Marcus getötet...« Jims Stimme versagte.

»Jim.« Morrows Tonfall wurde sanfter. »Jim, ich weiß, ich weiß... alles darüber. Ich weiß, daß Sie um ihn trauern. Es tut mir sehr leid. Aber Sie müssen zur Erde zurückkehren und Ihre Version der Geschichte erzählen. Wenn Sie sich weigern, wird man annehmen, daß Sie keine Antwort auf die Beschuldigungen des Klingonischen Imperiums haben.«

»Ich kann Vulkan nicht verlassen. Noch nicht.«

»Warum nicht? Wann *können* Sie hier weg?«

»McCoy – und Spock – sind noch immer in Gefahr. Ich kann Vulkan nicht eher verlassen, bis ich weiß, daß sie in Ordnung sind.«

»Sie lassen sie doch nicht im Stich, wenn Sie sie in den Händen der Vulkanier wissen. Sie sind da in der Obhut der besten medizinischen Techniker der Föderation. Was glauben Sie denn mehr tun zu können?«

»Für Spock – das weiß ich nicht. Aber McCoy... Es ist nicht medizinische Technologie, die er braucht. Er braucht jemanden, der ihn stützt. Er braucht einen Freund.«

»Leonard McCoy hat viele Freunde«, stellte Harry Morrow fest. »Ich bin sicher, daß einer darunter ist, der nicht unter Anklage steht.«

»Ich werde zur Erde kommen, sobald mir das möglich ist«, sagte Jim.

»Dann habe ich Ihnen dieses zu übergeben.« Morrow zog ein zusammengefaltetes Papier aus seiner Tasche und reichte es Jim.

»Was ist das?« Es war ein festes Papier, schwer von Föderationssiegeln. Die Föderation benutzte solche Schriftstücke nur für hochoffizielle Angelegenheiten.

»Ihr Exemplar der Vorladung vor den Untersuchungsausschuß.«

Jim brach das Siegel und überflog den Inhalt. »Ich werde trotzdem nicht kommen.«

»Sie widersetzen sich wieder einem dienstlichen Befehl, Admiral Kirk.« Morrows Augen verengten sich, und sein dunkles Gesicht rötete sich vor Verärgerung.

»Ja«, sagte Kirk, genauso erregt. »Und beim zweiten Mal fällt es einem leichter.«

»Ich habe für Sie getan, was ich tun konnte«, sagte Starfleet Commander Morrow.

Sein kurzes Zögern sollte Jim Kirk eine letzte Gelegenheit zum Einlenken geben. Jim sagte nichts. Mit gerunzelter Stirn wandte Morrow sich ab und verließ das Vorzimmer.

Jim fluchte leise. Er stopfte das Dokument in die Tasche und begann, ungeduldig auf und ab zu gehen. In einer Minute würde er diesen Vorhang herunterreißen und...

Der Vorhang glitt zur Seite. Bleich und erschöpft stand McCoy vor ihm.

»Pille?«

»Es ist vorbei... für den Augenblick.«

»Haben sie den Prozeß nicht zu Ende führen können?«

McCoy zuckte die Schultern.

»Ist irgend etwas nicht in Ordnung?«

»Vulkanier springen nach einer Gehirnverschmelzung auf und gehen spazieren«, sagte McCoy. »Also sollte ich das auch schaffen, richtig?«

Jim lächelte. »Richtig.«

McCoy sank bewußtlos zusammen.

McCoy schlief. Jim saß am Fußende des Bettes und rieb sich die Nase. McCoy leide lediglich an Erschöpfung, behaupteten die Vulkanier. Bis zur nächsten Behandlung würde er wieder in Ordnung sein. Wann die stattfinden würde und wie viele weitere solcher Behandlungen nötig wären, konnten sie ihm nicht sagen.

Jim erhob sich, verließ lautlos McCoys Zimmer und ging in das seine zurück. Er setzte sich an das Kommunikationsterminal, stellte eine Frage und wartete mit einer Mischung aus Ungeduld und Furcht auf eine Antwort. Selbst die Technologie des dreiundzwanzigsten Jahrhunderts benötigte eine Weile, um eine Verbindung zwischen Vulkan und Erde herzustellen.

Der ›Bitte warten‹-Schriftzug auf dem Bildschirm des Kommunikationsterminals erlosch und wurde von der Identifikation von Carol Marcus' automatischem Antwortcomputer ersetzt.

»Dr. Marcus ist nicht zu Hause«, sagte der Computer. »Bitte hinterlassen Sie Identifizierung, Standort und Rufnummer, damit sie Sie zurückrufen kann.«

Jim atmete tief durch. »Hier spricht wieder Jim Kirk.«

Er hatte seit dem Morgen nach seiner Ankunft auf Vulkan versucht, Carol Marcus zu erreichen. Doch jedesmal vergeblich. Inzwischen mußte sie vom Tod ihres Sohnes David erfahren haben. Er fühlte sich sowohl erleichtert als auch enttäuscht, daß nicht er es war, der es ihr gesagt hatte. Aber er mußte mit ihr sprechen.

»Es ist äußerst dringend«, sagte er. »Sie möchte mich so bald wie möglich zurückrufen.«

»Ihre Nachricht wird ausgerichtet.« Der Bildschirm wurde dunkel.

Jim rieb sich die Augen mit dem Handballen. Er hatte David kaum gekannt, doch der Tod des jungen Mannes berührte ihn so tief, als ob ein Stück seines Herzens herausgerissen und zu Asche verbrannt worden wäre. Es wäre fast leichter gewesen...

Leichter! dachte er. Nichts, nichts konnte es leichter machen. Aber wenn ich ihn wirklich gekannt hätte, würde ich jetzt zumindest den Trost der Erinnerung an Carols Sohn haben. An meinen Sohn.

Carol Marcus saß mit gekreuzten Beinen auf dem Observationsdeck des Kurierschiffes *Zenith* und starrte auf einen schimmernden grünen Planeten hinab.

»Dr. Marcus.« Die Stimme des Schiffscomputers ertönte aus dem Intercom. »Dr. Marcus. Bitte vorbereiten zum Beamen.«

Carol erhob sich widerwillig.

Es wäre so leicht, dachte sie, so leicht, einfach an Bord zu bleiben und von einem Planeten zum anderen zu reisen, niemals mit jemandem sprechen zu müssen, niemals wieder zu riskieren, einem anderen nahezukommen, niemals wieder anderen sagen zu müssen, daß einer, den sie liebten, gestorben ist...

Sie verließ die Observationsplattform und ging zum Transporterraum.

Carol Marcus hielt es für ihre Pflicht, mit den Familien ihrer Freunde und Mitarbeiter an dem Genesis-Projekt zu sprechen. Und deshalb befand sie sich jetzt im Orbit um einen Planeten namens Delta, den Heimatplaneten von Zinaida Chitirih-Ra-Payjh und Jedda Adzhin-dall, zweier Mathematiker, zweier Freunde, die gestorben waren.

Der Sarg mit dem Körper Zinaidas stand auf der Transporterplattform. Jedda war durch einen Phaserstrahl gestorben; von ihm war nichts übriggeblieben.

Carol trat auf die Plattform. Sie wußte nicht, was sie den Menschen, die sie unten erwarteten, sagen sollte. Sie hatte auch nicht gewußt, was sie den Eltern von Vance Madison oder den Familien der anderen sagen sollte. Sie wußte nur, daß sie ihre eigene Trauer unter Kontrolle halten mußte, damit sie sie nicht den anderen zusätzlich aufbürdete.

»Energie«, sagte sie.

Der Transporterstrahl brachte sie auf den Planeten Delta. Eine Lichtrosette umstrahlte sie. Ein helles Bleiglasfenster warf seine Farben auf den hellen Fliesenboden des Empfangsraums.

Zwei Deltaner erwarteten sie, ein Mann und eine Frau, Kirim Dreii-dall und Verai Dva-Payjh. *Partner* war das Wort der Standard-Sprache, das die Beziehung dieser beiden zu Zinaida und Jedda am besten interpretierte. Sie hatten eine berufliche, wirtschaftliche und sexuelle Partnerschaft gebildet, die für Jahrzehnte andauern sollte.

Sie traten auf Carol zu. Wie die meisten Deltaner waren sie von übernatürlicher Schönheit. Verai, etwas füllig und elegant, hatte eine mahagonifarbene Haut, weiße Wimpern und weiße Brauen, wie mit dem feinsten Pinsel eines chinesischen Malers gezogen. Im Gegensatz zu deltanischen Frauen, die keine Kopfbehaarung aufwiesen, hatte Kirim feines, rosenfarbenes Haar. Er trug es lang und offen, und es fiel in Wellen über seine Schultern und seinen Rücken bis fast zu den Kniekehlen. Das rote Trauermal auf den Stirnen der beiden vermochte nicht, ihre Schönheit zu beeinträchtigen.

Carol errötete. Menschen konnten ihre starke Reaktion auf Deltaner nicht verhindern; dennoch war ihr die spontane, überwältigende sexuelle Reaktion peinlich. Deltaner nutzten diese menschliche Anfälligkeit niemals aus, sondern hielten immer Abstand. Doch Verai und Kirim näherten sich ihr weiter, als es Zinaida und Jedda jemals getan hatten. Verai wollte Carol die Hand reichen. Carol wich verwirrt zurück.

»Sie haben keinen Kontakt mit der Erde gehabt?« fragte Verai.

»Nein. Nicht, seit ich sie verließ.«

Die Bleiglasfenster warfen Farbmuster über sie. Verai und Kirim umfaßten ihre Hände. Sie war noch nie zuvor von einem Deltaner berührt worden. Trauer und Trost flossen in sie hinein.

»Entschuldigung«, sagte sie. Tränen quollen aus ihren Augen. »Ihre Partner...«

»Wir wissen«, sagte Verai. »Und wir sind Ihnen dankbar, daß Sie zu uns gekommen sind. Wir wollen von ihnen sprechen, ihrer gedenken. Doch wir müssen auch von einem anderen sprechen.«

Carol bei den Händen haltend, berichteten Verai und Kirim ihr vom Tod ihres Sohnes.

Sprachlos vor Entsetzen und Trauer sank Carol zu Boden und starrte in das Licht des Bleiglasfensters. Sein Farbmuster kroch mit der Bewegung der Sonne über den Boden. In der Wärme der Halle begann sie zu zittern.

»Kommen Sie mit uns, Carol«, sagte Verai. »Wir werden um unsere Partner trauern, und wir werden um Ihren Sohn trauern.«

In einem Gästezimmer des Quartiers gelang es Lieutenant Saavik von Starfleet ebenfalls nicht, Carol Marcus zu erreichen.

Vielleicht, dachte die junge Vulkanierin, wird Dr. Marcus niemals mit mir oder mit irgendeinem anderen sprechen, der an der Genesis-Expedition beteiligt war. Sie muß inzwischen von Davids Tod erfahren haben. Möglicherweise wünscht sie nicht, von denen daran erinnert zu werden, die ihn miterlebt haben.

Sie erhob sich von dem Terminal, verließ ihr Zimmer und trat auf einen Balkon, der einen Blick auf die Ebene zu Füßen des Mount Seleya bot. Nach so vielen Jahren und so viel enttäuschter Hoffnung war sie nun endlich auf Vulkan, unter seiner riesigen, roten Sonne. Sie hoffte, daß die Vulkanier ihr, einer Halb-Romulanerin, erlauben würden, so lange zu bleiben, daß sie die Wüsten dieses Planeten durchwandern und seine Städte durchstreifen konnte.

Sie kehrte in den kühlen Schatten des Quartiers zurück. Laute Schritte näherten sich. Zweifellos einer ihrer menschlichen Bordkameraden; Vulkanier bewegten sich leiser.

»Fleet Commander!« sagte sie überrascht.

Der Kommandeur von Starfleet blinzelte und holte seine Gedanken von einem fernen Ort zurück. Der hochgewachsene, dunkelhäutige Offizier trug einen kleinen Reisekoffer in der Hand. Er wirkte verärgert und schien in Eile zu sein. Dennoch blieb er jetzt stehen. »Sie sind Lieutenant Saavik, nicht wahr?«

»Jawohl, Sir.«

»Wissen Sie, wo der Transporter ist? Mein Schiff muß den Orbit gleich verlassen.«

»Selbstverständlich, Sir. Ich werde Sie führen.«

Er folgte ihr tiefer in das Labyrinth von Felskorridoren hinein.

»Sie haben sich auf Genesis gut gehalten, Lieutenant«, sagte er. »Sie werden in der Anklage nicht genannt werden.«

»Anklage, Sir? Man wird Admiral Kirk und seine Offiziere doch nicht dafür bestrafen wollen, daß sie Spock das Leben gerettet haben!«

»Ich hoffe, daß man es nicht tun wird. Trotz allem hoffe ich es.«

»Auch ich bin nur dank seines entschlossenen Handelns am Leben. Und wenn man ihm gestattet hätte, sofort nach Genesis zu gehen, wäre auch das Forschungsschiff *Grissom* mit seiner Besatzung gerettet worden.«

»Ein Urteil darüber steht Ihnen nicht zu«, sagte Morrow. »Und auch mir nicht. Das Genesis-Projekt war ein Disaster, doch Ihre Pflichterfüllung dabei war beispielhaft. Und das wird nicht vergessen werden, das verspreche ich Ihnen.«

»Ich suche keine Anerkennung für dieses Unternehmen«, sagte sie. »Zu viele haben dabei ihr Leben eingebüßt. Ein Überlebender sollte daraus keinen Vorteil ziehen.« Besonders, dachte sie, ein Starfleet-Offizier, der überlebte, weil ein Zivilist starb.

Sie erreichten den Transporterraum. Morrow programmierte die Koordinaten und stieg auf die Plattform.

»Niemand wird einen Vorteil von Genesis haben«, sagte Morrow ernst. »Doch das ist nicht Ihre Sache. Ich hoffe, daß Sie sich während Ihres Kommandos auf Vulkan genauso ausgezeichnet halten wie auf Genesis. Leben Sie wohl, Lieutenant. Energie.«

»Welches Kommando auf Vulkan?«

Doch der Computer reagierte bereits auf den Befehl; der Transporterstrahl riß Morrow fort, bevor er ihre Fragen hören und beantworten konnte.

Vielleicht meinte Morrow damit lediglich die Zeit, die sie auf Vulkan verbringen würde, bis sie neue Order von Starfleet erhielt. Aber seine Worte hatten geklungen, als ob er etwas mehr damit meinte.

Sicherlich würde Admiral Kirk davon wissen. Vielleicht hatte er einen Moment Zeit, um es ihr zu erklären.

Sie klopfte an die Tür seines Zimmers.

»Herein.«

Sie trat hinein.

James Kirk starrte trübsinnig auf den dunklen Bildschirm des Kommunikationsterminals. Saavik überlegte, daß auch er versucht haben mußte, Carol Marcus zu erreichen, und daß auch er kein Glück gehabt hatte.

Sie zögerte. Die Frage ihres Kommandos erschien ihr jetzt trivial. Sie sah die Vorladung zerknüllt auf dem Schreibtisch liegen. Zumindest brauchte sie ihm nicht das zu eröffnen.

»Ja, Lieutenant?« Er sah sie an. Sein Gesichtsausdruck verriet Schmerz und Unsicherheit, jene Art von Schmerz, der nur durch Wissen gemildert werden konnte.

»Sir«, begann sie zögernd. »Darf ich mit Ihnen sprechen?«

»Selbstverständlich, Lieutenant.« Er erhob sich.

»Es ist wegen... über David.«

Er zuckte zusammen. »Reden Sie.«

Sie wollte sagen: Ich hätte an seiner Statt sterben sollen. Ich bin Mitglied von Starfleet, und er war Zivilist, und ich hätte ihn schützen sollen. Ich hätte ihn auch schützen können, wenn er nicht gehandelt hätte, wo er sich hätte zurückhalten sollen.

Doch bei all ihrer Unsicherheit über menschliche Wesen und deren oft unverständlichen Emotionen wußte sie, daß sie James Kirk nicht helfen konnte, den Tod seines Sohnes zu akzeptieren, wenn sie ihm sagte, daß er nicht hätte sterben müssen.

»David ist sehr tapfer gestorben, Sir«, sagte Saavik. »Er hat Spock das Leben gerettet. Er hat uns allen das Leben gerettet... ich dachte, daß Sie das wissen sollten.« Sie wollte auch sagen: Ich habe Ihren Sohn geliebt. Er hat mich gelehrt, daß ich lieben kann. Doch das war etwas, das ein junger Offizier einem Admiral von Starfleet nicht sagen konnte, noch war es etwas, das sie, die versuchte, Vulkanierin zu sein, jemals einem anderen eingestehen sollte. Also schwieg sie.

James Kirk antwortete nicht mit Worten. Seine braunen Augen glänzten feucht. Er umfaßte ihre Schultern, drückte sie einen Moment an sich, ließ seine Arme sinken.

Saavik glitt geräuschlos hinaus und ließ ihn allein. Sie konnte nicht mehr für seine Trauer tun.

Captain Hikaru Sulu kletterte in das klingonische Kampfschiff. Der scharfe, beißende Geruch nach verkohltem Plastik und verschmorten elektronischen Stromkreisen schwängerte die Luft. Er betrat das Brükkendeck. Es war ihm gelungen, den Vogel bis nach Vulkan zu bringen, doch er würde nie wieder starten, ohne daß umfassende Reparaturen vorgenommen wurden. Vielleicht würde er nie wieder starten. Er setzte sich auf den Kommandantensessel, verband einen Universal-Translator mit dem Computer und forderte einen vollständigen Bericht über die Schäden des Schiffes.

Es war einen Versuch wert, den Jäger zu retten, dachte er. Und wenn ich es schaffe, habe ich ein Schiff. Ein eigenes Schiff.

Amanda Grayson hörte zu, als Spock aus einem zerfledderten Buch klassische vulkanische Poesie vorlas. Sie wollte ihn berühren, um sich zu versichern, daß er lebte.

Er machte eine Pause. »Laut zu lesen hält sehr auf, Mutter. Und die Worte dieser Verse sind archaisch.«

»Versuche, die in ihnen verborgene Schönheit zu hören, Lieber«, sagte sie. »Niemand auf Vulkan schreibt heute noch Gedichte. Diese Verse sind tausend Jahre alt.«

»Wenn niemand mehr Gedichte schreibt, warum muß ich sie dann lesen?«

»Weil ich sie dir nicht vorgelesen habe, als du klein warst. Jetzt haben wir eine zweite Chance, und ich will nicht den gleichen Fehler ein zweites Mal begehen. Ich möchte, daß du imstande bist, Schönheit und Poesie und Lachen zu genießen.«

Er hob eine Braue, eine herzzerreißend vertraute Geste. In jeder Sekunde kroch er mehr in sich selbst zurück. Doch Amanda wollte diese zweite Chance wahrnehmen, um ihm zu helfen, seine andere Hälfte freizusetzen, jene Hälfte, die er immer unter strikter Kontrolle gehalten hatte.

»Schönheit und Poesie und Lachen sind nicht logisch«, sagte Spock.

»Richtig«, sagte sie, »das sind sie nicht.«

Er runzelte verwirrt die Stirn. Er las einen weiteren Vers, hörte auf und klappte das Buch zu.

»Ich bin müde, Mutter«, sagte er. »Ich werde jetzt meditieren. Ich werde über das nachdenken, was du gesagt hast.«

KAPITEL 1

Der Reisende beschleunigte auf eine ungeheure Geschwindigkeit, doch die Galaxis umspannte gewaltige Entfernungen. Der Reisende merkte, daß seine Reise nur einen Augenblick gedauert hatte. Doch in jenem Augenblick – es war lediglich die Spanne des Halbzeitwertes des geringeren Isotops des achtzehnten Elements, der kurze Moment, in dem ein kleiner, blauer Planet dreihundertmal seine gewöhnliche, gelbe Sonne umkreist – zerriß die bedrückte Melodie von diesem blauem Planeten, wurde zusammenhanglos. Die Lieder verklangen, erstarben schließlich ganz. Jetzt schoß der Reisende auf diese Stille zu, sein eigener Gesang ein Schrei.

Während die Sterne vorbeistoben und er keine Antwort erhielt, verlor sich sein Lied allmählich in einem Grabgesang.

Die Romulaner mochten zu jedem Zeitpunkt zu einem Angriff aus der Neutralen Zone hervorbrechen.

Captain Alexander starrte auf den Bildschirm der *Saratoga* und in die stille Neutrale Zone. Drei Monate in Alarmstufe Gelb – das zerrte an aller Nerven. Sie war so nervös wie die gesamte Crew, durfte es sich jedoch nicht anmerken lassen. Seit dem Genesis-Disaster war es so gewesen. Diplomaten, Starfleet, die Föderation, die schattenhafte Oligarchie der Klingonen, sogar das mysteriöse Romulanische Imperium hatten auf Genesis reagiert und sich erregt wie Elektronen in einem Plasma gegenseitigen Mißtrauens.

Subraum-Nachrichten hatten die täglichen Vorgänge bei der Genesis-Untersuchung zu jedem Schiff und zu Starbase gebracht. Jeder hatte sich eine eigene Meinung über Admiral James T. Kirks Handeln, seine Motive, seine Ethik gebildet.

Wenn die Untersuchungskommission das Ergebnis ihrer Befragungen bekanntgab, würden die Klingonen damit wahrscheinlich nicht einverstanden sein. Sie könnten einen Krieg beginnen. Wenn das geschehen sollte, mußte Alexander darauf vorbereitet sein, daß die Romulaner, ihre Alliierten, mitmachen würden. Bis jetzt aber hatte die Untersuchung den Interessen der Klingonen weitaus besser gedient als ein offener Konflikt.

Alexander konnte nicht verstehen, warum Kirk nicht zur Erde zurückkehrte, um sich zu verteidigen. Es war, als ob er sich kampflos ergeben hätte, als ob es ihm egal wäre, ob die Untersuchungskommission ihn freisprechen oder verurteilen würde.

»Captain…«

»Ja, Lieutenant.«

»Ich empfange gerade…« Plötzlich, mit einem Fluch, riß der deltanische Wissenschaftsoffizier der *Saratoga* den Kopfhörer von seinen Ohren. Sgeulaiches, der Kommunikations-Offizier, schrie vor Schmerz auf und löste eilig die Transmissionsmembrane von seinen vibratorischen Sensoren.

»Mr. Ra-Dreii! Was ist passiert?«

»Eine Transmission, Captain, von einer solchen Intensität, daß sie die Lautstärkefilter durchbricht. Ein sehr stimulierendes Erlebnis«, sagte er ironisch. Er horchte vorsichtig an den Kopfhörern.

»Quelle?«

»Die Neutrale Zone, Captain.«

»Romulaner?«

»Nein. Und auch nicht Klingonen, falls sie ihre Kommunikationssignatur nicht vollständig geändert haben sollten.«

»Visuelle Sensoren.«

»Die Energiedichte verhindert Lokalisierung«, meldete Sgeulaiches.

Wache Erregung rann über Alexanders Rückgrat.

»Lautstärkefilter wieder in Funktion und intensiviert, Captain«, meldete Chitirih-Ra-Dreii.

»Lassen Sie hören«, sagte Alexander.

Die Kakaphonie der Transmission erfüllte die Brükke.

»Der Universal-Translator...«, sagte Chitirih-Ra-Dreii. Dann fluchte er plötzlich wieder und gebrauchte dabei einen Ausdruck, der in der Hierarchie deltanischer Flüche an sehr gehobener Stelle stand. Deltaner gaben sich nicht mit milden Flüchen ab. »Überladen, Captain. Sinnlos.«

Eine Kakaphonie von Lautfetzen brach aus den Lautsprechern.

Alexander fühlte sich mehr erregt als wütend. Dies könnte die langen Monate der Patrouille sinnvoll machen. Jeder Raumschiff-Captain hatte den Ehrgeiz, einen ersten Kontakt herzustellen: eine erste Begegnung mit etwas Neuem, etwas Unbekanntem.

»Ich möchte unsere Gäste sehen, Lieutenant Sgeulaiches«, sagte Alexander. »Senden Sie einen universellen Gruß. Lassen Sie sie wissen, daß wir hier sind.«

»Jawohl, Captain.«

Alexander konnte keine Veränderung in dem heulenden Geräusch entdecken, keine Anzeichen dafür, daß die Quelle der Transmission ihre Nachricht aufgefangen hatte, keine Bestätigung der Anwesenheit der *Saratoga*.

»Habe es gefunden, Captain! Maximale Vergrößerung!«

Ein Objekt reflektierte Sternenlicht. Und die Informationen, die die Sensoren von ihm erhalten konnten

– verdammt wenige, wie Alexander feststellte –, erschienen in einer Ecke des Bildschirms. Alexander stieß einen leisen Pfiff aus. Was immer das Objekt sein mochte, es war von enormer Größe.

»Anzeichen von romulanischen Schiffen?«

»Keine, Captain.«

Alexander runzelte die Stirn. »Sie sollten das Ding längst entdeckt haben. Sie müßten es verfolgen. Sie müßten uns beschuldigen, es in ihren Raum geschickt zu haben. Wo *sind* sie?«

Das Objekt näherte sich.

»Ruder: Geschwindigkeit reduzieren.« Diese ganze Geschichte erinnerte Alexander ein wenig zu sehr an den *Kobayashi Maru*-Test.

»Jawohl, Captain«, sagte der Ruderoffizier. Die Impuls-Triebwerke der *Saratoga* gaben Gegenschub und verlangsamten die Fahrt des Schiffes.

»Daten.«

Informationstexte erschienen über der Darstellung auf dem Bildschirm.

Wenn das Objekt auf seinem derzeitigen Kurs blieb, würde es in das Planetensystem eines durchschnittlich großen, gelben Sterns eindringen, in das System von Sol, zu dem Alexanders Heimatplanet, die Erde, gehörte.

»Befehl streichen«, sagte sie steif. Der Datentext verschwand vom Bildschirm. Das Objekt war jetzt erheblich näher.

Die lange, zylindrische Konstruktion war hier und dort mit Antennen bestückt. Ihre metallische Oberfläche zeigte einen stumpfen Glanz. Oder... eine einst glänzende Politur war in Äonen der Raumfahrt matt geworden, berührt von Mikrometeoriten, gestreichelt von stellaren Winden – vielleicht einmal pro Jahr, einmal pro Jahrhundert – bis ein gleichmäßiges Muster mikroskopischer Kratzer diese samtartig wirkende Haut geschaffen hatte.

»Was halten Sie davon?«

»Es scheint eine Sonde zu sein, Captain«, sagte der Wissenschaftsoffizier. »Von einer uns unbekannten Intelligenz ausgeschickt.«

»Weiter Rufsignal senden«, sagte Captain Alexander. »Universaler Friedensgruß in allen bekannten Sprachen. Und rufen Sie Starfleet Command.«

»Starfleet, Captain.«

»Starfleet Command«, sagte Alexander, »hier Raumschiff *Saratoga*, auf Patrouille in Sektor fünf der Neutralen Zone. Wir beobachten eine Sonde unbekannter Herkunft, die scheinbar Kurs auf das Solarsystem hat. Wir haben Kontaktaufnahme auf allen Frequenzen versucht. Wir haben keinerlei verständliche Antwort erhalten und auch keine Bestätigung.«

»Setzen Sie Beobachtung fort, *Saratoga*. Wir werden die Transmissionen analysieren und Ihnen weitere Anweisungen geben.«

»Verstanden, Starfleet«, sagte Alexander. »Wir senden Transmissionen.«

Der Wissenschaftsoffizier gab die aufgefangenen Transmissionen an Starfleet durch. Sein sardonisches Lächeln schien zu sagen: Nun analysiert mal schön und seht, was *ihr* damit anfangen könnt.

»*Saratoga* Ende«, sagte Alexander.

»Entfernung vierhunderttausend Kilometer und rasch abnehmend.«

Das Schiff vibrierte in der Transmission der Sonde. Die Brückenbeleuchtung verdunkelte sich.

»Mr. Ra-Dreii, was ist los?«

»Captain, ihr Ruf wird auf einer Verstärkungswelle von enormer Energie gesendet.«

»Können Sie die Welle isolieren?«

»Negativ. Sie beeinflußt alle unsere Systeme.«

Die matte, auf halbe Kraft gedrosselte Beleuchtung flackerte, als der Schrei der Sonde durch die *Saratoga* fuhr und sie umfaßte.

»Alarmstufe Rot«, sagte Alexander ruhig. »Schilde aktivieren. Ruder: Annäherungsgeschwindigkeit reduzieren.«

»Captain, die Kontrollen unserer Impulstriebwerke sind neutralisiert worden.«

»Auf Notantrieb schalten.« Dies war der *Kobayashi Maru*-Test, doch um eine Stufe besser. Oder um eine Stufe schlechter.

»Keine Reaktion, Captain.«

Die Sonde raste auf sie zu. Die Lautstärke ihrer Transmission nahm ständig zu, als ob die Sonde die Substanz der Materie und Raum-Zeit selbst packen und nach ihrem Willen vibrieren lassen könnte. Die *Saratoga* erbebte.

Die gesamte Energie fiel aus.

»Notbeleuchtung!« rief Alexander durch das unsägliche Schreien der Sonde.

In dem matten, rötlichen Licht bemühten sich die Offiziere verbissen, den toten Kontrollen irgendeine Reaktion abzuringen. Der Bildschirm flimmerte mit einem verschwommenen Bild halber Intensität.

»Schadensmeldungen!« rief Alexander.

»Captain, alle Systeme ausgefallen«, sagte Chitirih-Ra-Dreii. »Wir funktionieren ausschließlich mit Reserveenergie.«

Der enorme Bug der Sonde pflügte auf sie zu. Ihr Körper schien sich ins Endlose zu erstrecken.

»Die *Saratoga* ist manövrierunfähig«, sagte Alexander. »Fertig zur Kollision.«

Die immense Länge der Sonde raste vorbei, dicht oberhalb der oberen Rumpfwölbung der *Saratoga*. Sie ließ sie in einer plötzlichen Stille und ersterbender roter Notbeleuchtung zurück.

Die Sonde schoß auf die Erde zu.

»Sie haben uns erledigt«, flüsterte Chitirih-Ra-Dreii heiser. »Und wir wissen nicht einmal, warum; wir wissen nicht einmal, was sie wollen.«

»Geben Sie mir, was noch an Energie da ist, auf den Notrufkanal«, sagte Alexander.

Die Stärke des Signals bewegte sich auf einem so niedrigen Niveau, daß Captain Alexander die letzten Reserven der *Saratoga* aufbrauchen würde, um zu Starfleet durchzukommen. Doch ihr blieb keine Wahl.

»Starfleet Command, hier ist die *Saratoga*«, sagte Alexander. »Können Sie mich hören? Bitte melden. Starfleet Command, bitte melden Sie sich.« Sie schwieg, hoffte auf eine Antwort, erhielt jedoch keine. »An alle Schiffe der Föderation: Mayday, Mayday – Bitte geben Sie diese Meldung an Starfleet durch. Die Erde ist in Gefahr. Ich wiederhole...«

Die Luft wurde schwer von ausgeatmetem Kohlenstoff-Dioxyd. Chitirih-Ra-Dreii und die Ingenieure versuchten, das Lebenserhaltungssystem wieder in Gang zu bringen, schafften es jedoch nicht. Alexander wiederholte ihre Warnung, bis die Energie des Signals auf Null sank.

Die Föderation meldete sich nicht.

Sarek von Vulkan trat aus dem Transporter-Center in die kühle, feuchte Helle der Erde. Er hätte direkt zum Hauptquartier der Föderation beamen können, zog es jedoch vor, dieses Stück zu Fuß zu gehen. Auf jedem Planeten, wo immer die Verhältnisse es erlaubten, ging er zu Fuß. Auf diese Weise konnte er sich mit einer neuen Umgebung vertraut machen. Dies war etwas, das Amanda ihn gelehrt hatte. Er fragte sich, warum Vulkanier sich das nicht zur Gewohnheit gemacht hatten, da es absolut logisch war.

Sarek hatte nicht damit gerechnet, jemals wieder die Erde zu besuchen, nachdem er den diplomatischen Dienst verlassen hatte und in Pension gegangen war. Doch zwei Reisen innerhalb von drei Monaten hatten seine beschauliche Existenz durcheinandergebracht. Die erste Reise hatte er unternommen, um James Kirk anzuklagen. Diese Reise machte er, um ihn zu verteidigen.

Die planetare Regierung von Vulkan war sehr nahe daran gewesen, diese zweite Reise zu unterbinden. Sarek hatte tief in seine Reserven von Logik und Überredungskunst greifen müssen, um die Gestellung eines Kurierschiffes zu erreichen. Viele Mitglieder der Regierung hatten keinerlei Interesse am Schicksal James Kirks; sie waren der Ansicht, Kirk müsse die Konsequenzen seines Handelns allein verantworten. Wenn Vulkanier sich einmischten, wurde das Gleichgewicht gestört.

Vielleicht, überlegte Sarek, war die Feststellung der Repräsentantin T'Pring richtig. Vielleicht habe ich zu viel Zeit auf der Erde zugebracht. Auf jeden Fall aber habe ich, in den Augen anderer Vulkanier, zu viel Zeit in der Gesellschaft von Menschen zugebracht, zumindest in der Gesellschaft eines Menschen. Dennoch könnte ich mir nicht vorstellen, irgendeinem anderen Lebensweg zu folgen, und am Ende unserer Debatte hat sich selbst die absolut logische, messerscharfe Klinge von T'-Prings Verstand vor meiner Überzeugungskraft gesenkt, und sie hat meinen Standpunkt vertreten.

Während er weiterging, gewöhnte er sich wieder an die niedrige Schwerkraft der Erde und an ihre Wetterbedingungen. Nebel, der sich unter der Golden Gate

Bridge sammelte, kroch durch die Straßen und floß um die Hügel. Sarek zog seinen Mantel fester um sich und zerstörte dabei das zarte Muster, das sich durch Kondensation auf dem schweren Material gebildet hatte.

Sarek erreichte das Hauptquartier der Föderation wenige Minuten, bevor er sprechen sollte. Im Foyer lief Commander Christine Chapel auf ihn zu.

»Sarek, ich danke Ihnen, daß Sie gekommen sind.«

»Ich habe Vulkan verlassen, so bald es mir möglich war, als ich Ihre Nachricht erhalten hatte. Sind die Ergebnisse der Untersuchung noch immer belastend für Kirk und seine Crew?«

»Es sieht nicht gut aus für ihn. Für keinen von ihnen.« Ihre Stimme klang bedrückt. »Er hat sich im Laufe seiner Karriere viele Freunde gemacht. Aber auch viele Feinde. Es gibt Leute – außerhalb der Föderation, und auch innerhalb –, die ihn liebend gern am Boden sehen würden.«

»Aber er hat doch Spocks Leben gerettet, und das von Lieutenant Saavik«, sagte Sarek. »Außerdem hat er in meinem Namen und meiner Bitte entsprechend gehandelt. Es ist widersinnig, daß er verurteilt werden sollte.«

»Sir«, sagte Chapel, »auch Sie haben sich Feinde gemacht.«

»Es ist zwar unlogisch«, sagte Sarek, »doch es ist die Wahrheit.«

»Herr Botschafter, ist Spock wieder gesund?«

»Er ist auf dem Wege der Besserung. Doch wird er es nicht spurlos überstehen. Es hat ihn verändert, aber er ist nach wie vor Spock.«

»Ich bin froh«, sagte sie.

Sarek folgte Chapel in das Dunkel des Sitzungssaals.

Eine matte Beleuchtung erhellte die abgestuften Ränge der Sitze und verlieh den unterschiedlichen

Hauttönungen der Räte eine einheitliche rosa Färbung. Der Fußboden, sogar die Luft, vibrierten in einem subsonischen Grollen. Auf einem holographischen Bildschirm unterhalb der Decke des Raumes dröhnte und krachte eine gewaltige Explosion.

Eine donnernde Stimme erfüllte den Raum. »Alle Angehörigen des Enterkommandos fanden in dieser Falle der Föderation einen grausamen Tod. Bis auf einen starben alle Mitglieder von Commander Kruges heldenhafter Crew durch eine heimtückische Hand, und Commander Kruge selbst wurde im Stich gelassen, um auf einem explodierenden Planeten elend umzukommen!«

Die Holographie verblaßte. Das einzig verbleibende, helle Licht beleuchtete den Zeugenstand, fiel auf das gerötete, wütende Gesicht Kamarags, des klingonischen Botschafters bei der Vereinten Föderation von Planeten. Sarek war Kamarag schon früher begegnet. Er kannte ihn als einen hartnäckigen Widersacher.

Ein großes Raumschiff erschien oberhalb von Kamarag: die *Enterprise*, hell vor dem Hintergrund des schwarzen Raums und vielfarbener Sterne. Eine zweite Explosion füllte den Raum mit dem grellen Licht explodierender Warp-Antriebe. Commander Chapel stockte der Atem. Die Nickhaut-Membranen senkten sich über Sareks Augen, um sie vor dem grellen Licht zu schützen, das die meisten der sehbegabten Wesen in dem Saal blinzeln und murmeln ließ. Als ihr Sehvermögen wieder hergestellt war, sahen sie, was Sarek beobachtete hatte: die Zerstörung der *Enterprise*. Das angeschlagene Schiff wehrte sich verzweifelt gegen das Sterben, kämpfte darum, am Himmel zu bleiben, doch wurde es von einer zweiten Explosion erschüttert, und von noch einer, und es fiel vom Raum in die Atmosphäre. Es glühte in der Reibungshitze seiner Geschwindigkeit. Es brannte. Es verschwand in Flammen und Asche.

Erschüttert wandte Chapel sich ab.

Wie überaus menschlich, dachte Sarek, um ein Raumschiff zu trauern.

»Doch ein einziger Fehler kann auch den finstersten Plan zerstören«, sagte Kamarag. »Die Aufzeichnungen des Unternehmens in den Speichern unseres Kampfschiffes blieben erhalten! Unser Offizier Maltz hat sie mir überspielt, bevor er starb. Hat er, wie von der Föderation behauptet wird, Selbstmord begangen? Oder ist er als letzter, objektiver Zeuge beseitigt worden?«

Das Bild einer kleinen Gruppe von Menschen erschien. Das Auge der Kamera konzentrierte sich auf das Gesicht James Kirks.

»Dort!« rief Kamarag. »Halten Sie das Bild an! *Anhalten*!«

Das Bild gefror mitten in der Bewegung: James Kirk, der auf sein sterbendes Schiff starrte.

»Sehen Sie!« sagte Kamarag mit leiser, gefährlicher Stimme. Seine Stirnwülste pulsierten vor Wut; seine schweren Brauen senkten sich über den dunklen, glühenden Augen. »Der Teufel in Person! James T. Kirk, Renegat und Terrorist. Er ist verantwortlich für die Ermordung der klingonischen Crew und den Raub ihres Schiffes. Doch seine wahren Ziele waren noch finsterer. Sehen Sie jetzt seine wirklichen Pläne und Absichten!«

Dieses Bild James Kirks löste sich auf, ein anderes erschien. In Uniform, ruhig, gepflegt, blickte er die Zuhörer an.

»Um die Vorgänge, über die ich hier berichte, wirklich verstehen zu können«, sagte Kirk, »ist es notwendig, die theoretischen Daten des Genesis-Projekts darzulegen.«

Ein komplexes Diagramm leuchtete auf.

»Genesis ist ein Prozeß, durch den die Molekularstruktur von Materie aufgebrochen wird, doch nicht zu subatomaren Partikeln, wie es bei der Kernspaltung der Fall ist, oder auch nur zu Elementarpartikeln, sondern zu subelementaren Partikel-Wellen.«

Das Diagramm erstarrte zu einem Torpedo, und der Torpedo schoß durch den Raum, um auf einem karstigen Planetoiden zu landen. Die Wirkung der Apparatur verbreitete sich von der Aufschlagstelle aus wie eine Feuerwalze, raste über die felsige Oberfläche des Planetoiden hinweg und bedeckte ihn schließlich. Als das Glühen erlosch, waren Stein und Staub zu Wasser und Luft und fruchtbarem Boden geworden.

»Die Ergebnisse sind absolut unter unserer Kontrolle«, erklärte James Kirk. »In dieser Simulation wird aus kahlem Fels ein Lebensraum mit Wasser, Atmosphäre und funktionierendem Ökosystem, das die meisten bekannten Formen auf Kohlenstoff-Basis beruhenden Lebens erhalten kann.«

Sarek wußte von dem Genesis-Projekt. Er brauchte deshalb diese Simulation nicht zu sehen. Statt dessen blickte er auf die Räte. Die meisten von ihnen wußten nur sehr wenig, wenn überhaupt etwas, von diesem geheimen Projekt. Sie reagierten je nach Charakter und Kultur mit Verwunderung oder Schock oder stiller Nachdenklichkeit.

»Selbst während die Föderation mit uns über einen Friedensvertrag verhandelte, entwickelte Kirk insgeheim den Genesis-Torpedo. Diese furchtbare Waffe, als ziviles Projekt getarnt, wurde von Kirks Geliebter und beider Sohn ersonnen. Die Versuchsdetonation wurde von dem Admiral selbst durchgeführt!«

Kamarag wartete, bis die erregten Räte wieder zur Ruhe gekommen waren. Sarek sammelte seine Energie. Der holographische Bildschirm kontraktierte, quetschte das Bild zusammen, bis nichts mehr übrig war. Die Lichter des Saales wurden heller.

»James Kirk nannte das Ergebnis dieser furchterregenden Energie den ›Genesis-Planeten‹. Welch grauenhafter Euphemismus! Es war nicht mehr und nicht weniger als eine geheime Basis, von der aus die Auslöschung des klingonischen Volkes durchgeführt werden sollte!« Er machte wieder eine Pause, um seine Empörung auf die Anwesenden wirken zu lassen. Er richtete sich auf. »Wir fordern die Auslieferung Kirks! Wir fordern Gerechtigkeit!«

»Das Imperium hat eine seltsame Auffassung von Gerechtigkeit, Herr Präsident«, sagte Sarek. Er trat die Stufen des Saales hinab. »Es ist erst einige Jahre her, als das Imperium James Kirk als Helden feierte und ihm Ehrungen erwies, eben weil er die Vernichtung des klingonischen Volkes verhindert hatte. Man muß sich fragen, was für ein politischer Wandel die Meinung des Imperiums so drastisch verändert haben könnte.«

»Es ist Kirk, der sich verändert hat!« Kamarags Finger umklammerten den Rand des Pultes; er beugte sich zu Sarek hinab, starrte ihn mit einem Ausdruck von Haß und Wut an. »Von dem Verbergen seiner Heimtücke bis zu deren Enthüllung, wie Genesis beweist!«

»Genesis war eine sehr zutreffende Bezeichnung«, sagte Sarek. »Wenn das Projekt erfolgreich gewesen wäre, hätte es die Schöpfung von Leben bedeutet, nicht dessen Vernichtung. Es waren die Klingonen, die das erste Blut vergossen, als sie versuchten, sich in den Besitz dieses Geheimnisses zu bringen.«

»Es ist bekannt«, sagte Botschafter Kamarag eisig, »daß Vulkanier die intellektuellen Marionetten der Föderation sind.«

»Es war Ihr Schiff, das die U.S.S. *Grissom* zerstörte.

Es war Commander Kruge, der die Ermordung von David Marcus, James Kirks Sohn, befohlen hat. Wollen Sie das abstreiten?«

»Wir streiten gar nichts ab. Wir haben das Recht, unsere Spezies zu bewahren.«

»Haben Sie auch das Recht zu morden?«

Die Räte und die Zuhörer reagierten auf Sareks Anklagen. Sarek stand schweigend, unbeeindruckt von der Unruhe, die sich um ihn herum erhob. Der Präsident schlug mit seinem Hammer auf den Tisch.

»Ruhe! Ich dulde keine weiteren Meinungsäußerungen der Zuhörer!«

Nachdem wieder Ruhe eingetreten war, trat Sarek an ein Pult, das dem Ratspräsidenten zugewandt war. Dadurch drehte er Kamarag den Rücken zu. Es war sowohl eine Brüskierung als auch eine Herausforderung.

»Herr Präsident«, sagte Sarek, »ich bin hier, um zugunsten des Angeschuldigten zu sprechen.«

»Dies ist ein unerhörtes Beispiel persönlicher Voreingenommenheit!« Kamarags Stimme triefte vor Ironie. »James Kirk hat den Sohn des ehemaligen Botschafters Sarek gerettet. Man kann Sarek seine Voreingenommenheit also nicht zum Vorwurf machen – oder seine Neigung, eine objektive Analyse mit Emotionen zu überlagern.«

Sarek ignorierte den Seitenhieb. Seine Aufmerksamkeit blieb auf den Ratspräsidenten gerichtet. Er war entschlossen, sich nicht von Kamarags wütenden Ausfällen oder von dem Flüstern und den Ausrufen der Räte beirren zu lassen. Während der vielen Jahre, die er außerhalb Vulkans verbracht hatte, war Sarek damit vertraut geworden, daß solche Reaktionen auf ein Streitgespräch nicht unbedingt die Absicht ausdrückten, sich einzumischen. Ganz gleich, wie hochentwikkelt die Technologie ihrer Planeten sein mochte und wie geschliffen ihre Bildung, die meisten intelligenzbegabten Wesen konnten doch leicht durch die Aussicht auf Unterhaltung von wichtigen Fragen abgelenkt werden. Und ein Kampf zwischen Botschafter Kamarag und Ex-Botschater Sarek versprach wirklich unterhaltsam zu werden.

Sarek zog die vulkanische Methode vor. Doch vielleicht hatte der Ratspräsident die vulkanischen Methoden ebenfalls studiert, denn er blieb ruhig, bis der Lärm sich gelegt hatte.

»Herr Botschafter«, sagte der Präsident zu Kamarag, »bei allem Respekt, der Rat muß sich an die Tatsachen halten. Wir werden Ihre Ansichten natürlich berücksichtigen…«

»Sie wollen Kirk ohne Strafe davonkommen lassen?« sagte Kamarag, leise und gefährlich.

»Admiral Kirk ist wegen neun Verstößen gegen die Dienstordnung von Starfleet angeklagt…«

»Starfleet-Dienstordnung!« schnaubte Kamarag empört. »Das ist unglaublich. Es gibt höhere Gesetze als die Starfleet-Dienstordnung! Merken Sie sich eines: Es wird keinen Frieden geben, solange Kirk am Leben ist!«

Er verließ den Zeugenstand und den Ratssaal. In der schockierten Stille, die seinem Ultimatum folgte, klickten seine Absätze hallend auf dem polierten Fußboden. Seine Leibwächter umringten ihn; seine Mitarbeiter ergriffen ihre Taschen und eilten hinter ihm her.

Von Kamarags Reaktion nun doch verstört, wandte der Präsident seine Aufmerksamkeit Sarek zu. »Sarek von Vulkan, mit allem Respekt ersuchen wir Sie, Kirk und seine Offiziere auszuliefern, damit sie sich für ihre Verbrechen verantworten.«

Diese Forderung des Präsidenten war für Sarek sehr aufschlußreich. Die Untersuchung würde feststellen, daß die Anklagen gerechtfertigt waren. James Kirk und seine Freunde würden vor ein Kriegsgericht gestellt werden.

Kirk und die anderen hatten, Sareks Bitte nachkommend, ihre Karriere und ihr Leben riskiert. Sie waren bereit gewesen, Belastungen auf sich zu nehmen, die die meisten der in diesem Saal Anwesenden sich nicht einmal vorzustellen vermochten. Und dies war der Dank dafür.

»Bei allem Respekt, Herr Präsident«, sagte Sarek ruhig, »es liegt hier nur ein Verbrechen vor: die Verweigerung der Ehre, die James Kirk und seinen Offizieren gebührt.«

Der Präsident zögerte, als ob er hoffte, daß Sarek nachgeben würde. Kühl und schweigend hielt Sarek seinem Blick stand.

Eine alternde Sonne gab dem Planeten Vulkan seine beiden simplen Konstanten: die fast unerträgliche Hitze und den trockenen, roten Staub. Das Klima laugte Jim aus. Der geringe Sauerstoffgehalt der Atmosphäre zwang Terraner dazu, Tri-Ox zu atmen. Tri-Ox rief in Jim eine leichte Euphorie hervor, wie sie bei Sauerstoffmangel auftritt. Er vermutete, daß sie zumindest zu dem Verlust von Nervenzellen führen würde.

Trotz ihrer alten Zivilisation, überlegte Jim, hatten die Vulkanier sich nie die Mühe gemacht, die Klimaanlage zu erfinden. Ich frage mich, mit welcher Logik sie das begründen?

Kurz vor Einsetzen der Abenddämmerung überquerte Jim die Ebene am Fuß von Mount Seleya und blieb vor dem klingonischen Kampfschiff stehen. In dem langgestreckten Schatten seines Rumpfes war es um einige Grade kühler, doch im Inneren des Schiffes herrschten Backofentemperaturen. Er und die anderen arbeiteten nur bei Nacht an dem Schiff. Während des Tages schliefen sie in der relativen Kühle ihres Quartiers innerhalb des Berges, erledigten die Arbeiten, die außerhalb des klingonischen Jägers zu tun waren, und sie machten sich Sorgen. Niemand stellte Jims Entscheidung oder die eigene in Frage. Dennoch machten sie sich alle Sorgen.

Jim machte sich vor allem Gedanken um McCoy. Was immer die Behandlungen für Spock bringen mochten, sie laugten McCoy immer mehr aus, je weiter sie fortschritten.

Er hörte ein scharrendes Geräusch über sich. Er trat unter dem Schiffsrumpf hervor, stieg die Rampe hinauf und versuchte, von ihrer obersten Stufe aus auf die Oberseite des Rumpfes zu blicken.

»Wer ist da?« rief er.

»Nur ich.«

»Pille? Bist du in Ordnung?« Er stemmte sich auf den Rand der Tragfläche und kletterte auf den Schiffsrumpf. Er war überempfindlich bei jedem Anzeichen von abartigem Verhalten McCoys, versuchte jedoch, es sich nicht anmerken zu lassen.

»T'Lar hat gesagt, daß Spock keine weiteren Behandlungen braucht«, sagte McCoy, ohne sich umzuwenden. Er hob den Kopf, betrachtete seine Arbeit und machte einen letzten Strich mit seinem Pinsel.

Jim blickte McCoy über die Schulter. Pille hatte die klingonische Schiffsbezeichnung übermalt; an ihrer Stelle prangte jetzt der Name ›H.M.S. *Bounty*‹.

»Wir wollen doch nicht, daß jemand es für ein klingonisches Schiff hält, nicht wahr?«

Jim lachte leise. »Du hast einen bemerkenswerten Sinn für historische Ironie, Pille.«

»Jim, ich glaube, wir sind jetzt lange genug hiergewesen. Was meinst du?«

»Nicht nur lange genug. Zu lange.« Er packte McCoys Schulter. »Und jeder hat genügend Zeit gehabt, um über die Angelegenheit nachzudenken. Wir werden heute abend darüber abstimmen.«

Sie kletterten wieder hinab. Auf der obersten Stufe der Rampe atmete Jim tief ein und ließ die Luft langsam hinaus, bevor er in das Schiff trat. Die Hitze umfaßte ihn. Gegen Morgen würde die Temperatur fast erträglich sein. James Kirk war an das perfekt kontrollierte Klima eines Raumschiffs gewöhnt. Auf der Erde lebte er in San Francisco, einer Stadt mit einem gleichmäßigen und gemäßigten Klima.

»An diesen Geruch werde ich mich *niemals* gewöhnen können«, sagte McCoy.

Die Hitze intensivierte den durchdringenden, ein wenig bitteren Geruch einer fremden Technologie.

»So schlimm ist er wirklich nicht«, sagte Jim. »Du warst doch nicht so empfindlich gegenüber ungewohnten Gerüchen.«

»Bitte, sage mir nicht, wie sehr ich mich verändert habe, Jim«, antwortete McCoy. »Ich will nichts mehr davon hören.« Seine gute Laune verflog. »Ich habe noch im Bordlazarett zu tun.« Er verschwand im Korridor.

Jim ging in die andere Richtung, zur Brücke des klingonischen Jägers. Die Unterschiede zur *Enterprise* waren weitaus zahlreicher als die Ähnlichkeiten. Er und seine Offiziere hatten alle einen Kurzlehrgang in dem obskuren Dialekt des Klingonischen mitgemacht, mit dem die Kontrollen gekennzeichnet waren. Kleine Fetzen von Klebestreifen mit flüchtig gekritzelten Hinweisen hingen an allen Konsolen. Die von Chekov waren in Russisch, die von Sulu in drei verschiedenen Sprachen, von denen nur eine römische Buchstaben verwandte.

Jim setzte sich auf Uhuras Station und warf einen Blick auf ihre Notizen, die in Standard geschrieben waren. Er schaltete das System ein.

»Hier Kommunikationszentrale Vulkan.«

»James Kirk. Erbitte Subraum-Verbindung nach Delta.«

»Subraum-Kanäle werden durch schwere Interferenzen blockiert. Bitte versuchen Sie es später noch einmal.« Jim fluchte leise. Jeder Versuch, sich mit Carol in Verbindung zu setzen, endete mit einem Fehlschlag. Vielleicht wich sie ihm aus, überlegte er, vor Trauer oder vor Wut. Oder beidem. Er erinnerte sich, was sie ihm gesagt hatte, als er und David sich kennengelernt hatten: »Du hast deine Welt, und ich habe die meine. Ich wollte David in meiner Welt haben.«

Ihr Widerwillen, David an Kirks Welt teilhaben zu lassen, hatte sich als gerechtfertigt erwiesen. James Kirks Welt war voller Wunder und voller Gefahren. Auf der Suche nach ihren Wundern war David ihren Gefahren begegnet. Sie hatten ihn getötet.

Jim neidete es Carol, den Jungen gekannt zu haben. Wie wäre sein eigenes Leben verlaufen, wenn sie ihm von David erzählt und ihn eingeladen hätte, an seiner Kindheit Anteil zu nehmen? Aber das war ihm nicht vergönnt gewesen. Er hatte David als Kind nicht gekannt; und niemand würde den erwachsenen David kennen.

Jim hütete die wenigen Erinnerungen an den arroganten, intelligenten und empfindsamen jungen Mann, der sein Sohn gewesen war. Er trauerte um Davids Tod und um die verpaßte Chance.

Bei Sonnenuntergang räusperte Jim seine Kehle frei, nahm die Schultern zurück und erhob sich. Es wäre nur zu leicht, sich in die Trauer zu verkriechen. Doch er hatte noch immer Verantwortung, selbst wenn Sie jetzt nur noch darin bestand, Freunde zum Ende ihrer Karrieren zu führen – oder Schlimmerem.

Er stieg die Rampe hinab und wartete darauf, daß die Offiziere des zerstörten Raumschiffs *Enterprise* sich versammelten.

Montgomery Scott war der erste, der über die Ebene auf die *Bounty* zumarschierte. Der Chefingenieur wirkte erschöpft. Seit der Zerstörung der *Enterprise* war er nicht mehr der alte – so wenig wie jeder andere ihrer Gruppe. Doch die letzte Unternehmung der *Enterprise* hatte Scott besonders hart getroffen. Er hatte während Khan Kinghs selbstmörderischem Angriff seinen geliebten Neffen, Peter Preston, verloren. Und dann hatte er sein Schiff verloren. Scott war schon Chefingenieur der *Enterprise* gewesen, bevor Jim ihr Kommandant geworden war, und war es geblieben, nachdem sein Admiralsrang ihn von dem Raumschiff und aus dem Raum fortgeholt hatte. Jim konnte nicht sagen, wie oft Scott irgendein mechanisches oder elektronisches Kaninchen aus einem unsichtbaren Zylinder gezaubert hatte, um die *Enterprise* vor der sicheren Vernichtung zu bewahren. Dieses Mal aber hatte Scott mehr getan, als nur bei der Rettung des Raumschiffs zu versagen. Er war mit seiner Vernichtung einverstanden gewesen.

»Guten Abend, Admiral«, sagte der Ingenieur.

»Hallo, Scotty. Gehen Sie noch nicht hinein. Wir werden heute abend abstimmen.«

»Jawohl, Sir.«

Sie warteten. Pavel Chekov und Commander Uhura kamen zusammen über die Ebene. Als sie sich näherten, machte Pavel, der jüngste in der Gruppe, wieder einen seiner alten Witze, demnächst auf einem Erzfrachter zu dienen. Die Abendbrise fuhr durch sein dunkles Haar. Uhura, ruhig und kühl wie immer, war so höflich, über Chekovs Witz zu lächeln.

»Wir werden heute abend abstimmen«, erklärte Jim. Auf einem Erzfrachter zu dienen, war vielleicht das beste, was sie sich erhoffen durften. Selbst Chekovs unzerstörbarer Humor zerbröckelte.

Was Uhura betraf, so konnte Jim nicht sagen, was sie fühlte oder dachte. Während der ganzen drei Monate auf Vulkan hatte sie niemals irgendein Anzeichen von Mutlosigkeit gezeigt. Mehr als einmal hatten ihre Kraft und ihre Sicherheit verhindert, daß die Moral der anderen völlig zusammengebrochen war.

Sulu lief von der anderen Seite der Ebene auf das Schiff zu. Schweiß klebte sein glattes Haar an seine Stirn.

Als er sich entschlossen hatte, Jim bei der Erfüllung von Sareks Bitte zu helfen, hatte der junge Captain mehr aufgegeben als jeder andere. Wenn er auf der Erde geblieben wäre, hätte er jetzt ein eigenes Kommando. So aber war ihm das Raumschiff *Excelsior* fortgenommen und einem anderen Offizier gegeben worden, wegen James Kirk. Sulu hatte jedoch nie ein Wort des Bedauerns über die von ihm getroffene Wahl verloren.

Während ihres Exils hatte Sulu begonnen, eine vulkanische Kampfsportart zu erlernen. Als er jetzt auf die anderen zulief, entdeckte Kirk eine neue Schwellung an Sulus Handgelenk. Die Vulkanier beschrieben diese Sportart als meditativ. Jim hatte einer Trainingsstunde beigewohnt und den Sport brutal gefunden. In Sorge um Sulu hatte Jim ihm vor zwei Monaten vorgeschlagen, daß er sich mehr Ruhe gönnen solle. Sulu hatte ihm sehr höflich gesagt, er solle sich gefälligst um seine eigenen Angelegenheiten kümmern.

Und Sulu hatte damit recht gehabt. Er wirkte jetzt so

elastisch wie eine Säbelklinge. Die Hitze und Schwerkraft Vulkans hatten ihn gereinigt und zu Stahl gehärtet.

McCoy stieg die Leiter herab. Die Gruppe war vollzählig.

»Haben Sie sich entschieden?« fragte Jim.

»Es gibt nichts zu entscheiden, Admiral«, sagte Chekov. »Wir kehren zur Erde zurück. Mit Ihnen.«

»Woher wissen Sie, daß ich vorhabe zurückzukehren?« fragte Jim.

Diese Worte ließen sogar Uhura erschrocken aufblikken. »Admiral!«

»Ich trage die Verantwortung für das, was geschehen ist«, sagte Jim. »Nein, widersprechen Sie mir nicht. Wenn ich allein zurückkehre, könnte Starfleet es für richtig halten, Sie zu übersehen. Wenn ich nicht zurückkehre, könnten sie sich so darauf konzentrieren, nach mir zu suchen, daß sie Sie in Ruhe lassen. In der vulkanischen Botschaft auf der Erde hat Sarek Uhura Asyl versprochen. Die Vulkanier werden dieses Versprechen niemals brechen. Und wenn einer von Ihnen darum nachsuchen sollte, würde Sarek bestimmt auch Ihren Schutz arrangieren.«

»Damit wir den Rest unseres Lebens damit zubringen, auf Vulkan Logik zu pauken?« fragte McCoy. »Bestimmt nicht.«

»Jeder von Ihnen, der Lust dazu hat, könnte die *Bounty* zu einem der Kolonialplaneten bringen, jenseits der Grenzen, wo die Leute nicht viele Fragen stellen.«

Chekov lachte. »Selbst dort, Sir, würden die Leute Fragen an Menschen stellen, die einen klingonischen Jäger fliegen. Selbst wenn er etwas getarnt ist.« Er deutete auf den neuen Namen des Schiffes.

McCoy schnaubte. »Hör auf damit, Jim, das reicht.

Du wirst niemals ein Kolonist werden – oder ein Pirat – und das wissen wir alle. Laßt uns also abstimmen.«

»In Ordnung«, sagte Jim. »Bitte das Handzeichen von denen, die dafür sind, auf die Erde zurückzukehren...«

Sulu hob die Hand. Die Bewegung war wie eine Herausforderung, und keine Geste der Ergebung. McCoy, Uhura und Chekov folgten seinem Beispiel. Schließlich, zögernd, hob auch Scott seine Hand.

»Scotty, sind Sie sicher?«

»Ja, Sir. Es ist nur... ich denke immer daran...«

»Ich weiß, Scotty, ich weiß.«

Auch Jim hob seine Hand. Er blickte die anderen der Reihe nach an, dann nickte er.

»Ich stelle fest«, sagte er, »daß Kommandant und Offiziere des ehemaligen Raumschiffs *Enterprise* einstimmig beschlossen haben, zur Erde zurückzukehren und sich den Konsequenzen für die Rettung ihres Kameraden, Captain Spock, zu stellen.« Er zögerte. Er wollte seine Dankbarkeit für ihre Loyalität zum Ausdruck bringen, doch fand er keine Worte dafür. »Ich danke Ihnen allen«, sagte er nur, und seine Stimme klang gepreßt. »Auf die Stationen, bitte.«

Anfangs hatte niemand es für möglich gehalten, daß dieses Schiff jemals wieder fliegen würde. Zu Beginn hatte Scotty jede Möglichkeit, es wieder raumtauglich machen zu können, heftig bestritten. Sulu hatte mit viel Geschick eine Herausforderung daraus gemacht, die Scotty so weit interessierte, um zumindest einen haarfeinen Riß in seine Depression zu bringen. Während seiner ganzen Arbeit an dieser monumentalen Aufgabe war Scotts Stimmung zwischen tiefster Verzweiflung und grimmiger Entschlossenheit, sie trotz aller Schwierigkeiten zu meistern, hin und her geschwankt.

Jedesmal, wenn sie ein Problem gelöst hatten, war ein anderes aufgetreten. Jetzt verstand Jim, wie sich der Kapitän eines Segelschiffes des achtzehnten Jahrhunderts, der in der Neuen Welt gestrandet war, gefühlt haben mußte, wenn er, Tausende von Meilen von der Heimat entfernt, versuchte, einen gebrochenen Mast oder einen eingedrückten Rumpf zu reparieren. Doch Jim konnte nicht einmal in einen Wald gehen, um einen Baum zu fällen und daraus ein neues Ausrüstungsstück zu bauen. Außerdem gab es auf Vulkan keine Wälder, und seine Bewohner schützten die wenigen, uralten Bäume, die ihnen verblieben waren. Er konnte auch nicht den Rumpf reparieren, selbst nicht vorübergehend, indem er Segeltuch über die Lecks spannte. Sein Job hatte darin bestanden, vulkanische Lagerverwalter und Bürokraten davon zu überzeugen, daß es absolut der Logik entspräche, wenn sie ihm und seinen Leuten die Ausrüstungsgegenstände gäben, die sie brauchten.

Jim wäre es lieber gewesen, in den Wald gehen und einen Baum fällen zu müssen.

Jim trat zu Scott. Der Ingenieur stand unter dem Rumpf des kleinen Schiffes und blickte kritisch auf einen aufgesetzten Flicken an seiner Haut.

»Mr. Scott, wie bald können wir starten?«

»Geben Sie mir noch einen Tag, Sir«, sagte Scott. »Die Beseitigung von Schäden ist einfach. Klingonisch zu lesen, ist verdammt schwer.«

Jim nickte, ohne das Gesicht zu verziehen, und versagte es sich, Scott daran zu erinnern, wie oft er erklärt hatte, daß eine Reparatur unmöglich sei. Scott stieg die Rampe hinauf, verschwand im Inneren des Schiffes.

McCoy trat neben Jim und verschränkte die Arme vor der Brust. »Sie könnten zumindest ein Schiff für uns schicken.«

Jim hatte McCoy nichts von seinem Gespräch mit Harry Morrow gesagt. Pille brauchte nicht noch mehr Streß.

»Was schwebt dir denn dabei vor?« sagte Jim mit einem Versuch zu scherzen. »Eine nette, kleine VIP-Yacht vielleicht?«

»Das wäre das mindeste. Anstatt dich vor das Kriegsgericht...«

»Ich habe die *Enterprise* verloren, Pille.«

»Du hast auch einmal die *Lydia Sutherland* verloren. Damals haben sie dich nicht vor ein Kriegsgericht gestellt.«

»Damals war ich auch ein Held, Pille. Dieses Mal...« Er zuckte die Schultern. »Starfleet hätte natürlich auf eine Kriegsgerichtsverhandlung verzichten können. Sie haben es nicht getan. Außerdem ist es ja nicht die Verhandlung, worauf es ankommt, sondern das Urteil.«

»Das Urteil, durch das wir alle dazu verdammt werden, den Rest unseres Lebens auf einem Borit-Planeten zu verbringen? Als ob es nicht schon Strafe genug wäre, mit diesem klingonischen Blecheimer nach Hause zu kommen.«

»Laß das nur nicht Captain Sulu hören. Auf jeden Fall ist es mir lieber, mit eigener Kraft nach Hause zu fahren. Und von diesem Blecheimer können wir sicher einiges lernen. Sein Tarngerät ist uns teuer zu stehen gekommen.«

McCoy blickte die Landerampe hinauf und straffte die Schultern. Er füllte seine Lungen mit der staubigen Luft, als ob er einen Vorrat tanken wollte, bevor er hineinging. »Ich wünschte nur, wir könnten es dazu benutzen, auch den Geruch zu tarnen.« Er stieg die Rampe hinauf und verschwand im Rumpf der *Bounty*.

Captain James T. Kirk

Mr. Spock und seine Eltern

Saavik saß mit gekreuzten Beinen in ihrer kargen Steinkammer. Sie hatte ihre Hände locker auf die Knie gelegt, die Augen geschlossen und ihre Gedanken gesammelt.

Saavik hatte immer davon geträumt, nach Vulkan zu kommen, seit sie von der Existenz des Planeten und von ihrer Abstammung erfahren hatte. Sie fühlte sich hier wohler als auf irgendeinem der anderen Planeten, die sie aufgesucht hatte, selbst wohler als auf der Erde, auf der sie mehrere Jahre verbracht hatte, und auf Hellguard, wo sie als Kind gelebt hatte. Wie die meisten anderen romulanisch-vulkanischen Mischlinge war sie sehr früh von ihren Eltern verlassen worden. Für ihren romulanischen Elternteil endete ihre Nützlichkeit mit ihrer Geburt. Hellguards Nützlichkeit für die Romulaner endete wenig später. Nur das Eintreffen einer vulkanischen Forschungsgruppe hatte Saavik vor einem harten, kurzen Leben im Kampf um die nackte Existenz bewahrt. Als sie gefunden wurde, war sie eine verdreckte, analphabetische, kleine Diebin gewesen. Doch Spock hatte sofort das Potential in ihr erkannt. Während alle anderen Mitglieder des Forschungs-Teams dafür waren, so zu tun, als ob diese Mischlinge überhaupt nicht existierten, hatte Spock sie gerettet, für ihre Ausbildung gesorgt und ihren Eintritt in Starfleet ermöglicht.

Seit seiner Rückkehr von dem Genesis-Planeten hatte Spock nicht mehr mit ihr gesprochen. Seine Wiedererweckung hatte ihn verändert. Niemand außer ihm selbst wußte, an welche Begebenheiten seiner Vergangenheit er sich erinnern konnte und was er neu erlernen mußte. Vielleicht hatte er ihre Existenz vergessen. Sie war zu stolz, um ihn auf sich aufmerksam zu machen, und sie versuchte zu verbissen, eine richtige Vulkanierin zu sein, um einzugestehen, daß seine

Freundschaft ihr fehlte. Selbst wenn er sie vergessen haben und sich ihrer nie wieder erinnern sollte, würde sie ihm immer dafür dankbar sein, ihr die Chance gegeben zu haben, zivilisiert zu werden.

In seinem früheren Leben hatte Spock ihre Existenz wahrgenommen, doch Saavik wußte bis heute nicht, warum er das getan hatte. Sie hielt sich für das Produkt von Verschleppung und sexueller Gewalt, während Spock väterlicherseits einer vulkanischen Familie entstammte, die seit Jahrhunderten bekannt und geachtet war. Er genoß Respekt sowohl wegen seiner Familie als auch wegen der eigenen Leistung. Saavik besaß nicht einmal einen richtigen vulkanischen Namen.

Das einzig Gemeinsame zwischen ihnen war die Tatsache, daß keiner hundertprozentiger Vulkanier war. Doch selbst diese Gemeinsamkeit enthielt viele Unterschiede. Mr. Spocks Mutter war Terranerin. Amanda Grayson entstammte einer Familie, deren Verdienste nicht bestritten werden konnten, obwohl sie sich nur zehn Generationen zurückverfolgen ließ. Ihre eigenen Leistungen konnten sich mit denen jedes Vulkaniers messen. Doch selbst wenn Amanda keiner Familie entstammt wäre, die es wert war, erwähnt zu werden, würde Saavik sie respektiert und bewundert haben. Während ihrer kurzen Bekanntschaft hatte Amanda ihr viel Freundlichkeit erwiesen. Sie hatte es Saavik ermöglicht, auf Vulkan bleiben zu können.

Saavik dagegen wußte nicht einmal, welcher ihrer Eltern Romulaner und welcher Vulkanier war. Sie hatte es tunlichst vermieden, irgendwelche Nachforschungen anzustellen, denn das Auffinden ihres vulkanischen Elternteils würde ihr nicht gerade zum Vorteil gereichen.

Sie strich langsam mit den Fingerspitzen über ihre Schulter, rieb die komplexe Narbe des Familiensymbols, das sie trug. Irgendwann würden die darin enthaltenen Angaben sie zu ihrem romulanischen Elternteil führen, dem sie Rache geschworen hatte.

Saavik lenkte ihre Gedanken zu einer weniger lange zurückliegenden Vergangenheit.

»Computer.«

»Bereit«, antwortete der hier überall erreichbare, unsichtbare Computer.

»Aufnahme einer Aussage.«

»Bereit.«

»Ich bin Saavik, Lieutenant von Starfleet. Ich habe zuletzt auf dem Raumschiff *Grissom* gedient, einem unbewaffneten Forschungsschiff unter dem Kommando von Captain Esteban. Captain Esteban führte das Schiff in den Mutara-Sektor, um Dr. David Marcus zu dem Genesis-Planeten zu bringen. Dr. Marcus war Angehöriger der Gruppe, die Genesis entwickelt hatte.

Die *Grissom* trat in den Orbit um Genesis ein. David Marcus und ich beamten auf den Planeten, um die Wirkung des Genesis-Torpedos zu überprüfen. Wir fanden einen Planeten des Erd-Typus mit einer vollständig entwickelten Biosphäre vor. Als wir die Signale eines Lebewesens verfolgten, das höher entwickelt war, als Genesis es zuließ, eines Lebewesens, das es auf einem neugeborenen Planeten nicht geben durfte, entdeckten wir ein vulkanisches Kind im Alter von etwa zehn Erdenjahren. Dr. Marcus vertrat die Ansicht, daß die Genesis-Welle die physische Gestalt Captain Spocks regeneriert hatte, der eine Raumbestattung erhalten hatte und dessen Sarg und Totenhemd auf diesem Planeten gefunden wurden.

Wenig später verloren wir den Kontakt mit der *Grissom*, und ein paar Stunden darauf erschien eine klingonische Expedition auf Genesis. Sie nahmen Dr. Marcus, den vulkanischen Jungen und mich gefangen. Der

Vulkanier und der Planet alterten sehr rasch. Uns war klar, daß der Vulkanier sterben würde, wenn wir ihn nicht aus dem Bereich der degenerierenden Genesis-Welle brachten.«

Wieder enthüllte sie nicht ihre Kenntnis über die Ursachen dieser Degeneration. Ein Fehler in der Genesis-Programmierung hatte das ganze System gefährlich instabil gemacht und schließlich dazu geführt, daß der neue Planet sich zu Protomaterie zersetzte und sich selbst vernichtete. David hatte befürchtet, daß dies geschehen könnte, sich in seinem Enthusiasmus für das Projekt jedoch eingeredet, daß er sich geirrt hatte. Saavik sah keinen Grund dafür, seinen Ruf als Wissenschaftler in Mißkredit zu bringen. Das würde den Schmerz nur noch verstärken.

»Die Männer der klingonischen Expedition weigerten sich, die Wahrheit zu akzeptieren, nämlich, daß das Experiment fehlgeschlagen war. Sie forderten die Herausgabe der Gleichungen, in der Annahme, daß Genesis eine mächtige Waffe sei. Da David – Dr. Marcus – wußte, daß es auch als Waffe eingesetzt werden konnte, verweigerte er standhaft die Preisgabe dieser Daten, obwohl die Klingonen uns alle mit dem Tod bedrohten.

Zu diesem Zeitpunkt kehrte Admiral James T. Kirk, einer Bitte Sareks nachkommend, nach Genesis zurück, um die Leiche Captain Spocks zu bergen. Commander Kruge, der Führer des klingonischen Teams, verlangte nun die Genesis-Gleichungen von Admiral Kirk und drohte ihm mit dem Tod seiner Geiseln, falls er dieser Forderung nicht nachkommen würde. Um seine Entschlossenheit zu demonstrieren, befahl Kruge, einen von uns zu töten... Er befahl meinen Tod. Dr. David Marcus protestierte dagegen und zog dadurch Kruges Aggression auf sich. Er war unbewaffnet. Er wurde ermordet. Seine Ermordung war unprovoziert.«

Saaviks Zögern dauerte nur einen Augenblick, doch während dieses Augenblicks durchlebte sie noch einmal Davids Tod. Er hätte nicht sterben sollen. Saavik war dafür ausgebildet und verantwortlich, Zivilisten zu beschützen. Doch er hatte gehandelt, bevor sie ihn stoppen konnte. Sie spürte wieder die Wärme seines Blutes an ihren Händen, als sie ihn zu retten versuchte, indem sie ihm etwas von ihrer eigenen Kraft gab. Die Klingonen hatten sie von ihm weggerissen, so daß er starb.

»Admiral Kirk und seine Leute flohen von der *Enterprise*. Die meisten der klingonischen Krieger suchten ihn an Bord des Raumschiffs. Es wurde durch Selbstzerstörung vernichtet und tötete sie. Auf dem Genesis-Planeten focht Admiral Kirk mit Commander Kruge einen erbitterten Zweikampf aus, besiegte ihn und versuchte ihn zu überreden, sich zu ergeben. Kruge zog es vor, mit Genesis unterzugehen.«

»Ich habe nicht die geringsten Zweifel«, fuhr Saavik fort, »daß Admiral Kirks Handlungsweise zumindest zwei Leben rettete: das Leben Spocks und das meine. Wahrscheinlich hat er auch verhindert, daß Genesis in die Hände einer feindlichen Macht fiel. Obwohl die Idee von Genesis nicht verwirklicht werden konnte, hat Admiral Kirk zumindest verhindert, daß Genesis zu einer furchtbaren Waffe pervertiert wurden.

Ich bin Saavik von Starfleet«, wiederholte sie. »Ich bin auf Ersuchen von Dr. Amanda Grayson auf Vulkan stationiert worden, bin jedoch jederzeit bereit, zur Erde zurückzukehren und zugunsten von Admiral Kirk und seiner Offiziere auszusagen. Ich schwöre bei meiner Ehre als Starfleet-Offizier, daß ich die Wahrheit gesagt habe. Ende der Aufzeichnung.«

»Aufzeichnung beendet«, antwortete der Computer.

»Elektronische Kopie.«

Gehorsam fertigte der Computer eine elektronisch lesbare Kopie ihrer Aussage an und stellte sie ihr zu. Saavik schob den Chip in ihre Tasche und lief zum Landefeld.

James Kirk hob grüßend die Hand.

»Sie haben sich also entschieden«, sagte Saavik.

Kirk nickte. »Wir starten morgen.«

»Zur Erde?« Saavik war immer überzeugt gewesen, daß der Admiral und seine Freunde sich dafür entscheiden würden, ihren Anklägern gegenüberzutreten.

»Ja.«

»Admiral, ich möchte meine Arbeit an dem Schiff weiterführen, bis Sie starten.«

»Ich danke Ihnen, Lieutenant Saavik.«

Sie zog den Chip aus ihrer Tasche. »Ich habe eine Aussage aufgezeichnet.«

»Danke, Lieutenant.« Er nahm den Chip entgegen.

»Wenn sie nicht genügen sollte, werde ich zur Erde zurückkehren, um selbst auszusagen.«

»Ist Vulkan enttäuschend für Sie, Saavik? Wollen Sie von hier fort?«

»Nein, Sir!« Sie nahm sich zusammen. Auf Vulkan fühlte sie sich stark und kräftig; zum ersten Mal spürte sie, ihr Leben völlig im Griff zu haben. Und diese Reaktion empfand sie als sehr seltsam und sonderbar, denn sie hatte keine Ahnung, was die Zukunft ihr bringen mochte.

Saavik wollte dies alles Kirk erklären, doch die Worte, die ihr einfielen, waren viel zu emotional.

»Nein, Sir«, sagte sie wieder. »Amanda hat sich meiner angenommen. Sie lehrt mich sehr viel.«

»Und Spock?«

»Mr. Spock... befindet sich in den Händen der Studenten – der Adepten«, sagte Saavik. »Ich habe nicht mit ihm gesprochen. Ich kann ihm hier nicht helfen.«

»Damit sind Sie nicht allein«, sagte der Admiral. »Nein, Saavik. Ich danke Ihnen für Ihr Angebot. Aber ich glaube, Sie sollten auf Vulkan bleiben.«

»Ich danke Ihnen, Sir.«

Sie stieg die Landerampe der *Bounty* hinauf, zwei Stufen auf einmal nehmend. Beim Einstiegsluk blickte sie zu dem Admiral zurück.

James Kirk stand allein im letzten Tageslicht und starrte zum Mount Seleya empor, mit einem plötzlich sehr ungewissen Gesichtsausdruck.

KAPITEL 2

Der Reisende rief, erwartete jedoch nicht länger eine Antwort. Der Schmerz über den Verlust begann abzuklingen. Der Reisende brachte andere Programme ins Spiel, als er sich dem unbedeutenden, blauen Planeten näherte. Weil der still geworden war, konnte der Reisende jetzt etwas unternehmen. Der Planet, der so vielversprechend erschienen war, hatte sich schließlich als unbewohnbar erwiesen und mußte deshalb verändert werden. Wenn der Reisende seine Arbeit vollbracht hatte, würde der Planet bereit sein für die Neugeburt intelligenten Lebens.

Der Reisende näherte sich dem Planeten, pflügte durch die elektromagnetische Flut des Spektrums seines gelben Sterns. Andere Strahlungswellen spülten über den Reisenden hinweg, doch war er dafür geschaffen, solchen Energien standzuhalten.

Bald würde seine Arbeit beginnen. Die Möglichkeiten, die die Zukunft bot, begannen die Trauer um den Verlust auszulöschen.

Von einem aus dem lebenden Fels des Mount Seleya geschlagenen Balkon konnte Spock weit über die Ebenen seines Wahl-Heimatplaneten hinwegblicken. Als die riesige, rote Sonne versank und das Zwielicht einsetzte, richtete sich seine Aufmerksamkeit auf das Landefeld am Fuß des Berges. Er sah, wie die kleine Gruppe der Menschen, die ihn nach Vulkan gebracht hatte, sich unterhalb der zerbeulten Tragfläche ihres klingonischen Kriegsschiffes versammelte. Er erriet den Zweck ihres Treffens; und wenn sie Vulkan verließen, wußte er, wie sie sich entschieden hatten.

Der weibliche Starfleet Lieutenant, der sie nach

Vulkan begleitet hatte, trat jetzt zu Kirk und sprach mit ihm. Spock wußte, daß sie auf dem Genesis-Planeten gewesen war, und er wußte auch, daß sie an der Rettung seines Lebens beteiligt gewesen war. Doch sonst wußte er kaum etwas über sie. Das bedrückte ihn, denn wann immer er sie sah, glaubte er, alles über sie zu wissen. Doch dann verblaßte dieses Wissen so unwiederbringlich wie die Erinnerung an einen Traum, und sie wurde wieder zu einer Fremden.

Spock zog die Kapuze seiner schweren, weißen Robe empor, so daß sie sein Gesicht umhüllte. Während der vergangenen drei Monate intensiven Erinnerungstrainings hätte er alle Informationen wiedererlangt oder neu erlernt haben sollen, die er brauchte, um sein Leben und seine Karriere fortführen zu können. Als er im Zwielicht den Berghang hinabblickte und James Kirk dort unten sah, gelang es ihm, eine riesige Menge von Wissen über diesen Mann in sein bewußtes Erinnerungsvermögen zurückzurufen. Er hatte James Kirk kennengelernt, als dieser das Kommando der *Enterprise* von Captain Christopher Pike übernommen hatte. Kein Starfleet-Offizier hatte jemals den Rang eines Captain in so jungen Jahren erreicht wie James Kirk. Seine Beförderung zum Admiral war genauso ungewöhnlich rasch erfolgt. Das alles stand in den Datenspeichern; doch Spock wußte auch, daß er anfangs daran gezweifelt hatte, jemals mit Kirk arbeiten zu können, und der Captain hatte eine ähnliche Einstellung gegenüber seinem neuen Wissenschaftsoffizier gehabt. Das war echte Erinnerung, mobilisiert aus dem *katra,* das in McCoys Obhut zurückgelassen worden war, als Spock starb.

Nur die Erfahrung konnte lehren, wo Spocks Erinnerung weitere Nachhilfe brauchte. Es wurde Zeit, seinen endgültigen Test zu Ende zu bringen.

Auf dem Landefeld am Fuß des Berges blickte Admiral James Kirk nach oben, als ob er nach Spock Ausschau hielte. Ohne sich bemerkbar zu machen, wandte Spock sich ab und trat in die Domäne der Studenten der vulkanischen Disziplin des klassischen Denkens zurück.

Im Eingang des Testraums blieb er stehen. Auf allen drei Bildschirmen standen die Worte: ERINNERUNGSTEST UNTERBROCHEN. Spock trat in den Raum, setzte sich vor die Bildschirme und konzentrierte sich.

»Weitermachen.«

Drei Fragen erschienen gleichzeitig. Der Computer forderte die chemische Formel von Yominium-Sulfid-Kristallen an; fragte: »Welcher bedeutsame Präzedenzfall ergab sich aus dem Friedensvertrag zwischen Argus und Rigel IV?«; und verlangte die Lösung eines Problems im dreidimensionalen Schach. Spock schrieb die chemische Formel, antwortete: »Es ist nicht Sache der Justiz festzustellen, daß alle vernunftbegabten Wesen gleich erschaffen wurden, sondern sicherzustellen, daß alle solche Wesen vor dem Gesetz gleiche Chancen und gleiche Behandlung erfahren«, und zog seine Dame. Die weiße Dame schlug den schwarzen Springer. »Schach«, sagte Spock. Der erste Bildschirm forderte die elektronische Struktur des normalen Zustands von Gadolinium an; der zweite verlangte einen Aufriß der wichtigsten historischen Ereignisse des Jahres 1987; der dritte blieb statisch. Spock tippte: $1s^2 2s^2 3s^2 3p^6 ed^{10} 4s^2 4p^6 4d^{10} 4f^7 5s^2 5p^6 5d^1 6s^2$, und zitierte die wichtigsten Ereignisse der Erde im Jahr 1987 der alten Zeitrechnung. Der Computer hatte auf seine Herausforderung noch nicht reagiert. »Du stehst im Schach«, sagte er. Der Computer antwortete, indem er ihm eine Graphik zur Identifizierung vorlegte. Der zweite Bildschirm fragte: »Wer machte die ersten Entdeckungen auf dem Gebiet der toroidalen Raum-Zeit-Verschiebungen und wo?«

»Das Bild ist eine zweidimensionale Wiedergabe einer dreidimensionalen, theoretischen Darstellung eines vierdimensionalen Zeit-Tores, wie sie von dem andorianischen Wissenschaftler Shres entworfen wurde; Ralph Seron hat die ersten Arbeiten über Toroidie im Jahr 2069 in Cambridge, Massachusetts, Terra, verfaßt, und du stehst noch immer im Schach.« Der Turm des Computers schlug Spocks Dame. Spock zog sofort einen weißen Bauern und schlug den schwarzen Turm. »Schachmatt.«

Es kamen keine Fragen mehr. Alle drei Bildschirme wurden klar. Und dann erschienen, dreifach, die Worte: ERINNERUNGSTEST BEFRIEDIGEND.

Auf dem mittleren Bildschirm erlosch die Schrift, und an ihrer Stelle erschien die Frage: BEREIT FÜR EINE LETZTE FRAGE?

»Ich bin bereit«, antwortete Spock.

Die Frage erschien vor ihm und zu beiden Seiten, füllte sein zentrales und sein peripheres Blickfeld.

WIE FÜHLST DU DICH?

Verwirrt starrte Spock auf den mittleren Bildschirm. Er runzelte die Stirn in harter Konzentration. Der Bildschirm blinkte ihm die Frage entgegen, drängte ihn zu einer Antwort.

»Ich verstehe nicht«, sagte Spock.

Der Bildschirm blinkte weiter, verlangte eine Antwort.

Spock hörte das feine Rascheln von Stoff auf Stein. Er warf einen Blick über die Schulter.

Amanda, Adeptin der vulkanischen Disziplin klassischen Denkens, Spocks terranische Mutter, stand in der Tür.

»Ich verstehe die letzte Frage nicht«, sagte Spock.

»Du bist zur Hälfte Mensch«, sagte Amanda. Sie trat auf ihn zu, blieb neben ihm stehen und legte eine Hand auf seine Schulter. »Der Computer weiß das.«

»Die Frage ist irrelevant.«

»Spock... die Wiedererweckung deines Verstandes ist auf die vulkanische Weise erfolgt; also magst du Gefühle nicht verstehen. Aber du bist mein Sohn. Du besitzt sie. Sie werden an die Oberfläche kommen.«

Spock fand diese Behauptung schwer zu akzeptieren, denn er konnte sich keines Beweises dafür erinnern, daß das, was sie gesagt hatte, der Wahrheit entsprach, an keine Gelegenheit, wo er so reagiert hatte, wie sie es ihm gesagt hatte. Dennoch vertraute er ihrem Urteil.

»Wie du es wünschst«, sagte er, »da du Gefühlen anscheinend einen Wert beimißt. Aber... ich kann nicht hier bleiben, um sie zu finden.«

»Wohin mußt du gehen?« fragte Amanda.

»Zur Erde. Um eine Zeugenaussage zu machen.«

»Das tust du – aus Freundschaft?«

»Ich tue es, weil ich dabei war.«

Sie berührte seine Wange. »Spock, wiegt das Wohl der vielen schwerer, als das Wohl des Einen?«

»Ich würde das als Axiom akzeptieren«, antwortete Spock. Ihre Berührung verriet ihre Sorge um ihn, ihre Beunruhigung und ihre Liebe.

»Dann stehst du hier lebend vor mir, weil ein Fehler begangen wurde«, sagte Amanda. »Ein Fehler, begangen von den fehlerhaften, fühlenden menschlichen Freunden. Sie haben ihre Zukunft geopfert, weil sie glaubten, daß das Wohl des *Einen* – das deine – für sie wichtiger war.«

Spock dachte nach. »Menschen neigen zu unlogischen Entscheidungen.«

Sie blickte ihn an, traurig, geduldig; sie schüttelte leicht den Kopf. »Das tun sie wahrhaftig.«

Spock hob eine Braue, bemühte sich, die unverständlichen Motive menschlichen Handelns zu begreifen.

Dr. Leonard McCoy ließ die Tür des Bordlazaretts der *Bounty* hinter sich zugleiten. Er ließ sich auf einen Sessel fallen, der auf eine völlig andere Körperform zugeschnitten war. Das Schiff, besonders seine Kabine, waren absolut fremdartig. Nur im Lazarett hatte er so etwas wie eine vertraute Atmosphäre schaffen können. Er hatte Instrumente und Medikamente erbettelt, ausgeliehen und gestohlen. So kurz und so sicher der Trip auch sein mochte, McCoy würde nicht ohne medizinische Versorgungsmöglichkeit in den Raum gehen. Einige der auf der *Bounty* vorgefundenen Instrumente hatte er menschlichen und vulkanischen Bedürfnissen anpassen können, andere waren nutzlos oder ihm unverständlich.

Er hatte weder die Möglichkeit noch den Wunsch, seine Schlafkabine wohnlicher zu machen; er erwartete nicht, sehr viel Zeit auf diesem Schiff zu verbringen. Doch wo er in Zukunft seine Zeit verbringen würde, wußte er nicht.

Er rieb sich die Schläfen und wünschte, die Kopfschmerzen würden aufhören. Das Wünschen hatte oft die gleiche Wirkung auf den Schmerz wie die Medikamente, die er probiert und dann aufgegeben hatte.

McCoy war bedrückt. Trotz T'Lars gegenteiliger Versicherungen spürte er noch immer die Präsenz von Spock in seinem Gehirn. Er hoffte, daß es lediglich ein Schatten war, eine Erinnerung an eine Erinnerung, die er während jener wenigen, unendlich langen Tage in sich getragen hatte. Obwohl er nicht glaubte, daß er und Spock völlig voneinander getrennt worden waren, sagte er nichts davon. Er hatte keine Lust, noch mehr Behandlungen über sich ergehen zu lassen. Sie gruben zu tief in sein Bewußtsein hinab, konfrontierten ihn mit Teilen seines Ichs, die er lieber nicht sehen wollte. Sie öffneten ihn für Spock, als ob er seziert würde. Und die Vulkanier begriffen das nicht. Nach jeder Sitzung zogen sie sich weiter und weiter von ihm zurück, als ob er ein Versuchstier wäre, das nicht ihren Anforderungen entsprach, irgendeine Mißgeburt der Natur. Selbst Spock zog sich zurück und sprach vor und nach diesen Sitzungen kein Wort mit ihm, obwohl er McCoy besser hätte verstehen müssen, als jedes andere Wesen im Universum.

McCoy verstand Spock durchaus. Das war eins der Dinge, die ihn bedrückten. Er konnte verstehen, wie entsetzt und abgestoßen die Vulkanier sein mußten, wenn sie den Firnis der Zivilisation von McCoys Gefühlen gekratzt und seine psychischen Nervenenden bloßgelegt hatten. Er konnte jetzt sogar ihr kühles Interesse verstehen. Die Vulkanier hatten ihm zu der Möglichkeit verholfen, außerhalb seines Ichs zu stehen als objektiver Beobachter. Das war keine Rolle, die er jemals angestrebt hatte. Er kannte viel zu viele Ärzte, die sich ihrer Objektivität rühmten, die sich von einem Patienten, der in Schmerzen lag, völlig trennen konnten. Sie mochten fachlich kompetent sein, sogar brillant; fachlich mochten sie sogar erheblich bessere Ärzte sein als McCoy. Doch er konnte nicht so arbeiten, hatte auch nicht den Wunsch dazu. Es gehörte mehr zu einem Arzt als fachliches Können. Jetzt aber hatte McCoy das Gefühl, in eine solche Form gepreßt zu werden. Wenn er nicht länger die Gefühle seines Patienten verstand, war er als Arzt schlimmer als nutzlos.

McCoy konnte nur eine Verteidigung dagegen finden, und die bestand darin, seine Reaktionen, sowohl die positiven als auch die negativen, zu akzentuieren, sie freizusetzen, anstatt sie auf irgendeine Weise einzudämmen.

Wenn Spock und die anderen Vulkanier ihn schon vorher für emotional gehalten hatten, sollten sie jetzt ihr blaues Wunder erleben.

Nach einer langen Nacht kletterte Jim Kirk aus der H.M.S. *Bounty*. Er atmete die kühle, dünne Luft tief in seine Lungen, versuchte, dem ständigen, leichten Schwindelgefühl entgegenzuwirken. Das kleine Schiff ragte über ihm empor, ein plumpes Gebilde am Boden, doch wieder raumtauglich.

Die harte, elegante Morgendämmerung Vulkans umgab ihn. Der wolkenlose Himmel färbte sich tiefrot und violett, als der Rand der Sonne sich über den Horizont schob. Ihr Licht wurde von dem permanenten, leichten Staubnebel der Atmosphäre reflektiert.

Hoch über ihm glitt ein Schatten über die Kuppe des Mount Seleya in das Sonnenlicht. Jim blickte verwundert zu dem im Aufwind kreisenden Windsegler empor. Nur wenige Menschen – und selbst wenige Vulkanier – hatten diese seltene Kreatur jemals zu Gesicht bekommen. Zu empfindlich, um jede Art von Berührung außer der der Luft ertragen zu können, lebte der Windsegler ständig in der Luft, jagte, zeugte, gebar und starb, ohne jemals den Boden zu berühren. Selbst nach dem Tod flog er weiter, bis die Winde seinen Körper in Moleküle, in Elemente auflösten.

Er stieg in spiralförmigen Kreisen immer höher, direkt über der *Bounty*. Die Sonne Vulkans, die tief über dem Horizont stand, beleuchtete den Windsegler von unten. Jim erkannte, daß die fast durchsichtige Kreatur bei jedem anderen Einfallswinkel des Sonnenlichts fast unsichtbar sein mußte. Doch da das Licht von den Unterseiten seiner Flügel reflektiert wurde, konnte er die Form der glasigen, hohlen Knochen unter der dünnen, mit feinem, durchsichtigem Fell bedeckten Haut erkennen. Der Vogel schwang sich zum Gipfelpunkt seiner Spirale empor. Er warf sich rücklings herum und stieß im Sturzflug direkt auf ihn herab. Jim hielt den Atem an, da er befürchtete, das empfindliche Tier würde auf dem Boden zerschellen oder von den Turbulenzen der Luft zerrissen werden. Zwanzig Meter oberhalb von ihm kurvte es wieder nach oben, segelte davon.

Jim konnte nicht begreifen, wie ein so zart gebautes Tier diesen Sturz überlebt haben konnte; doch Jim Kirk war nicht der erste, der von dem Windsegler verblüfft worden war. Niemand, selbst nicht Vulkanier, konnte begreifen, wie er die mörderischen Winde und Sandstürme überstehen konnte, die diesen Planeten von Zeit zu Zeit umtosten.

Jim fragte sich, ob es nach der vulkanischen Mythologie ein Glückszeichen war, wenn man einen Windsegler sah; er fragte sich, ob irgendein Vulkanier zugeben würde, daß es solche Omen des Glücks gab. Denn obwohl die Vulkanier ihre alten Mythen bewahrten, waren die modernen Vulkanier viel zu rational, um an Glück zu glauben.

Doch was die Vulkanier glaubten, spielte keine Rolle. Jim hatte das Gefühl, als ob das Sichten eines Windseglers in seiner eigenen Mythologie Glück bedeutete. Er stieg wieder in die *Bounty* zurück und fühlte sich erheblich besser.

Sulu und Scott hatten die Reparatur der schlimmsten Schäden, die die *Enterprise* dem Jäger zugefügt hatte, abgeschlossen. Admiral James Kirk setzte sich auf seinen Platz auf der Brücke des klingonischen Jägers und fragte sich, ob er sich jemals auf diesem Sessel heimisch fühlen könnte. Er war für Angehörige einer Spezies entworfen worden, die im Durchschnitt erheblich größer waren als Menschen.

»Meldungen System-Status«, sagte er. »Kommunikation?«

»Kommunikationssysteme klar«, antwortete Uhura.

»Mr. Sulu?«

»Steuersysteme funktionell. Ich habe die Protokolle der Bordcomputer ein wenig modifiziert, um ein besseres Interface mit den Datenbänken der Föderation zu erreichen.«

»Waffensysteme?«

»Einsatzbereit, Admiral«, sagte Chekov. »Und das Tarngerät ist jetzt in jedem Flugmodus anwendbar.«

»Ich bin beeindruckt, Mr. Chekov. Sie haben viel Mühe für einen so kurzen Flug aufgewendet.«

Chekov grinste. »Wir befinden uns in einem feindlichen Schiff, Sir. Ich habe nicht den Wunsch, auf dem Weg zu unserem eigenen Begräbnis abgeschossen zu werden.«

»Sehr umsichtig«, sagte Jim. »Maschine. Meldung, Scotty.«

»Wir sind bereit, Sir. Ich habe die Dilithium-Sequenzer in etwas weniger Primitives umgebaut. Und, Admiral, ich habe die klingonischen Rationspakete durch etwas anderes ersetzt. Die machen mir einen sauren Magen.«

»Wird von uns allen geschätzt, Mr. Scott.«

In der Stille, die folgte, wurde Jim bewußt, daß alle auf der Brücke ihre Aufmerksamkeit erwartungsvoll auf ihn konzentrierten.

»Vorbereiten zum Start«, sagte er ruhig.

Sulu begann, die Check-Liste durchzugehen, und im nächsten Moment war Jim von dem leisen, konzentrierten Gemurmel der Startvorbereitungen umgeben.

Dies war immer der Augenblick, wenn der Captain eines Schiffes wie im Auge eines Wirbelsturms saß, alles überwachte, für alles verantwortlich war, doch keinerlei direkte Aufgabe hatte. Er konnte nur daran denken, wohin er seine Leute bringen würde und womit sie konfrontiert sein würden, wenn er sie dorthin gebracht hatte.

Er blickte auf der Brücke umher. Im Schatten des Ganges, der zum Vorschiff der *Bounty* führte, stand Saavik, offensichtlich zögernd und unsicher. Sie war nicht so beherrscht wie ein Vulkanier.

Jim erhob sich und trat zu ihr. »Nun, Saavik, dies ist der Abschied.«

»Ich sollte mit Ihnen zur Erde gehen, Admiral«, sagte sie zögernd. »Ich habe nachgedacht – ich bin bereit... ich brauche nichts. Ich bitte nur, mich noch von Amanda verabschieden zu dürfen.«

»Nein, Saavik. Starfleet hat Sie auf Vulkan stationiert, also bleiben Sie auch auf Vulkan.« Er sprach rasch, um jedem Widerspruch zuvorzukommen. Sie würde ihn zweifellos mit bestechender Logik vorbringen und dabei Verantwortung über ihre eigenen Wünsche stellen. »Es ist doch nicht unbedingt nötig, daß noch jemand von uns wegen Befehlsverweigerung angeklagt wird, nicht wahr?«

»Aber...«

»Ihre aufgezeichnete Aussage ist für die Untersuchung völlig ausreichend, Lieutenant. Sie werden Ihren Befehlen gehorchen. Haben Sie verstanden?«

Sie hob den Kopf, und ihre dunklen Augen verengten sich in einem Aufblitzen von Trotz und Auflehnung, doch der Rückfall in Emotion dauerte nur einen Moment, dann hatte ihre vulkanische Disziplin die romulanische Erziehung besiegt.

»Jawohl, Sir.«

Die *Bounty* vibrierte mit einer tiefen, pulsierenden Frequenz, als sie sich auf den Start vorbereitete.

»Beeilen Sie sich«, sagte Jim und versuchte, sich unbeschwert und zuversichtlich zu geben. »Sie haben auf Vulkan viel zu lernen. Fast so viel wie Spock. Und Sie werden nach Ihrem Aufenthalt hier ein besserer Starfleet-Offizier sein. Außerdem sind Sie die einzige, die alles weiß, was auf Genesis geschehen ist...« Seine eigenen Erinnerungen überfielen ihn. Seine gezwungene Unbeschwertheit brach zusammen, seine Stimme versagte. Er nahm sich zusammen, nicht so schnell, wie es einem Vulkanier gelungen wäre. »Sie könnten Spock helfen, wieder Zugang zu seinen Erinnerungen zu erlangen.«

»Mein Wissen ist für Captain Spocks Regenerierung bisher nicht benötigt worden«, sagte Saavik steif. »Aber ich werde meinen Befehlen gehorchen.«

»Offenbar werden wir Spock nicht sehen, bevor wir starten«, sagte Jim und versuchte, seiner Stimme einen gleichmütigen Klang zu geben. »Wenn es sich irgendwie ergeben sollte, sagen Sie ihm, daß ich ihm... viel Glück wünsche.«

»Falls ich mit Captain Spock sprechen sollte, werde ich versuchen, ihm Ihre Nachricht zukommen zu lassen, Admiral.«

Jim blickte Saavik nach, als sie ging. Das Luk glitt auf, als sie sich ihm näherte. Zu Jims Verwunderung trat Spock herein. Er trug seine lange, weiße Robe. Saavik blieb stehen.

»Guten Tag, Captain Spock«, sagte sie.

»Langes Leben und Gedeihen, Lieutenant«, sagte Spock mit ausdrucksloser Stimme und unbewegtem Gesicht.

Er ging an ihr vorbei und warf nicht einen Blick zurück. Saaviks Selbstbeherrschung zerbrach in tiefem

Schmerz. Sie blickte Spock an, doch als sich ihr Blick mit dem Jims kreuzte, warf sie den Kopf zurück, wandte sich um und ging hinaus.

Anscheinend hatte die für Spocks Erinnerungstraining verantwortlichen Vulkanier es nicht für wünschenswert gehalten, ihn an Saavik zu erinnern, und an die wichtige Rolle, die er in ihrer Kindheit gespielt hatte. Vielleicht würde die Zeit die Erinnerung zurückbringen.

Spock blieb vor Kirk stehen. »Bitte an Bord kommen zu dürfen, Sir.«

»Erlaubnis erteilt«, sagte Jim. »Aber wir sind schon bei den Startvorbereitungen, Spock. Wir sind so lange auf Vulkan geblieben, wie wir konnten. Ich bin froh, daß ich Gelegenheit habe, mich von Ihnen zu verabschieden…«

»Ich bitte, Sie zur Erde begleiten zu dürfen, Sir.«

»Zur Erde? Was ist mit Ihrem Erinnerungstraining? Was ist mit den Ältesten?«

»Mein Erinnerungstraining ist so weit abgeschlossen, wie die Studien es erlauben. Die Ältesten… würden es vorziehen, daß ich bleibe, aber ich habe ihre Einladung abgelehnt. Doch es hängt natürlich von Ihrer Zustimmung ab.«

»Natürlich haben Sie meine Zustimmung, Spock. Willkommen an Bord.«

»Ich danke Ihnen, Admiral.« Spock zögerte, blickte an sich herab. »Ich muß mich für meinen Aufzug entschuldigen.« Er runzelte die Stirn. »Ich… ich scheine meine Uniform irgendwie verlegt zu haben.«

»Das finde ich… durchaus verständlich.« Spock war nicht der einzige von ihnen, der keine Uniform trug. Jim lächelte. Spock hob fragend eine Braue.

»Ich meine«, sagte Jim, »daß Sie eine Menge durchgemacht haben.«

Spock antwortete nicht.

Jim seufzte. »Nehmen Sie bitte Ihre Station ein«, sagte er.

Spock ging zur anderen Seite der Brücke und setzte sich an die Wissenschaftsstation. Jim beobachtete ihn, plötzlich im Zweifel, ob es klug war, Spock mitzunehmen. Spock schien noch immer nicht der alte zu sein. Doch der Trip zur Erde dürfte ohne Zwischenfälle und große Anforderungen verlaufen, und Spock war nicht geladen, vor dem Untersuchungsausschuß zu erscheinen und sich für sein Handeln zu verantworten.

Vielleicht ist dieser Trip genau das, was Spock braucht, überlegte Jim. Vielleicht.

Außerdem hatte Spock seinen Entschluß, Vulkan zu verlassen, schon vor vielen Jahren getroffen. Jim wollte nicht zum Komplizen der vulkanischen Ältesten werden und eine ›Einladung‹ unterstützen, die Spock bis in unabsehbare Zukunft hier festhalten könnte.

»Bist du sicher, daß es klug ist?«

McCoy war lautlos neben Jim getreten. Er blickte Spock skeptisch an.

»Was willst du damit sagen?« fragte Jim, irritiert darüber, daß McCoy so offen aussprach, was er dachte.

»Ich meine, daß *er* wieder auf seinem Posten sitzt, als ob nichts geschehen wäre. Ich weiß nicht, ob du das richtig siehst, aber er hat nicht vollen Schub auf allen Triebwerken.«

»Der Schub wird schon zu ihm zurückkommen«, sagte Jim mit einem Versuch, sich davon zu überzeugen.

»Bist du sicher?«

Etwas zu verhehlen, war eine Sache, seinen alten Freund direkt anzulügen eine ganz andere. Jim blickte zur anderen Seite der Brücke, wo Spock saß und sich mit seinem Computer unterhielt.

»Das ist es, was ich befürchtete«, sagte McCoy.

»Mr. Sulu«, sagte Jim abrupt. »Bringen Sie uns nach Hause.«

Saavik ging über das Landefeld. Hinter ihr machte die *Bounty* sich bereit zum Abheben. Saavik veränderte ihren Schritt nicht. Amanda wartete am Rand des Landefeldes und blickte an ihr vorbei auf das Schiff, das Gesicht ausdruckslos. Der Wind ergriff eine lose Haarsträhne und wehte sie an ihren Hals.

Amanda streckte ihre Hand aus. Saavik zögerte, dann umfaßte sie sie und trat neben sie. Gemeinsam sahen sie zu, wie das Schiff startete. Es hob sich in einer Wolke von Staub und Energie, schoß dann vorwärts und gewann rasch an Höhe, bis es zwischen den Gipfeln und Schluchten der Seleya-Bergkette verschwand.

Saavik blickte Amanda an, als die *Bounty* verschwunden war. Sie war plötzlich froh, daß sie geblieben war, denn jetzt rannen Tränen über Amandas Wangen, und ihre Finger lagen dünn und zerbrechlich in Saaviks kräftiger Hand.

Die Ärztin Christine Chapel stand inmitten eines Chaos im Kontrollraum von Starfleet Command. Riesige, gekrümmte Fenster boten ein herrliches 180-Grad-Panorama der San Francisco Bay, doch niemand konnte der Ruhe dieses Bildes irgendwelche Aufmerksamkeit schenken. Der riesige Raum vibrierte vor erregten Kommunikationen in vielen Sprachen, vielen Akzenten. Und alle Nachrichten waren schlecht.

Ein unbekanntes Objekt näherte sich mit unglaublicher Geschwindigkeit und erschreckender Energie der Erde. Es passierte Schiffe von Starfleet, und die Kommunikation mit diesen Schiffen setzte schlagartig aus.

Nichts vermochte seine Geschwindigkeit auch nur zu drosseln.

Chapel hatte sich den ganzen Vormittag über bemüht, diese offenbar havarierten Schiffe zu erreichen. Doch sie hatte nicht genug Personal, sie hatte nicht genug Rettungsschiffe, und die Kommunikation wurde zunehmend schwieriger. Die Sonde schien jedoch keinerlei Schwierigkeiten zu haben, Starfleet-Schiffe zu stoppen, während sie auf die Erde zustürzte.

Der Präsident des Föderationsrates trat herein. Das Chaos in dem Kontrollraum klang ein wenig ab. Der Präsident trat zu Admiral Cartwright an die zentrale Kommandokonsole. Chris hoffte, daß sie etwas über die Sonde wüßten, das ihr nicht bekannt war, doch beide Männer wirkten angespannt und ernst.

Chapel trat zu Janice Rand, die an einer der anderen Konsolen des Kontrollraums saß.

»Janice?«

Rand blickte auf, ihr Gesicht wirkte sehr ernst. »Alle Schiffe in einem Radius von zehn Tagesreisen sind bereits auf dem Weg zurück.«

Sie deutete auf den Bildschirm, eine 3-D-Darstellung des föderativen Raums, mit der Erde als Mittelpunkt. Eine große Anzahl von Schiffen bewegte sich mit hoher Geschwindigkeit auf dieses Zentrum zu. Einige von ihnen hatten bereits damit begonnen, sich zu einer schützenden Phalanx zu sammeln. Die unbekannte Sonde pflügte unaufhaltsam auf diese Phalanx zu. In ihrem Kielwasser ließ sie ein Gewirr von reglosen, verblassenden Sensorpunkten zurück.

»Was die weiter entfernt stehenden Schiffe betrifft... bei der Geschwindigkeit, die dieses Ding hat, Chris, könnte zu der Zeit, wenn sie wirklich zurückkehren, nichts mehr da sein, zu dem sie zurückkehren könnten.«

»Wir *wissen* nicht, was das Ziel dieser Sonde ist«, sagte Chris. »Wir können nicht sicher sein...«

Janice blickte zu ihr auf. Chris hörte auf, sich an den dünnen Strohhalm zu klammern, der in ihrer Hand zerbröckelte.

»Wenn ich alle Schiffe zurückrufen würde«, sagte Janice, »so möglicherweise zu ihrer Vernichtung.«

»Wir könnten sie brauchen«, sagte Chapel. »Für die Evakuierung.«

»Sie können niemanden evakuieren, wenn sie zerstört worden sind! Wir wissen doch nicht einmal, was mit der *Saratoga* passiert ist, und mit den anderen! Das... das *Ding* hat jede Kommunikation im ganzen Sektor unterbrochen.«

»Es ist mein Job, vorbereitet zu sein«, sagte Chapel. »Evakuierung mag unsere einzige Chance sein.«

»Aber wohin können sie gehen?« sagte Rand leise. Sie wandte sich wieder ihrer Konsole zu. »Die Energie dieses Dinges nimmt zu, Chris«, sagte Janice Rand. Ihre Schultern sanken zusammen, als sie auf den Bildschirm starrte. »Ich wünschte, Admiral Kirk wäre jetzt hier«, sagte sie. »Ich wünscht, er wäre mit der *Enterprise* hier.«

KAPITEL 3

Der Reisende erreichte das Sternensystem des unerheblichen, blauen Planeten. Die Stimmen, nach denen er lauschte, blieben stumm. Er passierte die äußeren Planeten des Systems, gefrorene Felskugeln und Gasriesen, und er sang seine Trauer in den Raum und in die Himmel aller Planeten. Seine Sensoren tasteten die Oberfläche des blauen Planeten ab, stießen durch die elektromagnetische Strahlung, von der solche Planeten häufig umgeben sind. Er entdeckte im Raum mehrere kleine Energiequellen und entleerte sie.

Dies war ein gerade noch akzeptabler Planet. Der Reisende konnte ihm neue Stimmen verleihen. Als erstes aber mußte seine Oberfläche sterilisiert werden. Der Reisende würde die Temperatur absenken, bis alles Land von Eis bedeckt war und die Meere zugefroren waren. Was immer die Intelligenz vernichtet hatte, die einst dort existiert hatte, würde nun selbst vernichtet werden. Nach ein paar Äonen würde der Reisende die Temperatur wieder ansteigen lassen, so daß ein tropischer Planet ohne Leben entstand. Dann konnte der Reisende das Leben neu aussäen. Nun konzentrierte er seine Aufmerksamkeit auf eine riesige Meeresfläche und begann Energie in diesen Fokus zu senden.

Eine gewaltige Flutwelle schoß empor und explodierte zu Dampf. Der Reisende beobachtete die Ergebnisse und war befriedigt. Er intensivierte den Ausstoß von Energie, die gewaltige Wassermassen des Ozeans zum Kochen brachte. Dampfschwaden stiegen in die Atmosphäre auf und sammelten sich dort zu Wolken, die sich rapide verdichteten und ausbreiteten, bis sie die gesamte Oberfläche des Planeten verdeckten.

Auf der Erde begann es zu regnen.

Die unbesiegbare Sonde kreuzte die Umlaufbahn des Jupiter. Die Föderation wartete in Hoffnung und Angst.

Mit erschreckender Plötzlichkeit sammelten sich Wolken über der gesamten Erdoberfläche. Regen plätscherte, trommelte, schüttete auf das Land.

Die letzten Hoffnungen schwanden mit diesem Beweis für die Feindseligkeit der Sonde.

Captain Styles eilte den Korridor entlang zum Turbolift. Seine Befehle waren klar und verzweifelt: »Halten Sie die Sonde auf!« Starfleet Commander Cartwrights innere Anspannung war selbst durch den von Statik überlagerten Kanal hörbar gewesen. »Captain, wenn Sie versagen... bedeutet es das Ende des Lebens auf der Erde.«

Styles zog einen Fehlschlag überhaupt nicht in Betracht. Die Aussicht auf Aktion erregte ihn. Sein Schiff, die *Excelsior,* das neueste und mächtigste von Starfleet, war als letzte Verteidigung gegen das Unbekannte in Reserve gehalten worden. Jetzt war das Warten vorüber.

Es war ein Glück, überlegte er, daß Montgomery Scotts kleiner Trick mit den Kontroll-Chips die Maschinenanlage die *Excelsior* nicht dauerhaft beschädigt hatte. Wenn sie jetzt einen Ausfall hätten... Die *Enterprise* stehlen zu helfen, selbst der Verlust dieses alten Eimers, war eine geringfügige Anklage, verglichen mit Sabotage. Die Leute machten sich Gedanken darüber, was mit diesem Schiff geschah.

Zumindest Styles tat es. Und er machte sich auch Gedanken darüber, was andere davon dachten. Er machte sich Gedanken darüber, was andere von ihm dachten. Er war entschlossen, die Erinnerung an die Blamage auszutilgen, die Scott und Kirk ihm zugefügt hatten. Die *Excelsior* würde sich der unbekannten Sonde entgegenstellen und sie vernichten. Styles würde seinen Heimatplaneten retten, und jeder in der Föderation würde von der *Excelsior* und ihrem Captain sprechen, anstatt von den großen Zeiten der *Enterprise* und des James T. Kirk.

»Öffnen Sie Kanal zur Raumdockkontrolle.«

»Kanal geöffnet, Sir.«

»Styles an Raumdockkontrolle.«

»Freigabe zum Verlassen des Docks erteilt, Captain.«

Die Transmission wurde von Statik überlagert, als der diensthabende Offizier im Kontrollraum die Schalter umlegte, um die Tore des Raumdocks aufgleiten zu lassen.

»Würden Sie den Kanal ein wenig klären, Lieutenant?« sagte Styles zu dem Kommunikationsoffizier.

»Ich versuche es, Sir. Dies ist eine Direktverbindung; es dürfte da eigentlich keinerlei Interferenzen geben.«

»Dessen bin ich mir durchaus bewußt...« Ein lautes Heulen kreischte aus den Lautsprechern. Der Kommunikationsoffizier zuckte zusammen. Styles fluchte. »Ruder, bereiten Sie das Verlassen des Docks vor.«

Der Ruderoffizier legte entsprechende Schalter um. »Keine Reaktion, Sir!« sagte sie. »Die *Excelsior* hat keine Energie!«

»Maschine!«

»Captain Styles, die Impuls-Triebwerke sind ohne Saft, und das Warp-Potential sackt zusammen!«

»*Excelsior*, bitte warten«, sagte die Raumdockkontrolle. Die Stimme stotterte durch die Interferenzen. »Raumdocktore sind inoperativ! Wiederhole: Fehlfunktion der Tore!«

»Hier ist die *Excelsior*, Kontrolle. Lassen Sie Ihre verdammten Tore – wir haben keine Energie! Was ist eigentlich los?«

Eine zweite Stimme, fast unverständlich, durchdrang die unheimlichen Interferenzen. »Raumdocktore reagieren nicht. Alle Notfallsysteme ausgefallen.«

Styles blickte empor durch die durchsichtige Kuppel, die die Brücke der *Excelsior* überspannte. Oberhalb von ihr erstreckte sich das Beobachtungsdeck des Raumdocks.

Dort erloschen jetzt alle Lichter.

»Reserveenergie einschalten.« Es war nur ein Flüstern zwischen dem Kreisen unerklärlicher Interferenzen. »Starfleet Command, hier ist Raumdockkontrolle auf Notrufkanal. Wir haben alle interne Energie verloren. Ich wiederhole: Wir haben alle interne Energie...«

Das Signal erstarb.

Die Sonde raste am Mars vorbei und schwenkte, ohne viel Widerstand zu finden, in einen Orbit um die Erde ein.

Tokio: Wolkendecke, fünfundneunzig Prozent. Der leichte Regen gefriert zu Graupeln.

Juneau: Wolkendecke, siebenundneunzig Prozent. Eisiger Schnee fällt vom Himmel.

Leningrad: Wolkendecke, hundert Prozent. Es ist zu kalt, um zu schneien. Die Stadt ist in der eisigen Dunkelheit zusammengekrochen, als ob sie sich auf einen frühen Winter der gewohnten Brutalität vorbereitete. Ihre Einwohner, an ihre Winter gewöhnt, sind gut darauf vorbereitet, bis zum Frühling zu überleben.

Doch dieses Mal könnte der Frühling nie kommen.

Sarek von Vulkan stand auf der Beobachtungsplattform des Starfleet-Kontrollraums. Mehrere Stunden lang hatte er miterlebt, wie die Männer und Frauen dieser Hauptleitstelle der Föderation nach einer Antwort auf die Bedrohung durch die Sonde suchten, nach irgendeinem Weg, sie aufzuhalten oder ihr auszuweichen. Das Summen von Stimmen wurde von dem immer hektischer werdenden Datenstrom aus Maschinen übertönt, die bis an die Grenze ihrer Belastbarkeit getrieben wurden. Die Leute waren am Rande der Erschöpfung, denn seit Stunden liefen pausenlos Mengen von Informationen ein, und sie hatten keine Möglichkeit, darauf zu reagieren.

Sarek trat von der Plattform herab und durchquerte den großen Raum, beobachtete und lauschte, versuchte, sich aus den Informationen ein Bild zu formen, das erklären mochte, was geschehen war und warum es geschah. Der unverständliche Schrei der Sonde hallte durch die Informationskanäle, unterbrach sämtliche Kommunikationen.

Sarek blieb neben Christine Chapel stehen, die versuchte, Rettungs- und Evakuierungsmaßnahmen auf einem Planeten zu organisieren, den keine Schiffe mehr verlassen konnten. Sie stand neben Janice Rand und starrte verzweifelt auf die Informationen, die ihr sagten, daß sie scheitern würde. Sarek blickte auf diese Informationen, mit ausdruckslosem Gesicht und ohne ein Wort zu sprechen.

Überall auf dem Planeten sanken die Temperaturen rapide ab, und die Kurve wurde zunehmend steiler, ohne ein Anzeichen, daß sie sich auf irgendeiner Ebene fangen würde.

Chapel hob den Kopf. »In der Medizin gibt es immer einen Augenblick, wo man, so gut man auch sein mag, wieviel man auch wissen mag und wie erstklassig das Instrumentarium sein mag, das einem zur Verfügung steht, völlig hilflos ist. Aber... nicht *so* hilflos.«

Sie stützte die Hände auf die Lehne von Janice Rands Sessel. Sarek bemerkte, daß ihre Finger zitterten. Sie ballte ihre Hände rasch zu Fäusten.

Vor einigen Jahrhunderten hatte eine Gruppe Wissenschaftler der Erde zu kalkulieren versucht, was geschehen würde, wenn durch einen Nuklearkrieg Staub und Ruß und Wasserdampf in die Atmosphäre geblasen werden sollte. Das Ergebnis würde katastrophal sein: ein mehrere Jahre andauernder Winter mit totaler Wolkendecke, Verhinderung jeden Pflanzenwuchses, Hunger, Seuchen, Tod der Menschen und der meisten anderen Spezies. Dieses eine Papier hatte den Menschen die absolute Endgültigkeit eines Nuklearkrieges vor Augen geführt, hatte sie dazu gebracht, dafür zu kämpfen, einander zu verstehen, so hart, wie sie früher darum gekämpft hatten, einander zu vernichten. Und so hatten die Erde und ihre Bevölkerung überlebt, um sich bald darauf einer Zivilisation anzuschließen und diese zu bereichern, die einen großen Teil eines Arms der Galaxis umspannte.

Die Kalkulationen, die den Mächten der Erde ihren Wahnsinn vor Augen geführt hatten, basierten auf der Annahme, daß die meisten Bomben in der nördlichen Hemisphäre explodieren würden. In einem solchen Fall würden die Trümmerwolken nur von den Wind- und Klimastörungen nördlich des Äquators um die Erde herumgetragen werden, während die südliche Halbkugel davon weniger berührt werden würde.

Die Sonde war jedoch nicht so selektiv. Ihre Einwirkungen erstreckten sich von beiden Polen bis zum Äquator.

»Die Rettungsschiffe kommen näher, Chris«, sagte Janice Rand. »Wir werden ihnen bald etwas sagen müssen.«

»Ich weiß«, antwortete Chapel.

Rands Bildschirm zeigte eine kleine Flotte von Schiffen, von denen einige sich bereits innerhalb des Orbits von Pluto befanden. Vielleicht waren sie dort schon im Einflußbereich der Sonde, denn niemand besaß irgendwelche Anhaltspunkte für die Grenzen ihrer Kraft.

Sarek blickte Chapel an und hob eine Braue.

»Kein Schiff hat sich der Sonde nähern können, ohne neutralisiert zu werden«, sagte Chapel zu Sarek. »Die herankommenden Rettungsschiffe könnten dasselbe Schicksal erleiden. Es scheint unwahrscheinlich, daß die Sonde sie irgendwelche Evakuierungsmaßnahmen durchführen lassen wird.«

Oben, auf der Beobachtungsplattform, stand der Ratspräsident neben Starfleet Commander Cartwright. Seine Sorgen betrafen den ganzen Planeten, nicht nur ein paar Schiffe, deren Ankunft kaum einen Einfluß auf das Schicksal der Erde und ihrer Menschen haben würde.

»Versuche, zu ihnen durchzukommen«, sagte Chapel zu Rand. »Sage ihnen, sie sollen auf Distanz bleiben. Wenn sie abwarten, mag die Sonde vielleicht mit dem, was sie vorhat, fertig sein und weiterziehen...«

Sarek nickte bei dieser logischen Schlußfolgerung beifällig. Ohne ein Wort wandte er sich um, stieg wieder zur Beobachtungsplattform hinauf und blickte auf die Bucht von San Francisco hinaus. Hohe Wellen wühlten das Meer auf, als ob sie sich den dicken, dunklen Wolken entgegenwerfen wollten, die von See her heraufzogen. Die Wolken verdeckten bereits die oberen Bogen und die Tragpfeiler der Brücke. Ein Blitz zuckte über das Wasser. Glas erzitterte und klirrte in dem Grollen des Donners.

Der Ratspräsident und Starfleet Commander Cartwright besprachen ihre Möglichkeiten, die verzweifelt begrenzt waren. Sie besaßen nicht mehr Macht, der Sonde Herr zu werden, als Christine Chapel. Vielleicht war sie von einer Intelligenz ausgesandt worden, die so gewaltig war, daß die Föderation für sie nicht mehr

Bedeutung hatte als ein Ameisenhaufen oder ein Bienenstock; oder von einer Intelligenz, die so kalt war, daß die Vernichtung denkender, fühlender Wesen sie überhaupt nicht berührte. Vielleicht erkannte sie die Transmissionen der Erde nicht einmal als Versuche der Kommunikation.

Sareks scharfes Gehör konnte die vertrauten Stimmen Cartwrights und des Präsidenten aus dem ständigen Lärm von Computern heraushören, die mehr und mehr Informationen lieferten, die immer weniger nützlich wurden. Die beiden Männer hatten zu entscheiden, was sie tun mußten, falls sie noch irgend etwas tun konnten. Doch was immer sie auch entscheiden mochten, ohne Sonnenlicht würde die Erde nicht lange überleben.

»Statusbericht, bitte«, sagte der Ratspräsident.

Sein Referent antwortete mit etwas zitternder Stimme: »Die Sonde ist jetzt über dem Südpazifik. Alle Versuche, die Wolken aufzulösen, sind ergebnislos verlaufen. Schätze, daß totale Wolkenabdeckung der Erde beim nächsten Umlauf erreicht wird.«

»Benachrichtigen Sie alle Stationen«, sagte Cartwright abrupt. »Notstandsalarm für Starfleet. Alarmstufe Rot. Schalten Sie Energieversorgung sofort auf planetare Reserven.«

»Jawohl, Sir.«

Der Präsident trat neben Sarek an das Panoramafenster. »Sarek... Gibt es irgendeine Antwort, die wir dieser Sonde geben könnten?«

Sarek schüttelte den Kopf, denn er sah keinen Ausweg. »Es ist schwer, eine Antwort zu finden, wenn man die Frage nicht versteht.« Ihm fiel nur eine einzige logische Antwort ein. Der Präsident mochte zwar nicht in der Lage sein, die Erde zu retten, doch konnte er andere Planeten retten, indem er sie vor der Gefahr warnte. Wenn er alle ihnen zur Verfügung stehenden Informationen weitergab, mochten sie eine Abwehrmöglichkeit gegen die Sonde finden.

»Herr Präsident, Sie sollten vielleicht die interplanetare Notstandswarnung geben, solange noch Zeit dazu ist.«

Der Präsident starrte aus dem Fenster. Die Wellen waren höher geworden, und der Regen heftiger. Riesige Tropfen schlugen mit erheblicher Kraft gegen das Glas und rannen an ihm herab, wie um seine glatte Oberfläche zu zerkratzen. Als der Präsident nach langem Schweigen wieder sprach, wurde Sarek von seinen Worten überrascht.

»Sie sollten nicht hier sein, Sarek«, sagte er. »Sie sind zur Erde gekommen, um einem Freund zu helfen, nicht, um zu sterben. Ich wünschte, ich könnte die Dinge ändern. Es tut mir leid.«

»Ich sehe keine Logik darin, Ereignisse zu bedauern, die man nicht ändern kann«, antwortete Sarek. »Ich möchte Sie nur um eines bitten.«

»Gewährt, wenn es irgendwie in meiner Macht steht.«

»Eine Minute auf einem Kommunikationskanal, nachdem Sie die Warnungen durchgegeben haben. Um Vulkan anzurufen.«

»Selbstverständlich.«

Die Datenflut, die in allen wichtigen Zentren der Erde hereinströmte, verebbte zu plötzlicher Stille. Der Klagegesang der Sonde hallte durch den Raum.

Über der Bucht begann es zu schneien.

Die *Bounty* schoß durch den Warp-Raum auf die Erde zu.

»Entfernung Planet Erde: eins Komma sechs Stunden bei derzeitiger Geschwindigkeit.«

»Kurs beibehalten«, sagte Admiral Kirk.

»Jawohl, Sir.« Sulu überprüfte die Systeme. Ein paar von ihnen, besonders die Maschinenanlage, zeigten bereits Spuren von Überlastung. Die Instrumentenanzeigen bewegten sich gerade noch innerhalb der normalen Grenzen. Die *Bounty* würde sie zur Erde bringen, doch Sulu bezweifelte, daß das Schiff noch viel mehr schaffen würde. Er bedauerte das. Sulu hatte viele Ambitionen, und fast alle betrafen Starfleet, Raumfahrt, Forschung. Doch hatte er das Gefühl, daß Starfleet ihm für lange Zeit verbieten würde, ein Raumschiff zu fliegen. Und selbst ein zerschundenes, erbeutetes Feindschiff zu fliegen, war besser, als auf den Boden verbannt zu sein.

Doch das Feindschiff konnte auch ihn und seine Gefährten töten. Wenn die Energie versagte, würde als erstes das Tarngerät ausfallen. Die *Bounty* würde als angreifender Feind identifiziert werden. Es war unbedingt notwendig, Starfleet von ihrer Ankunft in Kenntnis zu setzen, doch bis jetzt hatte die Föderation noch nicht auf Uhuras Subraum-Transmissionen reagiert. Ungewöhnliche Interferenzen durchdrangen diesen Sektor des Raums, und als Antwort hatte Uhura nur eine unheimliche Stille empfangen. Also wußte niemand, daß die Überlebenden der *Enterprise* in einem klingonischen Jäger zur Erde zurückkehrten.

Oder sie wissen es, überlegte Sulu, und haben beschlossen, uns eine Weile schwitzen zu lassen.

»Mr. Chekov, irgendwelche Anzeichen von einer Eskorte der Föderation?«

»Und wenn wir eine Eskorte bekommen«, dachte Sulu, »wird sie uns dann eskortieren – oder uns in Haft nehmen?«

»Nein, Sir«, antwortete Chekov. »Und auch keine Schiffe auf normalen Patrouillenrouten.«

»Das ist komisch«, sagte Kirk.

»Admiral, kann ich mit Ihnen sprechen?« sagte Uhura.

»Selbstverständlich, Commander.« Kirk erhob sich und trat zu Uhuras Station. »Was gibt es, Uhura?«

»Ich empfange etwas sehr Seltsames«, sagte Uhura. »Und sehr Aktives. Überlappende multiphasische Transmissionen... Es ist nichts, das ich übersetzen kann. Es ist ein Durcheinander von...«

»Können Sie sie nicht trennen?« fragte Kirk.

»Das versuche ich ja seit einiger Zeit. Sie sind nicht fokussiert, und sie sind so stark, daß sie benachbarte Frequenzen überlagern. Und ihre Positionen... führen in Richtung Erde.«

»Die Erde!«

»Ja, Sir. Ich versuche, es zu klären.«

Wie Sulu und alle anderen in dem Kommandoraum hörte auch Spock das Gespräch zwischen Admiral Kirk und Commander Uhura. Neugierig geworden, nahm Spock einen Kopfhörer auf und hörte mit, als Uhura versuchte, eine verständliche Mitteilung aus dem Sprachchaos herauszufiltern, das die Frequenzen füllte.

Als Leonard McCoy im Eingang des Raums erschien und dann hereintrat, bemühte sich Spock, keinerlei Reaktion zu zeigen. Er hatte mit McCoy nicht mehr persönlich gesprochen seit... vorher. Er war nicht einmal mit ihm zusammen gewesen, ohne daß T'Lar als Barriere zwischen ihnen wirkte. Mit McCoy zu sprechen, sollte jedoch nicht anders sein, als mit irgendeinem anderen Menschen zu sprechen, und dennoch spürte Spock einen starken Widerwillen dagegen.

»Hallo«, sagte McCoy. »Beschäftigt?«

»Commander Uhura ist beschäftigt«, sagte Spock. »Ich höre nur zu.«

McCoy blickte ihn mit seltsamem Ausdruck an. »Nun... ich wollte nur sagen: Es ist nett, daß Ihr *katra* wieder in Ihrem Kopf ist und nicht mehr in dem meinen.«

McCoy lächelte. Spock konnte sich nicht erklären, warum.

»Ich meine«, sagte McCoy, »ich mag zwar Ihre Seele getragen haben, aber ich könnte niemals Ihre Schuhe füllen.«

»Meine Schuhe?« sagte Spock. »Womit wollten Sie denn meine Schuhe füllen? Und warum?« Spock trug nur selten Schuhe. An Bord, zur Uniform, trug er Stiefel. Auf Vulkan trug er normalerweise Sandalen. »Ich habe Sandalen an«, sagte Spock. »Wie würde jemand es anstellen, ein Paar Sandalen zu füllen?«

»Vergessen Sie es«, sagte McCoy ungewollt scharf. »Wie wäre es mit einem kleinen Gespräch über philosophische Themen?«

Spock versuchte, McCoys Worte und Tonfall, die er als frivol interpretierte, mit der Angespanntheit seines Körpers, der Intensität seines Blicks in Einklang zu bringen.

»Leben. Tod. Leben«, sagte McCoy. »So was in dieser Richtung.«

»Ich habe auf Vulkan keine Zeit gefunden, mich mit dem Studium philosophischer Disziplinen zu befassen.«

»Spock, ich bin es!« rief McCoy. »Ich meine – unsere Erfahrung war schließlich einzigartig.«

»Meine Erfahrung war einzigartig«, sagte Spock. »Ihre Erfahrung war essentiell die gleiche wie die eines jeden anderen, der einen Vulkanier bis zu seinem Tod begleitet. Es trifft zu, daß Sie dafür nicht ausgebildet und unvorbereitet waren; das hat T'Lar bei der Freisetzung meines *katra* große Schwierigkeiten bereitet...«

»T'Lar!« rief McCoy. »Und was ist mit mir? Ich dachte, ich würde wahnsinnig werden! Ich bin festgenommen worden, unter Drogen gesetzt, ins Gefängnis geworfen...«

»Es hat Ihnen einige Unannehmlichkeiten gebracht«, sagte Spock. »Dafür möchte ich Sie um Entschuldigung bitten, doch mir blieb keine andere Wahl.«

»Lassen Sie das«, sagte McCoy. »Glauben Sie, ich beklage mich darüber, daß ich mithelfen konnte, Ihr Leben zu retten? Aber, Spock – Sie sind wirklich dorthin gegangen, wo noch nie vor Ihnen jemand war. Und zu einem gewissen Teil habe ich dieses Erlebnis mit Ihnen geteilt. Können Sie mir nicht sagen, wie Sie es empfunden haben?«

Die Ältesten Vulkans hatten ihm dieselbe Frage gestellt, und er hatte sie nicht beantwortet. Er setzte seinen Widerstand gegen die Forderung fort, seine Erinnerungen aufzurühren. Doch hatte er keine logische Begründung für seinen Widerstand.

Selbst wenn er sich dazu zwingen würde, das Erlebnis in seine Erinnerung zurückzurufen, bezweifelte er, es McCoy in solchen Worten schildern zu können, so daß dieser oder jeder andere Terraner – vielleicht mit der Ausnahme von Amanda Grayson, die die vulkanische Philosophie studiert hatte – es verstehen würde. Spock war nicht einmal sicher, ob er es irgendeinem vernunftbegabten Wesen auf verständliche Weise schildern konnte.

»Es ist unmöglich, über dieses Thema zu sprechen, wenn keine gemeinsame Erfahrung zugrunde liegt.«

»Sie scherzen!« rief McCoy.

»Ein Scherz...« Spock suchte in seinen Erinnerungen, »ist eine Geschichte mit einer humorvollen Pointe.« Er fragte sich, warum McCoy ihn beschuldigt hatte, einen Scherz gemacht zu haben. Vor allem schien diese Kommentierung völlig zusammenhanglos zu sein. Spock konnte nicht verstehen, wie sie aus ihrem vorhergehenden Gespräch entstanden sein konnte. Außerdem mußte McCoy einem schweren Mißverständnis erliegen, wenn er glaubte, daß Spock absichtlich versucht hätte, einen Scherz zu machen.

»Wollen Sie damit etwa sagen«, fragte McCoy, »daß ich erst einmal sterben müßte, bevor Sie sich dazu herablassen, Ihre Einsichten in den Tod mit mir zu diskutieren?«

Das chaotische Durcheinander von Geräuschen klärte sich plötzlich und lenkte Spock von McCoys unbeantwortbarer Frage ab. »Höchst seltsam«, murmelte Spock.

»Spock!« sagte McCoy.

»Entschuldigen Sie, Doktor«, antwortete Spock. »Ich höre viele Hilferufe.«

»Ich habe auch einen Hilferuf gehört, und ich habe ihn beantwortet«, sagte McCoy wütend. »Aber Sie...« Er brach seinen erregten Protest ab. »Was meinen Sie damit? Was für Hilferufe?«

»Captain!« rief Uhura.

Kirk trat zu ihr. »Was haben Sie feststellen können?«

»Sich überlappende Hilferufe. Maydays von Raumschiffen und...«

»Lassen Sie sie hören!« sagte Kirk. »Haben Sie irgendwelche Bildaufzeichnungen? Schalten Sie sie auf den Bildschirm.«

Uhura tat es. Die Mayday-Rufe erschienen in dem holographischen Sichtfeld, jeder den anderen überschneidend, jeder anders, und dennoch sehr gleich: Raumschiffe waren von einem gigantischen Raumobjekt überholt und aller Energie entleert worden, einer Sonde, die mit hohem Warp an ihnen vorbeigeschossen war, ohne auf ihre Transmissionen auch nur im geringsten zu reagieren.

Das verschwommene Bild des Präsidenten des Föderationsrates bildete sich vor ihnen. Seine Mitteilung wurde unterbrochen und verschwamm teilweise, doch konnte Uhura genug von ihr auffangen, daß ihre Bedeutung nicht mißzuverstehen war.

»Hier ist... Präsident der... ernste Warnung: Nähern Sie sich nicht dem Planeten Erde... An alle Raumschiffe: Ich wiederhole... nicht dem Planeten Erde...«

Erschrocken stieß Kirk einen leisen Fluch aus.

Das Bild des Präsidenten verblaßte, und an seiner Stelle erschien das des seltsamen Raumobjekts.

»... Sonde im Erdorbit... unbekannte Energiewellen... Transmission auf unsere Ozeane gerichtet. Hat die Atmosphäre ionisiert... alle Energiequellen versagen. Raumschiffe sind ohne Energie.« Plötzlich kam dic Transmission völlig klar durch. Der Präsident beugte sich vor, ernst und angespannt.

»Eine lückenlose Wolkendecke hat unseren Planeten eingeschlossen. Die Folge sind schwere Regenfälle und Überschwemmungen. Die Temperatur sinkt auf ein kritisches Niveau ab. Der Planet kann unter dem Einfluß dieser Sonde nicht überleben. Dic Transmissionen der Sonde überlagern alle Standard-Kanäle. Kommunikation wird unmöglich. Evakuierungspläne der Erde sind nicht durchzuführen. Retten Sie sich. Nähern Sie sich nicht dem Planeten Erde.« Er machte eine Pause, schloß erschöpft die Augen, öffnete sie wieder und starrte mit leerem Blick geradeaus. »Leben Sie wohl.«

Jim Kirk hatte den Worten mit wachsendem Unglauben gelauscht. Was *ist* dieses Ding? dachte er. »Uhura, können Sie uns die Transmissionen der Sonde hören lassen?«

»Ja, Sir. Auf Lautsprecher.«

Ein Schwall von Geräuschen überwältigte sie mit seiner unheimlichen Fremdartigkeit.

»Nichts, was wir hier haben, kann das übersetzen«, sagte Uhura. »Weder der Computer der *Bounty*, noch unser Universal-Translator.«

»Spock, was halten Sie davon?« fragte Jim.

»Höchst ungewöhnlich«, sagte Spock. Er blickte auf die visuelle Transmission, entnahm ihr alle vorhandenen Informationen, analysierte sie, versuchte, sie zu einer Hypothese zusammenzufügen. »Eine unbekannte Energieform, hohe Intelligenz, gewaltige Stärke. Ich finde es unlogisch, ihre Absichten als feindselig auszulegen...«

»Wirklich?« fragte McCoy sarkastisch. »Glauben Sie etwa, daß dies nur ihre Art ist zu sagen: ›Seid gegrüßt, ihr Menschen der Erde‹?«

»Es gibt auch andere intelligente Lebensformen auf der Erde, Doktor. Nur menschliche Arroganz kann so vermessen sein anzunehmen, daß diese Nachricht für die Menschen bestimmt ist.«

McCoy runzelte die Stirn. Er warf Jim einen raschen Blick zu. »Mir hat er besser gefallen, bevor er gestorben ist.«

»Pille«, sagte Jim zurechtweisend, da Spock McCoys Bemerkung gehört haben mußte.

»Du mußt dich schon damit abfinden, Jim«, sagte McCoy. »Alles, was er einst besaß, das ihn zu mehr machte als einem grünblütigen Computer, haben sie diesmal weggelassen.« Er stakte davon, blieb nahe der visuellen Transmission stehen und starrte düster auf die Bilder der Zerstörung.

»Spock«, sagte Jim, »wollen Sie damit sagen, daß diese Transmission für eine andere Lebensform als die Menschen bestimmt ist?«

»Das wäre zumindest möglich, Admiral. Der Präsident sagte eben, daß sie auf die Ozeane der Erde gerichtet ist.«

Jim runzelte die Stirn, während er nachdachte. »Uhura, können Sie die Signale der Sonde modifizieren, indem Sie Dichte, Temperatur und Salzgehalt berücksichtigen?«

»Für Unterwasserausstrahlung? Ich will es versuchen, Sir.«

Er wartete ungeduldig, während Uhura auf der Konsole spielte wie auf einem komplizierten Musikinstrument, wie auf einem Synthesizer, der den Klang eines ganzen Orchesters nachschuf. Das Signal der Sonde mutierte, als sie es filterte, seine Frequenz wechselte, Teile der Klangeinbettung verstärkte, andere unterdrückte. Allmählich veränderte es sich, bis es schließlich mit einer anderen Stimme klagte und schrie, noch immer unheimlich, doch seltsam und quälend vertraut. Jim suchte in seiner Erinnerung nach diesem Lied, doch konnte er es nicht festhalten.

»So also würde es unter Wasser klingen?«

»Ja, Sir.«

»Faszinierend«, sagte Spock. »Wenn meine Vermutung sich als richtig erweisen sollte, gibt es keine Antwort auf diese Botschaft.« Er erhob sich und ging zur Tür.

»Haben Sie erkannt, was es ist, Spock?« fragte Jim, doch Spock antwortete nicht. »Spock! Wo wollen Sie hin?«

»Zum Computerraum. Um zu sehen, ob ich recht habe.« Er verließ schnell den Raum ohne eine andere Erklärung.

Jim ging ihm nach. Als er merkte, daß McCoy ihm folgte, blieb er stehen und wandte sich um. Er machte sich um McCoys Geisteszustand genauso große Sorgen wie um den Spocks. Bei all ihrem umfassenden Wissen und ihrer langen Geschichte waren Vulkanier doch nicht allwissend oder allmächtig. Sie mochten McCoy nicht so vollkommen befreit haben, wie sie es behauptet hatten.

Und Pille mochte recht haben, überlegte Jim in einem Versuch, sich davon zu überzeugen, daß seine Sorgen grundlos waren. Vielleicht hatten sie wirklich diese Gelegenheit der Regenerierung von Spocks Gehirn dazu benutzt, den perfekten Vulkanier zu schaffen, ein Wesen von kompletter Logik und ohne jedes Gefühl…

»Du bleibst hier, Pille«, sagte er.

»Ich denke nicht daran«, erwiderte McCoy. »Irgend jemand muß ihn im Auge behalten.«

»Ja, ich.«

»O nein«, sagte McCoy. »*Du* glaubst, daß er völlig in Ordnung ist.«

Spock starrte auf den Computer-Bildschirm und wartete auf die Ergebnisse. Er hatte das Gefühl, als ob er noch einen Erinnerungstest bestehen müßte. Er fragte sich, ob er ihn bestehen würde. Das Ergebnis sollte von intellektuellem Interesse sein.

Admiral Kirk und Dr. McCoy standen unmittelbar hinter ihm, und ihre spürbare Anspannung übertrug sich auf Spock. Er fragte sich, warum dem so war, denn er hatte ihnen doch schon gesagt, daß seine Hypothese, selbst wenn sie zutreffend sein sollte, keinerlei Wirkung haben konnte.

Der Computer spielte das Lied der Sonde ab, dann ein anderes, nicht identisch, doch sehr ähnlich: eine Melodie von ansteigenden Schreien und Pfiffen, von Klicken und Stöhnen. Er hatte sie bereits früher gehört, jedoch lediglich in Fragmenten.

Der Computer zeigte das Bild eines riesigen Tieres,

eines Bewohners der irdischen Meere, und identifizierte es: *Megaptera novaeangliae*.

Spock hatte seinen eigenen Erinnerungstest bestanden.

»Spock?« sagte Admiral Kirk gepreßt.

»Wie ich es vermutet habe, Sir«, sagte Spock. »Die Transmissionen der Sonde sind die Gesänge von Walen.«

»*Von Walen?*«

»Speziell die des Buckelwals, *Megaptera novaeangliae*.«

»Das ist verrückt!« rief McCoy.

Spock empfand McCoys hochemotionalen Zustand als äußerst störend. Er versuchte, ihn zu ignorieren.

»Wer würde eine Sonde über Hunderte von Lichtjahren hinweg schicken, nur um zu einem Wal zu sprechen?« fragte McCoy.

»Es wäre durchaus möglich«, antwortete Admiral Kirk. »Wale haben sich auf der Erde weitaus früher entwickelt als die Menschen.«

»Zehn Millionen Jahre früher«, sagte Spock. »Die Menschen haben sie, wie alles andere auf dem Planeten, als Ressourcen betrachtet, die ausgebeutet werden konnten. Die Menschen haben den Wal immer gejagt, auch nachdem seine Intelligenz festgestellt worden war, selbst noch, als andere Ressourcen den Platz dessen eingenommen hatten, was die Menschen von Walen nahmen. Die Kultur der Wale…«

»Niemand hat jemals nachweisen können, daß Wale eine Kultur haben!« protestierte McCoy.

»Nein. Weil Sie sie fast ausrotteten, bevor Ihr Verstand so weit entwickelt war, um das Wissen erlangen zu können, das diesen Nachweis erbracht haben würde.« McCoy wollte wieder einen Einwand erheben, doch Spock gab ihm keine Gelegenheit dazu, indem er fortfuhr: »Die Sprachen der kleineren Spezies der Wale enthalten unübersehbare Hinweise auf eine hochintelligente Zivilisation. Verloren, alles verloren. Auf jeden Fall war der auf die Wal-Population ausgeübte Druck zu stark. Die Spezies der Buckelwale starb im einundzwanzigsten Jahrhundert völlig aus.«

Er blickte auf den Bildschirm. Eine Aufzeichnung zeigte den riesigen Körper eines Buckelwals, aufgedunsen und häßlich im Tod. Menschen flensten den Kadaver. Große, dicke Streifen des Walkörpers klatschten auf das Deck, und das Blut des Wals färbte das Meerwasser dunkelrot. Spock blickte die beiden anderen an. Kirk und McCoy starrten auf den Bildschirm, fasziniert und entsetzt, unfähig, den Blick von Tod und Zerstückelung eines intelligenten Lebewesens zu wenden.

»Es wäre durchaus möglich«, sagte Spock, »daß eine fremde Intelligenz die Sonde ausgeschickt hat, um festzustellen, warum sie den Kontakt verloren hat. Mit den Walen.«

»Mein Gott...«, flüsterte McCoy.

»Spock, könnten wir nicht eine Antwort des Buckelwals auf diesen Ruf simulieren?«

»Wir könnten die Laute aufzeichnen, doch nicht die Sprache. Wir könnten bestenfalls mit ein paar simplen Phrasen antworten, schlimmstenfalls mit unverständlichem Kauderwelsch.«

»Existiert diese Spezies auch auf irgendeinem anderen Planeten?«

»Sie ist ausgestorben, bevor die Menschen in der Lage waren, sie zu transplantieren. Sie war eine Spezies der Erde. Der Erde der Vergangenheit.«

»Wenn die Sonde einen Buckelwal haben will, dann geben wir ihr eben einen Buckelwal«, sagte McCoy. »Wir haben schließlich schon andere ausgestorbene

Spezies wiedereingeführt, indem wir gefrorenes Gewebe durch Klonen...«

»Das stößt auf die gleichen Schwierigkeiten, Dr. McCoy«, sagte Spock. »Der Grund dafür, daß die großen Wale nicht in den Meeren der Erde wieder ausgesetzt werden konnten, liegt darin, daß es keine ausgewachsenen Wale mehr gibt, die sie das Überleben lehren könnten, ganz zu schweigen von der Kommunikation. Natürlich wäre es möglich, einen Wal zu klonen – doch würde man dann eine sehr einsame Kreatur schaffen, ohne Sprache, ohne eine Erinnerung an ihre Kultur. Stellen Sie sich ein menschliches Kind vor, das in völliger Isolierung aufwächst. Stellen Sie sich... mich vor, wenn Sie sich geweigert hätten, *fal-tor-pan* durchzumachen. Nein. Ein geklonter Wal, der seine Verzweiflung hinausschreit, könnte nur mehr Unheil bringen. Außerdem«, setzte er pragmatisch hinzu, »bezweifle ich, daß die Erde die Jahre überleben könnte, die es braucht, um einen Wal auswachsen zu lassen.«

»Damit bleibt uns keine andere Wahl«, sagte Kirk. »Wir müssen diese Sonde zerstören, bevor sie die Erde zerstört.«

»Der Versuch dürfte sinnlos sein, Admiral«, sagte Spock sachlich. »Die Sonde würde uns so problemlos neutralisieren, wie sie jedes andere Raumschiff neutralisiert hat, das ihr in den Weg kam, von denen jedes mächtiger war als das, welches Sie kommandieren. Der Befehl des Präsidenten ist eindeutig: alle Starfleet-Schiffe sollen der Erde fernbleiben.«

»Das können wir nicht! Ich pfeife auf Befehle! Ich denke nicht daran, meinem Heimatplaneten fernzubleiben! Gibt es nicht eine andere Möglichkeit?«

Spock betrachtete Kirks Frage als eine interessante intellektuelle Übung.

»Natürlich gibt es eine«, sagte er. »Die klar ersichtliche. Für ihren Erfolg kann ich zwar nicht garantieren, aber ein Versuch wäre durchaus möglich.«

»Mir ist diese Möglichkeit nicht klar ersichtlich«, sagte der Admiral.

»Wir könnten versuchen, ein paar Buckelwale aufzutreiben.«

»Eben haben Sie gesagt, daß es davon keine mehr gibt; es gab sie nur in der Vergangenheit der Erde«, sagte McCoy.

»Ihr Gedächtnis ist ausgezeichnet, Doktor«, antwortete Spock. »Das ist genau das, was ich sagte.«

»Aber wie wollen Sie dann...?« McCoy blickte von Spock zu Kirk und wieder zurück. »Also, einen Moment mal!«

Admiral Kirk traf sofort eine Entscheidung. Spock erinnerte sich, daß dies ein für ihn charakteristisches Verhalten war.

»Spock«, sagte Kirk, »beginnen Sie mit den Kalkulationen für einen Zeit-Warp.« Er wandte sich an McCoy. »Komm, Pille, wir wollen Scotty besuchen.«

McCoy wollte protestieren, doch Kirk verließ bereits den Computerraum und zog ihn mit sich hinaus. Spock blickte nachdenklich auf die hinter ihnen zugleitende Tür. Kirk hatte ihm eine Frage gestellt, und er hatte sie beantwortet, ohne damit zu rechnen, diese Information in die Tat umsetzen zu müssen. Dennoch, es würde eine interessante Herausforderung sein festzustellen, ob er in der Lage war, das mathematische Problem, das Kirk ihm gegeben hatte, zu lösen.

Spock wandte sich wieder dem Computer zu, löschte den Bericht über Buckelwale und begann, die komplexe Gleichung aufzustellen.

KAPITEL 4

Die Genugtuung des Reisenden besiegte seine Trauer über den Kontaktverlust mit den Lebewesen dieses kleinen Planeten. Er war jetzt von einer undurchdringlichen Wolkendecke umgeben, durch die gewaltige Gewitter tobten. Wo sie das Land nicht überfluteten, sengten sie es mit Blitzen, die Brände auslösten, von denen Ruß und Asche und Gase zu den wallenden Wolken emporstiegen und sich mit ihnen vermischten. Die Temperatur des Planeten fiel weiter ab. Bald würde der Regen überall zu Schnee werden, von den Polen bis zum Äquator. Das unerhebliche Leben, das hier verblieben war, würde von der Kälte vernichtet werden. Wenn der Planet steril geworden war, die Wolken sich abgeregnet und die Partikelmaterie sich gesetzt hatte, würde das in der Atmosphäre verbleibende Kohlendioxyd zu ihrer raschen Erwärmung beitragen. Dann konnte der Reisende mit seiner Arbeit beginnen.

Bis dahin brauchte er nur zu warten.

Verbissen folgte McCoy Jim durch den nach vorn führenden Korridor der *Bounty*. Das Vorhaben verstörte ihn tief, doch brauchte er einige Zeit, um die Gründe für seine Beunruhigung zu analysieren.

»Jim«, sagte er schließlich, »bist du sicher, daß dies der richtige Weg ist?«

»Ich verstehe nicht, was du damit meinst«, sagte Kirk.

»Zeitreisen«, sagte McCoy. »Der Versuch, die Zukunft zu verändern, die Vergangenheit...«

»Wir versuchen nicht, die Zukunft oder die Vergangenheit zu verändern, Pille. Wir versuchen, die Gegenwart zu verändern.«

»Aber wir sind die Vergangenheit der Zukunft anderer Menschen.«

»Das ist das spitzfindigste Argument, das ich jemals gehört habe«, sagte Jim.

McCoy setzte nach, versuchte, die Schärfe in Kirks Stimme zu ignorieren. »Und was ist, wenn wir irgend etwas verändern, das die Geschichte verändert?«

»Aber das ist doch der Sinn der Sache: eine Veränderung herbeizuführen.«

»Weiche meiner Frage nicht aus. Du weißt, was ich meine.«

Jim ging schweigend weiter.

»Früher, auf der *Enterprise*«, sagte McCoy, »sahen wir uns einmal der gleichen Art von Katastrophe gegenüber. Und manchmal hatten wir die schwierigste Aufgabe des ganzen Universums zu lösen. Manchmal hatten wir nichts zu tun.«

Jims Schritt wurde zögernd, doch er ging weiter.

»Jim – was würde der Wächter dazu sagen?«

Jim fuhr herum, packte McCoy an der Brust und preßte ihn an ein Schott.

»Kein Wort mehr über früher und die *Enterprise*!« schrie er. »Kein Wort mehr über den Wächter des Ewigen! Ich bin in der Zeit zurückgegangen, um dein Leben zu retten – und mußte tatenlos zusehen, wie ein anderer Mensch, den ich liebte, starb! Ich mußte dabeistehen, als Edith starb – *und konnte nichts tun!*«

»Es war richtig so.«

»Damals hast du nicht so gedacht. Und ich bin mir nicht sicher, ob ich jetzt so denke. Seit damals habe ich mich ständig gefragt, was wäre, wenn ich sie gerettet haben würde? Was wäre, wenn ich sie zurückgebracht hätte? Alles wäre so... anders geworden.«

»Es wäre nicht gutgegangen. Man kann nicht einen Menschen des zwanzigsten Jahrhunderts ins dreiund-

Der Stein des Anstoßes: Das Genesis-Projekt

Der klingonische Botschafter fordert Kirks Verurteilung

Scotty: Der Ingenieur, der Wunder möglich macht

zwanzigste Jahrhundert verpflanzen und erwarten, daß er sich anpaßt.«

»Das kannst du nicht wissen!«

»Jim«, sagte McCoy sanft, »sie wäre nicht mitgekommen.«

»Sie hat mich geliebt!«

»Na und? Sie hatte eine Aufgabe in ihrem Leben, und die hätte sie nicht aufgegeben, um mit dir zu gehen. Ganz gleich, wie sehr sie dich lieben mochte. Und wenn du sie gegen ihren Willen mitgenommen hättest, selbst, um ihr Leben zu retten, würde sie das als eine lahme Ausflucht, als Verrat angesehen haben.«

Jim starrte ihn an, schockiert von der nackten Wahrheit seiner Worte. »Was ist eigentlich mit dir, Pille?«

»Laß mich los«, sagte McCoy.

Kirk löste seinen Griff von McCoys Hemd. »Du verlangst von mir, daß ich tatenlos zusehe, wie die Menschen, die mir noch verblieben sind, sterben. Du verlangst von mir, meinen Heimatplaneten – und den deinen – einfach abzuschreiben. Das werde ich nicht tun! Und ich kann nicht glauben, daß du das wirklich von mir erwartest! Die Zukunft hat noch nicht begonnen, Pille! Wenn ich glauben würde, daß nichts, was ich tue, sie verändern kann – oder wird –, was hat dann noch irgendeinen Sinn?«

»Das weiß ich nicht, Jim. Ich weiß nur, daß du dies nicht tun darfst.«

»Und wie willst du mich daran hindern?« Jim wandte sich ab und ließ McCoy im Korridor stehen.

McCoy wußte keine Antwort auf Kirks Wut, doch als sein alter Freund davonging, versuchte er noch immer, die intuitive Kraft von Jims Argument zu widerlegen.

Aufgewühlt und wütend trat Jim Kirk in den Maschinenraum der *Bounty*. Alles an McCoys Argument störte ihn: das Argument selbst, daß McCoy es vorgebracht hatte, und die Möglichkeit, daß McCoy recht haben könnte. War es möglich, daß Spocks Vorschlag, wenn Jim ihn durchführte, irgendeine traumatische Veränderung des Universums hervorrufen konnte? Die Möglichkeit dazu bestand, sogar die Wahrscheinlichkeit, wenn immer man versuchte, in die Vektoren von Raum und Zeit einzugreifen. Jim hatte sich großen persönlichen Gefahren und noch stärkeren seelischen Belastungen ausgesetzt, um nicht die Vergangenheit zu stören – und damit deren Zukunft, in der er lebte.

Aber ich werde die Vergangenheit doch gar nicht stören, dachte er. Ich werde nur in sie hineingehen und etwas herausholen, das ohnehin vernichtet werden wird.

Er wollte seine eigene Gegenwart verändern. Er konnte nicht einsehen, weshalb das, was er plante, falsch sein sollte.

Außerdem, überlegte Jim, wenn der Plan eine solche Gefahr herbeiführen könnte – abgesehen von der offensichtlichen für meine Leute und mein Schiff, die Spock anscheinend nicht für wichtig hält –, würde Spock ihn bestimmt nicht vorgeschlagen haben.

Wenn Jim nichts tat, würde die Erde sterben. Er drängte McCoys Einspruch aus seinem Bewußtsein, da er fürchtete, es nicht zu schaffen, wenn er sich von ihm beeinflussen lassen würde. Wenn er es versuchte und nicht schaffte, würde die Erde dennoch sterben.

»Scotty!«

»Ja, Sir.« Der Ingenieur tauchte hinter einer komplexen Maschinenkonstruktion auf.

»Kommen Sie mit mir in den Laderaum, bitte.«

»Ja, Sir.«

Scott begleitete ihn in den riesigen, leeren Raum. McCoy folgte den beiden in bedrücktem Schweigen. Jim fand es schwierig, die Größe des unregelmäßig geschnittenen und nur matt erhellten Raumes abzuschätzen.

»Scotty, wie lang ist dieser Schuppen?«

»Ungefähr zwanzig Meter, Admiral.«

»Das sollte reichen. Können Sie ihn so abdichten, daß er Wasser hält?«

Scott dachte darüber nach. »Mit einem Kraftfeld wäre das kein Problem, aber wir haben nicht genügend Energie, um ein Kraftfeld zu schaffen. Also muß es mechanisch getan werden. Aber ich denke, es ist zu schaffen. Wollen Sie ein wenig schwimmen, Sir?«

»In sehr tiefem Wasser, Mr. Scott«, sagte McCoy ernst.

Jim ignorierte ihn. »Scotty, wir müssen ein paar Buckelige auftreiben.«

»Buckelige... Menschen?«

»Buckelwale. Sie sind fünfzehn oder sechzehn Meter lang und wiegen ungefähr vierzig Tonnen pro Stück.«

»Die würden hier aber nicht viel Raum zum Herumschwimmen haben.«

»Darauf kommt es nicht an. Sie werden nicht lange hier bleiben. Hoffe ich.«

»Kurz oder lange, Sir, ich kann nicht für das Schiff garantieren. Es kann nur ein bestimmtes Gewicht tragen.«

»Darum werden Sie sich kümmern, Scotty. Sie müssen es hinkriegen. Sagen Sie mir, was Sie brauchen, und ich werde mein Möglichstes tun, es Ihnen zu beschaffen. Und denken Sie daran: *Zwei* von ihnen.«

»Zwei, Admiral?«

»Zur Liebe gehören immer zwei, Mr. Scott.«

Als Jim zum Luk des Frachtraums zurückging, hörte er Scott murmeln: »Die Sintflut und die Arche Noah. Was für eine Art, in die Ewigkeit zu gehen...«

Auf halbem Weg zum Luk holte McCoy ihn ein.

»Du willst es also wirklich versuchen! Aber von allem anderen abgesehen: Zeitreisen in diesem Rosteimer?«

»Wir haben es schon einmal getan.« Das Schiff mußte mit voller Warp-Geschwindigkeit einen Sturzflug auf die Sonne zu machen und sich von deren Schwerkraftfeld beschleunigen lassen. Wenn es genügend Geschwindigkeit erreichte, würde es wie von einer Peitsche um die Sonne herumgeschleudert werden und in ein Zeit-Warp eintreten. Und wenn nicht...

»Wenn du *nicht* genügend Geschwindigkeit erreichen kannst«, sagte McCoy, als ob er Jims Gedanken gelesen hätte und sie zu Ende führte, »verbrennst du.«

»Wir könnten natürlich auf der Erde landen und lieber erfrieren«, sagte Jim trocken. »Pille, wäre es dir wirklich lieber, wenn ich nichts täte?«

»Mir wäre eine Dosis Vernunft und Logik lieber! Lassen wir doch einmal die Ethik der Situation beiseite. Du willst in der Zeit zurückgehen, Buckelwale auftreiben, sie in der Zeit vorwärts bringen, sie aussetzen – und hoffst, daß sie dann der Sonde erzählen, sie solle verschwinden!«

»So ungefähr.«

»Das ist Wahnsinn.«

»Wenn du eine bessere Idee hast, dann spuck sie aus.«

McCoy hielt seinem Blick einen Moment stand, dann wandte er den Kopf. Er hatte keine bessere Idee.

Jim trat in den Brückenraum der *Bounty.* Spock war auf seine Station zurückgekehrt. Unverständliche Gleichungen tanzten über seinen Computerbildschirm. Jim setzte sich auf seinen Platz und benützte das Intercom, damit seine Stimme auch Scott erreichen würde.

»Darf ich Sie alle um Ihre Aufmerksamkeit bitten.« Es kam ihm seltsam, doch sehr angemessen vor, um ihre Aufmerksamkeit zu bitten, anstatt sie zu erwarten. »Jeder von Ihnen hat jetzt eine schwierige Entscheidung zu treffen. Die Informationen, welche Mr. Spock und Mr. Scott mir gegeben haben, führen mich zu der Annahme, daß es möglich, wenn auch riskant ist, in der Zeit zurückzugehen und zwei Buckelwale an Bord zu holen, die Spezies, mit der die Sonde zu kommunizieren versucht. Wenn der Versuch erfolgreich verläuft, könnte das die Rettung der Erde bedeuten. Aber wir haben keine Garantie für einen Erfolg. Die *Bounty* könnte dabei vernichtet werden. Wir alle könnten sterben.«

Er machte eine Pause, um ihre Reaktion abzuwarten. Niemand sprach. Schließlich blickte Sulu ihn fragend an.

»Sie sprachen von einer schwierigen Entscheidung, Admiral.«

»Ich bin entschlossen, diesen Versuch zu wagen, Captain Sulu. Aber jedem von Ihnen, der es vorzieht, in unserer Zeit zu bleiben, steht es frei, eine der Rettungskapseln zu nehmen und das Schiff zu verlassen, bevor wir in die Einflußsphäre der Sonde geraten. Eine ganze Flotte von Rettungsschiffen liegt außerhalb des Solarsystems bereit, kann jedoch eine weitere Annäherung an die Erde nicht riskieren. Sie könnten die Rettungskapseln innerhalb weniger Minuten erreichen – in ein paar Stunden schlimmstenfalls. Zurückzubleiben ist wahrscheinlich... die vernünftige Entscheidung.«

»Sie brauchen jemanden, der diesen Eimer fliegt«, sagte Sulu und wandte sich wieder seiner Konsole zu.

»Möchte jemand sich anders entscheiden?«

Spock blickte gerade so lange auf, um eine Braue zu heben.

»Ich glaube, Sie haben ein einstimmiges Ergebnis,

Admiral«, sagte Chekov und wandte sich ebenfalls wieder seiner Konsole zu.

Uhura tat so, als ob Jim niemals die Frage gestellt hätte, ob irgend jemand aussteigen wolle. »Die Zustände auf der Erde scheinen sich weiter zu verschlimmern, Sir«, sagte sie.

»Hier Scott, Admiral. Mit den richtigen Materialien – den richtigen Materialien des zwanzigsten Jahrhunderts –, könnte ich Ihnen einen Tank bauen.«

»Danke, Mr. Scott.« Jim blickte McCoy an.

»Du weißt, was ich von dieser Sache halte, Jim«, sagte McCoy.

»Dann solltest du dir schleunigst eine Kapsel besorgen und verschwinden.«

»Wer spricht denn von Verschwinden? Mich kriegt keiner in so eine Rettungskapsel.«

»Also gut«, sagte Jim. »Wir werden sofort anfangen... Ich danke Ihnen allen.« Er wandte sich an den Wissenschaftsoffizier. »Wie sieht es mit Ihren Gleichungen aus, Mr. Spock?«

»Sind in Arbeit, Admiral.«

»Uhura, geben Sie mir Starfleet Command.«

»Ich will es versuchen, Sir.«

Während all seiner Jahre auf Vulkan, auf der Erde und auf vielen anderen Planeten hatte Sarek noch nie ein solches Wetter erlebt. Wellen von Regen und Graupeln schlugen gegen die Fenster. Ein Reparaturteam hatte versucht, die gesprungenen Glasscheiben abzudichten, doch die Abdichtungen waren gerissen. Wasser sprühte durch die Risse und sammelte sich auf dem Fußboden zu großen Lachen. Unaufhörlich zuckten Blitze und machten die Nacht zum Tage, der heller war als der gelbe Sonnentag der Erde.

Sarek war es auf der Erde immer zu kühl gewesen.

Früher war es ihm gelungen, diese Tatsache zu akzeptieren und dann zu ignorieren. Er war darauf trainiert, die Trivialität physischen Wohlbefindens unbeachtet zu lassen. Jetzt jedoch, als Starfleet alle verbliebene Energie dafür aufwandte, die Verbindung nach draußen aufrechtzuerhalten, glich sich die Temperatur innerhalb des Gebäudes der Außentemperatur an, die ihrerseits weiter sank. Sarek fror mehr, als er jemals in seinem Leben gefroren hatte. Er versuchte, den Metabolismus seines Körpers zu verstärken, um dem entgegenzuwirken, doch gelang es ihm nicht.

Zitternd starrte Sarek durch das große Fenster. Wolkenbruchartiger Regen peitschte die Wogen der Bucht und prasselte gegen die Fenster. Die Wolken wurden dunkler. Blitze beleuchteten jeden einzelnen Regentropfen und schufen ein Bild von Milliarden winziger, leuchtender Kugeln. Gleichzeitig erschütterten dröhnende Donnerschläge die Plattform, das Gebäude, den Planeten.

Sarek, nach außen hin ein ruhender Pol inmitten des Chaos, hörte, wie der Ratspräsident, Cartwright und Christine Chapel versuchten, irgendeinen Zusammenhalt in die Rettungsversuche zu bringen. Sarek bot nicht seine Hilfe an, weil er wußte, daß er nichts tun konnte. Niemand konnte von der Erde evakuiert werden, weil die Sonde das verhindern würde, doch kümmerte sie sich nicht um Bewegungen, die auf die Erdoberfläche beschränkt blieben, zum Beispiel den Exodus von Menschen von den Küstenregionen zu höhergelegenen Zonen.

Vielleicht ignoriert sie ihn deshalb, überlegte Sarek, weil sie weiß, daß jede Flucht sinnlos ist. Menschen werden sich vor dem Ertrinken retten, nur um zu erfrieren; Menschen mögen sich vor dem Erfrieren retten, nur um zu verhungern.

Man hatte ihm angeboten, ihn ins Innere des Kontinents zu bringen; er hatte es abgelehnt.

Er sah eine gewisse Ironie in dem, was hier geschah. Durch seine Rückkehr zur Erde – um den Mann zu verteidigen, der das *katra* seines Sohnes gerettet hatte und dessen Leben – würde er jetzt sein Leben, seine Seele verlieren. Er hatte sich jetzt damit abgefunden, daß er hier, auf der Erde, sterben würde. Sein *katra* würde nicht zur Halle des uralten Denkens transmittiert werden, da niemand mehr am Leben sein würde, um es zu übernehmen.

Einige Kilometer landeinwärts hatte es bereits zu schneien begonnen. Die Hügel im Osten trugen jetzt Schneekappen wie winterliche Berge. Während Sarek durch das Fenster starrte, hörte der Regen auf, in Tropfen an dem Glas herabzurinnen, schlug statt dessen platschend dagegen und tropfte als feuchter Schneematsch an ihm herab.

Die Kommunikation innerhalb von Starfleet Command verschlechterte sich weiter. Sarek vermochte auf der Glasscheibe kaum noch die Spiegelungen der verschwommenen Darstellungen des Bildschirms zu erkennen. Menschen eilten in sinnloser Hast hin und her. Dr. Christine Chapel war seit fast achtundvierzig Stunden im Dienst. Sie saß zusammengesunken auf einem Sessel, das Gesicht in die Hände gestützt. Fleet Commander Cartwright hatte seine Hände um das Geländer der Beobachtungsplattform gekrallt, die Muskeln vor Anspannung verkrampft.

Sarek hatte die letzten Stunden damit zugebracht, sich auf seinen Tod vorzubereiten, an seine Erfolge gedacht und sein Bedauern innerlich verarbeitet. Nur eines blieb: Da keine Energie entbehrt werden konnte und kein Kanal ungestört war, konnte er keine Nachricht nach Vulkan durchgeben, an Amanda. Er hatte ihr zwar geschrieben, doch bezweifelte er, ob sie seinen Brief jemals erhalten würde. Alles, was er ihr sagen wollte, würde für immer ungesagt bleiben.

»Sir!« Janice Rand wandte sich zu Cartwright um. Ihr Gesicht spiegelte sich in der regennassen Glasscheibe. »Ich empfange eine schwache Transmission – es ist Admiral Kirk!«

»Auf den Bildschirm!« sagte Cartwright.

Sarek wandte sich von der Schattenwelt der Reflexionen der realen Welt zu. Das verschwommene Bild auf dem Bildschirm war kaum schärfer als sein Spiegelbild in der Fensterscheibe, und Kirks Worte waren bis zur Unkenntlichkeit verzerrt. Das Bild verblaßte zu nichts, der Ton wurde von der Resonanz der Sonde verdrängt.

»Satelliten-Reserveenergie«, sagte Cartwright. »Jetzt!«

Der Bildschirm flackerte, wurde klar, verschwamm. Sarek konnte Kirks Gestalt erkennen, und die Konsolen des klingonischen Jägers... Und die vage Silhouette hinter Kirk, unzweifelhaft ein Vulkanier, unzweifelhaft Spock. Kirk sagte etwas, doch ein Schwall von Statik löschte seine Stimme aus.

Er kommt zur Erde, dachte Sarek. Alle Schiffe haben den Befehl, wegzubleiben. Doch anstatt zu gehorchen, kommt er her. Er ist zur Erde befohlen worden. Doch anstatt nicht zu gehorchen, kommt er her.

James Kirk war es unmöglich, tatenlos zuzusehen, wenn sein Heimatplanet starb. Doch Sarek wußte auch, daß es keine logische Möglichkeit gab, die Erde zu retten. Das klingonische Schiff würde auf die Sonde treffen und vernichtet werden. Und Kirk und alle seine Gefährten würden sterben.

»Analyse«, sagte Kirk. Seine Stimme wurde klarer und verebbte abwechselnd in Statik und Resonanz. Im Hintergrund pfiff und stöhnte ein seltsames Schreien.

Im ersten Augenblick glaubte Sarek, es käme von der Sonde, doch dann erkannte er, daß dem nicht so war.
»Sonde... Ruf... Captain Spocks Meinung... ausgestorbene Spezies... Buckelwal... richtige Antwort...«

Sein Bild und seine Stimme erstarben, doch Sarek hatte Spocks Erklärung für die Anwesenheit und die Absicht der Sonde begriffen. Ein Ausdruck von Stolz durchbrach den Gleichmut des Vulkaniers.

»Stabilisieren!« rief Cartwright. »Energiereserve!«

»Hören Sie mich?« sagte Kirk klar und deutlich. Sein Bild war eine Sekunde lang im Fokus, zerfiel dann wieder. »Starfleet, wenn Sie mich hören können: Wir werden Zeitreise versuchen. Wir berechnen gerade unsere Flugbahn...«

»Was, um alles in der Welt...«, entfuhr es dem Fleet Commander.

Die Energie versagte völlig.

»Notfallreserve!« rief Cartwright mit heiserer Stimme.

»Wir haben keine Notfallreserve«, sagte der Kommunikationsoffizier.

Das Ächzen von überbeanspruchtem Glas und Metall drang durch das Heulen des Windes, durch das Rauschen von Regen und Meereswellen. Sarek begriff, was Kirk vorhatte. Irgendwie, in dem Wahnsinn seiner Verzweiflung, besaß der Plan doch ein Element von Rationalität.

»Viel Glück, Kirk«, murmelte Sarek. »Ihnen und allen, die bei Ihnen sind.«

Die Sicherungen der Fenster brachen. Glas implodierte krachend zu kalten, scharfen Scherben. Angstschreie und eisige Nadeln von Schneeregen und Wind waren das letzte, was Sareks Sinne aufnahmen.

KAPITEL 5

Die Sonne schien auf die Windschutzscheibe. Die *Bounty* schoß auf sie zu. Das Licht wurde so intensiv, daß die Automatik der Windschutzscheibe es abdunkelte, eine künstliche Sonnenfinsternis schuf. Zungen brennender Gase, die Korona, bildeten einen Hof um den Rand der Sonne.

»Keine Antwort von der Erde«, sagte Uhura. »Der Solarwind ist zu stark. Wir haben Kontakt verloren.«

»Vielleicht ist das gut so.«

Die künstliche Schwerkraft der *Bounty* schwankte. Die Beschleunigung der mit voller Kraft laufenden Impuls-Triebwerke rissen das Schiff vorwärts. Die Solarstürme griffen nach der *Bounty*, als sie auf ein flammendes Perihel dicht über der Oberfläche des Sterns zuraste.

»Fertig zum Einschalten des Computers, Admiral«, sagte Spock.

»Was ist unser Zeit-Ziel?« fragte Jim.

»Das späte zwanzigste Jahrhundert.«

»Das können Sie doch sicher etwas genauer angeben.«

»Nicht mit diesen Geräten. Ich mußte einige der Variabeln aus dem Gedächtnis programmieren.«

»Und von wie vielen Variabeln sprechen Sie?«

»Vorhandensein von Treibstoffkomponenten, Veränderung in der Masse des Schiffes, wenn es sich mit relativistischen Geschwindigkeiten durch ein Zeitkontinuum bewegt, und der wahrscheinliche Standort von Buckelwalen. In diesem Fall der Pazifische Ozean.«

»Das alles haben Sie aus dem Gedächtnis programmiert?«

»Das habe ich«, sagte Spock.

McCoy, der neben ihm stand, blickte verzweifelt zur Decke empor. »Die Engel und alle Heiligen mögen uns schützen.«

»Mr. Spock«, sagte Jim mit Betonung, »niemand von uns hat Zweifel an Ihrem Gedächtnis. Computer einschalten. Bereit für Warp-Geschwindigkeit.«

Sulu traf die entsprechenden Vorbereitungen für den Übergang.

»Bereit, Sir.«

»Schilde, Mr. Chekov.«

»Schilde aktiviert, Sir.«

»Möge das Glück die Narren begünstigen«, sagte Jim leise.

»Virgil«, sagte Spock, »die *Äneis*. Aber das Zitat...«

»Lassen Sie das, Spock!« rief Jim. »Computer zuschalten! Mr. Sulu: Warp-Geschwindigkeit!«

Die Warp-Antriebe rissen das Schiff voran. Das Licht der Sonnenkorona flimmerte. Die *Bounty* schoß durch mehrere Bänder von Spektralfarben, als die Lichtfrequenz sich beschleunigte, von Gelb über ein intensives Blau-Weiß, bis zu einem durchdringenden, aktinischen Violett.

»Warp zwei«, meldete Sulu.

Die *Bounty* erbebte unter dem Ziehen und Reißen des Warp-Antriebs innerhalb des magnetischen Kraftfeldes und der Schwerkraft der Sonne.

»Warp fünf... Warp sieben...«

Ein Tentakel der Korona griff nach der *Bounty*, umfaßte sie, preßte sie zusammen.

»Ich glaube nicht, daß sie zusammenhalten wird, Sir!« Scotts Stimme klang schwach und blechern aus den Lautsprechern. Das Schiff kämpfte um sein Leben.

»Jetzt können wir nicht mehr zurück, Scotty«, sagte Jim.

»Sir, Hitzeschilde auf maximum!«

»Warp neun«, sagte Sulu. »Neun Komma zwei... neun Komma drei...«

»Mr. Sulu, wir brauchen Ausbrechgeschwindigkeit!«

»Einen Moment, Sir... neun Komma sieben... Komma acht... Ausbrechschwelle...«

»Halten«, sagte Jim.« Halten...«

Ein Wust von Zahlengruppen raste über den Bildschirm. Es würde verdammt knapp werden, zu knapp an der Sonne vorbei, zu wenig Geschwindigkeit, ohne jeden Spielraum.

»Jetzt, Mr. Sulu!«

Die Hitze der Sonne durchbrach die Schilde. Eine Ranke von Beschleunigung kroch durch das Schwerkraftfeld.

Die *Bounty* brach aus den Dimensionen des Raumes heraus und schoß in die Zeit.

Jim erinnerte sich...

Bildfragmente aus seiner Vergangenheit zuckten zusammenhanglos durch sein Bewußtsein. Er sah die *Enterprise* explodieren und in der Atmosphäre von Genesis verbrennen. Er sah David Marcus tot zwischen den Trümmern seines Traums liegen. Er sah Spock als Jungen – auf Genesis war Spock gealtert. Doch Jims Erinnerung kroch rückwärts, und der Alterungsprozeß kehrte sich um. Der Körper des Vulkaniers wurde jünger. Während die Bilder schneller und schneller vorbeizuckten, sah Jim alle seine Freunde jünger und jünger werden. Spock hatte sich während der Zeit, die Jim ihn kannte, am wenigsten verändert, da die Lebensspanne eines Vulkaniers größer war als die eines Menschen. McCoy verlor die Falten, die das Leben im Raum in sein Gesicht gegraben hatte, bis er so wie einst aussah, als James Kirk, mit den neuen Streifen eines Lieutenants an den Ärmeln, ihn kennengelernt hatte. Jim erinnerte sich an Mr. Scott, der zu Anfang der Fähigkeit des selbstsicheren jungen Captain, das beste Schiff von Starfleet zu kommandieren, äußerst skeptisch gegenübergestanden hatte. Er erinnerte sich an Carol Marcus, wie sie gewesen war, als er sie zur Erde zurückbrachte, wie sie gewesen war, als sie sich vor so vielen Jahren zum ersten Mal voneinander getrennt hatten, wie sie gewesen war, als er sie kennenlernte.

Jims Mutter lächelte und schüttelte den Kopf über irgendein Abenteuer ihres Sohnes, und während er sie ansah, wurde auch sie jünger, obwohl sie sich kaum zu verändern schien, ob die Jahre nun vorwärts oder rückwärts liefen.

Jim erinnerte sich an Uhura, an den Abend, an dem er sie kennenlernte, als sie ein irisches Volkslied sang und sich dazu auf einer kleinen Harfe begleitete; er erinnerte sich an Sulu, einen Jungen, der gerade die Akademie hinter sich hatte und der ihm beim Fechten eine schwere Niederlage beibrachte; er erinnerte sich an den Tag, an dem er Chekov kennenlernte, einen Fähnrich, der Brückenwache hatte, als Jim während der Nacht durch sein neues Schiff geisterte. Er sah seinen Neffen, Peter Kirk, zu einem Mann heranwachsen, der in Frieden mit sich lebte, und sah ihn dann als Jungen, den die Trauer um den Verlust beider Eltern niedergeworfen hatte.

Und unter diesen klaren Bildern trieben Erinnerungen, die undeutlicher, geisterhafter wirkten. Jim sah seine Schwägerin, Aurelan, im Schock sterben, als die parasitären Kreaturen von Deneva ihren Geist in Besitz nahmen. Er sah seinen älteren Bruder Sam, der bereits an dieser furchtbaren Heimsuchung gestorben war. Und doch sah er dann beide auf ihrem Weg nach Deneva, und er sah Sam als Jungen, der ihn lachend zu einem Wettlauf über die Felder ihrer Farm in Iowa herausforderte; als Kind, das in ein Baumhaus kletterte; und noch jünger, als Sam auf ihn herabblickte, eine der frühesten Erinnerungen, die Jim zurückrufen konnte. Er sah seinen Freund Gary Mitchell in einem Steinschlag auf einem fremden Planeten sterben, und gleichzeitig sah er ihn als ehrgeizigen Lieutenant, als wilden Kadetten während ihres ersten Jahres auf der Akademie. Jim hörte Echos ihrer Diskussionen; was sie tun würden, wohin sie gehen wollten, und was sie alles schaffen würden.

Und Jim erhaschte einen raschen, vagen Blick auf seinen Vater, George Samuel Kirk, einen stillen und zurückhaltenden Mann, der sogar allein schien, wenn er mit seiner Familie zusammen war.

Und schließlich sah er nichts mehr als nur lange, konturlose, graue Zeit.

Ein ungeheurer Lärm riß ihn aus seinen Träumen. Das Schiff hatte seinen Sturz durch die Solarwinde überlebt. Hitze von der fast glühenden Haut der *Bounty* drang herein und sammelte sich im Brückenraum. Schweiß rann über Jims Rücken. Die Instrumente zeigten, daß alle Systeme normal funktionierten. Jeder, der auf der Brücke war – selbst Spock – starrte verträumt ins Nichts. Die Temperatur begann zu sinken, als das Schiff Energie in den Raum zurückstrahlte.

»Mr. Sulu«, sagte Jim. Er bekam keine Antwort. »Mr. Sulu!«

Sulu wandte sich um, fuhr aus seinen Träumen. »Ja, Sir?«

Jim sah, wie sie alle aus ihren Träumen in das Jetzt zurückfanden – aber wann war *jetzt?*

»Wie ist unser Status?«

Sulu blickte auf seine Konsole. »Bremsdüsen haben gezündet, Sir.«

»Bild, bitte.«

Eine blau-weiße Kugel rotierte langsam um ihre Achse, ihre Wolkendecke war hier und dort aufgerissen, so daß man bekannte Kontinente erkennen konnte.

»Die Erde«, sagte Jim leise. »Aber wann?« Zumindest hatten sie die Sonde hinter sich gelassen, denn die von ihr geschaffene, undurchdringliche, wallende Wolkendecke umschloß den Planeten noch nicht. »Spock?«

»Nach der Art der Verschmutzung der Atmosphäre zu urteilen, sind wir im späten zwanzigsten Jahrhundert angekommen.«

»Gut gemacht, Mr. Spock.«

»Admiral!« rief Uhura. »Ich empfange Walgesänge auf Langstreckensensoren!« Sie schaltete das Signal auf die Lautsprecher. Ein unheimliches Schreien und Stöhnen und Pfeifen füllte den Raum.

»Peilen Sie das stärkste der Signale an«, sagte Jim. »Mr. Sulu, verlassen Sie den Orbit.«

»Wenn ich mir die Bemerkung erlauben darf, Admiral«, sagte Spock. »Ich glaube, daß wir uns bereits im Bereich der Sensoren der damaligen Zeit befinden.«

»Sehr richtig, Spock. Mr. Chekov: Tarngerät einschalten.«

Chekov führte den Befehl aus. Die *Bounty* blieb innen sichtbar, verlor jedoch irgendwie an Substanz. Jim hatte für einen Moment das Empfinden, in einem Phantom-Schiff auf einen Phantom-Planeten zuzufliegen. Vielleicht hätte McCoy diesen klingonischen Jäger besser *Fliegender Holländer* taufen sollen.

Die *Bounty* stieß aus dem Raum herab, schob ihre Tragflächen heraus und nahm so ihre elegante, stromlinienförmige atmosphärische Form an. Das Schiff schoß in die Lufthülle des Planeten und wurde langsamer, als Reibung und Luftwiderstand die Bremswirkung der Düsen unterstützten.

Die Vorderkanten der Tragflächen begannen durch die Reibungshitze zu glühen. Ionisierte Gasmoleküle wogten über die Hitzeschilde am Bug. Die *Bounty* schoß in die Dunkelheit. Das Schiff ritt auf einer feurigen Woge auf die Erde hinab, ein heller Komet im Dunkel.

»Wir haben die Nachtgrenze passiert«, sagte Sulu.

»Kurs auf die Westküste Nordamerikas«, sagte Spock.

»Der angepeilte Walgesang wird stärker. Aber eines ist seltsam, Admiral: Er kommt aus San Francisco.«

»Aus der Stadt?« sagte Jim. »Das ist doch nicht möglich.«

»Sie könnten in der Bucht gestrandet sein«, sagte Sulu. »Oder in Gefangenschaft gehalten werden.«

»Es ist das einzige Signal, das ich auffangen kann«, sagte Uhura. »Und es wird von einem Sender ausgestrahlt. Aber ich kann nicht feststellen, ob es live ist oder eine Aufnahme.«

»Ist es möglich...«, sagte Jim. »Ist es möglich, daß sie zu dieser Zeit bereits ausgestorben sind?«

»Sie sind noch nicht ausgestorben«, sagte Spock.

»Warum kann Uhura dann nicht mehr als einen finden?« sagte Jim scharf.

»Weil dies die falsche Zeit ist, um Buckelwale singen zu hören«, sagte Spock ruhig.

»Dann frage ich mich...«

»Das weiß ich auch nicht, Admiral. Informationen über Wale sind in unserer Zeit sehr beschränkt. Vieles ist verlorengegangen, und vieles wurde nie in Erfahrung gebracht. Darf ich vorschlagen, damit zu beginnen, den Ursprung dieser Signale zu erforschen?«

»Admiral!« Scotts Stimme übertönte den Gesang des Wales aus den Lautsprechern. »Sie und Mr. Spock – ich brauche Sie beide im Maschinenraum.«

Jim war sofort auf den Beinen. »Annäherung weiterführen«, sagte er und lief hinaus. Spock folgte mit etwas würdigeren Schritten.

Als Spock in den Raum neben dem Energiespeicher trat, sah er, was los war, bevor Scott den Mund öffnete. Das Glühen der Dilithium-Kristalle hätte den Raum hell erleuchten sollen. Statt dessen strahlte der transparente Energiespeicher lediglich ein mattes, vielfarbiges Licht von den Flächen und Kanten der kristallinen Masse ab. Das Dilithium bestand jetzt aus einem Kristallgitter, das zu einer quasikristallinen Form zerfiel. Die Kristalle waren infiziert. Und vor Spocks Augen breitete die Seuche sich weiter aus. Es war, als ob Diamanten sich zu Graphit oder Kohle zersetzten. Für die *Bounty* waren die Dilithium-Kristalle lebenswichtig, die Dilithium-Quasikristalle absolut nutzlos.

»Sie fallen auseinander«, sagte Scott, »sie dekristallisieren. Man kann praktisch zusehen, wie sie sich verändern. Nach einer gewissen Zeit sind die Kristalle so zersetzt, daß man überhaupt keine Energie mehr herausziehen kann.«

»Wann wird das geschehen, Mr. Scott?« fragte Kirk. »Geben Sie mir den ungefähren Zeitpunkt an.«

Scott dachte nach. »Vierundzwanzig Stunden, etwas weniger oder etwas mehr, wenn wir getarnt bleiben. Danach, Admiral, sind wir sichtbar, oder liegen im Wasser. Wahrscheinlich beides. Wir werden nicht genügend Energie haben, um aus dem Schwerkraftfeld der Erde auszubrechen. Gar nicht davon zu reden, wieder in unsere Zeit zurückzukommen.«

Kirk starrte die Kristalle an. Spock fragte sich, ob er glaube, die Kraft seiner Wut könne ihren Energiestatus durch eine spontane Transformation verändern.

»Ich kann einfach nicht glauben, daß wir so weit gekommen sind, nur um jetzt zu scheitern«, sagte Kirk.

»Ich will nicht glauben, daß wir scheitern.« Er kaute gedankenvoll an seinem Daumennagel. »Scotty, können Sie das Dilithium nicht rekristallisieren?«

»Nein«, sagte Scott. »Ich meine, ja, Admiral, theoretisch wäre das schon möglich, doch selbst in unserer Zeit würden wir das nicht tun. Es ist viel einfacher und auch billiger, neues Dilithium zu schürfen. Das Rekristallisierungsgerät wäre auch zu gefährlich, um es herumliegen zu lassen.«

»Es gibt eine Möglichkeit des zwanzigsten Jahrhunderts«, sagte Spock. Während seines kurzen Studiums der Geschichte und Kultur der Spezies seiner Mutter hatte es ihn besonders beeindruckt, mit welcher Sorglosigkeit die Menschen äußerst gefährliches Gerät ›herumliegen ließen‹.

»Erklären Sie«, sagte Kirk.

»Wenn ich mich richtig erinnere«, sagte Spock, »hatten die Menschen einen recht zweifelhaften Flirt mit Kernspaltungsreaktoren, für die Erzeugung von Energie und auch für die von Kriegswaffen. Trotz ihrer toxischen Nebenwirkung, dem Freisetzen gefährlicher Stoffe wie Plutonium, und dem Verbleiben gefährlicher Abfälle, die noch immer auf der Erde sind. Die Kernfusions-Ära hat die Voraussetzung dafür geschaffen, daß diese Reaktoren abgeschaltet werden konnten. Doch zu dieser Zeit sollten noch ein paar davon in Funktion sein.«

»Angenommen, dem wäre so, wie schützen wir uns vor den toxischen Nebenwirkungen?«

»Wir könnten ein Gerät konstruieren, mit dem sich Hochenergie-Photonen gefahrlos sammeln lassen; dann könnten wir die Photonen in den Dilithiumspeicher injizieren, was zu einer Rekristallisierung führen würde. Theoretisch.«

»Wo könnten wir solche Reaktoren finden?«

Spock überlegte. »Die Menschen des zwanzigsten Jahrhunderts haben ihre Reaktoren weit verstreut in abseits gelegene und dünn besiedelte Gebiete gebaut. Schiffe der Kriegsflotten benutzten ebenfalls Nuklearantriebe. In Anbetracht unseres Bestimmungsortes würde ich sagen, daß das letztere am ehesten Erfolg verspricht.«

Jim überlegte, was Spock gesagt hatte, als er zur Brücke zurückging.

Sulu, an der Ruderkonsole, blickte auf die Erde des zwanzigsten Jahrhunderts. Er ließ die *Bounty* über San Francisco schweben. Die Stadt war ein Lichtermeer auf den Hügeln, die die Bucht einschlossen. Die Lichter endeten abrupt am Ufer der Bucht, als ob die Mauer der Wolkenkratzer sie auffinge und himmelwärts lenke.

»Es ist noch immer eine schöne Stadt«, sagte Chekov. »Oder war es – und wird es sein.«

»Ja«, sagte Sulu. »Ich habe mir immer gewünscht, ich hätte die Zeit gehabt, sie besser kennenzulernen. Ich bin dort geboren.«

»Ich dachte, du seist auf Ganjitsu geboren worden«, sagte Chekov.

»Ich bin auf Ganjitsu aufgewachsen. Und auf einer Reihe anderer Planeten. In San Francisco habe ich nie länger als zwei Monate hintereinander gelebt, aber ich bin hier geboren.«

»So viel anders sieht es gar nicht aus«, sagte McCoy.

Jim, der gerade hereintrat, hörte McCoys Worte.

»Wir wollen hoffen, daß es auch nicht viel anders ist«, sagte er.

Doch für Jim sah es anders aus. Er blickte auf die Stadt hinab und versuchte herauszufinden, warum dieser Anblick ihn beunruhigte. Sonderbare Arme griffen über das Wasser hinweg: Brücken. In seiner Zeit war nur die Golden Gate Bridge als historisches Bauwerk erhalten geblieben. Die anderen Brücken existierten jedoch nicht mehr. Die Lichter mußten Scheinwerfer von Bodenfahrzeugen sein, die jeweils nur eine Person transportierten. Jim entdeckte das dunkle Rechteck unbebauten Landes, das sich durch den Ostteil der Stadt zog.

»Mr. Sulu«, sagte er, »bringen Sie uns im Golden Gate Park herunter.«

»Jawohl, Sir. Sinkflug beginnt.«

Als die *Bounty* durch das Dunkel glitt, besprach Jim das Problem, das sie zu lösen hatten, mit seinen Gefährten.

»Wir müssen uns aufteilen«, sagte er. »Chekov und Uhura, Sie kümmern sich um das Uran-Problem.«

»Jawohl, Sir«, sagte Chekov. Uhura blickte nur kurz von der Kommunikationskonsole auf und nickte.

»Dr. McCoy wird uns zusammen mit Mr. Scott und Captain Sulu einen Waltank bauen.«

McCoy verzog das Gesicht. »Das wird ein Spaß«, murmelte er fast unhörbar.

»Captain Spock und ich«, sagte Jim, »werden versuchen, den Walgesang bis zu seiner Quelle zurück zu verfolgen.«

»Ich werde Ihnen Kurszahl und Entfernung geben, Sir«, sagte Uhura.

»Danke.« Jim blickte von einem zum anderen. »Ich möchte, daß Sie alle sehr vorsichtig sind. Dies ist Terra incognita. Viele Bräuche werden uns sicher ungewohnt erscheinen. Und es ist eine historische Tatsache, daß diese Menschen noch nie einen Außerirdischen gesehen haben.«

Im ersten Augenblick begriff niemand, was er damit meinte. Sie lebten in einer Kultur, die Tausende verschiedener Spezies vernunftbegabter Wesen umfaßte. Die Gedanken, daß sie Leute treffen würden, für die eine nichtmenschliche Person undenkbar war, erstaunte und schockierte jeden von ihnen.

Sie blickten Mr. Spock an.

Spock, der sich oft als Alien gefühlt hatte, selbst unter seinen eigenen Leuten, fand Admiral Kirks Feststellung nicht überraschend. Er dachte einen Moment über das Problem nach.

Wenn er früher gezwungen gewesen war, unter primitiven Menschen als Mensch aufzutreten, hatte seine Hautfarbe kaum Kommentare und keinerlei Mißtrauen hervorgerufen. Seine Augenbrauen hatten einige Bemerkungen ausgelöst, doch nur von einer scherzhaften Art, die man leicht ignorieren konnte. Von allen strukturellen Unterschieden zwischen Vulkaniern und Menschen hatte nur eine ihm Schwierigkeiten bereitet: seine Ohren.

Er öffnete seine Robe, löste den Gürtel des Untergewandes und verwandte ihn als Stirnband. Dieses Band verbarg seine Augenbrauen, vor allem aber verdeckte es die spitzen Ohrmuscheln.

»Ich glaube«, sagte er, »daß ich so unter Nordamerikanern des zwanzigsten Jahrhunderts als Angehöriger einer zwar fremden, doch nicht außerirdischen Rasse gelten kann.«

James Kirk nickte zustimmend. »Dies ist eine extrem primitive und paranoide Kultur. Mr. Chekov, bitte geben Sie an jedes Team einen Phaser und einen Kommunikator aus. Wir bewahren Funkstille, falls wir nicht in extreme Notlagen geraten sollten.« Jim blickte umher, um sich zu vergewissern, daß jeder sich der Gefahren bewußt war, mit denen sie konfrontiert werden mochten. Unter Berücksichtigung der Ängste der Menschen des späten zwanzigsten Jahrhunderts war es vielleicht besser, wenn seine Leute nicht offiziell wirkten. »Scotty, Uhura, legen Sie Ihre Rangabzeichen ab.«

Sie nickten verstehend und taten es.

»Noch Fragen?« sagte Kirk.

Niemand meldete sich.

»Gut. Dann wollen wir unseren Job hinter uns bringen und von hier verschwinden. Unsere eigene Zeit wartet auf uns.«

Die Montage waren immer die schlimmsten Tage, was den Müll betraf. Javys schwere Handschuhe kratzten über den Asphalt, als er den herumliegenden Kehricht zusammenschob und in eine der Abfalltonnen des Parks warf. Er und Ben sollten an sich nur die Tonnen leeren, doch Javy konnte es nicht ertragen, den Golden Gate Park nach jedem Wochenende voller Dreck zu sehen, also tat er manchmal etwas mehr, als von ihm verlangt wurde.

Der Müllwagen spuckte schwarze Dieselwolken in die salzhaltige Luft, als er zurückstieß. Javy wuchtete die Tonne auf seine Schulter und kippte ihren Inhalt in den Müllzerkleinerer. Während der ersten Wochen bei diesem Job hatte er versucht, sich an jedem Tag einen neuen Namen für diese Maschine einfallen zu lassen, doch gab es nur eine beschränkte Anzahl von Variationen für die Beschreibung von mahlenden Zähnen und schnappenden Kiefern. Seine Lieblingsvorstellung war ein Vergleich des Müllzerkleinerungsmechanismus mit einem Schrottzerkleinerer, der Autowracks zu Metallsplittern zerstückelte. Kleinmüll und Großmüll. Er hatte den Unterschied noch nicht ganz herausgefunden. Was es sonst noch gab? Er versuchte, die unvollständige Metapher mit dem ihm ständig entgleitenden Thema des Romans zu vergleichen, den er auf die gleiche Weise schreiben wollte, wie er den Müllzerkleinerer mit dem Schrottzerkleinerer verglich. Kleine unerledigte Dinge und große unerledigte Dinge. Vielleicht sollte er das Manuskript in den Müllzerkleinerer werfen.

Hier strapazierst du deine Symbolik aber ein wenig zu sehr, sagte er sich.

Er wuchtete die zweite Mülltonne auf die Schulter und kippte ihren Inhalt in den Zerkleinerer.

Manchmal fragte er sich, ob er in seinen Beruf als Lehrer zurückgehen sollte. Aber er wußte, daß er dann noch weniger mit dem Roman vorankommen würde als jetzt. Er brauchte einen Job, bei dem er körperlich arbeiten konnte. Jetzt ging das Schreiben besser als vorher. Aber er konnte den Roman dennoch nicht zu Ende bringen.

Javy sprang auf das hintere Trittbrett des Lasters und hielt sich fest, als der zu dem nächsten Sammelpunkt fuhr, wo eine ganze Reihe von Mülltonnen auf ihn wartete. Ben stieg aus, um ihm zu helfen.

»Und was passiert dann?« fragte Ben.

Javy erzählte ihm eine Szene seiner letzten Story. Jedes Lehrbuch über die Schriftstellerei und jeder Lehrer des kreativen Schreibens, den er kannte, behaupteten, daß Schriftsteller, die über ihre Stories sprachen, sie nie schreiben würden. Jahrelang hatte Javy das geglaubt und niemandem etwas erzählt, bevor er es zu Papier gebracht hatte. Doch kürzlich hatte er einen Schriftsteller kennengelernt, einen richtigen Schriftsteller, dessen Arbeiten gedruckt wurden.

»Jeder Mensch ist anders, Javy«, hatte der Schriftsteller ihm gesagt. »Laß dir nur nicht von jemandem einreden, du müßtest genauso arbeiten wie er. Laß dir von anderen keine Vorschriften machen. Die verunsichern dich doch nur. Ein Schriftsteller ist im Geschäft des Vorschriften-Brechens.« Er war damals betrunken gewesen, also mochte alles nur Blödsinn sein, doch um die Probe aufs Exempel zu machen, brach Javy jetzt das oberste Gesetz des Schreibens und sprach über seine Story. Mit Ben, weil es sich so ergab. Und dann ging er nach Hause und schrieb sie. Er hatte sie noch nicht verkauft, doch zumindest hatte er das verdammte Ding zu Ende geschrieben. Bis jetzt war sie dreimal abgelehnt worden. Javy begann, seine Sammlung von Ablehnungsformularen zu lieben. Manchmal machte er sich Sorgen darüber.

Er hob eine zusammengeknüllte Zeitung vom Boden auf und warf sie zu dem anderen Abfall.

»Nun sag schon, Javy, wie geht es weiter?« fragte Ben. Er kippte eine Tonne Abfall in den Zerkleinerer. Javy versuchte, sich nicht allzu viele Gedanken um seine Arbeit zu machen. Während seiner ersten beiden Wochen bei diesem Job hatte es ihn erstaunt, was die Leute alles wegwarfen, doch jetzt war es ihm ziemlich gleichgültig geworden. Eines Tages würde er es wohl überhaupt nicht mehr wahrnehmen, dachte er, doch dann wurde es Zeit, sich nach einem anderen Job umzusehen.

»Also habe ich ihr gesagt«, sagte Javy mit der Stimme einer seiner Figuren dieser Szene, »wenn du glaubst, daß ich sechzig Dollars für einen verdammten Toaster hinblättere, hast du dich geschnitten.«

Die Seebrise setzte ein. Sie blies den Dieselqualm fort und brachte moorigen Ebbe-Geruch vom Meer landeinwärts. Bald würde sie den Nebel fortwehen: Javy arbeitete gerne in der Frühschicht; selbst an nebligen Tagen liebte er die Morgendämmerung. Vor ein paar Minuten hatten er und Ben eine Sternschnuppe gesehen, erstaunlich deutlich in dem dichten Nebel.

»Und was sagte sie darauf?« fragte Ben, als ob Javy ihm von einem wirklichen Streit zwischen wirklichen Menschen berichtete. Ben war ein wunderbarer Zuhörer. Bedauerlicherweise kaufte er niemals Bücher. Er sah fern. Hin und wieder ging er auch ins Kino. Javy fragte sich, ob er nicht lieber versuchten sollte, den Roman als Drehbuch für einen Kinofilm zu schreiben – beim Fernsehen würde der Stoff nicht ankommen; er war zu hart und zu roh für das Fernsehen.

Die Meeresbrise frischte auf, wurde zum steifen Wind.

Plötzlich wirbelte der lose Abfall an Javys Füßen vorbei wie fliehende Strandkrabben, und der Wind blies das Zeug aus den Tonnen, warf die Tonnen um, wirbelte Windhosen von Staub und welken Blättern auf und blies mit einer solchen Stärke, daß Ben sich am Müllwagen festklammern mußte, um nicht auch umgeweht zu werden. Javy taumelte, und Ben packte ihn beim Arm.

Der Wind legte sich so plötzlich, wie er aufgekommen war. Er klang nicht allmählich ab; er hörte einfach auf.

»Was, zum Teufel, war das?« fragte Javy.

Er verzog das Gesicht, als sich ein scharfer Schmerz in seine Ohren bohrte. Der Schmerz wurde zu einem schrillen Kreischen, einem am Rand der Hörschwelle liegenden Heulen. Licht fiel aus der grauen Dämmerung. Er blickte auf das Licht – und sah inmitten des Nebels auf einer oberhalb von ihm gelegenen Böschung eine Rampe herabfahren, aus dem Nichts, ein Licht leuchten, aus dem Nichts, und Menschen erscheinen, aus dem Nichts. Er starrte sprachlos.

Ben packte ihn beim Arm und zerrte ihn zum Führerhaus des Müllwagens.

»Nur weg von hier!«

Zu benommen, um Widerstand leisten zu können, kletterte Javy auf den Fahrersitz. Ben stieß ihn zur Seite, sprang hinein, packte das Lenkrad und rammte den Schaltknüppel nach vorn. Er trat auf das Gaspedal, löste die Handbremse, und mit einem Ruck schoß der Wagen vorwärts.

»Warte!« schrie Javy. Er griff nach dem Türöffner. Ben packte ihn beim Hemdkragen und riß ihn zurück. Javy wehrte sich, doch Ben war fast doppelt so stark wie er. »Hast du das gesehen?«

»Nein!« schrie Ben. »Und du auch nicht, also halte den Mund!«

Javy dachte daran, aus dem fahrenden Wagen zu springen, doch Ben hatte inzwischen fast fünfzig drauf. Javy versuchte, im Rückspiegel nach hinten zu sehen, doch die Rampe und das Licht waren verschwunden, und er konnte nur Schatten erkennen.

Jim führte die anderen aus der *Bounty* und gab dem Schiff den elektronischen Befehl, die Rampe einzuziehen. Sie verschwand im Tarnfeld. Das Luk schloß sich.

»Hört ihr etwas?« fragte Sulu.

Ein leises Brummen, das die Tonhöhe veränderte und dann verklang.

»Das ist nur Verkehrsgeräusch«, sagte Jim. »Bodenfahrzeuge mit Verbrennungsmaschinen. So früh am Tage dürften noch nicht viele unterwegs sein, aber später werden sie die Straßen verstopfen.«

Der ölige Rauch vom Auspuff des Bodenfahrzeugs hing unweit von ihnen in der Luft. Irgend jemand hatte eine Reihe von Abfalltonnen umgeworfen und ihren Inhalt im Park verstreut. Jim fragte sich, wie er und seine Leute mit einer Kultur zurechtkommen konnten, die so unachtsam mit ihrem Planeten umging, dem Planeten, der einst ihnen gehören würde. Zu Jims Zeit trug die Erde noch immer Narben von Wunden, die ihr im zwanzigsten Jahrhundert zugefügt worden waren.

McCoy murmelte ein paar Bemerkungen über den Gestank. Spock blickte mit kühlem Interesse umher, und seine einzige Reaktion auf die Dieselabgase war ein leichtes Verziehen seiner Nüstern.

»Wir bleiben zusammen, bis wir uns orientiert haben«, sagte Jim. »Uhura, wie sind die Koordinaten der Wale?«

Uhura warf einen Blick auf ihren Tricorder und nannte Richtung und Entfernung. Bevor sie sich in Bewegung setzten, prägte sich Jim die Umgebung fest in sein Gedächtnis ein. Natürlich würde er die *Bounty* jederzeit mit dem Tricorder finden können, doch konnte er sich Situationen vorstellen, wo er ins Schiff gelangen mußte, ohne Zeit zu haben, vorher ein Instrument abzulesen.

Sie gingen über eine Wiese, in die Richtung, die Uhura ihnen angegeben hatte.

»Jeder merkt sich, wo wir geparkt haben«, sagte Jim.

KAPITEL 6

Jim und seine Gefährten verließen den Park bei Sonnenaufgang und erreichten die Innenstadt. Die Sonne vergoldete die Fassaden der Häuser und ließ den Nebel verdunsten. Lange, verschwommene Schatten wurden kürzer und schärfer.

Jim war seit langem nicht mehr durch seine Heimatstadt gegangen. Als er die steilen Hügel hinaufstieg, wünschte er, ein paar feste Wanderschuhe zu tragen, anstatt der Bordstiefel.

Bodenfahrzeuge und Fußgänger drängten sich auf Straßen und Gehsteigen. Jims innere Anspannung ließ nach, als er feststellte, daß niemand ihn und seine Gruppe beachtete. Selbst Spock fiel kaum auf. Jim fragte sich, warum niemand sich um sie kümmerte, besonders, als sie ein Viertel erreichten, wo alle Menschen ähnlich gekleidet waren – dunkle Jacketts, dazu passende Hosen oder Röcke, helle Hemden, einen um den Hals gewundenen Textilstreifen – und gleichartige, dunkle Lederbehälter trugen. Doch hier wurde Jims Gruppe sogar noch weniger beachtet. Bis ein Mann plötzlich stehenblieb und sie wütend anstarrte.

»Was ist denn *Ihr* Problem?«

»Nichts«, sagte Jim und unterdrückte ein irrationales Verlangen, es ihm zu nennen. »Ich habe kein Problem.«

»Sie werden aber eins haben, wenn Sie nicht aufpassen, wen Sie anstarren.« Er drängte sich an Jim vorbei und blickte dann zurück. »Und *wie* Sie andere Leute anstarren!« Er wandte sich um, stieß fast mit Spock zusammen, fauchte ihn an, als er einen Bogen um ihn schlug, und stakte wütend davon.

Jim *hatte* die Menschen angestarrt, an denen er vorübergegangen war, doch verstand er nicht, warum einer von ihnen so aggressiv reagierte. Er ging weiter und beobachtete weiter die Menschen, doch tat er es jetzt verstohlen. Er fragte sich, warum sich alle mehr oder weniger gleich kleideten, wenn auch nicht so gleich, daß man von einer ›Uniform‹ sprechen konnte.

Er blieb an einer Kreuzung stehen, als auch die anderen Fußgänger dort stehenblieben. Sie warteten, starrten auf Reihen von Bodenfahrzeugen, die sich in einer Richtung im Kriechtempo fortbewegten; in der anderen, der kreuzenden Straße, standen sie unbeweglich.

Eine Gruppe von Kästen mit Glasabdeckungen, jede mit einer Kette an einem Stahlpfosten gesichert.

Gut, dachte er. Nachrichtenautomaten. Sie könnten mir sagen, was ich wissen muß. Wenn ich da etwas über Wale…

Er warf einen raschen Blick auf die Schlagzeilen. ›Ich wurde von Aliens aus dem Raum verschleppt!‹

Jim runzelte die Stirn. War er in die erste Begegnung von Menschen mit einer anderen vernunftbegabten Spezies hineingestolpert? Wenn dem so war, mußte er seine Leute und sein Schiff in Deckung halten. Doch dann erinnerte er sich – glaubte sich zu erinnern –, daß der erste Kontakt erst im einundzwanzigsten Jahrhundert stattgefunden hatte, als die Menschen ihr Sonnensystem verließen, nicht, als eine andere Spezies die Erde besuchte. Und er konnte sich ganz bestimmt nicht an Entführungen von Menschen durch Außerirdische erinnern. Er würde Spock fragen, ob das sicher war, doch nicht hier, in dem Menschengewühl einer Straßenkreuzung, wo andere mithören konnten.

›Verhandlungen über Nuklearwaffen gescheitert.‹ Das verstand er.

»Es ist ein Wunder, daß diese Leute das zwanzigste Jahrhundert überlebt haben«, sagte McCoy.

Er wartete, daß die Schlagzeile sich auflösen würde, doch nichts geschah. Er fragte sich, ob die Nachrichtenmaschinen kaputt waren. Wahrscheinlich waren Straßenmaschinen noch nicht so zuverlässig wie in seiner Zeit. Er suchte nach einer Tastatur, um die Information anzufordern, die er brauchte, doch er fand keine. Vielleicht war das Gerät raffinierter, als es aussah, und sprach auf Stimmen an.

»Verzeihung.« Ein Mann in dieser Quasiuniform trat um Jim herum, beugte sich über die Nachrichtenmaschine, steckte zwei kleine Metallscheiben in einen Schlitz und öffnete den Deckel. Jim glaubte, daß er die Maschine reparieren würde, damit ihr Bildschirm mehr zeigte als nur die Schlagzeilen. Statt dessen nahm der Mann ein zusammengefaltetes Papierbündel von einem Stapel ähnlicher zusammengefalteter Papierbündel, die sich in dem Gerät befanden. Es war überhaupt keine elektronische Nachrichtenmaschine, sondern ein Spender von gedruckten Nachrichten. Zeitungen? Ja, so hießen sie. Die antiken Bücher, die er gelesen hatte, erwähnten manchmal Zeitungen, doch niemals Zeitungsmaschinen. Sie berichteten nur von Zeitungsjungen, die »Extrablatt!« schrien. Jim fragte sich, wie irgend jemand so auf dem laufenden bleiben konnte. Diese Schlagzeilen mußten mehrere Stunden alt sein.

Der Mann klemmte seine Zeitung unter den Arm und drückte die durchsichtige Abdeckung ins Schloß. Die Metallscheiben, die er eingeworfen hatte, fielen klirrend in einen Behälter.

»Verdammt«, sagte Jim leise. »Sie gebrauchen noch immer Geld. Wir werden einiges benötigen.«

»Geld?« sagte Chekov. »Wir hätten in Rußland landen sollen. Da würden wir kein Geld brauchen.«

Zwei der Leute des zwanzigsten Jahrhunderts, die

in ihrer Nähe standen, starrten Chekov wütend an. Jim hörte jemanden murmeln: »Roter, bolschewistischer Austauschstudent.« Er erinnerte sich daran, daß an den gescheiterten Abrüstungsverhandlungen, von denen in der Zeitung die Rede war, die Nordamerikaner und die Russen beteiligt gewesen waren.

»In Rußland«, sagte Chekov, »bekommt jeder gemäß seinen Bedürfnissen und gibt gemäß seinen Fähigkeiten.« Er lächelte einen wütenden Bürger des zwanzigsten Jahrhunderts an.

Der Verkehrsfluß wechselte. Die Menschenmasse an der Kreuzung flutete über die Straße, schob sich an Bodenfahrzeugen vorbei und zwischen ihnen hindurch und spülte die aggressiven Bürgen mit sich fort. Die Wagen in der kreuzenden Straße ruckten vorwärts, hupten und versuchten, einander auszumanövrieren.

»Mr. Chekov«, sagte Jim leise, »ich glaube, daß es klüger wäre, über die Errungenschaften Rußlands zu schweigen. Zumindest während wir uns auf den Straßen Nordamerikas befinden.«

»Jawohl, Admiral«, sagte Chekov, offensichtlich verwirrt.

Auf der anderen Seite, überlegte Jim, wäre es verdammt praktisch, wenn wir gemäß unseren Bedürfnissen bekommen würden, jedenfalls so lange, bis wir das tun können, was wir tun müssen. Vielleicht könnten wir wieder verschwunden sein, bevor jemand uns fragt, was unsere Fähigkeiten uns dem Allgemeinwohl beizutragen erlauben.

Auf jeden Fall brauchten sie Geld, und sie brauchten es bald. Jims auffällige Gruppe würde mit den Kreditkarten eines anderen Jahrhunderts hier nicht weit kommen.

Er versuchte, sich an mehr Fakten der Geschichte zu erinnern. Nach seiner Meinung hatte das Zeitalter der elektronischen Kreditkarte noch nicht begonnen oder sich noch nicht richtig durchgesetzt. Er starrte düster auf das Schild eines Ladens auf der anderen Seite der Straße: *Antiquitäten – Ankauf und Verkauf*, und wurde daran erinnert, daß die Wirtschaft des zwanzigsten Jahrhunderts noch immer auf dem Prinzip des Kaufens und Verkaufens basierte.

In seiner Sammlung zu Hause befanden sich einige Stücke, die selbst jetzt, oder noch ein paar Jahrhunderte früher, einiges wert sein mochten. Doch wenn er etwas verkaufen würde, das er aus seiner Zeit mitgebracht hatte, würde er einen Anachronismus in die Geschichte bringen. Das durfte er nicht. Außerdem dürfte es ihm kaum gelingen, einen Tricorder oder eins von McCoys medizinischen Instrumenten als Antiquität zu verkaufen.

Doch dann fiel ihm etwas ein.

»Warten Sie hier«, sagte er. »Und kleben Sie nicht so zusammen. Wir wirken ja wie eine Kadettenparade.« Er wandte sich an den Vulkanier. »Spock…«

Die anderen traten auseinander, wirkten jedoch noch fast genauso auffällig wie vorher, als sie zusammenstanden.

Jim schickte sich an, die Straße zu überqueren, ohne sich umzusehen. Spock folgte ihm.

Ein lautes Kreischen, ein öliger Geruch nach Verbranntem: die Räder eines Bodenfahrzeugs radierten schwarze Striche auf die graue Straße, und die Nase des Bodenfahrzeugs stoppte nur eine Handbreit von Jims Bein entfernt.

»Kannst du nicht aufpassen, du dummer Esel!« schrie der Fahrer.

»Selber dummer Esel!« schrie Jim, durch den Schreck zu dieser heftigen Reaktion getrieben. Verwirrt lief er über die Straße. Der Fahrer hupte wütend. Das Bodenfahrzeug fuhr an und hinterließ einen zweiten Satz schwarzer Striche auf der Fahrbahn.

Als sie auf der anderen Straßenseite waren, sah Spock ihn mit einem seltsamen Blick an, sagte jedoch nichts. Jims Puls raste. Es wäre mehr als lächerlich, Jahre und Lichtjahre durch Raum und Zeit zu reisen, um sein Ende unter den Rädern eines Fahrzeugs auf den Straßen der Stadt zu finden, in der er lebte.

Er mußte vorsichtiger sein. Alle seine Leute mußten vorsichtiger sein, besonders Spock. Wenn der Vulkanier mit den derzeitigen Ärzten zusammentraf, ganz gleich, wie rudimentär ihre Techniken sein mochten, würde das Stirnband seine außerirdischen Charakteristika nicht verbergen können.

Auf dem Gehsteig der anderen Straßenseite atmeten ihre Gefährten erleichtert auf, als Kirk und Spock heil durch den Verkehr gelangt waren.

Wie desorientierend das ist, dachte Sulu, in einer Stadt zu sein, die so vertraut wirkt und dennoch so fremd ist.

»*Ah! Hikaru oji san desu ka?*«

Sulu fuhr zusammen. Er wandte sich um, um zu sehen, wer ihn mit seinem Vornamen ansprach und ihn dazu noch ›Onkel‹ nannte. Ein kleiner Junge lief auf ihn zu und redete auf Japanisch auf ihn ein.

»*Konna tokoro ni nani o shiteru'n desu ka?*« Die Sprachform war informell, wie die eines nahen Verwandten, und der Junge fragte ihn, was er hier tue.

»*Warui ga, boya wa hitochigai nasa remashita*«, sagte Sulu. Um dem kleinen Jungen sagen zu können, daß er ihn mit einem anderen verwechsele, mußte Sulu tief in die Erinnerung greifen und sein ungewohntes Japanisch aktivieren, das er in der Schule und aus Romanen gelernt hatte, die nicht dreihundert, sondern tausend Jahre alt waren.

»Honto desu ne!« sagte der kleine Junge.

»Anata no nihongo ga okashii'n desu.«

Sulu lächelte. Sicher hat er recht, wenn er sagt, daß mein Japanisch seltsam klingt, dachte er. Wahrscheinlich spreche ich wie eine Figur aus *Die Erzählung von Genji.*

Verlegen wollte der kleine Junge sich zurückziehen.

»Boya, machina«, sagte Sulu sanft. Auf diese Bitte hin blieb der Junge stehen. *»Onamae wa nan da?«*

»Sulu Akira desu.« Der kleine Junge nannte Sulu seinen Namen.

Sulu ging in die Hocke und blickte ihn nachdenklich an. Das Kind, Akira Sulu, zeigte bereits den aufmerksamen Blick und den Humor, den man auf den Bildern erkennen konnte, die ihn als Erwachsenen und als alten Mann darstellten.

»Ah so ka«, sagte Sulu. *»Tashika ni boya wa shogaianraku ni kurasu.«*

Der Junge blinzelte, überrascht darüber, daß ein Fremder, der wie sein Onkel aussah, es aber offensichtlich nicht war, ihm wünschte, daß er lange und glücklich leben möge.

»Ogisama arigato gozai masu«, sagte er, um Sulu höflich zu danken.

Sulu richtete sich wieder auf. Der kleine Junge lief fort, die Straße hinunter.

»Wer war das?« fragte McCoy.

»Das, Doktor«, sagte Sulu, der noch immer dem kleinen Jungen nachblickte, »ist mein Ur-Ur-Ur-Großvater.«

Jetzt starrte auch McCoy dem Jungen nach.

Auf der anderen Seite der Straße öffnete Jim die Tür des Antiquitätengeschäfts und trat ein; der Verkehrslärm blieb draußen. Seine Augen gewöhnten sich an das gedämpfte Licht des Raums. Er blickte umher, erstaunt über die Sachen, die sich in diesem Geschäft befanden. Antiquitäten dieser Qualität waren in seiner Zeit kaum noch zu haben, um keinen Preis. Die Zeit hatte sie zu sehr mitgenommen.

»Kann ich Ihnen helfen, Gentlemen?«

Der Geschäftsinhaber, ein Mann von etwa vierzig Jahren, trug sein ergrauendes Haar lang und im Nakken zusammengebunden. Jim hätte geglaubt, daß seine Bekleidung aus einer früheren Periode stammte; vielleicht sollte sie antik wirken, um zu seinem Gewerbe zu passen. Der Antiquitätenhändler trug eine Brille mit Goldfassung und kleinen, runden Gläsern, eine weitgeschnittene, blaue Hose, mit Flicken besetzt und vom Alter ausgeblichen, Ledersandalen und eine Weste, die Jim wie ein museumsreifer Flickenteppich vorkam.

»Was können Sie mir über diese sagen?« fragte Jim. Er zog die eigene Brille aus der Tasche. Sie ähnelte der des Ladeninhabers, hatte jedoch rechteckige Gläser. Licht brach sich in den Sprüngen der Linsen.

Der Händler nahm sie entgegen und drehte sie fast ehrfürchtig in den Händen. Er stieß einen leisen Pfiff aus. »Ein herrliches Stück.«

»Antik?«

»Ja – Amerika, achtzehntes Jahrhundert. Sehr wertvoll.«

»Wieviel würden Sie mir dafür geben?«

»Sind Sie sicher, daß Sie sich von ihr trennen wollen?«

»Ich bin sicher.« In Wirklichkeit wollte er sich nicht von ihr trennen, doch ihm blieb keine Wahl, kein Raum für Sentimentalität.

Der Antiquitätenhändler betrachtete sie gründlicher, klappte die Bügel auf und musterte den Rahmen. Er ging zur anderen Seite des Ladens, nahm seine Lupe von der Theke und blickte auf die feine Gravur auf der Innenseite des Bügels.

Spock beugte sich Kirk zu. »War die Brille nicht ein Geburtstagsgeschenk von Dr. McCoy?«

»Und das wird sie auch wieder sein, Spock«, sagte Kirk. »Das ist das Schöne daran.« Er trat zu dem Ladeninhaber an die Theke. »Wieviel?«

»Sie würde mehr wert sein, wenn die Gläser nicht gesprungen wären«, sagte der Antiquitätenhändler. »Doch ich könnte sie vielleicht reparieren. Das erfordert natürlich einige Experimente...« Er blickte wieder auf die Brille. Jim erkannte, daß er sie unbedingt haben wollte. »Ich gebe Ihnen zweihundert Bucks.«

»Ist das viel?« fragte Jim.

Der Mann blickte ihn von der Seite an. »Ich denke, das ist ein fairer Preis«, sagte er defensiv. »Aber wenn er Ihnen nicht paßt...«

Er reichte Jim die Brille zurück.

»Mein Freund wollte nicht Ihre Fairneß in Zweifel ziehen«, sagte Spock beschwichtigend. »Er ist... einige Zeit außer Landes gewesen, und ich bin nur auf Besuch hier. Ich bin mit den Preisen nicht vertraut, und auch nicht mit dem Gebrauch verschiedener Begriffe. Was ist ein Buck?«

»Ein Buck ist ein Dollar. Wissen Sie, was ein Dollar ist?«

Weder Spock noch Kirk antworteten.

»Die Währung der guten, alten Vereinigten Staaten von Amerika. Man kann fast eine Gallone Benzin dafür kaufen, in dieser Woche zumindest, oder fast einen Laib Brot oder ein Bier, wenn man sich die richtige Bar aussucht. Entweder sind Sie eine Ewigkeit fortgewesen, oder... haben wir uns vielleicht in den sechziger Jahren gesehen?«

»Ich glaube nicht«, sagte Spock.

Sie gerieten in gefährliches Fahrwasser. »Zweihundert Bucks sind in Ordnung«, sagte Kirk rasch.

»Sind Sie vielleicht auch daran interessiert, Ihre Gürtelschnalle zu verkaufen? Hat sie ein gewisses Alter oder ist sie aus dieser Zeit? Ich habe so etwas noch nie gesehen, doch sie wirkt ein bißchen wie Art Deko.«

Jim fühlte sich versucht, doch er hatte sein Glück schon genug strapaziert, indem er die Brille verkaufte. McCoy hatte die Gläser nach den Techniken Ihrer Zeit schleifen lassen. Jim wußte nicht, was eine Analyse des Materials zeigen würde, doch bezweifelte er, daß das Resultat irgend etwas aus dem achtzehnten Jahrhundert ähnlicher sein würde als seine Gürtelschnalle einer Legierung aus den zwanziger Jahren des neunzehnten Jahrhunderts alter Zeitrechnung.

»Nein«, sagte er. »Sie... ist nicht alt. Ich glaube nicht, daß sie viel wert ist.«

»Okay. Ich werde Ihnen einen Scheck für die Brille ausstellen.«

Jim folgte ihm zum rückwärtigen Teil des Ladens. Der Antiquitätenhändler setzte sich an einen wunderbaren Mahagoni-Schreibtisch, zog eine Schublade auf, nahm ein mit einer Metallspirale gebundenes Heft heraus und schraubte die Kappe eines Füllfederhalters ab. »Auf wen soll ich den Scheck ausstellen?«

»Wie bitte?«

»Wie ist Ihr Name, Mann?« Der Antiquitätenhändler runzelte die Stirn. »Ich muß Ihren Namen wissen, damit ich einen Scheck ausschreiben kann und Sie Ihr Geld bekommen.«

»Kann ich nicht einfach das Geld haben?«

Der Antiquitätenhändler drehte sich mit dem Schreibtischsessel um und hakte einen Arm hinter die Lehne. Er deutete auf die Brille, die golden glänzend auf dem Schreibtisch lag. »Hören Sie, Mann, haben Sie irgendwelche Belege dafür?« In seiner Stimme schwang leises Mißtrauen.

»Belege?«

»Ja, so was wie eine Verkaufsquittung. Irgendeinen Beweis, daß sie Ihnen gehört. Ich habe noch nie Scherereien mit gestohlenem Zeug gehabt, und der Teufel soll mich holen, wenn ich jetzt damit anfange.«

»Sie ist nicht gestohlen!« sagte Jim. Spocks Ausrede war nicht mehr ausreichend. »Ich… ich besitze sie seit langer Zeit. Aber Belege habe ich nicht.«

»Haben Sie irgendwelche Identitätsausweise?«

Zumindest wußte Jim, was das war, falls die Bedeutung dieses Begriffes sich nicht geändert haben sollte. Er schüttelte den Kopf. »Ich… haben sie… verloren.«

»Und was ist mit Ihrem Freund?«

Mit todernstem Gesicht sagte Spock: »Ich habe meine auch verloren. Unser Transportmittel hat unser Gepäck verloren, deshalb befinden wir uns derzeit in dieser Zwangslage.«

Die Haltung des Antiquitätenhändlers veränderte sich schlagartig. »Herrgott, warum habt ihr das nicht gleich gesagt? So ein Pech. Kommt ihr aus Japan? Ich wollte da immer mal hin, habe es aber nicht geschafft. Ich bin lange in Asien gewesen. Nepal, Tibet, na – und Vietnam natürlich, aber das wagt man heute kaum noch jemandem zu sagen, weil sie dann glauben, man kippt gleich vor Altersschwäche aus den Latschen, wissen Sie.« Er schwieg einen Moment. »Entschuldigen Sie«, sagte er dann knapp. Er schraubte die Kappe auf den Füllfederhalter und legte das Scheckbuch in die Schublade zurück. Er blickte Jim prüfend an. »Wissen Sie was?«

»Was?« sagte Jim, nicht sicher, ob er es wirklich wissen wollte.

»Hoffentlich ist diese Brille nicht gestohlen, Mann,

weil ich keinen Ärger mit den Cops haben will. Oder mit den Narcs.[1] Oder mit den Feds.[2] Feds sind die Schlimmsten. Mann, mit den Feds will ich nichts zu tun haben, nicht noch einmal. Also wenn Sie mich angeschwindelt haben und Sie in Wirklichkeit zwei hochgradige Kokser sind, die reiche Freunde für den nächsten Trip ausnehmen, geht das auf Ihr Karma, haben Sie verstanden?«

»Verstanden«, sagte Jim. Er hatte mitgekriegt, was der Mann ihm sagen wollte, auch wenn viele Worte ihm fremd waren. »Die Brille ist nicht gestohlen.« Er hoffte, daß es die Wahrheit war. Ihm fiel ein, daß durchaus die Möglichkeit bestand, daß diese Brille im Lauf ihrer langen Geschichte einmal gestohlen worden war.

»Okay.« Der Antiquitätenhändler erhob sich und trat zu seiner Registrierkasse. Sie öffnete sich unter dem Scheppern von Klingeln und dem Krachen der Geldschublade. »Hier ist Ihr Geld, ohne daß Fragen gestellt werden.« Er reichte Jim einen Packen grün und grau bedruckter Papierrechtecke. »In kleinen Noten.« Er grinste plötzlich. »Anscheinend ist doch noch ein bißchen Anarchie in mir zurückgeblieben.«

»Es scheint so«, sagte Jim und nahm das Geld. »Vielen Dank.«

Als er in das helle Sonnenlicht hinaustrat, atmete er tief ein und ließ die Luft langsam entweichen.

»Danke, Mr. Spock«, sagte er. »Ich bin nicht sicher, ob wir wirklich damit durchgekommen sind, aber zumindest sind wir wieder draußen.«

»Ich habe lediglich die Wahrheit gesagt, Admiral«,

1 Rauschgiftpolizei

2 FBI (Anm. d. Übers.)

sagte Spock. »Unser Transportmittel hat meine Habe vernichtet. In der *Enterprise* befand sich so ziemlich alles, was ich besaß.«

»Ja...« Jim mochte nicht an die *Enterprise* denken. »Spock, ich befehlige hier nichts. Sie sollten sich angewöhnen, mich mit Jim anzureden, solange wir uns in diesem Jahrhundert befinden. Wenn Sie mich hier Admiral nennen, könnte das Aufmerksamkeit erregen.«

»Jawohl«, sagte Spock. »Ich werde versuchen, mich daran zu gewöhnen.«

Sie kehrten zu den anderen Leuten ihrer Gruppe zurück, und sie waren diesmal sehr umsichtig, als sie die Straße überquerten.

»Wir wollten schon die Kavallerie nach euch schikken«, sagte McCoy.

»Die Kavallerie, selbst in ihrer mechanisierten Form, gibt es seit einigen Dekaden nicht mehr, Dr. McCoy«, sagte Spock.

»Nein!« rief McCoy. »Wahrhaftig? Ich bin erschüttert!«

Jim verhinderte einen weiteren Streit zwischen den beiden, indem er allen das Geld zeigte. Er erklärte, was er von seinem Wert wußte. Er verteilte es so gerecht, wie es die Werte der Scheine erlaubten, unter die drei Teams. Er gab Uhura siebzig Bucks, Sulu ebenfalls siebzig, und behielt sechzig für sich und Spock zurück. Vielleicht hätte er sich nach den Dienstgraden richten und das Geld für das Tank-Team McCoy oder Scott geben sollen, doch in all den Jahren, die er Scott kannte, hatte der Ingenieur niemals auch nur den geringsten Sinn für Geld gezeigt. Und was McCoy betraf... Jim wußte nicht, was mit McCoy los war. Er wünschte fast, er hätte ihn beim Wal-Team behalten, wo er ihn im Auge haben konnte. Doch dann würde er ständig als Puffer zwischen McCoy und Spock wirken müssen, und er wußte nicht, wie lange sein Temperament das ertragen konnte.

»Das ist alles, was wir haben«, sagte er, »daß mir also niemand auf die Pauke haut. Alles klar?«

Wie er bemühten sich alle, optimistisch zu scheinen. Es fiel ihm schwerer, seine Leute in die Vergangenheit ihres eigenen Planeten zu schicken, als sie auf einen völlig fremden Planeten zu beamen.

Er und Spock gingen in nördliche Richtung. Der Verkehr wurde dünner. Bodenfahrzeuge füllten zwar noch immer die Straßen, doch die Massen von Menschen in Quasiuniform wurden von Leuten abgelöst, die sich etwas legerer gaben.

»Okay, Spock«, sagte Jim. »Dank Ihres wiedererlangten Gedächtnisses und einem bißchen Glück sind wir jetzt auf den Straßen von San Francisco und suchen nach einem Paar Buckelwale.«

Spock antwortete nicht. Und er dachte nicht daran zu lachen.

»Wie, meinen Sie, sollen wir dieses kleine Problem lösen?« fragte Jim.

»Dazu genügt einfache Logik«, sagte Spock. »Wir brauchen zunächst einen Stadtplan. Der da dürfte reichen.«

Ohne im geringsten überrascht zu sein, sofort einen entdeckt zu haben, führte er Jim zu einem Eisengitterzaun. Er umschloß mehrere Bänke, auf denen Menschen saßen. Auf einem durch Glas geschützten Plan standen Straßennamen, von denen ihm einige vertraut waren, und Ziffern, denen er nichts entnehmen konnte.

»Ich werde einfach die Koordinaten auf diese Karte übertragen und so unseren Bestimmungsort feststellen.«

Spock warf einen raschen Blick auf den Stadtplan, als

ob ein Augenblick flüchtiger Aufmerksamkeit das Problem lösen würde. Dann betrachtete er ihn gründlicher. Die Straßen und Stadtgrenzen waren stilisiert eingezeichnet und hatten nur wenig Ähnlichkeit mit der wirklichen Geographie der Region. Die dicken, farbigen Linien, die kreuz und quer darübergemalt waren, stellten auch keine Hilfe dar.

Während Spock noch über dem Stadtplan brütete, stoppte ein Bodenfahrzeug, das größer war als die meisten anderen. Es stieß ölige Qualmwolken aus und verpestete die Luft, die ohnehin schon mit Qualm- und Rußpartikeln gesättigt war, noch mehr. Jim erkannte, daß dies ein öffentliches Transportmittel jener Zeit sein mußte.

Dann las er die große Inschrift an der Seitenwand des Fahrzeugs: *Besichtigen Sie George und Gracie, die beiden einzigen in Gefangenschaft lebenden Buckelwale. Im Wal-Institut, Sausalito.*

»Mr. Spock«, sagte er.

»Einen Moment, Admiral. Ich glaube, daß ich die Lösung bald gefunden habe.«

»Mr. Spock, ich glaube, daß wir das, was wir suchen, im Wal-Institut finden werden. In Sausalito. Zwei Buckelwale, die George und Gracie genannt werden.«

Spock wandte sich zu ihm um, noch verwirrter als zuvor. »Woher wissen Sie das?«

»Einfache Logik«, sagte Jim.

Der Busfahrer beugte sich aus dem Fenster. »Wollen Sie nun mitfahren oder nicht?«

»Kommen Sie, Spock.«

Jim stieg als erster in den Bus. Durch die vordere Tür. Wenige Sekunden später verließen sie ihn beide wieder durch den hinteren Ausgang.

»Was soll das heißen«, sagte Spock perplex, »›Genauen Fahrpreis in Kleingeld‹?«

Sulu folgte Scott und Dr. McCoy die Straße entlang. Scott ging so zügig voran, als ob er genau wüßte, wohin er wollte, doch wenn das der Fall war, so hatte er Sulu und McCoy nicht in sein Geheimnis eingeweiht.

»Würde es Ihnen etwas ausmachen, mir zu erklären«, sagte McCoy, »wie wir den Frachtraum in einen Fischtank umbauen wollen?«

»Normalerweise«, sagte Scott, »würde man das mit transparentem Aluminium machen.«

»Dazu sind Sie ein paar Jahre zu früh dran«, sagte Sulu.

»Ja, mein Junge, das weiß ich. Deshalb müssen wir ein Äquivalent des zwanzigsten Jahrhunderts dafür finden.«

Sulu wünschte, daß Scott aufhören würde, ihn mit ›mein Junge‹ anzureden. Sie gingen fünfzig Meter weit in Schweigen. Auf halber Höhe des nächsten Häuserblocks streckte sich eine Reklametafel über den Gehsteig. *Sie können es nicht finden? Suchen Sie doch auf den gelben Seiten!*

Sulu deutete darauf. »Wie wäre es damit?«

Scott kniff die Augen zu Schlitzen zusammen, um es zu lesen.

»Klingt vielversprechend. Aber kann mir jemand sagen, was eine gelbe Seite ist?«

»Das ist mir zu hoch«, sagte Sulu. »Wir müssen jemanden fragen.« Da er immer den direkten Weg wählte, wollte er auf den nächstbesten Passanten zugehen.

McCoy packte ihn beim Arm. »Warten Sie«, sagte er. »Diese Reklametafel – setzt offensichtlich voraus, daß jeder weiß, was gelbe Seiten sind. Höchstwahrscheinlich sollten wir es auch wissen. Wenn wir also aufs Geratewohl Fragen stellen, muß jemand mißtrauisch werden.«

»Das stimmt«, sagte Scott.

»Na schön, vielleicht kommt ihnen das ein wenig komisch vor«, sagte Sulu. »Vielleicht glauben sie, daß wir aus irgendeinem Dorf kommen. Aber ich glaube nicht, daß wir befürchten müssen, für Zeitreisende aus der Zukunft gehalten zu werden.«

»Aus irgendeinem Dorf...«, sagte McCoy. »Sulu, das ist eine großartige Idee.« Er blickte erst Sulu, dann Scott abschätzend an. »Wer von uns kann am ehesten für einen Dorftrottel gehalten werden?«

Ihre Kleidung unterschied sich gerade genug von der hier üblichen, um ausgefallen zu wirken, doch nicht so sehr, um ungewöhnliches Interesse zu erregen; keiner von ihnen war irgendwie auffallend im Vergleich zur allgemeinen Bevölkerung von San Francisco.

»Mr. Scott«, sagte McCoy. »Ich glaube, Sie haben die Wahl gewonnen. Mit Ihrem Akzent...«

»Akzent!« empörte sich der Schotte. »Sie wollen doch nicht etwa behaupten, daß ich mit Akzent spreche!«

»Aber«, McCoy sprach ruhig weiter, »da hier alle mit einem Akzent sprechen, klingt der Ihre im Vergleich dazu, als ob Sie nicht von hier seien. Oder ich muß wieder meine Centaurianer-Imitation abziehen...«

»Lassen Sie nur!« sagte Scott. Er strich seine Uniformjacke glatt, blickte umher und verließ die Gruppe, um den nächsten Passanten anzusprechen.

»Verzeihen Sie, Sir«, sagte er. »Aber ich bin fremd hier und wollte Sie fragen...«

Der Passant ging weiter, ohne Scott zu beachten. Scott blickte ihm verdutzt nach. Er kam zu Sulu und McCoy zurück.

»Wie finden Sie das?«

McCoy zuckte die Schultern.

»Versuchen Sie es noch einmal«, sagte Sulu.

Wieder strich Scott seine Jacke glatt; wieder trat er auf einen Passanten zu.

»Wenn ich Sie einen Moment stören dürfte…«

»Hauen Sie bloß ab!«

Scott wich erschrocken zurück. Der Passant ging weiter, ohne einen Blick zurückzuwerfen, und murmelte etwas über Bettler, Hippies und Spinner.

»Das klappt nicht«, sagte Scott zu Sulu und McCoy. »Doktor, vielleicht sollten Sie doch lieber Ihre Centaurianer-Imitation abziehen.«

»Kommen Sie, Scotty, noch einmal«, sagte McCoy. »Der dritte Wurf bringt das Glück.«

Scott ging zum dritten Mal auf einen Passanten zu, es war eine Frau. Als er sich ihr näherte, ließ sie etwas fallen. Scott hob es auf.

»Verzeihen Sie, Madam. Sie haben dies verloren.«

Sie wandte sich um. »Meinen Sie mich?«

»Ja, Madam. Sie haben dies verloren.« Er streckte ihr den gefalteten Lederbehälter entgegen.

»Das ist sehr aufmerksam von Ihnen«, sagte sie, »aber ich habe diese Brieftasche noch nie gesehen. Wir sollten lieber nachsehen, ob ein Ausweis darin ist.« Sie nahm die Brieftasche, öffnete sie und blickte auf ihren Inhalt.

»Ja, Madam, ich bin sicher, daß Sie wissen, was man damit tun sollte, aber ich bin fremd hier und würde Sie gerne fragen…«

»Oh, mein Gott«, sagte sie. »Es sind keine Papiere darin, aber sehen Sie sich das an.« Sie zog einen Packen Banknoten heraus. »Das müssen tausend Dollar sein!«

Scott kannte sich noch nicht mit dem Geld des zwanzigsten Jahrhunderts aus. Die Scheine sahen für ihn alle gleich aus, also konnte er lediglich feststellen, daß in der Brieftasche erheblich mehr davon waren, als Admiral Kirk Sulu gegeben hatte. Er zuckte die Schultern.

»Sicher kennen Sie sich damit besser aus als ich«, sagte Scott. »Dann können Sie mir bestimmt auch sagen, was der Ausdruck ›gelbe Seiten‹ bedeutet.«

»Hören Sie, wenn wir das Geld der Polizei übergeben, verschwindet es nur, selbst wenn der Verlierer sich melden sollte. Warum teilen wir es uns nicht? Wir werden jeder etwas von unserem eigenen Geld dazutun, um unsere Ehrlichkeit zu beweisen, und...« Sie unterbrach sich. »Was haben Sie gesagt?«

»Ich fragte Sie, ob Sie wissen, was die ›gelben Seiten‹ sind.«

»Sie sind nicht aus dieser Gegend, wie?«

»Das habe ich Ihnen auch schon gesagt.« Scott fragte sich, warum es so schwierig war, eine einfache Antwort auf eine, wie er hoffte, einfache Frage zu bekommen.

»Woher kommen Sie?«

»Aus Schottland.«

»Gibt es in Schottland denn keine Telefonbücher?«

»Was ist ein Telefonbuch?«

»Eine Auflistung von Telefonnummern. Die gelben Seiten sind der kommerzielle Teil davon. Haben Sie so etwas in Schottland nicht?«

»Nein«, sagte er. Ihr Gesichtsausdruck sagte ihm, daß sie auf eine nähere Erklärung wartete. »Es ist dort alles computerisiert, wissen Sie.«

»Oh.« Sie schüttelte verwundert den Kopf. »Dann ist Ihr Geld sicher auch computerisiert, vermute ich, und Sie haben nichts Bares dabei. Ich wette, es gibt in dem Land gar kein Bargeld.«

»Richtig«, sagte er und fragte sich plötzlich, ob er nicht zu viel gesagt haben mochte. »Warum fragen Sie?«

Sie seufzte. »Lassen Sie nur, es ist nicht wichtig. Wenn Sie ein paar gelbe Seiten brauchen, müssen Sie nur ein Telefon finden – Sie haben doch Telefone in Schottland, nicht wahr?«

»Ja«, sagte er, »ich meine, etwas in der Art haben wir schon...«

»Telefon.« Sie drehte ihn um und schob ihn zu einer hohen, schmalen, allseitig verglasten Kiste. Er trat davor und wartete darauf, daß die Tür sich öffnen würde. Sie streckte die Hand aus und zog an einem Griff; die Tür faltete sich zusammen.

›Funktioniert noch mechanisch‹, dachte Scott, von der Primitivität überrascht.

»Tür«, sagte sie. Dann zog sie ein dickes, schwarzgebundenes Buch hervor, das an seinem Rücken aufgehängt war. Sie legte es auf ein Ablagebrett, schlug es auf, trat rückwärts aus der Zelle und deutete wieder. »Gelbe Seiten.«

»Ich danke Ihnen vielmals, Madam«, sagte Scott. »Sie waren mir eine große Hilfe.«

»Ich bin eben die geborene Samariterin«, sagte sie. »Also noch einen schönen Tag.« Sie wollte fortgehen.

»Madam?«

»Was denn noch?«

»Die Brieftasche – Sie scheinen anzunehmen, daß Sie damit Schwierigkeiten haben könnten. Soll ich sie vielleicht für Sie irgendwo abliefern? Ich meine...«

Sie schüttelte energisch den Kopf. »Nein«, sagte sie. »Nein, machen Sie sich keine Gedanken darüber. Ich weiß schon, was ich damit zu tun habe.«

»Dann nochmals vielen Dank.«

Sie verabschiedete sich mit einem flüchtigen Heben der Hand und ging weiter.

Scott trat in die Zelle und blätterte durch das Telefonbuch. Kurz darauf traten Sulu und McCoy zu ihm.

»Was war denn los?« fragte McCoy.

»Womit, Doktor?«

Auf dem Vulkan zurückgelassen: Lt. Saavik

Spock identifiziert die Signale des Außerirdischen

Der Zeitsprung steht kurz bevor

»Warum haben Sie so lange gebraucht?« sagte McCoy scharf. »Ich dachte schon, Sie wollten sie zum Essen einladen.«

»Ich würde doch unseren Auftrag nicht durch eine solche Dummheit gefährden«, sagte Scott empört. »Nein, Sie hat eine Brieftasche gefunden – ich meine, ich habe eine Brieftasche gefunden...« Während er begann, sich auf den gelben Seiten zurechtzufinden – es fiel ihm leichter, wenn er sie sich als den Ausdruck eines technischen Manuals vorstellte –, berichtete er Sulu und McCoy von seinem Gespräch mit der Frau. Als er geendet hatte, erklärten alle drei, daß diese Begegnung unerklärlich sei.

»Ha!« rief Scott triumphierend und deutete auf eine Sektion der gelben Seiten. »Acrylplatten! Das ist genau das, was wir brauchen. Burlingame Industrie Park. Also dann los!«

Ein paar Straßen und ein paar Telefonzellen entfernt, fand Chekov, wonach er suchte. Er klappte das Telefonbuch zu und trat zu Uhura hinaus, die auf dem Gehsteig wartete.

»Gefunden?« fragte sie.

»Ja. Unter U.S.-Regierungsstellen. Jetzt brauchen wir nur noch zu wissen, wo es ist.« Er hielt den ersten vorüberkommenden Passanten an. »Entschuldigen Sie, Sir. Können Sie mir sagen, wie ich zur Marine-Base von Alameda komme?«

»Klar«, sagte der Mann langsam. »Alameda. Das liegt im Norden. Fahren Sie mit der BART – dort drüben ist eine Station – in Richtung Berkeley bis zur Endstation. Dann nehmen Sie einen Bus nach Sacramento. Sie können gar nicht fehlgehen.«

»*Spasiba*«, sagte Chekov. »Ich danke Ihnen.«

Harry blickte dem russischen Motorradfahrer in der

Ledermontur und der Negerin in einer paramilitärischen Uniform nach, als sie zur BART-Station hinübergingen. Er runzelte die Stirn. Dann verzog er einen Mundwinkel. Er trat in die Telefonzelle, die sie verlassen hatten, hob den Hörer ab, fuhr mit seinem Taschentuch über die Sprechmuschel und wählte eine Nummer, die er im Kopf hatte.

Man mußte schon verdammt schnell denken, um zwei ausgebildete Spione wie diese auf die falsche Fährte zu locken. Er hätte nie erwartet, daß so etwas ihm passieren würde, und noch dazu auf offener Straße. Er hätte nie gehofft, ein solches Glück zu haben.

»FBI.«

»Hier spricht Gamma«, sagte Harry. Er erkannte die Stimme des Agenten. Er hatte schon früher mit ihm gesprochen. Seinen Namen wußte er nicht, also nannte er ihn Bond. Bonds Stimme klang nie sehr herzlich, wenn Gamma ihn anrief, doch er hörte immer zu und behauptete jedesmal, die Information aufgenommen zu haben. Harry vermutete jedoch, daß Bond niemals darauf reagierte, weil im Fernsehen und in den Zeitungen niemals die Festnahme eines der Spione bekanntgegeben wurde, die Harry entdeckt hatte. Eines Tages aber würde Gamma Bond beweisen, was er für die Regierung wert war. Vielleicht war heute dieser Tag.

Harry nahm an, daß Bond jetzt eine Weile schwieg, weil er das Tonbandgerät einschalten wollte.

»Was wollen Sie denn schon wieder?«

»Ich habe eben mit zwei Spionen gesprochen.«

»Spione. Okay.«

Harry erzählte, was geschehen war. »Was könnten sie denn sonst sein, als kommunistische Spione? Sie haben mich gefragt, wie sie nach Alameda fahren müssen, aber ich habe sie statt dessen nach Sacramento geschickt. Sie können sie bei der Bushaltestelle an der Endstation der BART-Linie erwischen.«

»Okay. Vielen Dank.«

»Sie werden nichts unternehmen, nicht wahr?« sagte Harry wütend.

»Ich darf keine Auskünfte über dienstliche Angelegenheiten über das Telefon geben«, sagte Bond. »Das wissen Sie doch.«

»Aber – er ist Russe, sagte ich Ihnen. Und die Frau, die bei ihm ist, ich wette, daß sie von – von Südafrika stammt. Behauptet ihr nicht immer, daß die Russen versuchen, Afrika zu erobern?«

Bond antwortete so lange nicht, daß Harry sich fragte, ob er die Kassette in dem Aufnahmegerät wechseln mußte.

»Eine schwarze, südafrikanische Spionin«, sagte Bond.

Endlich hat er es kapiert, dachte Harry. »Ja. Sie muß eine sein.«

»Richtig. Ah – vielen Dank auch.« Die Verbindung wurde unterbrochen.

Harry hängte den Hörer an die Gabel. Endlich hatte Bond auf ihn gehört. Der FBI-Mann mußte so eilig aufgehängt haben, um sofort einen Trupp Agenten hinter den Saboteuren herschicken zu können.

Die beiden Spione hatten sich eine ganze Weile bei dieser Telefonzelle aufgehalten. Vielleicht hatte ein anderer Spion hier etwas für sie hinterlegt. Oder aber *sie* hatten etwas hinterlegt, das ein anderer finden sollte. Das wäre etwas Handfestes, das er Bond vor die Nase halten konnte! Er suchte zuerst auf dem Telefonautomaten, dann auf der Ablage, oberhalb der Tür, sogar in dem Rückgabefach für die Münzen. Industrieschmutz bedeckte alles wie ein dünner, öliger Film. Er hätte sich gerne die Hände gewaschen. Er fand einen Vierteldollar, doch kein Geheimdokument. Vielleicht sollte er nach einem Mikropunkt suchen? Das Dumme war nur, daß er nicht wußte, wie ein Mikropunkt aussah. Er studierte die Vierteldollarmünze sehr sorgfältig, konnte jedoch nichts Besonderes an ihr entdecken.

Dann fiel ihm ein anderer, heimtückischer Trick der Russen ein, den die Regierung entdeckt hatte. Sie überzogen Türknöpfe und Telefone und Geld und alles andere, was sie erwischen konnten, mit Giftstaub, der im Dunkeln glühte oder Strahlen aussandte – oder so etwas.

Er ließ die Münze hastig fallen, stieß sie mit dem Fuß in eine Ecke der Telefonzelle und stürzte hinaus.

Mit plötzlichem Mißtrauen, daß man ihn selbst bespitzeln könnte, blickte Harry angstvoll umher. Sie hatten die Vierteldollarmünze als Köder zurückgelassen und sie markiert, also mußten die Spione ihn als Feind erkannt haben. Er wischte seine kontaminierten Hände an der Hose ab. Er mußte einen Ort finden, wo er sie waschen konnte. Aber er war zu schlau, um ihnen den Gefallen zu tun, sie zu seiner Wohnung zu führen. Er würde dem ersten Spion-Paar folgen. Das würde die anderen, die ihm folgten, gründlich verwirren, wenn er sie zu ihren Komplizen führte und sie aufeinanderprallen ließ. Vielleicht konnten Bond und seine Leute sie dann auf einen Schlag verhaften.

Er ging zur BART-Station.

In der Untergrundbahn des ›Bay Area Rapid Transits‹, las Uhura die Plakate an den Wänden des Wagens. Sie hoffte, daß sie ihr etwas über die Zivilisation sagen würden, in der sie sich aufhielt, doch sie waren alle in einer Art Reklame-Kurzschrift abgefaßt, die fast ein Code war, bei dem ein paar wenige Worte der eingeweihten Gemeinde vieles sagten, einem Fremden jedoch nur sehr wenig. Sie wandte ihr Interesse einem schematischen Plan der Transitstrecken zu.

»Pavel«, sagte sie. »Dieser Bursche hat uns in die falsche Richtung geschickt.«

»Was? Wie ist das möglich?« Er sprang auf und blickte auf den Plan.

Uhura deutete auf die Route, die der Mann auf der Straße ihnen genannt hatte. »Ich weiß zwar nicht, wo Sacramento ist«, sagte sie, »aber wenn wir durch Berkeley fahren und dann ostwärts, entfernen wir uns von der Küste, anstatt uns ihr zu nähern. Auf jeden Fall kann ich mich nicht erinnern, daß es zu der Zeit, in der wir uns jetzt befinden, dort ein Meer gegeben hat. Außerdem liegt Berkeley nördlich von hier, und wir wollen nach Alameda, das im Süden ist.« Sie deutete auf die Karte.

»Sie haben recht«, sagte Chekov.

»Wir müssen auf der anderen Seite der Bucht aussteigen und den Gegenzug nehmen«, sagte sie. »Ich frage mich, was das kosten wird. Diese Sache wird teuer.«

»Ich möchte wissen, warum er uns in die falsche Richtung geschickt hat«, sagte Chekov.

Uhura schüttelte den Kopf. »Das weiß ich auch nicht. Vielleicht ist er auch nicht von hier und wollte nur nicht unwissend erscheinen.«

»Das wird die Erklärung sein.«

In der ersten Station auf der anderen Seite der Bucht verließen sie den Zug, warteten und stiegen dann in einen, der nach Süden fuhr. Uhura setzte sich ans Fenster, froh, nun in die richtige Richtung zu fahren, ohne zu viel Zeit verloren zu haben. Sie blickte hinaus. Ein anderer Zug, der nach Norden fuhr, hielt auf der anderen Seite des Bahnsteigs.

»Pavel – sehen Sie!«

Der Mann, der sie in die falsche Richtung geschickt hatte, saß in dem nach Norden fahrenden Zug. Jemand setzte sich jetzt neben ihn. Er rückte näher zum Fenster und wandte hastig den Kopf. Sein Blick traf sich mit dem Uhuras. Als ihr Zug anfuhr, nach Süden, und sein Zug in nördlicher Richtung die Station verließ, sprang er auf und starrte sie an, mit einem Ausdruck von Schock und Wut in seinem Gesicht.

KAPITEL 7

Das Wechseln von Papiergeld in Metallstücke, wie man sie für Busse brauchte, kostete mehr Zeit und mehr Überredungskunst, als es erfordert hatte, das Papiergeld zu bekommen. Admiral Kirk stampfte wütend aus den beiden ersten Geschäften, in denen er es versuchte. Der erste Inhaber deutete schweigend auf ein handgemaltes Schild, das mit Klebestreifen an der Wand befestigt war: KEIN GELDWECHSEL. Der zweite Ladeninhaber fauchte ihn an: »Bin ich etwa eine Bank?« Er ließ sich auch nicht erweichen, als Spock ihm von ihrem verlorenen Gepäck erzählte. Er murmelte nur etwas von verdammten Ausländern und forderte Spock und Kirk auf, seinen Laden zu verlassen.

»Meine Tarnung scheint überzeugend zu sein«, sagte Spock, als sie wieder auf der Straße waren.

»Zu verdammt überzeugend«, sagte Kirk.

»Admiral«, sagte Spock, »so weit ich verstanden habe, sind die Geldsummen, die wir besitzen, nicht zu klein, um uns Zugang zu dem Bus zu verschaffen, sondern zu groß.«

»Sehr gut beobachtet, Mr. Spock.«

»In diesem Fall müssen wir etwas kaufen, das weniger kostet als die Differenz zwischen einem Stück Papiergeld und dem Betrag an Metallgeld, das wir dem Busfahrer geben müssen.«

»Wieder gut beobachtet.«

»Es ist simple Logik.«

»So simpel, daß sie sogar mir eingefallen ist. Ich wollte nur vermeiden, etwas Unnötiges zu kaufen. Doch sehe ich jetzt keine andere Möglichkeit.« Stirnrunzelnd trat er in ein drittes Geschäft. Spock folgte ihm. Kirk nahm eine kleine, in Folie gewickelte Scheibe aus einer

Schale, die auf der Theke stand. »Ich nehme eine von diesen hier«, sagte er und reichte der Verkäuferin einen Geldschein.

Sie drückte eine Taste an einer Maschine, aus der ein kleines Papierstück herauskam. Sie reichte Kirk eine Handvoll Kleingeld und eine Handvoll Scheine. Sie steckte die Scheibe in eine Plastiktüte, faltete das Papierstück über der Öffnung der Tüte und befestigte es mit einem kleinen Gerät, das ein winziges Drahtstück hineindrückte. Dies war ein zeremonielles Ritual, mit dem Spock nicht vertraut war. Die Verkäuferin reichte Kirk die Tüte. »Haben Sie sonst noch einen Wunsch?«

»Ja, vielen Dank«, sagte Kirk. »Ich hätte gern noch mehr von diesen.« Er deutete auf das Metallgeld und hielt ihr einen zweiten Schein entgegen.

»Tut mir leid, Mister. Aber der Boß macht mich zur Schnecke, wenn ich Leuten Kleingeld für den Bus gebe – dazu brauchen Sie es doch, oder? Ich kann dann schon am frühen Nachmittag nicht mehr herausgeben. Wenn es nach mir ginge...«

»Lassen Sie nur«, sagte Kirk durch zusammengebissene Zähne. »Ich nehme noch eine davon.« Er nahm eine zweite Scheibe aus der Schale, ließ noch einmal die ganze Prozedur über sich ergehen und verließ das Geschäft. »Hier, Spock«, sagte er, als sie wieder auf der Straße waren. »Probieren Sie es.«

Spock öffnete die kleine Plastiktüte, wickelte die Folie von der kaum handtellergroßen Scheibe und roch an ihr. Kirk riß seine Tüte auf und aß die Waffel, als ob er halb verhungert wäre. Spock steckte seine Waffel in den Mund und ließ sie langsam zergehen, um ihren Geschmack zu analysieren.

Ein Bus hielt; sie stiegen ein; sie zahlten. Jetzt, da sie sich darauf vorbereitet hatten, war es sehr einfach.

Das trifft auch auf so viele andere Vorhaben zu, dachte Spock.

Sie saßen auf der einzigen freien Sitzbank. Vor ihnen saß ein junger Mann, die Beine auf der Sitzbank ausgestreckt, seine Aufmerksamkeit auf ein großes, rechteckiges, lärmerzeugendes Gerät konzentriert.

»Admiral«, sagte Spock, »ich glaube, daß dieses Konfekt, das Sie mir gaben, Sucrose enthält.«

»Was?« sagte Kirk.

Spock fragte sich, warum er so laut sprach. »Sucrose«, wiederholte er und zeigte Kirk die Folie.

»Ich kann Sie nicht hören!« schrie Kirk, und Spock erkannte, daß er Schwierigkeiten hatte, Stimmen durch die Geräusche zu hören, die von der lärmerzeugenden Maschine produziert wurden. Der Admiral beugte sich zu dem jungen Mann vor. »Entschuldigen Sie«, sagte er. Der junge Mann antwortete nicht. »Entschuldigen Sie! Können Sie bitte den Lärm abstellen?«

Der junge Mann blickte auf, blinzelte, hob eine Faust mit ausgestrecktem Mittelfinger, schob dann die Maschine beiseite und stand auf. »Versuchen Sie doch, mich dazu zu bringen.« Der junge Mann beugte sich über die Lehne des Sitzes Admiral Kirk zu.

»Das ließe sich machen«, sagte Kirk.

Der junge Mann schlug nach ihm. Doch Kirk blockte den Schlag ab. Die Faust knallte gegen Kirks Handfläche.

Bevor der Streit eskalieren konnte, legte Spock seine Finger in die Halsbeuge des jungen Mannes, dicht oberhalb der Schulter. Ein leichter Druck, und der junge Mann sank bewußtlos zusammen. Spock setzte ihn sorgsam auf den Fensterplatz, überprüfte die Bedienungsknöpfe der Lärmmaschine und drückte auf einen, der mit *On/Off* markiert war. Der Lärm verstummte.

Die anderen Fahrgäste im Bus begannen plötzlich zu klatschen. Spock erkannte überrascht, daß sie ihm applaudierten.

»Domo agirato gozaimashita!« rief ihm jemand zu. Spock hatte keine Ahnung, was das bedeutete. Er fühlte sich bloßgestellt und setzte sich rasch. Kirk setzte sich neben ihn. Zu Spocks Erleichterung ebbte der Applaus ab, und die anderen Fahrgäste wandten sich wieder ihren eigenen Angelegenheiten zu. Er konnte nur vermuten, daß die Zuschauer diese kleine Vorstellung genossen hatten.

»Wie Sie sehen«, sagte Spock, »eine primitive Kultur.«

»Ja«, sagte Kirk, zu laut, wo der Lärm verstummt war. Er senkte seine Stimme sofort. »Ja.«

»Admiral, darf ich Ihnen eine Frage stellen?«

»Verdammt, Spock, nennen Sie mich nicht Admiral!« flüsterte Kirk. »Können Sie sich nicht erinnern, daß ich Sie gebeten habe, mich Jim zu nennen?«

Spock antwortete nicht.

»Was ist Ihre Frage?« sagte Kirk.

»Ihr Gebrauch der Sprache hat sich verändert, seit wir hier angekommen sind. Sie ist jetzt mit – wie soll ich es nennen – farbigeren Ausdrücken durchsetzt. Zum Beispiel ›selber Esel‹, und so weiter.«

»Sie meinen Profanitäten. Ich habe mich einfach dem hier gängigen Umgangston angepaßt.« Er zuckte die Schultern. »Niemand antwortet einem, wenn nicht jedes zweite Wort, das man sagt, eine Obszönität ist. Sie finden das in der ganzen Literatur dieser Periode.«

»Zum Beispiel?«

»Oh...« Kirk dachte nach. »In den Werken von Jacqueline Susann, in den Romanen von Harold Robbins.«

»Ah«, sagte Spock. Er kannte diese Namen von der

Liste der erfolgreichsten Autoren dieser Epoche. »›Die Giganten‹, zum Beispiel.«

Der Bus donnerte über die Golden Gate Bridge. Kirk und Spock unterbrachen ihr Gespräch über die zeitgenössische Literatur und genossen den Ausblick auf den Pazifik, der sich zur einen Seite der Brücke erstreckte, und der Bucht und der goldenen Berge Kaliforniens auf der anderen.

Und über ihnen hingen die dicken Stahltrossen der Brücke.

Jim schloß sich den anderen Menschen an, die das Wal-Institut besuchen wollten, und Spock folgte ihm. Das große, mehrstöckige Gebäude lag vor ihnen an der Küste. Die Sonne wärmte das Pflaster, und die salzhaltige Luft flimmerte. Jim verbrauchte ein paar weitere der kostbaren Dollars für die Eintrittskarten. Er ging durch die breite Doppeltür und trat in eine riesige, kühle, hohe Ausstellungshalle. Lebensgroße Nachbildungen von Walen hingen von der Decke, glitten über den Köpfen einer Besuchergruppe durch die Luft.

»Guten Morgen.« Eine junge Frau trat auf sie zu. »Ich bin heute Ihr Führer«, sagte sie. »Ich bin Dr. Gillian Taylor, stellvertretender Direktor dieses Instituts. Bitte folgen Sie mir und schreien Sie, wenn Sie mich nicht hören können. Okay?«

Sie war fünfundzwanzig oder dreißig und besaß viel Selbstsicherheit für jemanden, der so jung war. Sie hatte auch ein nettes Lächeln. Doch Jim gewann den Eindruck, als ob die Begleitung der Touristen sie nicht sonderlich interessierte. Er trat näher. Spock blieb zurück, doch Jim war sicher, daß der Vulkanier sich nicht in zu große Schwierigkeiten bringen konnte. Er hatte zugestimmt, Jim die Fragen stellen zu lassen – vorerst zumindest. Sie nahmen beide an, daß Jim eine bessere

Chance hatte, sich dieser Kultur anzupassen. Jim hoffte, daß sie recht behalten würden.

»Das Wal-Institut befaßt sich ausschließlich mit Walen«, sagte Gillian Taylor. »Wir versuchen, sämtliche Forschungen, die über Wale durchgeführt werden, hier zu konzentrieren. Doch selbst, wenn uns das gelingen sollte, wird unsere Wissensmenge winzig sein im Vergleich zu dem, was wir noch zu lernen haben – und das zu korrigieren, von dem wir wissen, daß es falsch ist. Der erste, sehr verbreitete Irrtum ist der, daß Wale Fische sind.«

Sie schritt an einer beeindruckenden Reihe von Unterwasseraufnahmen von Walen entlang. Jim hätte sie sich gern genauer angesehen, doch wollte er auch Gillian Taylor zuhören. Gillian Taylor siegte.

»Wale sind keine Fische«, fuhr sie fort. »Sie sind Säugetiere wie wir. Sie sind warmblütig. Sie atmen Luft. Sie produzieren Milch, um ihre Jungen zu säugen. Und sie sind sehr alte Säugetiere; um die elf Millionen Jahre alt ungefähr.«

Ein kleiner Junge winkte mit der Hand, um ihre Aufmerksamkeit auf sich zu ziehen. »Fressen Wale wirklich Menschen, wie in *Moby Dick*?«

»Viele Wale – Bartenwale wie George und Gracie – haben nicht einmal Zähne«, erklärte Gillian Taylor. »Sie filtern Plankton und kleine Krebse aus riesigen Mengen von Meerwasser, und das ist die Grenze ihrer Feindseligkeit. Moby Dick war ein Spermwal. Er hatte Zähne, um Riesenkraken Tausende von Fuß unter dem Meeresspiegel jagen zu können. Es gibt nur sehr wenige belegte Fälle von Angriffen durch Wale auf Menschen. Unglücklicherweise ist ihr Hauptfeind weitaus aggressiver.«

»Sie meinen den Menschen«, sagte Jim.

Sie blickte ihn an und nickte. »So ist es. Von Anbeginn an haben die Menschen die Wale ›geerntet‹.« Sie betonte das Wort *geerntet* mit scharfem Sarkasmus. »Wir haben die Körper dieser Tiere für alle möglichen Zwecke verbraucht – in letzter Zeit für Hundefutter und Kosmetika.«

Jim bemerkte, daß sie selbst kaum Kosmetika benutzte. Das Blau ihrer Augen war natürlich, unbetont und intensiv.

»Jedes einzelne Produkt, das aus Walen gewonnen wird, kann heute anders gewonnen werden, sei es aus der Natur oder durch Synthese, und zumeist billiger als durch die Waljagd. Vor hundert Jahren, als die Menschen noch Handharpunen benutzten, haben sie schon erheblichen Schaden angerichtet, doch das war nichts im Vergleich zu dem, was wir in diesem Jahrhundert getan haben.«

Sie führte die Gruppe zu einem großen Video-Bildschirm und drückte auf einen Knopf. Ein Film lief ab, körnig und ohne klare Konturen, nach Jims Maßstäben, aber dennoch beeinruckend. Der Film im Computer der *Bounty* war eher grotesk gewesen. Dieser, der eine moderne Walfangoperation zeigte, war grausam. Ein Helikopter entdeckte eine Gruppe von Walen. Ein starkes Schiff, das von dem Helikopter angewiesen wurde, suchte das größte Tier aus und verfolgte es. Eine Kanone schoß die Harpune in den Leib des Wals. Die Harpune explodierte. Innerhalb einer Sekunde wurde aus einem riesigen, kräftigen Lebewesen ein blutender, sterbender Fleischklumpen. Aus der Jagd war ein Töten und Schlachten am Fließband geworden.

Das Harpunenschiff verließ den an der Wasseroberfläche treibenden Wal und verfolgte ein zweites Opfer. Der sterbende Wal zuckte konvulsiv mit seinen Fluken, als ob er sich von irgend etwas befreien wollte, entkommen, leben. Doch das sollte nicht sein. Das Fabrikschiff nahm den Wal in sich auf und zerlegte ihn zu Öl und Knochen, Fleisch und Eingeweiden.

»Dies ist das Erbe der Menschheit«, sagte Gillian Taylor. »Die Wale sind bis fast zur vollständigen Ausrottung gejagt worden. Das größte Tier, das jemals auf der Erde lebte, der Blauwal, ist so gut wie ausgestorben. Selbst wenn die Jagd sofort, am heutigen Tage, eingestellt werden würde, gibt es keine Sicherheit dafür, daß die Population jemals wieder einen lebensfähigen Stand erreicht.«

Gillians Verbitterung traf Jim schmerzlich. Ihre Intensität brachte ihn dazu, etwas von der Verantwortung dessen, was in der Vergangenheit geschehen war, auf sich zu nehmen, und für das, was in Jims Gegenwart geschah, und für das, was in seiner Zukunft geschehen würde.

»Trotz aller Bemühungen, den Walfang zu verbieten, wird das Abschlachten dieser nichtaggressiven Tiere von Staaten und von Piraten weiterbetrieben. Was den Buckelwal betrifft, so lebten einst Hunderttausende davon in den Meeren. Heute ist ihre Zahl auf weniger als siebentausend zusammengeschrumpft, und die Walfänger töten immer kleinere Tiere, weil den Walen nicht mehr Zeit genug bleibt, um voll auszuwachsen. Und da es schwierig ist, männliche und weibliche Wale voneinander zu unterscheiden, töten die Walfänger sogar weibliche mit ungeborenen Jungen.«

»Eine andere Spezies auszurotten ist nicht logisch.«

Gillians Blick glitt zu den hinteren Reihen der Menge, zu Spock.

»Wer hat denn behauptet, daß die menschliche Rasse logisch denkt?« Zorn färbte ihre Stimme, doch sie unterdrückte ihn. »Wenn Sie mir jetzt bitte folgen wollen; ich möchte Ihnen den Stolz und die Freude des Instituts vorstellen.«

Gillian führte die Gruppe ins Sonnenlicht hinaus. Eine weite Terrasse umgab ein riesiges Wasserbecken.

»Dies ist das größte Seewasserbecken der Welt«, sagte Gillian. »In ihm leben die beiden einzigen Buckelwale, die in Gefangenschaft gehalten werden.«

Jim blickte über die Wasseroberfläche und kniff die Augen zusammen, um sie vor den grellen Lichtreflexionen des gekräuselten Wassers zu schützen.

»Unsere beiden sind als Jungtiere in die Bucht von San Francisco geraten. Wale, besonders Buckelwale, scheinen einen ausgeprägten Sinn für Humor zu haben. Also nannten wir unsere beiden George und Gracie.«

Auf der anderen Seite des Bassins brach der gerundete, schwarze Rücken eines Wals durch die Wasseroberfläche. Der Wal schien zu zögern, dann schlugen seine Fluken in die Luft, und er verschwand.

»Sie sind jetzt erwachsen«, erklärte Gillian. »Sie wiegen etwa fünfundvierzigtausend Pfund. Gracie ist zweiundvierzig Fuß lang und George neununddreißig. Sie sind erwachsen, haben jedoch noch nicht ihre volle Größe erreicht. Buckelwale hatten eine Durchschnittslänge von etwa sechzig Fuß – als es noch völlig ausgewachsene Buckelwale gab. Es ist ein Maßstab für die Größe unserer Unwissenheit über diese Spezies, daß wir nicht einmal wissen, wie lange es dauert, bis sie ihre volle Größe erreichen.«

Jim hörte ein lautes Platschen. Einige der Leute stießen kleine Schreie aus, doch Jims Aufmerksamkeit war auf Gillian Taylor gerichtet gewesen, und er hatte den Wal nicht springen sehen. Eine Welle klatschte über den Rand des Bassins auf die Fliesen.

»Das war Gracie, die aus dem Wasser gesprungen

ist«, sagte Gillian. »Sie tun es recht häufig, und wir wissen nicht, aus welchem Grund. Vielleicht ist es ein Signal. Vielleicht ist es ein Liebeswerben. Oder vielleicht spielen sie. Ihr wissenschaftlicher Name ist *Megaptera novaeangelica;* wir nennen sie Buckelwale wegen der Form ihrer Rückenflosse. Doch die Russen haben den perfekten Namen für dieses Tier. Sie nennen es *vessyl kit*, fröhlicher Wal.«

Jim trat in die Gruppe zurück und blieb neben Spock stehen. »Es ist perfekt, Spock!« flüsterte er. »Ein Männchen und ein Weibchen, zusammen in einem eng begrenzten Raum! Wir können sie gemeinsam an Bord beamen. So ein Glück!«

Spock hob eine Braue.

Die Wale schwammen zum Rand des Bassins, kamen vor Gillian an die Oberfläche und bliesen den Wassernebel ihres Atems aus. Gillian kniete sich nieder, griff ins Wasser und streichelte einen der Wale.

»Sind sie nicht wunderschön?« sagte Gillian. »Und sie sind außergewöhnlich intelligent. Warum auch nicht? Sie schwimmen mit den größten Gehirnen der Erde herum.«

Jim trat wieder in die vordere Reihe der Gruppe. Alles, was er von den Walen erkennen konnte, waren zwei riesige, dunkle Körper in dem klaren Wasser.

»Woher wissen Sie, daß einer von ihnen männlich und der andere weiblich ist?« fragte Jim. Für ihn sahen sie beide gleich aus. Gillian Taylor warf ihm einen kurzen Blick zu. Sie wurde rot.

»Erkenntnis durch Augenschein«, sagte sie und fuhr rasch mit ihrem Vortrag fort. »Trotz allem, daß George und Gracie uns lehren, müssen wir sie der offenen See zurückgeben.«

»Warum das?« fragte Jim überrascht.

»Zum einen, weil wir nicht das Geld haben, um sie

jeden Tag mit zwei Tonnen Garnelen füttern zu können, und man den ganzen Vormittag dazu braucht, die vielen, kleinen Dosen zu öffnen.«

Alle Anwesenden lachten, mit Ausnahme von Jim, der nicht begriff, was daran so komisch sein sollte.

»Wie bald?« fragte er. Einen Monat, überlegte er, oder auch nur eine Woche. Bis dahin sind sie ohnehin fort, und sie brauchen sich keine Sorgen mehr um ihr Futter zu machen. Ich werde ihnen ein gutes Zuhause geben, Gillian Taylor, das verspreche ich dir.

»Bald«, sagte Gillian. »Wie Sie sehen, sind sie sehr zutraulich. Wildlebende Buckelwale würden sich einem Menschen niemals so weit nähern. Wale sind für ein Leben in Freiheit geboren. Aber ich... habe George und Gracie inzwischen liebgewonnen.« Sie ging weiter. »Hier entlang.« Ihre Stimme klang belegt.

Sie führte die Gruppe eine Wendeltreppe hinab, durch eine Bogentür und in einen blau beleuchteten Raum mit einer gekrümmten Glaswand. Zunächst konnte Jim nur erkennen, daß sich Wasser dahinter befand. Die Glaswand, ein Kugelsegment, wölbte sich über ihre Köpfe hinweg. Einige Meter höher lag die gekräuselte Wasseroberfläche.

Plötzlich dröhnte ein lautes *Platsch!* durch den Raum. Ein gewaltiger Körper, von Luftblasen halb verdeckt, schoß durch die Oberfläche auf sie herab.

Gillian lachte. Die Luftblasen stiegen wie ein glitzernder Vorhang empor und gaben den riesigen Körper eines Buckelwals frei.

»Dies ist eine viel bessere Art, George und Gracie zu beobachten«, sagte Gillian. »Unter Wasser.«

Keines der Fotos, keiner der Filme, gab auch nur eine annähernde Vorstellung von der immensen Größe des Tieres. Es benutzte seine langen, weißen Brustflossen wie Flügel, als es durch das Wasser schoß, glitt, kurvte und wendete. Mit einem gewaltigen Schlag seiner Schwanzflosse schnellte es durch die Wasseroberfläche und außer Sicht. Sein ganzer, majestätischer Körper verließ das Wasser. Im nächsten Moment tauchte es zehn Meter entfernt hinein, warf sich herum und schwamm auf die gewölbte Glaswand zu. Am Rand des Gesichtsfeldes schnellte ein zweiter Wal aus dem Wasser und schwamm dann in einem Meer von Luftblasen zu seinem Partner vor der Glaswand. Sie glitten vor dem gewölbten Fenster hin und her. Jim hatte für einen Moment das Gefühl, als ob er eingesperrt wäre und die Wale frei.

Jim hatte erwartet, daß diese riesigen Tiere plump und ungelenk wären, doch unter Wasser bewegten sie sich mit Leichtigkeit und Grazie, mit steuernden Brustflossen und spielenden Muskeln. Sie wirkten, als ob sie flögen, als ob sie gewichtlos wären. Lautsprecher an den Wänden übermittelten hin und wieder einen Pfiff oder ein Stöhnen und das seidige Geräusch der Bewegungen der Wale.

George und Gracie schwammen vorbei und davon, trennten sich voneinander, kamen dann wieder zusammen und streichelten einander mit ihren langen Fluken.

Spock hielt sich im Hintergrund der Zuschauermenge, doch beobachtete auch er das Tollen und Spielen der Buckelwale. Ihre Grazie und Eleganz faszinierten ihn. Auf Vulkan gab es keine Tiere dieser Größenordnung. Obwohl Spock wußte, daß er in seinem vorherigen Leben gewaltige Tiere gesehen hatte, konnte er sich lediglich an Bilder, Aufzeichnungen und Beschreibungen erinnern.

Spock fragte sich, ob es für einen Vulkanier angemessen sei, das Spiel von zwei Tieren zu bewundern. Er entschied, daß ihn die vulkanischen Verhaltensregeln nicht kümmerten, zumindest nicht jetzt. Er wollte nur den beiden Walen zuschauen. Dennoch aber blieb die Aufgabe der *Bounty* stets in seinem Bewußtsein. Erst jetzt erkannte er in vollem Umfang die Größe ihres Vorhabens. Wenn diese beiden Wale plötzlich in den Tank an Bord der *Bounty* gebeamt wurden, ohne zu wissen oder gar zu verstehen, warum sie dort waren und wohin sie gebracht werden sollten, mochten sie in Panik geraten. Vielleicht konnten Materialien des dreiundzwanzigsten Jahrhunderts der Gewalt der enormen Körperkräfte eines verängstigten Wals standhalten. Doch bezweifelte Spock nicht, daß der strukturelle Zusammenhalt eines aus zeitgenössischen Materialien zusammengebastelten Tanks durch eine solche Belastung ernsthaft gefährdet werden würde.

Spock fühlte sich seltsam bewegt. Er fragte sich, ob er von menschlichen Gefühlen beeinflußt wurde. T'Lar und die anderen vulkanischen Adepten hatten ihn immer wieder vor ihnen gewarnt. Doch seine Mutter, ebenfalls Adept, hatte ihn dazu gedrängt, sie auszuleben, anstatt sie zu unterdrücken. Spock fragte sich, ob es jetzt an der Zeit wäre, sich nach ihrem Rat zu richten.

»Buckelwale sind auf verschiedene Weise einzigartig«, sagte Dr. Gillian Taylor. »Einmal wegen ihres Gesanges.« Sie drückte einen Knopf an einer Konsole.

Ein aufsteigender Schrei schrillte aus den Lautsprechern, die um sie herum an allen Wänden hingen.

»Dies ist ein Walgesang«, sagte Dr. Taylor. »Es ist nicht die richtige Jahreszeit, um ihn live zu hören; dies ist eine Bandaufnahme. Wir wissen noch viel zuwenig über diesen Gesang. Wir können ihn nicht übersetzen. Wir glauben, daß er nur von männlichen Buckelwalen gesungen wird. George singt ihn zwischen sechs und dreißig Minuten lang und fängt dann wieder von vorne an. Vor der Zeit der maschinengetriebenen Schiffe konnte man den Gesang über Tausende von Meilen hören. Es ist möglich – obwohl man es nicht sicher belegen kann, weil die Menschen soviel Lärm produzieren –, daß ein einzelnes Lied um die ganze Erde herumgeht. Doch auf jeden Fall kann es noch immer große Entfernungen überwinden, und andere Wale hören es und geben es weiter.«

Gracie glitt wieder an der gewölbten Glasscheibe vorbei. Als ihr Auge auf ihn fiel, hatte er das Gefühl, beobachtet zu werden. Er fragte sich, ob sie seine Anwesenheit und die von Admiral Kirk spürte; er fragte sich, ob Wale eine Art Gefühl für die Absichten von Besuchern aus der Zukunft hätten.

Ob sie wissen, daß sie gestohlen werden sollen? fragte sich Spock, nein, nicht gestohlen. Stehlen würde bedeuten, daß sie irgend jemandem gehören, was nicht der Fall ist. Vielleicht konnte irgendeine Regierungsbehörde Besitzanspruch erheben, doch das hatte keinerlei Einfluß darauf, was die Wale spüren mochten. Die Wale könnten glauben, daß sie gekidnappt oder verschleppt wurden. Angenommen, sie wollten diese Zeit und diesen Ort nicht verlassen? Haben wir in einem solchen Fall das Recht, sie gegen ihren Willen mitzunehmen? Und wenn wir sie gegen ihren Willen mitnehmen, würde dann unser Handeln nicht das Ziel unseres Handelns zerstören? Wenn zwei Lebewesen, denen Unrecht getan wurde, der Sonde antworten, könnte sie mit noch mehr und noch stärkerer Aggression reagieren.

Spock sah nur eine Lösung dieses Dilemmas: Kommunikation. Und da Dr. Taylor zugegeben hatte, daß Menschen mit den Walen weder kommunizieren noch ihre Gesänge übersetzen konnten, sah Spock nur eine einzige Möglichkeit, zu dieser Lösung zu gelangen.

Er ging zum Ausgang des Raums, wandte sich um und stieg rasch die Wendeltreppe hinauf, zum Rand des Walbassins. Eines der Tiere glitt an seinen Füßen vorbei und krümmte den Rücken, so daß seine Rükkenflosse das Wasser durchschnitt. Es tauchte wieder, und er konnte nur seine schattenhafte Gestalt, seine weißen Fluken unter der gekräuselten Oberfläche erkennen. Am anderen Ende des Bassins kam der andere Wal nach oben und blies ein Gemisch aus Dampf und Schaum in die Luft. Trotz der gewaltigen Ausmaße des Bassins war es doch nicht mehr als ein Tümpel für ein Tier, das an die zweihundert Meter tief tauchen konnte und dessen Spezies alljährlich über ein Viertel des Erdumfanges durchwanderten.

Das heiße Sonnenlicht brannte auf Spock herab. Er blickte über die Oberfläche des Bassins hinweg, warf seine Robe ab und sprang ins Wasser.

Das kalte Salzwasser umschloß ihn, und Walgeräusche – kein Gesang, sondern seltsames Quieken und Knirschen und Stöhnen – hüllte ihn ein. Die Vibrationen drangen durch das Wasser und durch seinen Körper; er konnte sie sowohl hören, als auch fühlen. Die Wale wandten sich ihm zu, neugierig über den Eindringling, und die fragenden Laute wurden intensiver, durchdringender. Einer der Wale schwamm unter ihn und stieß Luftblasen aus, die um ihn herum emporstiegen und seine Haut kitzelten. Der Wal wendete, stieg höher und schwebte neben Spock. Ein großes Auge blickte ihm direkt ins Gesicht. Die Wärme des Körpers strahlte durch das kalte Wasser.

Er streckte die Hand nach dem Wal aus, so langsam, daß er aus seiner Reichweite gleiten konnte, wenn er es wollte. Er hing regungslos im Wasser.

Spock berührte das riesige Tier und stählte seine Psyche für die Gehirnverschmelzung.

Doch anstelle dessen fühlte er eine beruhigende, fragende Berührung. Der Friede der Gedanken des Wales hüllte ihn ein, unglaublich kraftvoll und doch so delikat wie ein Windsegler.

Die Berührung fragte, und Spock antwortete.

In dem Beobachtungsraum hörte Jim dem Vortrag Dr. Gillian Taylors über Wale zu. Er war einerseits fasziniert von der Information, gleichzeitig wartete er ungeduldig auf das Ende ihres Vortrages, damit er mit ihr allein sprechen konnte.

Einer der Wale glitt am Beobachtungsfenster vorbei und zog Spock mit sich. Jim unterdrückte einen verblüfften Ausruf.

Verdammt! dachte er. So etwas Idiotisches! Und das vor fünfzig Menschen! Vielleicht hat Pille doch recht...

Ein Murmeln der Verblüffung lief durch die Menge, als einer den anderen auf den seltsamen Anblick aufmerksam machte.

Und wenn Spocks Stirnband abrutscht, haben wir eine Menge mehr zu erklären, als nur, warum mein Begleiter ausgerechnet im Walbassin baden will.

Doch wenigstens hatte Gillian Taylor noch nichts bemerkt. Vielleicht würde niemand sie darauf aufmerksam machen...

»Der Gesang des Buckelwals ändert sich von Jahr zu Jahr. Doch wir wissen noch immer nicht, welchem Zweck er dient. Der Navigation? Ist er Teil des Begattungsrituals? Oder reine Kommunikation, die jenseits unseres Verständnisses liegt?«

»Vielleicht singt der Wal dem Mann dort etwas vor«, sagte einer der Zuschauer. Jim zuckte zusammen.

Gillian wandte sich um. »Was, zum Teufel –!« Sie starrte Spock an, als ob sie ihren Augen nicht trauen wollte. Dann fuhr sie herum und sprintete zur Treppe. »Entschuldigen Sie! Warten Sie hier!«

Ohne sich um ihre Order zu kümmern, lief Jim ihr nach. Am oberen Ende der Wendeltreppe stürmte er blinzelnd ins grelle Sonnenlicht.

Spock stemmte sich gerade mit einer eleganten Bewegung aus dem Bassin. Wasser rann und tropfte um seine Füße. Er rückte sein Stirnband zurecht und zog seine Robe über.

»Wer, zum Teufel, sind Sie?« schrie Gillian. »Was tun Sie hier?«

Spock blickte zu Jim hinüber.

Ich kann es nicht riskieren, daß wir beide festgenommen werden, überlegte Jim.

»Sie haben die Lady gehört!« sagte er scharf.

»Antworten Sie mir!« sagte Gillian. »Was, zum Teufel, haben Sie dort getrieben?«

»Ich habe, zum Teufel, versucht, mit den Walen zu kommunizieren«, antwortete Spock.

»Kommunizieren? Was kommunizieren?« Sie musterte ihn von oben bis unten. »Was glauben Sie denn, wer Sie sind? Irgend so ein Zen-Ethnologe? Warum glaubt jeder Affe, der über den Highway kommt, er hätte eine Direktverbindung zur Walsprache?«

»Ich bin nicht an verdammten Highways interessiert«, sagte Spock. »Nur an Walen.«

»Ich studiere Wale seit zehn Jahren, und *ich* kann nicht mit ihnen kommunizieren! Und Sie glauben, Sie brauchen nur herzukommen und – ach, was soll's! Sie haben kein Recht, hier zu sein!«

Schweigend blickte Spock zu Jim hinüber. Jim versuchte noch einmal, ihm verständlich zu machen, daß sie so tun müßten, als ob sie sich nicht kannten.

»Kommen Sie schon, Bursche!« fuhr er ihn an. »Reden Sie endlich!« Zu spät fiel ihm ein, daß Spock dies für einen Befehl halten könnte.

»Admiral«, sagte er, »wenn wir annehmen sollten,

daß wir mit diesen Walen tun können, was wir wollen, würden wir uns genauso schuldig machen wie die, welche ihr Aussterben herbeigeführt haben.«

»Aussterben...?« sagte Gillian. Sie blickte von Jim zu Spock und zurück. »Okay«, sagte sie langsam. »Ich weiß nicht, worum es hier geht, aber ich will, daß Sie von hier verschwinden. Sofort. Oder ich rufe die Cops.«

»Das ist nicht nötig«, sagte Jim rasch. »Ich versichere es Ihnen. Ich glaube, wir können Ihnen helfen...«

»Den Teufel können Sie tun, Mann! Ihr Freund hat mein Bassin versaut, hat mit meinen Walen...«

»Sie haben Sie sehr gern«, sagte Spock. »Aber sie sind, zum Teufel, nicht *Ihre* Wale.«

»Ich vermute, das haben sie Ihnen gesagt!«

»Das, zum Teufel, haben sie getan«, sagte Spock.

»Oh, *was soll's«*, sagte sie, da sie nun endgültig die Geduld verlor.

Kurz darauf wurden Jim und Spock von einem ältlichen Wärter höflich, aber bestimmt und endgültig von dem Bassin und schließlich aus dem Institut eskortiert. Sie hätten ihn leicht überwältigen können, doch Jim versuchte nicht einmal, ihn zu überreden, sie nicht hinauszuwerfen. Er glaubte, es schaffen zu können, aber er glaubte auch, dadurch noch mehr Aufmerksamkeit auf sich zu ziehen und sich in noch mehr Schwierigkeiten zu bringen, als wenn er sich friedlich vor die Tür setzen lassen würde.

Er ging mißmutig die Straße entlang, ein paar Schritte vor Spock. Immerhin hatten sie das meiste von dem, das sie wissen mußten, herausbringen können.

Verdammt! dachte Jim. Ich könnte darauf *wetten*, daß es mir gelungen wäre herauszufinden, wann sie die Wale freilassen würden. Wenn ich nur ein paar Minuten Zeit gehabt hätte...

Spock beschleunigte seine Schritte und holte ihn ein.

»Ich wußte nicht, daß Sie auch schwimmen können, Spock«, sagte Jim ziemlich schroff.

»Ich finde es recht erfrischend, obwohl ich bezweifle, daß es dem vulkanischen Verhaltenskodex entspricht«, sagte Spock, ohne sich um Jims Verärgerung zu kümmern. »Es ist keine Fertigkeit, die auf meinem Heimatplaneten gebräuchlich, oder auch nur nutzbringend ist. Admiral, ich verstehe nicht, warum Dr. Taylor meint, ich hätte etwas mit irgendwelchen verdammten Highways zu tun.«

»Was hat Sie bloß geritten, mit den verdammten Walen zu schwimmen?«

Spock überlegte. »Es erschien mir zu der Zeit das einzig Logische zu sein.«

»Vor fünfzig Menschen? Wo ist Ihr Verstand, Spock?«

Spock zögerte. »Er ist zur Zeit vielleicht nicht ganz auf der Höhe, Admiral. Sucrose hat manchmal, zum Teufel, eine solche Wirkung auf Vulkanier. Normalerweise fröne ich diesem Laster nicht.«

»Frönen? Spock, wollen Sie mir etwa sagen, daß Sie *betrunken* sind?«

»Gewissermaßen, Admiral.« Er wirkte verlegen.

»Wo haben Sie es bekommen? Warum haben Sie es bekommen?«

»Sie haben es mir gegeben. Ich habe nicht bemerkt, daß die Waffel Sucrose enthielt, bevor ich sie, verdammt, heruntergeschluckt hatte.«

Jim wechselte das Thema. »Hören Sie, Spock.«

»Ja?«

»Wegen dieser farbigen Idioms, von denen wir gesprochen haben. Ich glaube nicht, daß Sie sie verwenden sollten.«

»Warum nicht?« fragte Spock.

»Einmal haben Sie nicht das richtige Gefühl dafür.«

»Verstehe«, sagte Spock steif.

»Und außerdem«, sagte Jim, »ist es nicht immer notwendig, die Wahrheit zu sagen.«

»Ich kann nicht lügen.«

»Sie müssen auch nicht lügen. Sie brauchen nur den Mund zu halten.«

»Sie selbst haben mir befohlen zu reden.«

»Reden wir nicht davon! Sie könnten untertreiben. Oder übertreiben.«

»Übertreiben«, sagte Spock nachdenklich.

»Sie haben es schon früher getan«, sagte Jim. »Können Sie sich nicht mehr daran erinnern?«

»Zum Teufel, nein«, sagte Spock.

Jim seufzte. »Okay, lassen wir auch das. Sie haben offensichtlich eine Gehirnverschmelzung mit einem Wal vorgenommen. Was haben Sie noch erfahren?«

»Sie sind sehr unglücklich darüber, wie ihre Spezies von den Menschen behandelt wird.«

»Dazu haben sie auch allen Grund«, sagte Jim. »Besteht die Möglichkeit, daß sie uns helfen werden?«

»Ich glaube«, sagte Spock, »daß ich bei der Kommunikation unserer Absichten Erfolg gehabt habe.«

Danach schwieg er.

»Verstehe«, sagte Jim.

KAPITEL 8

Gillian bemühte sich, die Besucher nicht merken zu lassen, daß sie die Führung so rasch wie möglich hinter sich bringen wollte, doch sobald der letzte von ihnen durch die Ausgangstür verschwunden war, lief sie zurück, die Wendeltreppe hinauf und auf die Terrasse hinaus, die das Walbassin umgab. George und Gracie kamen an die Oberfläche, bliesen Atemluft aus und schwammen auf sie zu. Ihre Brustflossen waren geisterhafte, weiße Pinselstriche im Wasser. Gillian schlüpfte aus den Schuhen, setzte sich auf den Rand des Bassins und ließ die Füße ins Wasser hängen. Gracie schwamm einen eleganten Bogen, rollte sich auf die Seite und fuhr mit ihrer langen Brustflosse über Gillians Fußsohle. Ihre Bewegung rief eine Welle hervor, die gegen die Bassinwand klatschte und über ihren Rand schwappte.

Beide Wale kamen an die Oberfläche und bliesen, wobei Gillian mit dem feinen Nebel ihrer Atemluft besprüht wurde. Gracie hob ihren riesigen Kopf, und ihr Schädel, Stirn und Oberkiefer brachen aus dem Wasser hervor. Anders als freilebende Buckelwale kamen George und Gracie so nahe heran, daß man sie berühren konnte. Gillian streichelte Gracies warme, schwarze Haut. Das Auge des Wals blinzelte unter Wasser. Gracie blies wieder, rollte sich herum, hob ihre Fluken und klatschte mit ihnen auf das Wasser. Gillian war daran gewöhnt, naß gespritzt zu werden.

Beide Wale kamen Gillian verstört vor, nicht aufgeregt, sondern eher bedrückt. Sie hatte noch nie ein solches Verhalten bei ihnen bemerkt. Natürlich war es das erste Mal gewesen, daß ein Fremder zu ihnen ins Bassin getaucht war, was wahrscheinlich nur glücklichen

Umständen zu verdanken war. Weiß der Himmel, es gab genug Spinner, die sich die Wale als Objekt ihrer Fixierung auserkoren.

Vielleicht, dachte Gillian, sollte ich eher überrascht sein, daß bisher noch niemand auf die Idee gekommen war, in das Bassin zu springen. Aber ich hätte merken müssen, daß mit diesen beiden Burschen etwas nicht stimmt, aus der Art, wie sie gekleidet waren, aus ihrem Verhalten: der eine so still und zurückhaltend, der andere so angespannt und mit so vielen Fragen.

»Es ist alles in Ordnung«, sagte sie. »Ja, ich weiß.« George strich mit den Tasthaaren an seinem Kinn über ihr Bein. »Es ist okay. Sie wollten nichts Böses.«

Sie hörte Schritte und wandte sich rasch um, da sie befürchtete, daß die beiden Fremden zurückgekommen sein könnten.

Doch es war der Direktor des Instituts, der auf sie herabblickte und mitfühlend grinste. »Ich hörte, daß es ein wenig Aufregung gegeben hat.« Bob Briggs schlenkerte seine Schuhe von den Füßen und rollte die Hosenbeine auf. Er setzte sich neben Gillian und streckte seine Füße langsam in das kalte Wasser.

»Nur ein paar Spinner«, sagte Gillian. Aber wenn sie nur harmlose Spinner wären, überlegte sie, warum waren sie dann so daran interessiert, wann wir die Wale in Freiheit setzen würden?

Gillian wünschte, Bob würde sie mit George und Gracie allein lassen. Wenn sie sich etwas Mühe gab, kam sie mit ihrem Boß recht gut aus. Er war nicht wirklich gehässig, aber seine gleichgültige Herablassung brachte sie manchmal auf die Palme.

»Wie läuft es bei Ihnen?«

»Gut«, sagte sie. »Bestens.«

»Erzählen Sie mir doch keine Märchen, Mädchen. Dafür kenne ich Sie zu lange.«

»Es bricht mir das Herz!« sagte sie knapp.

Verdammt! dachte sie. Wieder auf den Leim gegangen.

»Wollen Sie darüber reden? Es hilft, wenn man seine Probleme auf den Tisch legt.«

»Sie sind zu lange in Kalifornien«, sagte sie.

Sie starrte ins Wasser und auf die beiden Wale, die nahe ihren Füßen dicht unter der Wasseroberfläche trieben. Alle paar Minuten hob sich ein Schädel aus dem schimmernden Wasser, blies geräuschvoll, atmete lautlos ein und versank wieder.

»Ich weiß, wie Sie sich fühlen«, sagte Bob. »Mir geht es genauso. Aber wir liegen zwischen zwei Mühlsteinen, Gill. Wir können sie nicht behalten, ohne ihr Leben zu gefährden, und wir können sie nicht freilassen, ohne dasselbe Risiko einzugehen.«

»Ja«, sagte sie. »Warum halten Sie mir einen Vortrag darüber? Ich war es doch, die darauf gedrungen hat, sie in Freiheit zu setzen! Ich mußte sogar kämpfen.«

»Ich halte Ihnen einen Vortrag darüber«, sagte er, »damit Sie über Ihre nachträglichen Bedenken hinwegkommen.«

»Ich habe keine nachträglichen Bedenken!« sagte sie scharf. Sie bedauerte sofort, sich so gehen gelassen zu haben. »Ich will, daß sie frei sind. Aber ich will auch, daß sie sicher sind, und es gibt keinen Ort auf der ganzen Erde, wo das der Fall ist. Und... sie werden mir fehlen.«

»Gill, sie sind doch keine Menschen! Sie suchen ständig nach Beweisen dafür, daß sie so klug sind wie wir. Ich wäre *glücklich,* wenn dem so wäre. Aber es gibt keinerlei Beweise...«

»Ich kenne Ihre Einstellung nicht, aber mein Mitgefühl wird nicht durch meine Einschätzung ihrer Intelligenz abgegrenzt!« Sie starrte ihn wütend an. »Vielleicht haben sie nicht die Mona Lisa gemalt oder das Sandbahnmotorrad erfunden. Aber sie haben auch nicht die Erde ausgeplündert. Und sie haben niemals eine andere Spezies ausgerottet!« Wasser platschte, als sie sich erhob. Gracie und George zogen sich vor dem Geräusch zurück und schwammen zur Mitte des Bassins. »Tut mir leid, daß ich etwas heftig geworden bin«, sagte Gillian bitter.

»Nicht so schlimm«, sagte Bob. Er verlor nie die Ruhe. Das war einer der Gründe dafür, daß er Direktor war, und auch einer, der Gillian so auf die Palme brachte. »Sie geben mir immer etwas zum Nachdenken, Gillian. Warum machen Sie heute nicht einmal früher Schluß? Sie wirken ziemlich erledigt.«

»Danke für das Kompliment«, sagte sie.

»Kommen Sie. Sie wissen genau, was ich meine. Wirklich. Warum gehen Sie nicht nach Hause und schauen eine Weile die Zimmerdecke an?«

»Ja«, sagte Gillian. »Warum eigentlich nicht?« Sie nahm ihre Schuhe auf und ging.

Gillian warf die Schuhe auf die Ladefläche ihres Landrovers, startete den Motor, schob eine Waylon-Jennings-Kassette in das Kassettengerät und fuhr vom Parkplatz, schneller, als es gut war. Die Geschwindigkeit half etwas, doch sie konnte vor dem Dilemma ihrer Wale nicht davonlaufen. Sie wollte ihm auch nicht davonlaufen. Sie wollte es nur für eine Weile vom Wind verwehen lassen.

Der Zwischenfall mit den beiden Fremden wollte sich jedoch nicht vom Wind verwehen lassen. Warum hatte der, welcher in das Bassin gesprungen war, George und Gracie als ausgestorben bezeichnet? Gefährdet, klar. Vielleicht war er nur schluderig in der Wahl seiner Worte.

Aber er wirkte so, als ob er genau wüßte, was er sagte, dachte Gillian. Was, zum Teufel, weiß er, das ich nicht weiß?

Waylon sang: *Lonesome, On'ry and Mean*. Gillian stellte die Lautstärke zu hoch ein und konzentrierte sich auf das Fahren, auf die Geschwindigkeit, auf die Straße und auf die scharfe Herbstluft.

Im Institut blickte Bob Briggs zu den Walen hinüber, die auf der anderen Seite des Bassins emporstiegen und bliesen. Bei allen Menschen außer Gillian verhielten George und Gracie sich wie freilebende Wale, kamen zwar nahe genug heran, um zu beobachten, jedoch niemals auf Reichweite.

Die Spuren von Gillians kleinen, nassen Füßen begannen zu trocknen. Er machte sich Sorgen um sie. Wenn sie die Wale verließ, wirkte sie immer so, als ob sie fürchtete, sie nie wiederzusehen. Und dieses Mal...

Er schob seine Zweifel mit einem Schulterzucken beiseite. Er wußte, daß er die richtige Entscheidung getroffen hatte. Gillian würde ihm später dankbar sein.

Sein Assistent trat aus dem Institutsgebäude, blinzelte ins Sonnenlicht und blieb bei ihm stehen.

»Alles in Ordnung?« fragte er.

»Sieht so aus«, sagte Bob.

»Sie wird durchdrehen.«

»Es ist zu ihrem eigenen Besten«, sagte Bob. »Es ist die einzige Möglichkeit. Sie wird eine Weile stocksauer auf mich sein, aber sie wird sich bald wieder beruhigen. Sie wird es begreifen.«

»Alameda Naval Base!« rief Pavel. »Endlich!«

»Und trotz unseres hilfreichen Freundes«, sagte Uhura. Sie blickte umher.

»Was ist?«

»Nichts. Ich erwarte nur ständig, ihn wiederzusehen. Lauernd. Hinter einem Busch oder Gestrüpp versteckt.«

»Ich bin sicher, daß er sich nur geirrt hat«, sagte Pavel.

»Vielleicht.«

»Es war Zufall, daß wir ihn in dem anderen Zug wiedersahen. Er hatte erkannt, daß er uns eine falsche Auskunft gab. Es war ihm peinlich. Er hatte nicht den geringsten Grund, mißtrauisch zu sein.«

»Wirklich nicht?« fragte Uhura. Pavel grinste.

Die Bäume traten zur Seite und gaben ihnen den Blick frei. Sonnenlicht schimmerte auf dem Wasser des Hafenbeckens.

Uhura sah das Schiff. *Enterprise, CVN 65.*

Sie blieb stehen und erschauerte plötzlich; als sie dieses riesige Schiff zum letzten Mal gesehen hatte, war es auf einem Foto an Bord von Raumschiff *Enterprise* gewesen.

Durch Generationen von Schiffen, über das Space Shuttle und die Sonnensystem-Forschungsschiffe bis zu den frühen Sternfahrern war der Name auf das Raumschiff überkommen, auf dem Uhura den größten Teil ihres Erwachsenenlebens zugebracht hatte. In dieser Zeit und an diesem Ort gehörte der Name einem Flugzeugträger. Sie trat näher an ihn heran, überwältigt von seiner Größe, fasziniert von der Zerstörungskraft, die er repräsentierte. In Uhuras Zeit waren Schiffskörper von weitaus größeren Dimensionen an der Tagesordnung, doch wurden sie im Raum gebaut, ohne die Beschränkungen, die Schwerkraft, Luft- und Wasserdruck auferlegen. Die *Enterprise* dieses Jahrhunderts existierte trotz dieser Faktoren. Der Rumpf schwang sich in eleganter Kurve aufwärts und auswärts, um das Flugdeck aufzunehmen. Uhura und Pavel traten in den Schatten des Schiffes.

Der Arzt im falschen Jahrhundert: Dr. McCoy

Mr. Sulu

Pavel deutete auf den Namen. Uhura nickte. Pavel öffnete seinen Kommunikator. Uhura begann mit ihrem Tricorder zu arbeiten.

Pavel sandte den Ruf-Code. »Team-Chef, hier ist Team zwei. Bitte melden…«

Uhura studierte die von ihrem Tricorder errechneten Werte. »Ich habe die Koordinaten für den Reaktor. Oder zumindest Koordinaten, mit denen wir zurechtkommen müssen.«

Pavel starrte den Flugzeugträger an. »Er gibt mir ein Gefühl großer geschichtlicher Realität.«

»Mir gibt er ein Gefühl großer Gefahr.« Die Emissionen des Reaktors beeinflußten die Funktion von Uhuras Tricorder, so daß es ihr unmöglich war, genaue Angaben über die Struktur des Schiffes zu erhalten. »Wir müssen *neben* den Reaktorraum beamen, nicht *hinein*.«

»Team-Chef«, wiederholte Chekov, »hier ist Team zwei. Bitte melden…«

Auf der anderen Seite der Bucht trottete Jim die Straße entlang, die von dem Walinstitut fortführte. Mehrere Busse fuhren weiter, obwohl Jim jedesmal winkte, wenn er einen herankommen sah. Öffentliche Verkehrsmittel mußten nur an markierten Stellen halten, wußte er, doch er hatte an dieser Straße noch keine entdecken können. Er wünschte wieder, daß er Wanderschuhe angezogen hätte. Spock beschwerte sich natürlich nicht; er schritt leichtfüßig neben Kirk her, als ob er sich auf einem Ausflug befände. Immer wieder blieb er stehen, um irgendeine verstaubte Pflanze zu betrachten, die am Straßenrand wuchs. Und immer wieder hörte Jim ihn murmeln: »Faszinierend. Eine ausgestorbene Spezies.«

»Spock, verdammt noch mal!« sagte Jim. »Wenn Sie ständig Tiere und Pflanzen dieses Planeten als ausgestorben bezeichnen, wird irgend jemand sich Gedanken über Sie machen.«

»Ich bezweifle, daß irgend jemand zu den richtigen Schlußfolgerungen bezüglich meiner Herkunft gelangt«, sagte Spock.

»Wahrscheinlich haben Sie recht. Aber man könnte zu einer unrichtigen Schlußfolgerung bezüglich Ihres Geisteszustandes gelangen, und das könnte uns in Schwierigkeiten bringen.«

»Gut«, sagte Spock. »Ich werde mich bemühen, meinen Enthusiasmus im Zaum zu halten. Aber ist Ihnen klar, Admiral, daß Ihre Spezies während dieser Periode der Menschheitsgeschichte Tag für Tag mindestens eine Spezies der Tier- oder Pflanzenwelt ausgerottet hat? Und diese Rate hat sich noch ganz erheblich gesteigert, bevor sie zurückging.«

»Faszinierend«, sagte Jim ernst. »Aber es ist auch zur Hälfte Ihre Spezies, falls Sie das vergessen haben sollten.«

»Ich habe es nicht vergessen«, sagte Spock. »Doch ist das ein Umstand, über den ich nicht gern rede.«

»Sie verdrängen alles über die Erde und über die Menschen, was Sie verdrängen können, und doch waren Sie es, der den Gesang des Buckelwales erkannte! Warum *Sie*, Spock?«

»Ich glaube...« Spock zögerte. »Ich erinnere mich... ich habe Ihnen erzählt, daß ich mich selbst das Schwimmen gelehrt habe – vor vielen Jahren, auf der Erde. Einmal bin ich zu weit hinausgeschwommen. Die Strömung packte mich. Ich kam gegen ihre Kraft nicht an. Als ich mich fast aufgegeben hatte, spürte ich die Nähe eines Tieres. Ich erwartete, daß es ein Hai wäre, der mich zerfleischen, mich töten würde. Doch als das Tier mich berührte, fühlte ich die Wärme eines Warmblüters, und ich spürte eine junge und wache Intelligenz. Ein Delphin setzte sich unter mich. Er stützte mich und brachte mich an Land zurück. Man liest über so etwas in der Mythologie, aber ich hatte solche Geschichten nie geglaubt. Wir... haben kommuniziert.« Spock bückte sich und berührte eine staubige, unscheinbare Pflanze, die neben der Straße wuchs. »Diese Spezies ist in unserer Zeit ebenfalls ausgestorben. Wie die großen Wale. Doch die kleineren Wale, die Delphine, haben überlebt. Sie halten die Erinnerung an ihre verschwundenen Vettern wach. Sie erinnern sich, sie erzählen die Geschichten in mit Tönen gemalten Bildern – die Gesänge der Buckelwale. Sie meiden den Menschen, und wer kann ihnen das verdenken? Aber ich bin kein Mensch. Nicht ganz. Zu mir haben die Delphine gesungen.«

Vor seinem geistige Auge konnte Jim den endlosen Ozean sehen und die Kälte seiner Tiefen spüren; er konnte die Wärme des Delphins fühlen und seine Echos der Rufe des Buckelwals hören.

»Ich verstehe, Spock«, sagte er leise. »Ich verstehe.«

Jims Kommunikator zirpte. Er zuckte zusammen, zog ihn heraus und öffnete ihn.

»Hier ist Team zwei. Bitte melden.«

»Hier Kirk, Team zwei.«

»Admiral«, sagte Chekov, »wir haben ein mit einem Atomreaktor betriebenes Schiff gefunden.«

»Gut gemacht, Team zwei.«

»Und dieses Schiff ist ein Flugzeugträger... er heißt *Enterprise*.«

Jim spürte einen Stich der Trauer um sein eigenes Schiff. Er hielt seine Stimme unter Kontrolle. »Verstanden. Wie ist Ihr Plan?«

»Wir werden heute nacht an Bord beamen, Photonen einsammeln und wieder hinausbeamen. Niemand wird wissen, daß wir dort waren.«

»Verstanden und gebilligt«, sagte Jim. »Halten Sie mich auf dem laufenden. Kirk Ende.«

Er wollte Scott rufen, doch hörte er hinter sich ein Bodenfahrzeug mit hoher Geschwindigkeit die Straße entlangkommen. Rasch steckte er seinen Kommunikator in die Tasche.

Das Bodenfahrzeug hielt mit knirschenden Bremsen hinter ihnen, rollte langsam vorbei, stoppte wieder.

Jim ging mit ruhigen Schritten weiter.

»Es ist sie«, sagte er mit einem Seitenblick auf Spock. »Die Taylor, von dem Institut. Spock, wenn wir jetzt unsere Karten richtig ausspielen, können wir vielleicht erfahren, wann diese Wale freigesetzt werden.«

Spock warf ihm einen raschen Blick zu. Jim wußte, daß er jetzt eine Braue hob, obwohl das Stirnband sie verdeckte.

»Wie«, sagte der Vulkanier, »könnte Kartenspielen uns weiterhelfen?«

Gillian blickte in den Rückspiegel und erkannte die beiden Männer, die näherkamen. Sie legte den ersten Gang ein und wollte die Kupplung loslassen, dann besann sie sich anders und rammte den Schalthebel des Landrovers in den Rückwärtsgang. Sie setzte zurück und hielt neben den beiden Männern.

»Sieh mal an«, sagte sie. »Das sind doch Robin Hood und Friar Tuck.«

»Ich fürchte, Sie verwechseln uns mit anderen«, sagte der Mann in der rostbraunen Jacke. »Mein Name ist Kirk, und er heißt Spock.«

Sie ließ den Wagen langsam weiterrollen, um auf gleicher Höhe mit ihnen zu bleiben. »Wohin wollen Sie?«

»Zurück nach San Francisco«, sagte Kirk.

»Da haben Sie aber einen weiten Weg gemacht, nur um mit den Kindern zu spielen.«

»Es hat keinen Sinn, es Ihnen zu erklären. Sie würden es doch nicht glauben.«

»Das nehme ich Ihnen sofort ab«, sagte Gillian. Sie deutete mit einem Kopfnicken auf Spock. »Und was ist mit dem, was er versucht hat?«

»Er ist harmlos«, sagte Kirk. »Er hatte einen guten Kern...« Er unterbrach sich hastig. »Wissen Sie, in den sechziger Jahren war er in Berkeley. Die Freie-Rede-Bewegung und all das Zeug, glaube ich... na ja, er war wohl auch ein bißchen zu sehr auf LSD.«

»LSD?« Sie seufzte. Ein ausgebrannter Drogentyp und sein Hüter. Sie taten ihr leid, jetzt, wo sie sicher war, daß sie keine Gefahr für ihre Buckelwale darstellten. »Steigen Sie ein«, sagte sie mit einem ironischen Lächeln. »Ich habe eine unheilbare Schwäche für Pechvögel. Deshalb arbeite ich ja auch mit Walen.«

»Wir wollen Ihnen keine Umstände machen«, sagte Kirk.

»Das haben Sie aber bereits getan. Steigen Sic schon ein.«

Spock stieg als erster ein, dann klemmte Kirk sich neben ihn. Spock saß steif und gerade und schweigend. Als Gillian nach der Gangschaltung griff, streifte ihre Hand Spocks Handgelenk. Sein Körper strahlte Hitze aus, als ob er hohes Fieber hätte. Aber sein Gesicht war nicht gerötet. Er rückte ein Stück zur Seite und zog die Hände in die Ärmel seiner langen weißen Robe.

»Danke fürs Mitnehmen«, sagte Kirk.

»Nichts zu danken«, sagte Gillian. »Aber kommen Sie nicht auf dumme Gedanken. Ich habe Montiereisen griffbereit neben mir.«

»Das ist sehr nett von Ihnen, aber ich brauche keine Hilfe mit einem – Montiereisen?«

»Das werden Sie aber, wenn – ach, lassen wir das.«

»Was ist das für ein Geräusch?«

»Welches Geräusch?« Sie horchte beunruhigt auf den Motor.

»Das...« Kirk summte ein paar Töne mit der raspelnden Stimme, die aus dem Lautsprecher klang.

»Das ist kein Geräusch, das ist Waylon Jennings!« Sie stellte die Kassette etwas leiser. »Mögen Sie keine Country-Musik?« Sie war an diese Reaktion durch ihre Kollegen gewöhnt. »Da sind auch ein paar Rock-Kassetten in dem Halter am Boden. Nicht viel aus den Sechzigern allerdings. Ein paar Sachen der Doors jedenfalls.«

Kirk blickte umher. »Ich kann hier keine Tür sehen – oh!« Er öffnete das Handschuhfach. Straßenkarten, unordentlich zusammengefaltet, und andere Dinge fielen in seinen Schoß. Gillian langte hinüber und stopfte das Zeug ins Handschuhfach zurück.

»Was ist das alles?«

»Nur Krempel. Tun Sie ihn zurück. Ich habe nicht ›Tür‹ gesagt, sondern ›Doors‹. Wie können Sie in den sechziger Jahren durch Berkeley gekommen sein, ohne die Doors zu kennen?«

»Ich habe nicht gesagt, daß ich in Berkeley studiert habe, ich sagte, Spock war in Berkeley.«

»Ja, aber dennoch...«

»Die ›Doors‹ waren eine Musikgruppe, Admiral«, sagte Spock. »Mitte der sechziger Jahre des zwanzigsten Jahrhunderts bis...«

»Ja, Spock, ich habe kapiert. Danke.«

»Wollen Sie etwas wirklich Ausgefallenes hören?« fragte Gillian. »Ich habe eine Kassette von Kvern. Und irgendwo muß ›Always Coming Home‹ dabei sein.«

»Ich mache mir nicht viel aus Musik«, sagte Kirk. »Das ist eher Mr. Spocks Richtung. Können Sie das nicht ausschalten? Dann könnten wir uns unterhalten.«

»Oh! Na schön. Gut.« Sie schaltete das Gerät aus und wartete darauf, daß Kirk das Gespräch beginnen würde. Sie fuhr eine ganze Weile, doch keiner der beiden Männer sprach.

»Also«, sagte sie schließlich zu Spock, entschlossen, wenigstens eine ehrliche Antwort von einem der beiden zu erhalten, »Sie waren also in Berkeley.«

»War ich nicht«, sagte Spock.

»Gedächtnislücken hat er auch«, erklärte Kirk.

»Soso«, sagte sie skeptisch. »Und was ist mit Ihnen? Woher sind Sie?«

»Ich bin von Iowa.«

»Aus der tiefsten Provinz«, sagte Gillian.

»Nicht wirklich.«

»Kommen Sie«, sagte Gillian. »Was, zum Teufel, haben Sie beide wirklich bei uns gewollt? War es eine Wette? Schwimmen mit Walen als Herausforderung? Wenn das alles ist, bin ich ehrlich enttäuscht. Ich hasse Macho-Typen.«

»Darf ich *Sie* einmal etwas fragen?« sagte Kirk plötzlich.

Sie zuckte die Schultern. »Fragen Sie.«

»Was wird geschehen, wenn Sie die beiden Wale freilassen?«

Gillians Hände krampften sich um das Lenkrad. »Sie müssen das Risiko auf sich nehmen.«

»Was bedeutet das?« fragte Kirk. »Das Risiko auf sich nehmen?«

»Es bedeutet, daß sie riskieren müssen, von Walfängern erlegt zu werden. Wie alle anderen Buckelwale.«

»Wir wissen von Walfängern«, sagte Spock. »Was ich nicht verstehe, ist die Bedeutung von ›gefährdeter Spezies‹ oder die Bedeutung von ›geschützter Spezies‹, wenn dennoch Jagd auf sie gemacht wird.«

»Die Worte bedeuten genau das, was sie aussagen«,

erklärte Gillian. »Für die Menschen, die sie akzeptieren. Das Schlimme ist, daß es keine Möglichkeit gibt, die Menschen zurückzuhalten, die sie *nicht* akzeptieren. Eine ganze Reihe von Staaten erlaubt die Waljagd nach wie vor, und unsere Regierung scheint es immer wieder für opportun zu halten, keinen Einspruch dagegen zu erheben.« Sie blickte Spock mit gerunzelten Brauen an. »Was haben Sie gemeint, als Sie im Institut all dieses Zeug über Aussterben sagten?«

»Ich meinte...«

Kirk unterbrach: »Er meinte das, was auch Sie während der Führung gesagt haben: daß die Buckelwale, wenn alles so weiterliefe wie bisher, für immer verschwinden würden.«

»Das ist nicht das, was er gesagt hat, Junge. Er sagte: ›Admiral, wenn wir annehmen sollten, daß wir mit diesen Walen tun können, was wir wollen, würden wir uns genauso schuldig machen wie die, welche ihr Aussterben herbeigeführt *haben*‹ – Vergangenheitsform.« Sie wartete. Kirk antwortete nicht. »Das *ist* es, was er gesagt hat.«

Spock wandte sich Kirk zu. »Meinen Sie nicht«, fragte er, »daß dies der richtige Moment für ein farbiges Idiom wäre?«

Gillian ignorierte Spock. »Sie sind doch nicht etwa diese Burschen vom Militär, hoffe ich«, sagte sie zu Kirk. »Ich meine, solche, die Wale dazu abrichten, verschossene Torpedos zu bergen und solchen Mist?«

»Nein, Madam«, sagte Kirk ehrlich. »Nicht solchen Mist.«

»Immerhin etwas«, sagte sie. »Sonst hätte ich Sie nämlich sofort auf die Straße gesetzt.«

»Gracie ist trächtig«, sagte Spock.

Gillian trat hart auf Bremse und Kupplung. Spock reagierte sofort, stützte sich mit der Hand am Armaturenbrett ab, noch bevor die Reifen auf dem Pflaster zu quietschen begannen. Doch Kirk wurde durch den plötzlichen Stop vorwärtsgeschleudert.

»Okay!« rief Gillian. »Wer sind Sie? Führen Sie mich nicht länger an der Nase herum! Ich will wissen, woher Sie das wissen!«

Kirk schob sich zurück. Er wirkte erschüttert. »Das können wir Ihnen nicht sagen.«

»Ich bestehe aber...«

»Bitte, lassen Sie mich zu Ende sprechen. Ich kann Ihnen versichern, daß wir nicht vom Militär sind, und daß wir nichts gegen Ihre Wale vorhaben.« Er streckte ihr seine Hand entgegen.

»Dann...«

»Im Gegenteil«, sagte Kirk, »wir könnten Ihnen vielleicht helfen – auf eine Art, die Sie sich nicht vorzustellen vermögen.«

»Oder zu glauben, wette ich«, sagte Gillian.

»Sehr wahrscheinlich. Sie haben uns nicht gerade in einem günstigen Augenblick erwischt.«

»Ganz bestimmt nicht«, sagte Spock.

»*Das* glaube ich.« Gillian fuhr eine Meile oder so ohne ein Wort zu sprechen.

»Wissen Sie«, sagte Kirk mit etwas erzwungen wirkender Herzlichkeit, »ich habe das Gefühl, daß wir alle uns glücklicher fühlen würden, wenn wir uns bei einem guten Essen weiter unterhalten. Was meinen Sie dazu?«

Gillian fragte sich, auf was sie sich eingelassen hatte. Wenn sie eine Gefahr für die Wale waren, sollte sie sie an Ort und Stelle auf die Straße setzen – doch dann würde sie sie nicht mehr im Auge behalten können.

»Mögen Sie italienisches Essen?« fragte sie.

Sie sahen einander an, als ob sie nicht begriffen, wovon sie sprach.

»Nein«, sagte Spock.
»Ja«, sagte Kirk.
Gillian seufzte.

Im Empfangsraum der Fabrik ging Montgomery Scott mit ungespielter Nervosität auf und ab. Er tat so, als ob er wütend wäre, doch in Wahrheit hatte er einen schweren Anfall von Lampenfieber.

Er warf einen Blick auf die Tür, die zum Büro führte. McCoy war nun schon ziemlich lange dort drin.

In dem Büro blickte Dr. Nichols auf den Bildschirm des kleinen Computers. Er war ein Mann in mittleren Jahren und mit einer beginnenden Glatze; er trug eine Brille und eine zerknautschte Jacke. Er benutzte eine faustgroße elektronische Schachtel mit einem Knopf, um Bestand und Fertigung der Fabrik zu kontrollieren. Jedes Klicken des Knopfes brachte eine neue Textseite auf den Bildschirm. Wenn er die Schachtel über die Schreibtischplatte bewegte, beschrieb ein Pfeil auf dem Bildschirm einen identischen Pfad. Nichols runzelte verwirrt die Stirn.

»Ich begreife nicht, daß nichts über Ihren Besuch eingetragen ist«, sagte er. »Normalerweise sind unsere PR-Leute eher zu eifrig.«

»Aber Professor Scott ist eigens aus Schottland hergekommen, um Ihre Produktionsmethoden zu studieren. Offensichtlich ist da irgend etwas schiefgelaufen; die Universität hat uns versichert, daß die Einladung zwischen ihr und Ihnen abgesprochen sei. Ich hätte das natürlich nachprüfen sollen – Sie kennen doch diese Akademiker.«

»Ja, ich kenne diese Akademiker«, sagte Nichols. »Ich war schließlich selbst mal einer.«

»Äh...« McCoy überging seinen *faux pas*, indem er es mit kreativer Hysterie versuchte. »Professor Scott ist ein Mann von recht explosivem Temperament«, sagte er. »Ich weiß nicht, ob die Universität geschludert hat oder er sich im Datum irrte. Ich weiß nur, daß ich dafür verantwortlich war, ihn hierher zu bringen. Wenn er diese weite Reise umsonst gemacht haben sollte, bin ich auch dafür verantwortlich, Dr. Nichols, und dann macht er mir das Leben zur Hölle.«

»Das dürfen wir natürlich nicht zulassen«, sagte Nichols lächelnd. »Ich denke, daß dies Büro überleben wird, wenn ich mal eine Stunde oder so nicht hier bin. Es wäre doch sehr schlecht, wenn ein wichtiger Besucher mit unfreundlichen Erinnerungen an amerikanische Gastfreundschaft nach Edinburgh zurückgehen würde, nicht wahr?« Er erhob sich und ging in den Empfangsraum. McCoy folgte ihm.

»Professor Scott«, sagte Nichols und streckte seine Hand aus. »Ich bin Dr. Nichols, der Manager dieser Fabrik.«

Scott hörte auf, hin und her zu tigern und richtete sich auf, die Hände in die Hüften gestemmt.

»Ich entschuldige mich vielmals für dieses Mißverständnis«, sagte Nichols und übersah Scotts Unhöflichkeit. »Es ist fast unglaublich, doch mich hat niemand über Ihren Besuch informiert.«

Scott blickte McCoy drohend an.

»Ich habe versucht, die Sache aufzuklären, Professor Scott«, sagte McCoy rasch. »Sie hatten wirklich keine Ahnung von Ihrem Besuch...«

»Hatten keine Ahnung!« rief Scott mit dem breitesten schottischen Akzent, den er zuwege brachte. »Soll das vielleicht heißen, daß ich Millionen Meilen gereist bin...«

Dr. Nichols lächelte nachsichtig. »Millionen?«

»Aber nein, Professor, es sind nur einige tausend«, sagte McCoy in besänftigendem Ton. »Es ist ja verständlich, daß Sie erregt sind, aber wir wollen doch nicht übertreiben.«

»Tausende von Meilen, um eine Besichtigung durchzuführen, zu der ich *eingeladen* war – und dann erklären Sie mir, daß ich überhaupt nicht eingeladen wurde? Ich verlange...«

»Professor Scott, wenn Sie nur...«

»Ich verlange, die Geschäftsleitung zu sprechen. Ich verlange...«

»Beruhigen Sie sich doch bitte, Professor«, sagte McCoy. »Dr. Nichols wird uns selbst durch die Anlage führen.«

Scott stoppte mitten im Satz. »Wirklich?«

»Mit Vergnügen«, sagte Nichols.

»Ja«, sagte Scott, »dann ist es in Ordnung. Und – Sie haben doch nichts dagegen, wenn mein Assistent mitkommt?«

»Natürlich nicht.«

Dr. Nichols führte sie aus dem Empfangsraum. Als die beiden ihm folgten, ließ McCoy Scott den Vortritt.

»Gewöhnen Sie sich nur nicht zu sehr an diese Rolle«, flüsterte er.

Sulu trat auf den großen Huey-Helikopter des Plastikwerks zu. Er hatte Fotos und alte Filme von diesem Typ gesehen, doch hatte keiner von ihnen bis in seine Zeit überlebt, nicht einmal in Museen. Der Huey-Helikopter war so ausgestorben wie der Buckelwal. Er fuhr mit der Hand über seine metallene Flanke.

Er kletterte hinauf und blickte in das Cockpit. Unglaublich. Kaum Elektronik, alle Instrumente und Bedienungshebel waren mechanisch oder hydraulisch. Das Ding zu fliegen mußte einen in die Pferdedroschkenzeit zurückversetzen. Und er hatte nie eine Pferdedroschke gefahren.

Die Motorabdeckung wurde scheppernd zugeworfen. Sulu hörte Schritte.

»Kann ich Ihnen helfen?«

Sulu wandte sich um. »Hallo.« Er deutete auf den Helikopter. »Huey 205, nicht wahr?«

»Stimmt.« Der junge Pilot wischte seine Hände an einem öligen Lappen ab. »Flieger?«

»Hin und wieder«, sagte Sulu. Er klatschte mit der Hand auf die Seite des Helikopters. »Habe während meiner Zeit auf der Akademie etwas Ähnliches geflogen.«

»Dann muß dieser für Sie ein alter Hut sein.«

»Alt vielleicht, aber interessant.« Er sprang zu Boden und streckte seine Hand aus. »Ich bin Sulu – gehöre zur internationalen Ingenieurs-Konferenz.«

Der Pilot drückte ihm die Hand. »Ich habe nichts von einer Konferenz gewußt. Aber die sagen mir doch nur: Fliege hierhin, fliege dorthin, laß die Waren nicht fallen. – International, wie? Woher kommen Sie? Japan?«

»Philippinen«, sagte Sulu, nur um sicher zu gehen. Es gab zwar Japaner unter seinen Vorfahren, doch die meisten von ihnen stammten von den Philippinen, und er wußte viel mehr von der Geschichte dieses Landes.

»Hm. Ihr habt es wirklich geschafft. Habt euer Land wieder in Besitz genommen. Aber was ist mit der Beute? Glaubt ihr, daß ihr sie wieder nach Hause holen könnt?«

»Oh, ich denke schon, irgendwann«, sagte Sulu und gab sich Mühe, seiner Stimme einen ungewissen Klang zu geben. Er brachte das Gespräch wieder auf den Huey zurück. »Ich hatte gehofft, einen Piloten zu treffen, als ich diesen Helikopter sah. Darf ich ein paar Fragen stellen?«

»Schießen Sie los.«

Sie sprachen eine Weile über den Helikopter. Der Pilot warf einen Blick auf die Uhr. »Ich muß eine Sendung abliefern«, sagte er. »Haben Sie Lust, mitzukommen?«

»Ich wüßte nicht, was ich lieber täte.«

Der Helikopter hob mit einem ungeheuren, knatternden Geräusch ab. Sulu sah dem Piloten zu, und es juckte ihn in den Fingern zu übernehmen. Der junge Mann sah ihn an. »Falls jemand fragen sollte«, sagte er, »Sie haben diese Kiste nie geflogen.«

»Falls jemand fragen sollte«, sagte Sulu, »ich bin sogar nie *in* dieser Kiste gewesen.«

Der Pilot grinste und überließ Sulu das Steuer.

Den ganzen Tag über versuchte Javy über das zu sprechen, was er und Ben im Golden Gate Park gesehen hatten, und den ganzen Tag über versuchte Ben, so zu tun, als ob sie nichts gesehen hätten. Jedesmal, wenn Javy die Sternschnuppe erwähnte oder den Wind oder die Lichter oder die Rampe, schaltete Ben ab.

Als sie an diesem Nachmittag Schluß machten, fühlte Javy sich noch immer aufgedreht. Er war seit drei Uhr wach und hatte seit vier Uhr gearbeitet. Normalerweise fuhr er dann sofort nach Hause, stürzte unter die Dusche, schlief ein paar Stunden, stand auf und starrte eine Weile auf die halb beendete Manuskriptseite in seiner Schreibmaschine. Heute war das alles anders.

Er stieg in seinen zerbeulten, goldfarbenen Mustang und schaltete das Radio ein, doch das funktionierte nur an jedem zweiten Freitag und am 29. Februar, wenn der auf einen Mittwoch fiel. Er versuchte, durch das Krachen der Statik und die von gelockerten Drähten hervorgerufenen Unterbrechungen hindurch Nachrichtensendungen aufzufangen, hörte jedoch nichts über die unerklärlichen Lichter.

Er brauchte eine Dusche. Wenn er etwas geschlafen hatte, würde dies sicher anders aussehen. Wahrscheinlich hatte Ben doch recht.

Aber anstatt nach Hause zu fahren, fuhr er die Van Ness Street entlang, bog dann in die Fell Street ab und war wieder im Park. Er parkte neben den Abfalltonnen, die er nicht geleert hatte. Er versuchte zu lächeln, als er daran dachte, wie er es dem Aufseher zu erklären versuchen würde.

Der Laster hatte schwarze Radierstreifen an der Stelle hinterlassen, wo Ben das Gaspedal durchgetreten hatte. Es war nicht einfach, mit einem Müllwagen Radierstreifen auf die Straße zu bringen.

Javy blieb in seinem Wagen sitzen und blickte zu der Stelle hinüber, wo er gesehen zu haben glaubte... was eigentlich? In dem Nebel und der Dunkelheit hatte er vielleicht gar nichts gesehen. Ein paar Menschen, die spazierengingen und deren Taschenlampen durch den Nebel flimmerten? Jetzt, bei Tageslicht, war er nicht einmal sicher, wo er gesehen hatte, was er gesehen zu haben glaubte.

Was immer es auch gewesen sein mochte, jetzt war nichts mehr davon da. Er beschloß, dennoch eine Weile zu beobachten, nur des Interesses halber. Er lehnte sich im Sitz zurück.

Wenige Minuten später war er fest eingeschlafen.

Scott folgte Dr. Nichols durch das Werk und fragte sich, wie, um alles in der Welt, die Menschen dieser Zeit überhaupt irgend etwas zuwege bringen konnten, ganz zu schweigen von den Anfängen der Raumforschung. Bei ihren unglaublich primitiven Methoden sah er jetzt, was er mit ihren Materialien zu tun haben würde, um das zu schaffen, was er schaffen mußte. Er wollte sich an irgendeinen Ort zurückziehen, wo es ruhig war, um etwas nachzudenken. Fabriken des zwanzigsten Jahrhunderts waren unglaublich laut.

Während die Führung weiterging, versuchte McCoy Dr. Nichols abzuschätzen. Die scharfe und ehrgeizige Intelligenz des Ingenieurs revoltierte gegen seine Bürokratentätigkeit im Management.

»Ich habe meine Rückversetzung zur Forschung beantragt«, sagte Nichols. »Aber die Direktion kann es einfach nicht begreifen, daß man zu der Tätigkeit zurück will, in der man am besten ist.«

»Sehr richtig«, sagte Scott, der sich der vielen Gelegenheiten erinnerte, wo Starfleet ihn durch Beförderung aus dem Maschinenraum herausholen wollte. »Das ist wahr.«

»Besonders, wenn man in einer Plastikproduktion arbeitet und eigentlich der Metallurgie verschworen ist. Ich habe da einige Ideen über metallische kristalline Strukturen...« Er unterbrach sich. »Aber Sie sind natürlich an unserer Acryl-Produktion interessiert, Professor Scott.«

»Professor Scott – das ist zu förmlich. Nennen Sie mich doch Montgomery, wenn Sie mögen.«

»Gewiß«, sagte Nichols. »Wenn Sie mir ebenfalls diese Ehre antun. Mein Name ist Mark.«

»Einverstanden, Mark. Also Marcus? Sie sind Marcus Nichols?« Er packte Nichols' Hand und zerquetschte sie fast. »Freut mich sehr, Sie kennenzulernen! Die Arbeit, die Sie geleistet haben, Ihre großartigen Erfindungen...«

Hinter Nichols wedelte McCoy warnend mit den Händen. Scott erkannte, daß er einen Fehler begangen hatte und stoppte abrupt.

»Meine Erfindungen?« fragte Nichols überrascht. »Professor Scott, mir sind bisher zwei Patente erteilt worden, und wenn Sie auch nur von einem davon in

Edinburgh gehört haben sollten, wäre ich sehr überrascht, um es gelinde auszudrücken.«

»Aber... nun.. ich meine...«

»Sie müssen ihn mit einem anderen Marcus Nichols verwechseln«, sagte McCoy rasch. »Das ist die einzig logische...« Er unterbrach sich so abrupt wie Scott.

»Aber... ich wollte sagen... ja, so muß es sein«, gab Scott nach, das Gesicht gerötet vor Verlegenheit.

»Ich verstehe«, sagte Nichols.

Nichols führte Scott und McCoy in eine rundum verglaste Beobachtungskammer. Ihre Tür schwang zu und reduzierte den Lärm auf fast null.

»Das war eine kleine Führung durch unsere bescheidene Fabrik.« Nichols stützte seine Hüfte an die Lehne einer lederbezogenen Couch und blickte Scott lange und prüfend an. »Ich muß sagen, Professor, Ihr Namensgedächtnis mag zwar nicht gerade hervorragend sein, aber Ihr Wissen über technische Fragen ist sehr beeindruckend.«

»Zu Hause nennen wir ihn den Wunderknaben«, sagte McCoy.

»Wirklich...?« Nichols deutete auf eine Bar an der Rückseite des kleinen Raums. »Darf ich Ihnen irgend etwas anbieten?«

McCoy und Scott tauschten einen Blick.

»Dr. Nichols«, sagte Scott tastend, »vielleicht könnte ich *Ihnen* etwas anbieten.«

Nichols hob die Brauen über diese Wendung des Gesprächs. »Ja?«

»Ich habe festgestellt, daß Sie noch immer mit Polymeren arbeiten«, sagte Scott.

»Noch immer?« Nichols runzelte verwundert die Stirn. »Dies ist eine Plastikfabrik. Womit sollten wir denn sonst arbeiten?«

»Richtig, womit sonst? Lassen Sie mich die Frage anders formulieren. Welche Stärke müßte eine Platte Ihres Acryls in der Größe von« – Scott zögerte einen Moment, um Meter in Fuß umzurechnen und wünschte, das zwanzigste Jahrhundert hätte es zuwege gebracht, diese Umstellung zu Ende zu führen – »sechzig mal zehn Fuß sein, wenn sie einen Druck von achtzehntausend Kubikfuß Wasser aushalten soll?«

»Das ist doch ganz einfach«, sagte Nichols. »Sechs Zoll. Wir haben solche ungewöhnlichen Stärken auf Lager.«

»Ja«, sagte Scott. »Das habe ich bemerkt. Aber angenommen – nur angenommen –, ich könnte Ihnen eine Möglichkeit aufzeigen, ein Material zu produzieren, das die gleiche Belastung aushält, aber nur einen Zoll stark ist. Wäre Ihnen das etwas wert?«

»Machen Sie Witze?« Nichols verschränkte die Arme vor der Brust. Seine Haltung verriet Skepsis, Mißtrauen – und Interesse.

»Er macht nie Witze«, sagte McCoy. »Könnte der Professor vielleicht Ihren Computer benutzen?«

»Bitte«, sagte Nichols und deutete auf das Gerät.

Scott setzte sich davor. »Computer.«

Der Computer antwortete nicht. McCoy ergriff die kleine Schachtel, die er Nichols hatte benutzen sehen, und drückte sie Scott in die Hand. Scott dankte ihm mit einem Nicken und sprach hinein.

»Computer.«

Keine Antwort.

»Benutzen Sie die Tastatur«, sagte Nichols.

»Tastatur«, sagte Scott. »Das ist seltsam.«

Er verschränkte seine Finger und ließ die Gelenke knacken. Schnell und mit zwei Fingern begann er zu tippen.

Zahlen- und Buchstabenkolonnen füllten den Bildschirm. Scott kommentierte jede Formel mit ein paar

Worten, während er arbeitete. Nach einer halben Stunde drückte er die Schlußtaste.

»Wenn Sie das Material nach dieser Methode behandeln, verändern Sie die kristalline Struktur so, daß es für Lichtstrahlen des sichtbaren Spektrums durchlässig ist.«

Eine dreidimensionale kristalline Struktur erschien auf dem Bildschirm. Scott lehnte sich zufrieden zurück.

»Transparentes Aluminium?« fragte Nichols ungläubig.

»So ist es, mein Junge.«

»Aber es würde Jahre dauern, um nur die Dynamik dieser Matritze auszuarbeiten.«

»Und wenn Sie das tun«, sagte McCoy, »sind Sie so reich, wie Sie es nicht einmal erträumen können.«

Nichols starrte nach wie vor auf den Bildschirm, der ihn mehr faszinierte als alle Träume von Reichtum.

»Also«, sagte Scott, »ist es etwas wert? Oder soll ich die Löschtaste drücken?« Er streckte bereits einen Finger aus.

»Nein!« rief Nichols. »Nein!« Er starrte auf den Bildschirm, mit gerunzelter Stirn, beunruhigt. »Was erwarten Sie von mir?«

»Einen Moment alleingelassen zu werden, bitte«, sagte McCoy.

Scott wollte etwas einwenden.

»Bitte«, sagte McCoy noch einmal.

Widerwillig ging Nichols hinaus.

»Scotty«, sagte McCoy, »wenn wir ihm die Formel geben, verändern wir die Zukunft!«

»Wer sagt Ihnen denn, daß er den Prozeß nicht erfunden hat?« erwiderte Scott.

»Aber...«

»Dr. McCoy, begreifen Sie denn nicht? Er *hat* ihn erfunden! Haben Sie denn noch nie seinen Namen gehört?«

»Ich bin Arzt und kein Historiker«, knurrte McCoy. Er hatte sich mit dieser Maskerade einverstanden erklärt, doch jetzt war er besessen von der Idee, so wenige Veränderungen wie möglich in der Vergangenheit vorzunehmen. Die Intensität von Jim Kirks Argument für ihre Aktion kämpfte mit einem anderen, fremden Impuls.

»Man braucht kein Historiker zu sein, um Marcus Nichols zu kennen! Das wäre doch, als ob man noch nie von Männern gehört hätte, wie... wie...«

»Pasteur?«

»Wer?«

»Yalow? Arneghe?«

»Nein... aber darauf kommt es ja nicht an. Tatsache ist, daß Nichols das transparente Aluminium erfunden *hat!* Und das war erst der Anfang seiner Erfinderkarriere. Es ist also völlig in Ordnung, wenn wir ihm die Formel geben – vielleicht ist es sogar notwendig!«

McCoy blickte ihn mit zur Seite geneigtem Kopf an, auf eine vertraute, für ihn aber dennoch sehr untypische Art.

»Bedeutet das, daß wir Erfolg haben werden? Daß wir die Wale in unsere Zeit bekommen und selbst in unsere Zeit zurückkehren und..«

»Nein, Doktor. Es bedeutet nur, daß wir ihm die Formel geben – oder er sich an genügend von dem erinnern kann, was ich ihm bereits gezeigt habe, um den Effekt erreichen zu können. Was in unserer Zeit geschehen wird... liegt jetzt bei uns.«

McCoy nickte. Er nahm seine Schultern zurück, öffnete die Tür und winkte Nichols wieder herein. Der Wissenschaftler hatte mit dem Rücken zur Glaswand des Raums gestanden und seinen ungeladenen Gästen, wenn auch beunruhigt, das Alleinsein gewährt, um das sie gebeten hatten.

»Und jetzt, Dr. Nichols – Mark –«, sagte Scott.

»Einen Augenblick, bitte.« Er machte eine Pause und atmete tief durch. »Sie wissen, was Sie mir anbieten.«

»Ja«, sagte Scott, »das tue ich.«

»Warum?«

»Warum? Warum was?«

»Warum bieten Sie es mir an?«

»Weil wir etwas brauchen, das Sie uns geben können.«

»Und was ist das? Mein erstgeborenes Kind? Meine Seele?«

Scott lachte leise. »Nein. Acryl-Platten. Sehr große. Und Transportmittel.«

»Was Sie verlangen, ist höchstens zweitausend Dollar wert. Was Sie mir anbieten ist – wenn es stimmt – erheblich mehr wert. Dazu Anerkennung, Ruhm...«

»Die Sache ist nur, Mark«, sagte McCoy, »daß wir diese zweitausend Dollar nicht haben. Und wir brauchen diese Acryl-Platten. Sehr dringend.«

»Sagt Ihnen der Ausdruck ›zu schön, um wahr zu sein‹ etwas?«

McCoy schlug die Hand vor die Augen. »Ausgerechnet jetzt müssen wir einem ehrlichen Menschen begegnen!«

Nichols warf einen Blick auf den Bildschirm. »Was Sie mir gezeigt haben, sieht echt aus«, sagte er. »Es ist zwar nur der Anfang, aber ich habe ein gutes Gefühl dabei. Ich fühle, daß es die Antwort ist – auf eine Frage, die ich seit zwei Jahren zu formulieren versuche. Andererseits sind Wissenschaftler, die klüger waren als ich, mit dem Perpetuum mobile und der Himmel mag wissen was für anderen absurden Geräten hereingelegt worden. Woher soll ich wissen...«

»Sie glauben, wir wollen Sie betrügen?« rief Scott verblüfft.

»Diese Möglichkeit ist mir eingefallen«, sagte Nichols milde. »Sie könnten mir eine falsche Formel unterschieben. Sie könnten versuchen, mir die Forschungsergebnisse eines anderen Unternehmens anzudrehen, um meine Gesellschaft mit einer Anklage wegen Industriespionage unter Druck zu setzen.«

»Daran habe ich nicht gedacht«, sagte Scott verblüfft.

Nichols blickte McCoy mit einem schiefen Lächeln an. »Akademiker«, sagte er.

»Wie können wir Sie davon überzeugen, daß wir es ehrlich meinen?« fragte McCoy.

»Tun Sie das?«

»Nun in gewisser Weise. Insoweit, daß wir nicht versuchen, Sie zu betrügen oder zu schädigen. Oder Ihr Unternehmen in Verlegenheit zu bringen.«

»Aber wenn das hier echt ist, könnten Sie es doch selbst verkaufen und...«

»Begreifen Sie denn nicht?« rief Scott. »Wir haben nicht die Zeit dafür!«

Nichols setzte sich mit einer Hüfte auf den Schreibtisch und wandte den Informationen auf dem Bildschirm bewußt den Rücken zu.

»Normalerweise würden Sie, wenn Sie so etwas verkaufen wollten – nein, lassen Sie mich zu Ende reden – einem Unternehmen die Lizenz anbieten und dafür hohe Tantiemen verlangen.«

»Aber es sind nicht Tantiemen, die wir brauchen. Es sind...«

»Mark«, sagte McCoy, »wir haben keine Zeit dazu. Wir wollen mit jemandem ein Tauschgeschäft machen. Es sollten eigentlich Sie sein. Verlangen Sie nicht, daß ich Ihnen erkläre, warum es so ist. Wenn Sie es sind, können wir sicher sein, daß diese Formel gut genützt wird. Falls es Ihr Gewissen beruhigen sollte, wenn Sie die Tantiemen einer Wohlfahrtsorganisation überschreiben oder Ihrer Tante Mathilda, dann tun Sie es. Aber wir sind in einer verzweifelten Lage. Wenn wir weitersuchen müssen und jemanden finden, der weniger Skrupel hat, werden wir das Geschäft mit dem machen.«

Nichols zog ein Knie an, verschränkte seine Hände darum und blickte die beiden Männer eine Weile schweigend an. Dann wandte er sich dem Computer zu, speicherte Scotts Arbeit sehr sorgfältig und brachte eine Kauforder auf den Bildschirm. Hinter die Zeile ›Rechnung an…‹ tippte er ›Marcus Nichols‹.

»Sagen Sie mir, was Sie brauchen«, sagte er.

KAPITEL 9

Gillians Landrover fuhr auf dem Kennedy Drive durch den Golden Gate Park.

»Sind Sie sicher, daß Sie nicht mitkommen wollen, Mr. Spock?« fragte Gillian. »Wir müssen ja nicht unbedingt italienisch essen. Ich kann uns auch zu einem Restaurant bringen, wo sie Hamburger haben, wenn Ihnen das lieber ist.«

»Was ist ein Hamburger?« fragte Spock.

»Ein Hamburger? Das ist – also Rinderhack. In einem Brötchen. Mit etwas Salat und ein paar Tomatenscheiben, vielleicht.«

»Rinderhack«, sagte Spock. »Ist das Fleisch?«

»Ja.«

»Klingt doch recht gut, Spock«, sagte Kirk.

Spocks Gesicht wurde grünlich. Oh-oh, dachte Gillian, ein Vegetarier. Sie hatte noch nie gesehen, daß jemand wirklich grün im Gesicht wurde. Vielleicht war es ein Spiel des Lichts auf seiner blassen Haut. Aber er sah tatsächlich grün aus.

»Ich ziehe es vor, Sie nicht zu begleiten«, sagte Spock.

»Okay.«

Spock blickte Kirk an. »Ich glaubte, daß unter meinen Bekannten nur Saavik rohes Fleisch ißt«, sagte er. »Aber sie ist natürlich als Romulanerin aufgewachsen.«

»Es ist nicht roh!« widersprach Gillian. »Sie braten es! Rohe Hamburger – pfui Teufel!«

»Ich denke, wir sollten nicht über Saavik sprechen, Mr. Spock«, sagte Kirk. »Und so sehr ich es hasse, Sie enttäuschen zu müssen: Ich mag hin und wieder Tatar.«

Spock blickte Kirk von der Seite an. Gillian fragte sich, warum er bei der Erwähnung von rohem Fleisch so heftig reagierte, wenn man bedachte, woraus Sushi gemacht wird. Sie überlegte, ihren Vorschlag zu ändern und ein japanisches Restaurant aufzusuchen. Dann fragte sie sich, in welchem Land oder welcher Stadt die Romulaner lebten. Vielleicht kam Mr. Spocks Freund aus einem Land, wo die Menschen sich anders nannten, als der Landesname offiziell lautete. Oder vielleicht sprach Mr. Spock nicht so gut englisch wie es den Anschein hatte und meinte, daß sein Freund, der rohes Fleisch mochte, Römer war. Aber wer hatte jemals von einem Steak Tatar Romano gehört. Und überhaupt ›Spock‹ – war das ein japanischer Name?«

Wenn er wirklich Japaner ist oder von einem anderen asiatischen Land, dachte Gillian, plötzlich mißtrauisch werdend...

»Woher soll ich eigentlich wissen, daß Sie beide nicht Aufkäufer von Walfleisch für den asiatischen Schwarzmarkt sind?« sagte sie scharf.

»Für welchen Schwarzmarkt?« fragte Kirk.

»Menschen *essen* Walfleisch? Das Fleisch eines anderen intelligenten Wesens?« Spock wirkte erschüttert. Seine Reaktion überraschte Gillian. Bis jetzt war er ihr ziemlich kühl und gefühllos vorgekommen.

»Sie beide geben vor, so viel über Wale zu wissen – und dann tun Sie wieder so, als ob Sie nichts wüßten.«

»Ich habe nicht vorgegeben zu wissen, daß Menschen Wale *essen*«, sagte Spock.

»Gillian«, sagte Kirk, »wenn wir Aufkäufer für den Schwarzmarkt wären, würde es dann nicht sehr umwegig sein, nach Kalifornien zu kommen, um zwei Wale zu stehlen, wenn wir die Möglichkeit haben, sie auf dem Ozean zu jagen?«

»Woher soll ich das wissen? Vielleicht ist Ihr Schiff

gesunken.« Sie deutete mit einer Kopfbewegung auf Spock. »Vielleicht will er George und Gracie fortschaffen und sie wie Rinder einpferchen und mit ihnen in Japan oder sonstwo eine Walzucht starten.«

»Ich habe nicht die Absicht, George und Gracie nach Japan zu schaffen«, sagte Spock. »Ich bin nicht aus Japan. Ich bin nie in Japan gewesen.«

»So? Warum laufen Sie dann in diesem Samurai-Aufzug herum? Wenn Sie nicht aus Japan sind, woher sind Sie dann?«

»Ich bin aus...«

»Tibet«, sagte Jim rasch. »Er ist aus Tibet.«

»*Was?*«

»Er ist aus Tibet«, sagte Kirk noch einmal. »Das ist ein Land ohne Meerzugang. Es liegt mehrere tausend Meter über dem Meeresspiegel. Was sollte er wohl in Tibet mit zwei Walen anfangen?«

»Jesus am Krückstock!« sagte Gillian nur.

Der Landrover näherte sich einer Wiese.

»Hier können Sie ihn absetzen«, sagte Kirk.

Gillian fuhr auf einen Parkplatz. Sie war nicht häufig in der Innenstadt von San Francisco; sie mochte Großstädte nicht. Sie fragte sich, ob man nachts in diesem Park sicher war. Wahrscheinlich nicht. Obwohl die Abenddämmerung kaum eingesetzt hatte, war nur noch ein anderes Fahrzeug auf dem Parkplatz, eine alte, zerbeulte Karre, mit einem jungen Mann, der auf dem Fahrersitz schlief. Gillian bedauerte ihn. Wahrscheinlich hatte er keine andere Bleibe.

Kirk öffnete die Tür und ließ seinen seltsamen Freund aussteigen.

»Wollen Sie nicht doch noch Ihre Meinung ändern?« fragte Gillian.

Spock legte den Kopf schief und sah sie fragend an. »Ist etwas falsch mit der, die ich habe?«

Sein Ton war so ernsthaft, daß Gillian nicht wußte, ob sie lachen sollte oder nicht.

»Nur ein kleiner Scherz«, sagte Kirk rasch. Er winkte Spock zu. »Wir sehen uns später, alter Freund.«

Gillian ließ den Motor im Leerlauf. »Mr. Spock, woher wissen Sie, daß Gracie trächtig ist? Wer hat es Ihnen gesagt? Es sollte ein Geheimnis bleiben.«

»Für Gracie ist es kein Geheimnis«, sagte Spock. »Ich werde hier warten«, sagte er zu Kirk und ging über die Wiese auf eine Böschung zu, die mit Rhododendron bewachsen war.

»Er will nur hier herumgehen, während wir essen?« fragte Gillian.

»Das ist nun mal seine Art.« Kirk zuckte die Schultern und lächelte.

Gillian legte den Gang ein und fuhr an.

Javy schreckte aus dem Schlaf.

»He, Freund, Sie können hier nicht schlafen. Kommen Sie schon. Aufwachen!« Der Cop schlug mit seinem Knüppel hart auf das Dach des Mustangs.

»Ah... guten Abend«, sagte Javy benommen.

»Ich weiß, daß es Leuten manchmal dreckig geht«, sagte der Cop. »Aber hier dürfen Sie nicht schlafen. Ich kann Ihnen die Anschrift von einem Asyl geben. Es ist zwar schon ein bißchen spät, um da noch einen Platz zu kriegen, aber vielleicht...«

»Ich brauche kein Asyl!« sagte Javy. »Sie verstehen nicht, Mister. Ich bin...« Er stieg aus, zog seine Brieftasche heraus, klappte sie auf, so daß der Cop einen kurzen Blick auf seinen Ausweis als Stadtbediensteter werfen konnte, und klappte sie wieder zu. »Wir hatten Fälle von Vandalismus hier. Ich soll die Augen offen halten.« Er grinste verlegen. »Ich bin noch neu. Ich dachte, man könnte leicht wach bleiben, wenn man auf

Beobachtungsposten ist, so wie die Leute im Fernsehen, wissen Sie. Aber es ist langweilig.«

»Da haben Sie recht«, sagte der Cop.

Ein plötzlich aufzuckender Lichtschein in der Dunkelheit ließ Javy zusammenfahren. Er glaubte, die vagen Umrisse eines Menschen zu erkennen.

»Jesus, haben Sie das gesehen?«

Er stürzte an dem Cop vorbei und lief ein Stück auf die Wiese. Er blieb stehen. Der Lichtschein und die menschenähnliche Gestalt waren verschwunden.

»Was soll ich gesehen haben? Da ist niemand, Freund. Lassen Sie mich doch den Ausweis noch einmal sehen.«

Javy starrte noch immer zu der Stelle hinüber, an der das Licht verschwunden war, während er die Brieftasche wieder hervorzog. Sowie der Cop einen mehr als flüchtigen Blick darauf geworfen hatte, erkannte er, bei welcher ›Behörde‹ Javy tätig war.

»Was glauben Sie wohl, wer Sie sind, Sie Detektiv der Müllklasse? Hören Sie, ich weiß nicht, was Sie hier abziehen wollen, nur auf Kosten der Steuerzahler pennen, oder was...«

»Ich fange morgens um vier mit der Arbeit an!« sagte Javy wütend. Er deutete auf den Mustang. »Sieht der etwa wie ein Müllwagen aus?«

»Sieht aus, als ob er *in* einen Müllwagen gehörte«, sagte der Cop. »Aber ich bin müde, und ich habe gleich Feierabend, und mir fällt kein Grund ein, Sie einzubuchten, weil Dummheit nicht gegen das Gesetz ist. Aber wenn Sie mich zwingen...«

»Nur keine Umstände!« sagte Javy wütend, weil der Cop ihn beleidigt hatte, und auch seinen Wagen; doch noch mehr wütend war er auf sich, weil er eingeschlafen war und seine Chance verpaßt hatte. »Ich verschwinde schon.«

Gillian brachte Kirk zu ihrer Lieblings-Pizzeria. Sie fragte sich, ob sie den Mut dazu gehabt haben würde, wenn Mr. Spock sie begleitet hätte. Er war so seltsam – man konnte nicht voraussehen, wie er sich in einem Restaurant benehmen würde. Und, genaugenommen, war sie nicht ganz sicher, wie Kirk sich verhalten würde.

»Hören Sie«, sagte sie zu Kirk. »Ich mag dieses Restaurant und möchte gern wiederkommen, also benehmen Sie sich. Kapiert?«

»Kapiert«, sagte er.

Trotzdem war sie erleichtert, als ein Kellner, den sie nicht kannte, sie zu einem Tisch führte. Sie überflog das Menü, obwohl sie fast immer das gleiche bestellte.

»Vertrauen Sie mir?« fragte sie Kirk.

»Unbesehen«, antwortete er ohne zu zögern.

»Gut. Eine große Pizza mit Pilzen und Peperoni und extra viel Zwiebeln«, sagte sie zu dem Kellner. »Und ein Michelob-Bier.«

Er notierte und wandte sich an Kirk. »Und für Sie, Sir?«

Kirk blickte stirnrunzelnd auf das Menü. Gillian hatte den bestimmten Eindruck, daß er noch nie zuvor von einer Pizza gehört hatte. Woher kam dieser Kerl eigentlich? Vom Mars?

»Bringen Sie zwei«, sagte Kirk.

»Ein gesunder Appetit«, sagte der Kellner.

»Er meint zwei Biere«, sagte Gillian.

Der Kellner nickte, nahm die Menükarten und ging. Gillian spielte mit ihrem Wasserglas, malte mit seinem Fuß feuchte Kreise auf die Tischplatte und malte Streifen in das Kondenswasser an seiner Seite. Sie warf Kirk einen Blick zu, gerade als dieser zu ihr herüberblickte, und sie sahen, daß sie beide auf die gleiche Art beschäftigt waren.

»Sagen Sie« – Kirk spielte weiterhin mit seinem Glas – »wie kommt ein nettes Mädchen wie Sie eigentlich dazu, Wal-Biologin zu werden?«

Die etwas herablassende Bemerkung störte sie. Sie hoffte, daß Kirk sie scherzhaft gemeint hätte. Sie zuckte die Schultern. »Reines Glück, denke ich.«

»Sie sind unglücklich über den bevorstehenden Verlust der Wale«, sagte er.

»Sie sind sehr hellsichtig.« Sie versuchte, den Sarkasmus in Grenzen zu halten. Das war genau das, was sie jetzt brauchte, einen, der sich wie Bob Briggs gab und ihr erklärte, daß sie nicht für sie empfinden dürfe, als ob sie Menschen wären oder auch nur Intelligenz besäßen. Sie seien Tiere. Nur Tiere.

Und wenn sie von den Walfängern erlegt wurden, würden sie tote Tiere sein, Kadaver, rohes Fleisch…

»Wo werden Sie sie freisetzen?« fragte Kirk.

»Haben Sie Ihre Hausaufgaben nicht gemacht? Es hat doch in allen Zeitungen gestanden. Eine Boeing 747 ist für ihren Transport umgerüstet worden. Wir werden sie nach Alaska fliegen und dort in Freiheit setzen.«

»Und dort werden Sie sie zum letzten Mal sehen?«

»Sehen, ja«, sagte Gillian. »Aber wir werden sie mit Mini-Radiosendern ausstatten, damit wir ihre Bewegungen verfolgen können.«

Das Eis in Kirks Wasserglas klirrte gegen den Rand.

Seine Hände zittern ja! dachte Gillian. Weshalb ist er so verdammt nervös?

Er zog hastig seine Hand zurück, bevor er das Glas umwarf. »Ich könnte die Wale an einen Ort bringen, wo sie nicht gejagt werden.«

Gillian begann zu lachen. »Sie? Kirk, Sie können doch nicht einmal von Sausalito nach San Francisco kommen, wenn Sie nicht jemand mitnimmt.«

Der Kellner trat an den Tisch. Er plazierte Teller, Besteck, Gläser und zwei Flaschen Bier vor ihnen.

»Danke«, sagte Gillian. Sie nahm die Flasche, hob sie kurz in einer Höflichkeitsgeste und nahm einen tiefen Zug. »Cheers.«

»Wenn Sie eine so schlechte Meinung von mir haben«, sagte Kirk scharf, »warum gehen Sie dann mit mir zum Essen?«

»Ich habe Ihnen doch gesagt«, erklärte Gillian, »daß ich eine Schwäche für Pechvögel habe. Außerdem möchte ich wissen, warum Sie mit diesem ausgeflippten Typen umherziehen, der weiß, daß Gracie trächtig ist... und Sie Admiral nennt.«

Kirk blieb stumm, doch Gillian spürte seinen Blick. Sie nahm wieder einen Schluck von ihrem Bier und stellte die Flasche hart auf den Tisch zurück.

»Wohin könnten Sie sie bringen?« fragte sie unvermittelt.

»Hmm?«

»Meine Wale! Was wollen Sie eigentlich? Sie für irgendeine Ozean-Zirkusnummer kaufen und durch Reifen springen lassen?«

»Ich denke nicht daran«, sagte er. »Das wäre doch ziemlich sinnlos, nicht wahr? Wenn ich das vorhätte, könnte ich sie genausogut im Wal-Institut lassen.«

»Das Wal-Institut ist kein Zirkus!«

»Natürlich nicht«, sagte er rasch. »Das wollte ich damit auch nicht sagen.«

»Wohin wollen Sie sie dann bringen, daß sie in Sicherheit sind?«

»Es ist nicht so sehr eine Frage des Ortes«, sagte Kirk, »als eine der Zeit.«

Gillian schüttelte den Kopf. »Zeit. Es müßte jetzt sein, sofort.«

»Was meinen Sie mit *jetzt*?«

Gillian goß Bier in ihr Glas. »Gracie ist ein sehr junger Wal. Dies ist ihr erstes Kalb. Wale lernen wahrscheinlich alles über die Aufzucht der Jungen von anderen Walen, so wie Primaten es von anderen Primaten lernen. Wenn sie ihr erstes Kalb hier bekommt, wüßte sie nicht, was sie damit tun soll. Sie wüßte nicht, wie man sich darum kümmert. Aber wenn wir sie in Alaska freisetzen, hat sie Zeit, in Gesellschaft anderer Wale zu leben, von ihnen zu lernen, Mutter zu sein. Glaube ich. Hoffe ich. Kein in Gefangenschaft geborener Buckelwal hat überlebt. Wußten Sie das?« Sie seufzte. »Das Problem ist, daß sie im Meer nicht sicher sind. Weil Menschen sie schießen. Weil ihr Lebensraum zerstört wird. Wegen der Jagd.« Ihre Stimme begann zu zittern. Sie schwieg und wischte mit einem Ärmel wütend Tränen aus ihren Augen.

»Verdammt!«

Gillian hörte ein leises Summen. »Was ist das?«

»Was ist was?« fragte Jim.

Das Summen wiederholte sich.

»Ein Funktelefon? Sind Sie Arzt?«

Beim dritten Summen zog Kirk den Kommunikator heraus und ließ wütend den Deckel aufschnappen.

»Was gibt es?« fauchte er. »Ich habe Ihnen doch gesagt, daß Sie mich nicht anrufen sollen...«

»Entschuldigen Sie, Admiral«, kam es aus dem kleinen Gerät. »Ich dachte, Sie würden gerne informiert werden. Sie beamen jetzt ins Schiff.«

»Oh«, sagte Kirk. »Verstehe.« Er wandte sich etwas von Gillian ab und sprach im Flüsterton. Trotzdem konnte Gillian hören, was er sagte: »Scotty, sagen Sie den anderen: Phaser auf Betäubung einstellen. Viel Glück. Kirk Ende.« Er schloß das Gerät und steckte es in die Tasche.

Gillian starrte ihn an.

»Mein Hauswart«, sagte Kirk. »Ich kann ihn einfach nicht darauf programmieren, mich nicht zu den ungelegensten Zeiten anzurufen.« Er lächelte entschuldigend.

»Grinsen Sie mich nicht so dämlich an, Kirk«, sagte Gillian. »Sie *programmieren* Ihren Hauswart? Ich wette, daß der sehr glücklich darüber ist. Und wenn dies die ungelegenste Zeit ist, zu der man Sie jemals angerufen hat, weiß ich nicht, ob ich Sie dafür beneiden oder bedauern soll. Okay. Wollen Sie es noch mal von vorn versuchen?«

»Sagen Sie mir, wann die Wale freigelassen werden.«

»Warum ist das für Sie so wichtig? Wer *sind* Sie?« sagte sie. »Ich weiß ja nicht einmal, wie Sie außer Kirk noch heißen.«

»James«, sagte er. »Und für wen halten Sie mich?«

»Nicht vorsagen«, sagte sic sarkastisch. »Sie kommen aus dem Weltraum.«

Kirk ließ die Luft aus den Lungen entweichen. »Nein«, sagte er. »Ich bin wirklich aus Iowa. Ich arbeite nur im Weltraum.«

Gillian blickte ergeben zur Decke empor. »Nun ja, zumindest lag ich nicht allzu weit vom Ziel entfernt. Ich *wußte,* daß der Weltraum früher oder später mit hineingezogen werden würde.«

»Okay«, sagte er. »Die Wahrheit?«

»Okay, James Kirk«, sagte sie. »Ich bin ganz Ohr.«

»Das glauben Sie«, sagte er mit einem flüchtigen Grinsen, das sie ignorierte. »Okay. Die Wahrheit. Ich komme aus der Zeit, die nach Ihrem Kalender das dreiundzwanzigste Jahrhundert wäre. Ich bin in diese Zeit zurückgeschickt worden, um zwei Buckelwale mitzubringen, als Versuch, die Spezies wieder zu verbreiten.«

Gillian wünschte, sie würde etwas Stärkeres als Bier trinken. »He, warum haben Sie das nicht gleich gesagt?« rief sie, auf ihn eingehend. »Wozu die ganze Maskerade?«

»Wollen Sie die Einzelheiten hören?«

»Soll das ein Witz sein? Die Einzelheiten würde ich mir nicht für den ganzen Tee Chinas entgehen lassen.«

»Dann sagen Sie mir, wann die Wale fortgebracht werden«, sagte Jim.

»Mein Gott, sind Sie hartnäckig«, sagte Gillian. Sie starrte in ihr Bier. »Okay. Ihr Freund hat recht. Gracie ist wirklich trächtig, wie er es gesagt hat. Vielleicht wäre es für sie besser, wenn sie bis zum Ende des Jahres im Institut bliebe. Dann könnten wir sie in der Bucht von Kalifornien freilassen, kurz bevor sie kalben würde. Aber wenn das bekannt wird, bevor wir sie freilassen, würde man uns unter starken Druck setzen, sie zu behalten. Und vielleicht sollten wir das auch tun. Aber ich habe Ihnen die Gründe für Ihre Freisetzung bereits genannt. Wir werden sie in die Freiheit entlassen. Morgen mittag.«

Kirk wirkte wie betäubt.

»Mittag?« sagte er. »Morgen?«

»Ja. Warum ist das so wichtig für Sie?«

Der Kellner erschien und stellte einen großen Teller zwischen Jim und Gillian.

»Wer kriegt die?« fragte der Kellner und hielt die Rechnung zwischen ihnen in die Luft. Kirk starrte das Papier verständnislos an.

Gillian nahm dem Kellner die Rechnung aus der Hand. Sie hatte erwartet, sie zu teilen, zumindest aber hätte Kirk anbieten können, seine Hälfte zu übernehmen. »Nicht vorsagen«, sagte sie wieder. »Im dreiundzwanzigsten Jahrhundert benutzen Sie kein Geld mehr.«

»Das tun wir wirklich nicht«, sagte Kirk. Er stand auf. »Kommen Sie. Ich habe nicht viel Zeit.«

Er ging zur Tür und wäre dabei fast mit einem jungen Mann zusammengeprallt.

Verwirrt sah sie Kirk durch die Tür verschwinden. Der Kellner starrte ihm ebenfalls nach. Gillian fragte sich, wieviel von ihrem Gespräch er gehört haben mochte. Der Kellner blickte sie mit einem verwirrten Stirnrunzeln an. Doch er konnte nicht mehr verwirrt sein als sie.

»Ah... können Sie das einpacken?« Sie deutete auf die Pizza.

Kopfschüttelnd ging er fort, um eine Schachtel zu holen, und Gillian fragte sich, ob sie jemals wieder in dieses Restaurant kommen könnte.

Uhuras Körper materialisierte sich in dem Flirren des Transporterstrahls. Sie atmete erleichtert auf. Der Strahl hatte sie in einem Korridor abgesetzt, der zum Atomreaktor führte. Der Reaktor und seine Abschirmung lenkten die Tricorder-Anzeigen so stark ab, daß sie nicht ganz sicher war, wo sie auftauchen würde. »Ich bin drin«, flüsterte sie. »Schicken Sie Pavel und den Sammler her.«

Kurz darauf erschien Chekov neben ihr mit dem Photonen-Sammler. Er wollte etwas sagen. Sie machte ihm ein Zeichen, still zu sein. Ihr Tricorder zeigte die Anwesenheit eines Menschen und eines Hundes hinter der Tür an, die diesen Korridor abschloß, und vieler anderer Menschen in unmittelbarer Nähe. Eine Reihe von ihnen schritt regelmäßig auf und ab, was auf Wachdienst schließen ließ.

Ein kurzes Anschlagen des Hundes ließ sie zusammenfahren. Die Tür übertrug das Bellen klar und deutlich.

»Nun komm schon, Narc, da drin ist niemand.« Der Posten auf der anderen Seite der Tür lachte leise. »Wenn wirklich jemand Koks im Reaktorraum versteckt haben sollte, so verdient er das, was er da herausholt.« Seine Stimme verklang, als er seinen Patrouillengang entlang des äußeren Korridors fortsetzte. »Das ist ein Witz. Radioaktives Kokain. Der letzte Schrei. Wenn du es schnupfst, glüht deine Nase. Nun *komm* schon, Narc.«

Uhura konnte sogar das leise Klicken von Krallen hören, als der Hund davontrottete. Sie fragte sich, über was, zum Teufel, der Mann mit seinem Hund gesprochen haben mochte.

»Gehen wir«, flüsterte sie.

Als sie und Chekov tiefer in den Reaktorbereich eindrangen, wurden die Anzeigen des Tricorders ständig schwankender. Die einzige stabile Angabe, die er ihr geben konnte, betraf die Strahlung. Die Abschirmung war weniger wirksam als sie es gehofft hatte. Sie und Pavel würden nicht lange genug im Bereich des Reaktors bleiben, um gefährdet zu sein. Doch diese Reaktoren hatten der Erde so viele Probleme beschert, von denen einige sogar bis in ihre Zeit andauerten, daß sie sich in der Nähe von einem Reaktor nicht wohl fühlen konnte.

Ein rotes Licht zuckte rhythmisch durch den Korridor. Uhura trat um eine Biegung. Über dem Reaktorraum blinkte ein rotes Warnlicht – an und aus, an und aus.

Ein großes Schild mit der Inschrift GEFAHR trug auch nicht gerade dazu bei, Uhura aufzumuntern.

Sie suchte mit ihrem Tricorder nach der Stelle des größten Strahlungsaustritts, fand sie und wies Chekov darauf hin. Er befestigte den Sammler an der Reaktorwand. Das Magnetfeld, das er schuf, würde den Tunnel-Koeffizienten der Reaktorabschirmung vergrößern und die Strahlung in einer abnormal hohen Rate austreten lassen. Es war eine Art Staubsauger für Hochenergie-Photonen und konnte sie durch die Wand hindurchsaugen.

Pavel schaltete den Sammler ein. Es begann leise zu summen.

»Wie lange?«, flüsterte Uhura.

Pavel blickte auf die Anzeigen des Geräts. »Das hängt von der Stärke der Abschirmung ab und von der Molekularstruktur der Reaktorwand.«

Uhura hoffte, die Patrouille würde nicht gerade jetzt kommen, um im Reaktor nach Koks zu suchen, was immer das sein mochte, radioaktiv oder nicht.

Gillian parkte den Landrover auf einem Felsvorsprung oberhalb am See. Es war Ebbe. Der felsige Strand schimmerte im Licht der Sterne.

Gillian aß Pizza und hörte James Kirks wilder Geschichte zu. Er hatte wirklich alle möglichen Einzelheiten erfunden, die großartig klangen. Wenn sie in einem Roman vorgekommen wären, hätte sie ihren Unglauben ohne weiteres fallengelassen.

Aber es war nun einmal kein Roman, sondern Wirklichkeit. Er hat mir nichts gesagt, woran ich Details kontrollieren könnte. Und mit diesem Unsinn, keine anachronistischen Spuren in der Vergangenheit zurücklassen zu dürfen, hat er die perfekte Ausrede dafür.

»Sie sehen also«, sagte Kirk am Ende seiner Erzählung, »daß Spock ihre Wale nicht mit sich nach Hause nehmen will. *Ich* will Ihre Wale mit mir nach Hause nehmen.«

Gillian reichte Kirk ein Stück Pizza. Die weiche Masse klebte an seinen Fingern. Er biß von dem Rand ab.

Käsefäden spannten sich zwischen seinem Mund und dem Pizzastück.

Er hat noch nie zuvor Pizza gegessen, das ist sicher, dachte Gillian. Wer hat schon jemanden erlebt, der nicht weiß, daß man den mittleren Teil zuerst ißt? Vielleicht kommt er wirklich aus Iowa. Auf dem Umweg über den Mars.

»Sind Sie vertraut mit Occams Axiom?« fragte sie.

»Ja«, antwortete Kirk. »Es hat im dreiundzwanzigsten Jahrhundert genausoviel Gültigkeit wie jetzt. ›Wenn es zwei Erklärungen gibt, ist die einfachere wahrscheinlich die richtige‹.«

»Stimmt. Wissen Sie, was das in Ihrem Fall bedeutet?«

Seine Schultern sackten zusammen. Er legte das angebissene Stück Pizza weg und putzte den Käse mit einem Papiertaschentuch von seinen Fingern.

»Ich fürchte, ja.« Er hob den Kopf.

Gillian mochte seine Augen, und seine Intensität zog sie an. Das Schlimme war nur, daß er ihr immer mehr Beweise dafür lieferte, daß diese Intensität Wahnsinn war.

»Ich möchte Ihnen noch etwas erzählen«, sagte er.

Einer ihrer Professorinnen hatte einer anderen Theorie über Occams Axiom zur Beurteilung konkurrierender Hypothesen den Vorzug gegeben. ›Gilli‹, hatte sie ihr immer gesagt, ›wenn Sie zwei Möglichkeiten haben, nehmen Sie die schönere, die ästhetisch angenehmere.‹ Die Möglichkeit, daß Kirk wollte, daß sie ihm glaubte, war zweifellos die ästhetisch angenehmere. Seine Geschichte war fast so gut wie die, die ihr Großvater ihr als kleines Kind erzählt hatte.

»Haben Sie die Alzheimersche Krankheit im dreiundzwanzigsten Jahrhundert?« fragte sie.

»Was ist die Alzheimersche Krankheit?«

»Ist schon gut.« Sie startete den Landrover und fuhr zum Golden Gate Park zurück. Sie wünschte, sie könnte an sein Universum glauben. Nach seinen Worten mußte es wunderbar sein, in ihm zu leben.

»Erzählen Sie mir über die Meeresbiologie des dreiundzwanzigsten Jahrhunderts«, sagte sie.

»Das kann ich nicht«, sagte er. »Ich habe keine Ahnung davon.«

»Warum nicht? Weil Sie die ganze Zeit im Raum verbringen?«

»Nein. Weil ich, wenn ich am Wasser bin, mich dort nur entspannen möchte.«

Gillian lachte. »Sie sind gut. Sie sind wirklich gut. Und schlau. Die meisten Menschen, die jemanden hereinlegen wollen, tragen zu dick auf und fangen sich so in der eigenen Schlinge. Wenn sie glauben, daß es ihnen nützt, würden sie sogar behaupten, Meeresbiologen zu *sein.*«

»Ich *kenne* nicht einmal einen Meeresbiologen. Meine Mutter ist Xenobiologe, und mein Bruder war es ebenfalls.«

»War?«

»Er... ist gestorben.«

»Dann gibt es im Universum also auch keine Unsterblichkeit«, stellte Gillian fest.

»Nein«, sagte er mit einem bitteren Lächeln. »Jedenfalls nicht für Menschen.«

»Ich möchte Ihnen ein wenig mehr über Wale erzählen«, sagte Gillian.

»Ich würde gerne alles hören, was Sie mir erzählen können«, sagte er. »Aber wenn Sie mir nicht helfen wollen, bin ich mit der Zeit ein bißchen knapp.«

»Die Menschen haben zwei Dekaden lang Killerwale in Gefangenschaft gehalten«, sagte sie. »Gibt es bei Ihnen Killerwale?«

»Nein«, sagte er. »Leider nein. Alle größeren Spezies sind ausgestorben.«

»Orcas sind Raubtiere. Sie können fünfzig Meilen pro Tag schwimmen. Leicht. Sie haben ein unglaublich großes Repertoire an Lauten. Sie sprechen miteinander. Sehr viel sogar. Jedenfalls hat es den Anschein. Aber wenn man sie in ein Bassin setzt, verändern sie sich. Sie haben keine Bewegungsfreiheit. Sie leben in einer unnatürlichen, kargen Umwelt. Nach zwei Jahren beginnt der Umfang ihrer Laute abzunehmen, und schließlich werden sie aphasisch – sie reden überhaupt nicht mehr. Dann werden sie apathisch... und sterben.«

Gillian bog auf den Parkplatz ein.

»Das ist sehr traurig, Gillian. Aber ich verstehe nicht...«

Sie stellte den Motor ab und starrte eine Weile schweigend in die Nacht hinaus.

»George hat in diesem Frühjahr nicht gesungen.«

Kirk streckte seinen Arm aus und legte die Hand auf ihre Schulter.

»Kirk, Buckelwale sind für die Freiheit geboren. Sie wandern Jahr für Jahr Tausende von Meilen. Sie sind Teil eines unglaublich reichen, unglaublich komplexen Ökosystems. Sie haben den ganzen, weiten Ozean und tausend andere Spezies, mit denen sie interagieren können. Ich war im vergangenen Sommer in Alaska, auf einer Forschungsreise zur Beobachtung von Buckelwalen. Wir sahen eine Gruppe dieser Tiere, und ein Seelöwe schwamm direkt auf eine von ihnen zu, tauchte, kam wieder nach oben und winkte mit seinen Flossen. Der Wal rollte sich herum und wedelte mit der Schwanzflosse, dann tauchte er, schoß wieder herauf und klatschte mit seinen Fluken auf das Wasser – sie spielten miteinander, Kirk. Wir hatten einen Kassettenrecorder an Bord des Bootes und hörten ein wenig Musik. Als wir eine Kassette von Emmylou Harris einlegten, kam einer der Wale bis auf zwanzig Fuß an das Boot heran – freilebende Buckelwale tun das sonst nie – tauchte darunter hindurch, kam auf der anderen Seite wieder herauf und hob den Kopf aus dem Wasser, um zuzuhören, und ich könnte schwören, daß die Musik ihm gefiel.« Sie erschauerte in Erinnerung ihrer Verwunderung, ihres Glücksgefühls und ihrer inneren Anspannung, als der Wal unter ihr hindurchglitt, eine Dunkelheit gegen die andere Dunkelheit, die langen weißen Brustflossen zu beiden Seiten schimmernd. »Ich habe Angst um George und Gracie, Kirk. Ich fürchte, daß mit ihnen das gleiche geschehen wird wie mit den Killerwalen. George hat nicht gesungen. Vielleicht werden sie bald aufhören zu spielen. Und dann…« Ihre Stimme zitterte. Sie schwieg und blickte zur Seite.

»Wir werden uns sehr um sie kümmern. Sie sind bei uns sicher.«

»Ich will, daß sie in Sicherheit sind! Aber beim Institut kann ich das nicht erreichen. Sie würden sterben. Es ist Freiheit, was sie am meisten brauchen. Ich mag Sie, Kirk, Gott mag wissen, warum. Ich möchte Ihnen glauben. Aber, sehen Sie, wenn Sie sie einsperren, macht es überhaupt keinen Unterschied, ob sie hier beim Institut sind oder bei Ihnen… wo auch immer… wann auch immer.«

»Gillian, wenn ihr Wohlbefinden von der Freiheit abhängt, so schwöre ich Ihnen, daß sie frei sein sollen. *Und* sicher. In meiner Zeit gibt es keine Walfänger, und der Ozean ist längst nicht so verschmutzt wie jetzt. Es gibt keine großen Wale mehr, auch keine Killerwale, aber es sind noch viele Seelöwen da, mit denen sie spielen können. Und ich würde sogar Country-Musik für sie spielen, wenn Sie meinen, daß es sie glücklich macht.«

»Machen Sie sich nicht lustig über mich.«

»Das tue ich nicht. Glauben Sie mir.«

Er brachte sie in Versuchung. Oh, wie sehr er sie in Versuchung brachte. »Wenn Sie beweisen könnten, was Sie mir gesagt haben…«

»Das ist unmöglich.«

»Ich habe es befürchtet.« Sie griff an ihm vorbei und öffnete die Tür. »Admiral«, sagte sie, »dies war das seltsamste Dinner meines Lebens. Und die verrückteste Geschichte, die ich jemals gehört habe.«

»Sie haben danach gefragt«, erinnerte er sie. »Würden Sie mir jetzt eine Frage beantworten?«

Sie wartete.

»Georges und Gracies Sender«, sagte Kirk. »Welche Frequenzen benutzen Sie dafür?«

Sie seufzte. Er gab doch nie auf. »Tut mir leid«, sagte sie. »Die ist… geheim.«

»Das ist ein seltsames Wort von jemandem, der mich beschuldigte, beim Geheimdienst zu sein.«

»Ich habe noch immer keine Ahnung, wer Sie sind!« sagte sie heftig. »Sie würden mir nicht Ihr Raumschiff zeigen, wie?«

»Das kann ich nicht – nein.«

»Also.«

»Ich möchte Ihnen etwas sagen.« Kirks Stimme war plötzlich hart. »Ich bin hier, um zwei Wale ins dreiundzwanzigste Jahrhundert zu bringen. Wenn es sein muß, werde ich sie mir aus dem offenen Meer holen. Aber lieber würde ich die Ihren mitnehmen. Das wäre besser für mich, besser für Sie und besser für George und Gracie.«

»Ich wette, Sie sind ein verdammt guter Pokerspieler«, sagte Gillian.

»Denken Sie darüber nach«, sagte Kirk. »Aber nicht zu lange, denn wenn man Ihre Wale weggebracht hat, ist es zu spät. Wenn Sie es sich anders überlegen sollten, können Sie mich hier finden.«

»Hier? Im Park?«

»Richtig.«

Er küßte sie, eine leichte, flüchtige Berührung der Lippen.

»Ich weiß nicht, was ich noch sagen kann, um Sie zu überzeugen.«

»Sagen Sie gute Nacht, Kirk.«

»Gute Nacht.« Er stieg aus dem Landrover und schritt durch den grellen Lichtkreis der Straßenlampe.

Gillian zögerte. Sie wollte ihm glauben; sie wollte sich fast seiner reizvollen Verrücktheit anschließen und sie zu einer *folie à deux* machen. Statt dessen aber war sie vernünftig, startete den Motor des Landrovers, legte den ersten Gang ein und trat auf das Gas.

Ein seltsames Flirren wurde von ihrem Rückspiegel reflektiert. Sie bremste und blickte aus dem hinteren Fenster, um zu sehen, was es gewesen sein mochte.

Die Straßenlampe mußte geflackert haben, überlegte sie, denn sie war die einzige Lichtquelle über der Wiese. Und was immer das Flackern verursacht haben mochte, es war jetzt verschwunden.

Wie auch Kirk. Die Wiese war leer.

KAPITEL 10

Spock sah, wie Admiral Kirk auf der Transporterplattform materialisierte.

»Haben Sie das Ziel Ihrer Gespräche mit Dr. Taylor erreichen können, Admiral?«

»Zum Teil«, sagte Admiral Kirk. »Ich habe ihr die Wahrheit gesagt, doch sie hat mir nicht geglaubt. Vielleicht sollten Sie mit ihr sprechen. Ohne Ihre Tarnung.«

»Halten Sie das für klug, Admiral?«

»Es würde ihren Standpunkt sicher nicht ändern. Sie würde Ihre Ohren als ein Produkt plastischer Chirurgie wegdiskutieren«, sagte er mit einem ironischen Lächeln. »Ich wünschte, sie hätte damit aufgehört, mich wegzudiskutieren. Wie die Dinge jetzt liegen, wird Gillian, wenn wir die Wale an Bord beamen, nur wissen, daß sie verschwunden sind. Sie würde nicht wissen, ob sie ihre Sender verloren haben oder ob sie gestorben sind oder ob sie Opfer von Walfängern wurden.« Er atmete vor Frustration tief durch. »Wie sieht es denn hier aus?«

»Der Tank ist morgen früh fertig.«

»Das gibt uns nicht viel Zeit. Was ist mit Team zwei?«

»Wir haben nichts von ihnen gehört, seit sie an Bord dieses Schiffes gebeamt sind. Wir können nur warten, daß sie sich wieder melden.«

»Verdammt!« sagte Kirk. »Verdammt noch mal!«

Spock fragte sich, warum Kirk zwei ähnliche profane Ausdrücke benutzte, anstatt einen zu wiederholen oder aber zwei ganz verschiedene zu verwenden. Ohne Zweifel hatte der Admiral recht gehabt, als er sagte, daß er, Spock, diesen Teil der Sprache noch nicht richtig beherrschte.

»Wir haben ein solches Glück gehabt!« sagte Kirk. »Wir haben die beiden perfekten Wale in unseren Händen, doch wenn wir jetzt nicht schnell machen, verlieren wir sie.«

»Admiral«, sagte Spock, »Dr. Taylors Wale wissen von unserem Plan. Ich habe ihnen einige Versprechungen gemacht, und sie haben sich einverstanden erklärt, uns zu helfen. Aber wenn wir sie nicht finden können... Meine Berechnungen haben ergeben, daß weder der Tank, noch die *Bounty* der Kraft eines verängstigten, tobenden Wals widerstehen können. In diesem Fall wird unser Unternehmen also wahrscheinlich fehlschlagen.«

»Unser *Unternehmen!*« schrie Kirk. Er fuhr zu Spock herum, die Schultern angehoben, die Fäuste geballt.

Spock wich erschrocken zurück.

»Unser Unternehmen? Verdammt, Spock, Sie sprechen vom Ende des Lebens auf der Erde! Das schließt das Leben Ihres Vaters ein! Sie sind doch zur Hälfte Mensch – haben Sie denn kein gottverdammtes Gefühl dafür?« Er starrte Spock an, wandte sich dann wütend ab und ging den Korridor entlang.

Spock wollte ihm nacheilen. »Admiral...!« Er blieb abrupt stehen. Kirk verschwand um eine Biegung. Er hatte Spocks Rufen nicht gehört, und dafür war Spock dankbar. Er konnte nicht sagen, warum er ihm nachgerufen hatte. Er verstand nicht den schrecklich unvulkanischen Impuls, der ihn dazu veranlaßt hatte. Er hätte ihn unterdrücken müssen, sobald er seiner gewahr geworden war.

James Kirks Wut hätte Spock von Vulkan nicht im geringsten beeinflussen dürfen, da Wut unlogisch war. Mehr noch: Sie war nutzlos. Sie führte zu Verwirrung und Mißverständnis und Ineffektivität.

Das alles wußte er so gut wie irgend etwas. Warum

spürte er denn Wut auf den Admiral? Wie konnte James Kirks Reaktion einem Vulkanier solchen Schmerz zufügen?

Er suchte nach irgendeiner Erklärung für Kirks Wut. Die Sorge um das Schicksal der Erde, falls die *Bounty* nicht zurückkehren sollte, würde keinerlei Einfluß auf die Ereignisse haben, noch konnte die Sorge um Sarek diesen retten. Was erwartete Kirk also von ihm? Selbst wenn er Sorge und Furcht spüren würde, welchen Vorteil könnte es bringen, diese Gefühle gegenüber seinem vorgesetzten Offizier zu demonstrieren und sich selbst durch seinen Mangel an Selbstbeherrschung zu beschämen?

Spock atmete tief durch, versuchte, sich zu beruhigen, rang mit seiner Verwirrung und den Gefühlen, die er nicht länger verleugnen konnte. Er wollte in seine Kabine gehen, wollte dort meditieren und sich konzentrieren, bis er sich wieder völlig in der Gewalt haben würde. Aber er konnte es nicht. Es war noch zu viel zu tun.

Spock versuchte, so zu tun, als ob nichts geschehen wäre, oder zumindest, als hätte Kirks Ausbruch ihn nicht getroffen. Er nahm die Schultern zurück, steckte die Hände in die weiten Ärmel seiner Robe und folgte dem Admiral zum Maschinenraum.

Uhura hielt den Blick auf die Anzeigen ihres Tricorders gerichtet, während Pavel zum zehnten Mal in genauso vielen Minuten die aufgenommene Ladung des Sammlers überprüfte. Der Prozeß dauerte länger, als Mr. Scott geschätzt hatte. Uhura und Chekov waren jetzt seit fast einer Stunde im Reaktorraum. Wenn ihr Glück noch zehn Minuten anhielt…

Im Radarraum des Flugzeugträgers *Enterprise* führte der Techniker einen Routine-Check der Geräte durch. Das Bild auf dem Bildschirm zerflatterte. Er runzelte die Stirn und fummelte an den Einstellknöpfen herum. Es gelang ihm, für eine Sekunde den Bildschirm klar zu bekommen, doch dann verschwamm das Testbild wieder.

»Was, zum Teufel...? Commander.«

Der diensthabende Offizier trat zu ihm. Als er auf den Bildschirm sah, runzelte auch er die Stirn. »Ich dachte, Sie machen nur einen Test.«

»Richtig, Sir. Aber wir haben eine Ableitung von Energie durch das Modul. Es kommt von irgendwo innerhalb des Schiffes.«

Der Operateur versuchte weiter, die Störquelle zu lokalisieren. Der Offizier blickte ihm über die Schulter, bis das Telefon läutete und er sich melden mußte.

»CIC, Rogerson... Ja, Chief, wir suchen hier auch danach. Was halten Sie davon?« Als er wieder sprach, klang seine Stimme gepreßt. »Sind Sie sicher? Überprüfen Sie das Überwachungs-Video. Ich brauche eine Bestätigung.« Er deckte das Mikrofon mit der Hand ab. »Er glaubt, daß sich jemand in den Reaktorbereich eingeschlichen hat.«

Im Vorraum des Reaktors wurde das Summen des Sammlers heller und hörte plötzlich auf.

»Hah!« sagte Pavel. »Fertig.« Er löste das Gerät von der Wand.

Uhura öffnete den Kommunikator. »Scotty, wir sind bereit, hinauszubeamen.« Nur Statik antwortete ihr. »Scotty? Hier Uhura. Bitte melden Sie sich.« Sie wartete. »Bitte, melden Sie sich, Scotty. Können Sie mich hören?«

»Ja, Mädchen.« Statik verzerrte seine Worte. »Ich höre Sie. Meine Transporterenergie ist auf ein Minimum abgesackt. Ich muß Sie einzeln herausholen. Sie als erste.«

Pavel drückte Uhura den Sammler in die Hände.

Der Transporterstrahl hüllte sie ein. Seine Frequenz klang falsch. Das gewohnte, kühle Prickeln fühlte sich an wie tausend Nadelstiche. Doch endlich verschwand sie.

Pavel wartete geduldig, daß der Transporter der *Bounty* sich wieder aufladen und dann auch ihn hier herausholen würde. Die Stille nach dem konstanten, hohen Summen des Sammlers machte ihn nervös. Das rote Blinklicht über der Tür des Reaktorraums ließ seine Augen schmerzen.

Er fuhr zusammen, als plötzlich eine Alarmhupe gellte. Durch das Hupen hörte er Rufen von Menschen. Er ließ seinen Kommunikator aufspringen.

»Mr. Scott«, sagte er, »wann ist der Transporter geladen? Mr. Scott? Hallo!«

»Chekov, hören Sie mich?« Scotts Stimme war durch das Prasseln von Statik kaum zu verstehen.

»Mr. Scott, jetzt wäre der richtige Moment...«

Die Eisentür krachte auf. Ein großer Mann sprang in den Korridor, mit einer genauso großen Waffe in den Händen, die er auf Chekov richtete. Er kam auf Chekov zu. Andere Männer, alle in Tarnuniform, folgten ihm.

»Hände hoch!« rief der Anführer. »Und keine Bewegung!«

Pavel versuchte, so zu tun, als ob sein Kommunikator ihm gleichgültig wäre, während er gleichzeitig in seiner Reichweite zu bleiben versuchte und verzweifelt hoffte, daß sie ihn nicht auseinandernehmen würden. Wenn er nur zehn Sekunden haben könnte – mit dem Kommunikator in seinen Händen würde er noch im-

Die Gegenwart hat ihre eigenen Tücken

Die »Enterprise«-Soldaten jagen hinter Chekov her

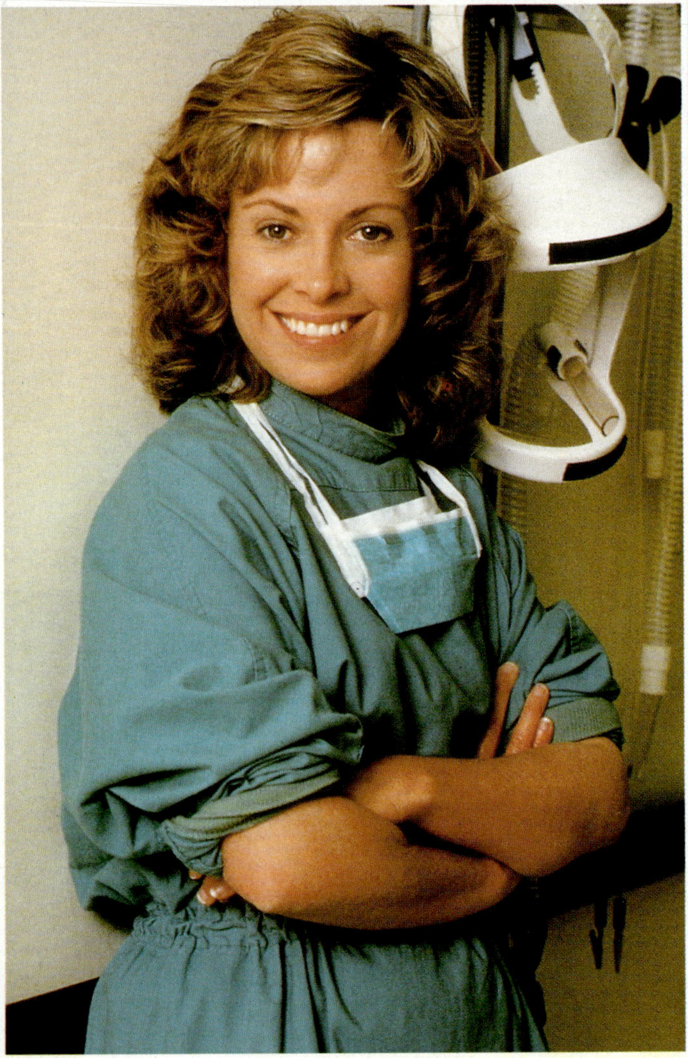

Gillian hat gut lachen: Sie fliegt ins 23. Jahrhundert

mer entkommen. Doch wenn diese Männer das Gerät öffneten, würde es sich selbst zerstören.

Unglücklicherweise sahen seine Bewacher nicht so aus, als ob sie ihm eine Chance geben würden, den Kommunikator zu ergreifen.

Er kam sich ziemlich lächerlich vor. Sie hatten ihm nicht nur seinen Kommunikator, sondern auch seinen Phaser abgenommen. Und sogar seinen Ausweis, weil er vergessen hatte, ihn an Bord der *Bounty* zurückzulassen. Um alles noch schlimmer zu machen, hatte er den Phaser unter der Jacke getragen, wo er ihn nicht erreichen konnte, als die Wachen ihre Waffen auf ihn richteten – primitive Waffen, vielleicht, doch auf kurze Entfernung sicher sehr wirksam.

Der uniformierte Mann fragte ihn wieder, wer er sei und für wen er arbeite.

»Ich heiße Pavel Chekov«, sagte er. »Mehr kann ich Ihnen nicht sagen.«

Der Mann fluchte leise. Ein dunkelhaariger Zivilist trat in den Raum. Er trug eine dunkle Brille, die seine Augen verbarg. Der andere trat zu ihm.

»Wenn das FBI wußte, daß dies passieren würde, warum haben Sie uns dann nicht gewarnt?«

»Wir haben es nicht gewußt! Es ist reiner Zufall! Die Meldung kam von einem Spinner. Er spioniert hinter seinen Nachbarn und allen möglichen anderen Leuten her, die ihm in den Weg kommen, ruft dann mein Büro an und erzählt mir allen möglichen Blödsinn über sie. Er bringt mich zum Wahnsinn.«

»Aber er wußte…«

»Es war Zufall!« sagte der FBI-Agent noch einmal. »Passen Sie auf.« Er trat auf Pavel zu. »Wir haben Ihre Freundin erwischt«, sagte er.

Pavel zuckte zusammen. »Aber – das ist unmöglich!«

Der FBI-Agent wurde blaß unter seiner Sonnenbräune. »Ihre schwarze, südafrikanische Freundin.«

»Sie ist nicht aus Südafrika«, sagte Pavel. »Das Volk der Bantu lebt –« Er brach ab. »Sie haben sie nicht erwischt. Sie wollen mich nur hereinlegen.«

»Also waren Sie wirklich nicht allein.« Der FBI-Agent wirkte verstört.

»Doch, ich war allein.«

Der FBI-Agent überließ ihn den Bewachern.

Beschämt darüber, den Leuten die Existenz Uhuras verraten zu haben, wünschte er, sie würden ihm den Kopf abhacken oder ihn erschießen oder was sonst man im zwanzigsten Jahrhundert mit Gefangenen tun mochte.

Es würde mir recht geschehen, für meine Dummheit, dachte er. Wenn ich im zwanzigsten Jahrhundert erschossen werde, hat Admiral Kirk keinen Ärger mehr mit mir. Er kann Wale fangen, die *Bounty* nach Hause zurückbringen und die Sonde stoppen.

Er stellte sich die Starfleet-Gedenkfeier für Pavel Chekov vor, den gefallenen Helden, der mitgeholfen hatte, die Erde zu retten. Kirk würde die Gedenkrede halten. Diese Fantasievorstellung tröstete ihn ein wenig.

Seine Kommunikator fiepte. Er griff danach. Einer der Männer packte ihn jedoch und stieß ihn zurück. Der FBI-Agent und der andere Mann, der ihm Fragen gestellt hatte, liefen vom anderen Ende des Raums auf ihn zu.

»Weg damit«, rief der uniformierte Mann. »Es könnte eine Bombe sein.«

»Es ist keine Bombe«, sagte der FBI-Agent, der Mann, der ihn hereingelegt hatte.

»Woher wollen Sie das wissen?«

Er zuckte die Schultern. »Es ist keine. Es sieht nicht

wie eine Bombe aus. Man entwickelt ein Gefühl für diese Dinge.«

»Ach ja? So wie man ein Gefühl für verrückte Informanten entwickelt, die russische Agenten und südafrikanische Spione erfinden?«

Der Agent wurde rot. »Hören Sie, wenn dies eine Bombe wäre, würde unser Terrorist jetzt entweder schwitzen oder uns damit bedrohen.«

Pavel wünschte, er hätte daran gedacht, doch jetzt war es zu spät dazu.

»Vielleicht.«

»Soll ich es Ihnen beweisen?« Er griff nach dem Kommunikator.

»Nein. Lassen Sie das Ding. Ich habe Sprengstoff- und Elektronikexperten herbeordert, um es zu untersuchen.«

»Wie Sie wollen.«

Pavel wußte, daß er irgendeinen Weg finden mußte, um sich und seine Sachen hier herauszubringen, bevor irgend jemand Gelegenheit fand, sie zu untersuchen und zu zerstören. Selbst sein Ausweis rief großes Interesse hervor.

»Kann ich den noch einmal sehen?« Der FBI-Agent nahm Chekovs Ausweis auf, betrachtete ihn eingehend und sah Pavel an.

»Starfleet?« sagte er. »Vereinigte Föderation der Planeten?«

»Ich bin Lieutenant Commander Pavel Andrejewich Chekov, Starfleet, Vereinigte Föderation der Planeten«, sagte Pavel.

»Ja«, sagte der dunkelhaarige Agent sarkastisch. »Und mein Name ist Bond. Okay. Commander, haben Sie uns etwas zu sagen?«

»Was, zum Beispiel?«

»Zum Beispiel, wer Sie wirklich sind und was Sie

hier tun und was dieses Zeug ist.« Er deutete auf den Phaser und den Kommunikator, die auf dem Tisch lagen, gerade außerhalb von Pavels Reichweite.

»Mein Name ist Pavel Andrejewich Chekov«, sagte er wieder. »Ich bin Lieutenant Commander von Starfleet, Vereinigte Föderation der Planeten. Stammrollennummer 656-5827B.«

Der FBI-Mann seufzte. »Also noch einmal von Anfang an.«

»Von welchem Anfang?« fragte Pavel neugierig.

»Name?«

»Mein Name?«

»Nein«, sagte der FBI-Agent. Der Sarkasmus war in seinen Tonfall zurückgekehrt. »*Meinen* Namen.«

»Ihr Name ist Bond«, sagte Pavel.

»Mein Name ist *nicht* Bond.«

»Dann weiß ich Ihren Namen nicht.«

»Wenn Sie sich über mich lustig machen, sind Sie fertig.«

»Wirklich?« sagte Pavel überrascht. »Darf ich jetzt gehen?«

Mit einem verzweifelte Seufzen wandte der Agent, der behauptet hatte, Bond zu heißen und es dann abstritt, Pavel den Rücken zu und trat zu dem uniformierten Mann.

»Was ist Ihre Meinung?«

Pavel näherte sich, Zentimeter um Zentimeter, dem Tisch, auf dem sein Phaser lag.

Der Uniformierte starrte Pavel giftig an, der so tat, als hätte er sich überhaupt nicht gerührt.

»Ich glaube, er ist Russe.«

»Nicht möglich! Ja, er ist Russe, aber ich glaube, er ist auch... geistig zurückgeblieben.«

»Wir sollten besser Washington benachrichtigen.«

»Blödsinn«, sagte der Agent. »Washington? Ich

möchte wissen, wie der Kerl auf Ihr Boot gelangen konnte.«

»Schiff. Es ist ein Schiff. Und mit dem Sicherheitsdienst der *Enterprise* ist alles in Ordnung.«

»Aber er ist nicht mehr ein Spion als –«

Die Bewacher waren durch ihr Gespräch abgelenkt. Pavel sprang auf und packte den Phaser.

»Keine Bewegung!« rief er.

Sie wandten sich ihm zu, überrascht und verblüfft.

»Nicht rühren!«

Bond trat einen Schritt auf ihn zu. »Okay«, sagte er. »Nun sei ein lieber Junge und gib dem Onkel deine Strahlenpistole.«

»Ich warne Sie«, sagte Pavel. »Wenn Sie sich nicht sofort auf den Boden legen, muß ich Sie betäuben.«

»Dann tu es doch.« Die Stimme klang müde. »Betäube mich schon.«

»Es tut mir leid, aber...« Er feuerte den Phaser.

Der Phaser gab ein gurgelndes Geräusch von sich.

»Es muß von der Strahlung kommen...«, murmelte Pavel.

Bevor sie ihre primitiven Waffen ziehen konnten, packte er Kommunikator und Ausweis, stürzte zur Tür, stieß sie auf und lief den Korridor entlang.

»Geben Sie Alarm«, schrie der FBI-Agent. »Aber tun Sie dem verrückten Bastard nichts.«

Pavel lief. Die Stiefel der Bewacher polterten hinterher. Er rannte um eine Ecke. Stimmen und polternde Schritte kamen näher. Er riß ein Schott auf und warf die Sicherungsbolzen herum. Ein Luk führte in die Dunkelheit hinab; eine Leiter führte aufwärts. Er kletterte die Leiter hinauf. Wenn er sie nur so lange abschütteln konnte, um Mr. Scott zu erreichen, wenn er nur so lange stillstehen könnte, daß der Transporterstrahl ihn auffassen konnte...

Stiefel polterten auf den Leitersprossen unter ihm. Er lief weiter. Er stürmte auf das Hangardeck. Reihen schlanker Jets füllten die riesige Halle. Selbst wenn es ihm gelänge, ein Flugzeug zu stehlen, fehlte es ihm an Erfahrung mit solchen antiken Maschinen. Jenseits des offenen Hangartores fiel nebeliges Mondlicht auf ein weites Rechteck. Er lief darauf zu, duckte sich unter schlanken Tragflächen hindurch, wich wuchtigen Fahrwerkrädern aus.

Er lief hinaus und auf die Gangway zu. Schritte polterten hinter ihm her; Schritte polterten vor ihm. Er blieb stehen. Eine zweite Patrouille stürmte die Gangway herauf. Er saß in der Falle.

Ein dunkler Wasserstreifen lag zwischen dem Schiffsrumpf und der Pier. Wenn er hineintauchen und unter die Pier schwimmen würde...

Er umklammerte die Reling. Er setzte zum Sprung an, versuchte, sich zurückzuwerfen, als er sah, was dort unten lag. Sein Fuß verfing sich an Deck. Er stolperte, wurde gegen die Reling geschleudert und über sie hinweg. Er griff mit beiden Händen zu, um sich festzuhalten. Phaser und Kommunikator flogen über Bord und klatschten ins Wasser. Der Wind packte seinen Ausweis und trug ihn mit sich fort. Seine Fingerspitzen glitten von dem obersten Kabel der Reling ab. Er schrie auf. Er stürzte.

Der FBI-Agent drängte sich durch die Männer der Wache. Sie standen alle neben der Gangway und starrten entsetzt in die Tiefe.

»Oh, verdammt! Holen Sie einen Krankenwagen!«

Der verrückte Russe lag mit ausgestreckten Armen und Beinen auf einem Leichter, der unterhalb der Gangway festgemacht war. Eine Blutlache bildete sich um seinen Kopf.

Er bewegte sich nicht.

Uhura stand angstvoll und frustriert über Scotts Schulter gebeugt, der verbissen an der Transporterkonsole arbeitete.

»Die Kommunikation ist tot«, sagte Scott. »Ich kann ihn nicht lokalisieren.«

»Sie müssen ihn finden«, sagte Uhura.

»Das weiß ich, Mädchen.«

Minuten vergingen, ohne daß eine Spur von Chekov entdeckt werden konnte.

»Ich gehe auf die Brücke«, sagte Uhura. »Ich will versuchen...«

Admiral Kirk trat in den Transporterraum. »Warum geht es hier nicht weiter?« Er sprach in diesem abgehackten, ungeduldigen Tonfall nur unter äußerster Anspannung.

»Ich habe – Commander Chekov verloren«, sagte Scott.

»Sie haben ihn *verloren*?!«

»Sie müssen mich zurückschicken!« sagte Uhura. »Ich werde ihn finden und...«

»Absolut nein!« sagte Admiral Kirk.

»Aber, Sir...«

»Es steht außer Diskussion. Wenn er gefangengenommen worden sein sollte, laufen Sie in dieselbe Falle. Und wenn alles in Ordnung ist, wird er sich mit uns in Verbindung setzen oder selbst herfinden.«

»Ich bin verantwortlich...«

»Wir alle sind verantwortlich, Uhura! Er hat sich dafür entschieden, ein Risiko einzugehen, wie wir anderen auch. Ich brauche Sie hier, Commander.« Er hockte sich neben den Photonensammler. »Ist es das, was Sie brauchen?«

»Jawohl, Sir.« Scott fummelte noch immer an der Transporterkonsole herum.

»Dann bringen Sie es dorthin, wohin es gehört! Uhura, Scotty, ich verstehe Ihre Sorge um Chekov. Aber ich brauche volle Energie in diesem Schiff, und zwar sehr bald!« Er richtete sich auf und legte Scott eine Hand auf die Schulter. »Scotty, ich werde hier bleiben und versuchen, Pavel zu erreichen. Gehen Sie jetzt.«

»Jawohl, Sir.« Scott nahm den Photonensammler auf. Mit gebeugten Schultern, niedergedrückt, verließ er den Transporterraum.

»Uhura«, sagte der Admiral. »Sie überwachen die amtlichen Kommunikationen. Wenn er wirklich gefangengenommen worden sein sollte, könnten Sie ihn auf diese Weise sicher finden. Aber ich wette, daß er innerhalb einer Stunde hier ans Luk klopft.«

»Das hoffe ich, Sir.« Uhura eilte hinaus.

Sie stellte den Computer so ein, daß er die Kakaphonie der Radiosendungen dieser Zeit überwachte. Er würde ein Signal geben, wenn bestimmte Schlüsselworte fielen. Uhura hörte die Frequenzen nacheinander ab, jeden Kanal ein paar Sekunden lang. Sie wünschte, den Computer der *Enterprise* hier zu haben. Sie hätte ihm den Befehl geben können, ihr alles Ungewöhnliche zu melden; sie hätte ihm erklären können, was sie mit Ungewöhnlichem meinte. Doch der Computer der *Bounty* betrachtete alles, was die Föderation von Planeten betraf, als ungewöhnlich. Der Zeitsprung über mehrere Jahrhunderte hinweg vergrößerte das Problem.

Zeit verstrich.

»Schon etwas entdeckt?«

Uhura fuhr zusammen. Admiral Kirk stand neben ihr.

»Nichts«, sagte sie. »Ich hätte ihn nicht allein lassen dürfen.«

»Uhura, Sie haben getan, was notwendig war. Sie haben den Sammler zurückgebracht. Es würde keinem von uns etwas genützt haben, wenn Sie beide verlorengegangen wären.« Er versuchte zu lächeln. »Versuchen Sie weiter. Sie werden ihn schon finden.«

Der Admiral ließ sich auf den Kommandantensessel fallen.

Im Energiespeicherraum nahm Scott winzige Einstellungsveränderungen an dem Photonensammler vor, als dieser seine Energie an die Dilithiumkristalle abgab. Mit Spocks Hilfe war es ihm gelungen, die Übertragungsrate zu verbessern. Er hoffte, daß sie ausreichen würde. Scott blickte durch die Kontrollscheibe des Speichers. Er schüttelte den Kopf. Er konnte noch immer keine Veränderung in den Kristallen erkennen, obgleich sowohl seine als auch Spocks Kontrollinstrumente behaupteten, sie würden sich zu rekristallisieren beginnen.

Das Intercom knackte. »Mr. Scott«, sagte Admiral Kirk, »Sie haben mir eine Schätzung der benötigten Zeit versprochen.«

Scott erhob sich müde. »Es geht langsam, Sir, sehr langsam. Bis morgen mittag kann es schon dauern.«

»Das reicht nicht, Scotty! Sie müssen schneller machen!«

Jetzt wird von mir auch noch erwartet, Quanten-Reaktionen zu beschleunigen, dachte Scott. Vielleicht verlangt man als nächstes, daß ich den Wert der Planckschen Konstanten verändere. Oder die Lichtgeschwindigkeit selbst.

»Ich werde es versuchen, Sir. Scott Ende.« Er hockte sich wieder neben Spock. »Er scheint ein wenig aufgeregt zu sein, finden Sie nicht auch?«

»Er ist ein sehr gefühlsbetonter Mann«, sagte Spock nachdenklich.

»Ist das etwas Neues?« Verbissen befaßte Scott sich

wieder mit dem Verbindungselement zwischen Speicher und Sammler.

Im Brückenraum rieb Kirk sein Gesicht mit beiden Händen. Hinter ihm ertönte das Gewirr von Stimmen, die von Uhura überwacht wurden. Zum ersten Mal seit dem Verlassen Vulkans hatte Jim nichts zu tun. Nichts, außer zu warten.

Und das war das schwerste von allem.

KAPITEL 11

Es war lange nach Mitternacht, als Gillian Taylor nach Sausalito zurückfuhr. Sie hatte eine Kassette von Springsteen eingelegt und das Gerät zu laut eingestellt, wie üblich. Vor mehr als zwölf Stunden hatte sie das Institut vorzeitig verlassen, um nach Hause zu fahren und die Decke anzustarren.

Sie wollte lieber bei ihren Walen sein. Sie beneidete die Menschen, die vor fünfzehn oder zwanzig Jahren zusammen mit Delphinen in halbgefluteten Häusern gelebt und Forschungen über die Kommunikation zwischen Menschen und Walen betrieben hatten. Aber für solche esoterischen Arbeiten gab es jetzt keine Finanzierungsmöglichkeit mehr. Manchmal hatte Gillian das Gefühl, fünfzehn Jahre zu spät geboren zu sein.

Oder vielleicht, dachte sie, dreihundert Jahre zu früh.

Dann lachte sie über sich selbst, weil sie die Geschichte Kirks ernst nahm, und sei es auch nur für einen Moment.

Sie stoppte vor einer Verkehrsampel. Das rote Licht wurde von dem Landrover reflektiert. Springsteen sang ›Dancing in the Dark‹. Gillian drehte es noch etwas lauter auf und blickte in den Rückspiegel, musterte ihr Gesicht, als er zu der Stelle kam, an der er davon sang, seine Kleidung, sein Haar, sein Gesicht wechseln zu wollen.

Ja, dachte sie. Singe es für mich, Bruce.

Sie wünschte, sie könnte sich so verändern, daß sie mit den Walen leben konnte. Sie floh in eine wilde Fantasie, tauchte mit George und Gracie im kalten Meer Alaskas, half ihnen, sich an ihr neues Leben zu gewöhnen, und ward nie mehr gesehen.

Ohne Scherz, dachte Gillian: und ward nie mehr gesehen. Innerhalb einer halben Stunde würdest du an Unterkühlung sterben. Außerdem weißt du weniger von der Wal-Gesellschaft als George und Gracie, selbst wenn die schon als Kälber von ihrer Gesellschaft getrennt worden waren. Du weißt nicht mehr über sie als irgend jemand sonst auf der Welt. Und das ist nicht genug.

Und wenn Mr. Spock gewußt haben sollte, wovon er sprach – was sie, wie sie sich einzureden versuchte, nicht eine Minute lang glaubte – und die Buckelwale zum Aussterben verurteilt waren, würden die Menschen nie sehr viel über Wale wissen.

Ihr Blick verschwamm. Wütend fuhr sie mit dem Unterarm über ihre Augen. Die verschmierten Tränen glitzerten unter den feinen, sonnengebleichten Härchen ihres Arms, färbten sich mit dem umschaltenden Licht der Verkehrsampel von Rot zu Grün. Sie legte den Gang ein und fuhr weiter.

Wenn ich nur mit ihnen gehen könnte, dachte sie. Oder wenn ich sie schützen könnte. Wenn ich sie, bevor sie fortgehen, warnen könnte, sofort kehrtzumachen und davonzuschwimmen, sowie die Maschinen eines Schiffes oder den Propeller eines Flugzeuges oder auch nur eine menschliche Stimme hören.

Das war es, was ihr die meiste Angst bereitete. Die beiden Buckelwale hatten von Menschen nur Zuneigung erfahren. Im Gegensatz zu frei lebenden Walen mochten sie sogar ein Schiff oder Boot direkt anschwimmen. Sie hatten ja keine Möglichkeit, zwischen den Booten der relativ harmlosen Naturfreunde und den mit Harpunenkanonen bestückten Schiffen der Walfänger zu unterscheiden.

Aber dennoch war sie froh darüber, daß George und Gracie bald die Freiheit kennenlernen würden. Sie versuchte, sich bezüglich ihrer Sicherheit zu beruhigen. Die öffentliche Meinung, der Verbraucher-Boykott und sogar simple wirtschaftliche Gründe könnten dafür sorgen, daß der Walfang bald aufhören würde. Wenn George und Gracie ein paar Jahre überleben konnten, würden sie für den Rest ihres Lebens sicher sein.

Sie nahm das Gas weg, als sie sich der Abzweigung zu ihrem Haus näherte. Eigentlich sollte sie heimfahren. Sie mußte morgen früh ausgeruht sein, wenn sie den Streß des Verladens der Wale durchstehen wollte, und die Fragen der Reporter, die Briggs zuzulassen plante, und vor allem den Abschied.

Statt dessen blieb sie auf der Hauptstraße, die zum Institut führte.

Was soll's, zum Teufel, dachte Gillian. Dann bin ich morgen eben müde. Mir ist es gleichgültig, was Bob Briggs über meine Gefühle für die Wale denkt. Ich werde mich auf die Terrasse am Bassin setzen und dort auf den Sonnenaufgang warten. Ich werde zu George und Gracie sprechen. Und ihnen zusehen und zuhören. Ich werde das Tonbandgerät aus meinem Büro holen und Willie Nelson ›Blue Skies‹ für sie singen lassen. Es wird das letzte Mal sein, aber das ist schon in Ordnung. Denn, was immer auch geschehen mag, sie werden frei sein. Und vielleicht wird George wieder singen.

Gillian parkte den Landrover, trat in das dunkle Gebäude und stieg die Wendeltreppe hinauf, die zur Terrasse um das Bassin führte. Sie blickte in die Dunkelheit. Die Wale schienen zu schlafen. In Abständen von wenigen Minuten würden sie emporsteigen, um zu atmen. Aber sie konnte sie nicht entdecken.

Vielleicht hat meine Nervosität und die aller anderen sie angesteckt. Vielleicht können sie genausowenig schlafen wie ich.

»He, ihr beiden!«

Sie konnte nicht das Blasen und Zischen ihres Atems hören.

Verängstigt lief Gillian die Wendeltreppe hinab zu dem Beobachtungsfenster. Es konnte ihnen doch nichts zugestoßen sein. Nicht jetzt! Nicht, wenn ihre Freiheit unmittelbar vor ihnen lag. Sie preßte die Hände gegen das kalte Glas und starrte mit zusammengekniffenen Lidern in das Bassin, von der Angst besessen, einen der Wale tot oder verletzt am Boden des Bassins liegen zu sehen, während der andere den Körper in Trauer und Verwirrung immer wieder anstieß und zu helfen versuchte.

Sie hörte Schritte. Sie wandte sich um.

Bob Briggs stand in der Tür des Raums.

»Sie sind heute nacht fortgebracht worden«, sagte er leise.

Gillian starrte ihn an; sie begriff kein Wort.

»Wir wollten eine Szene mit der Presse vermeiden«, sagte er. »Es wäre nicht gut für sie gewesen. Außerdem glaubte ich, daß es so für Sie leichter sein würde.«

»Leichter für mich!« Sie trat einen Schritt auf ihn zu. »Sie haben sie fortgebracht? Ohne daß ich mich von ihnen verabschieden konnte?« Wut und Schmerz brodelten in ihr.

Die Wut brach hervor, und Gillian schlug Briggs mit aller Kraft ins Gesicht. Er taumelte zurück.

»Du Bastard!« schrie sie. Sie kümmerte sich nicht einmal darum, ob sie ihn verletzt hatte. »Du dummer, arroganter Bastard!« Sie stürzte hinaus.

In ihrem Wagen lehnte sie die Stirn gegen das Lenkrad und begann laut zu schluchzen. Ihre Handfläche schmerzte. Sie hatte noch nie einen Menschen geschlagen, doch jetzt wünschte sie, Bob Briggs mit der Faust geschlagen zu haben anstatt nur mit der flachen Hand.

George und Gracie waren frei. Das war es doch, was sie gewollt hatte. Aber sie wollte auch, daß sie sicher waren.

Sie hob den Kopf. Sie erreichte die Entscheidung, der sie sich auf Umwegen die ganze Nacht hindurch genähert hatte, und sie hoffte, daß sie nicht zu lange gewartet hatte, um sie zu verwirklichen. Sie startete den Landrover, warf den Gang ein und trat das Gaspedal bis zum Boden durch.

Sulu ließ den zerbeulten Helikopter abheben. Er flog, als ob er eine Hummel wäre und an die alte Theorie glaubte, daß Hummeln nicht flugfähig sein könnten. Er spannte das Seil, das den Stapel Acryl-Platten zusammenhielt.

Das Kabel straffte sich und riß den Huey mit einem Ruck und einem Erschauern vorwärts. Sulu spürte den Adrenalinstoß in seinen Adern, als er darum kämpfte, den Helikopter in der Luft zu halten. Allmählich kam er wieder ins Gleichgewicht.

Sulu schob den Gashebel vorsichtig weiter nach vorn und ließ den Huey steigen. Der Stapel Acryl-Platten hob sich vom Boden. Eine Brise, am Boden fast unspürbar, fuhr unter die Last und brachte sie ins Schwingen. Die Schwingungen übertrugen sich auf den Helikopter. Beladen war er weitaus schwieriger zu fliegen.

»Wie, zum Teufel, haben sie diese Dinger nur in der Luft halten können?« murmelte er. Er beschleunigte die Vorwärtsbewegung der Maschine, wodurch das Schwingen etwas gedämpft wurde. Der Kunststoffstapel drehte sich in die Flugrichtung. Etwas stabiler geworden, knatterte der Huey auf den Golden Gate Park zu.

Der Landrover hielt mit quietschenden Reifen auf dem Parkplatz neben der Wiese. Gillian sprang heraus, schlug einen Bogen um eine Reihe von Mülltonnen und lief über das Gras. Nebelfetzen wehten über sie hinweg, silbern schimmernd im ersten Licht der Morgendämmerung.

»Kirk!« Sie konnte kaum ihre eigene Stimme hören durch das Knattern eines näherkommenden Helikopters. »Kirk!« schrie sie wütend. »Verdammt! Wenn du ein Schwindler bist – wenn du mich angelogen hast...!«

Gillian lief im Kreis, suchend und rufend, doch Kirk antwortete nicht. Es war nichts hier, kein Kirk, kein seltsamer Freund, kein unsichtbares Raumschiff. Tränen der Wut brannten in ihren Augen. Es war ihr egal, daß Kirk sie zum Narren gehalten hatte. Aber er hatte ihr Sicherheit für die Buckelwale versprochen. Sie hatte ihm glauben wollen, sie hatte sich dazu gebracht, ihm zu glauben, und er hatte gelogen.

Ein Wirbelsturm ließ ihre Tränenspuren kalt werden und peitschte ihr das Haar ins Gesicht. Der Helikopter, jetzt sehr nahe gekommen, schwebte über einer Böschung. Ein Stapel riesiger Acryl-Platten hing in seiner Lastenschlinge. Der Helikopter senkte den Stapel vorsichtig hinter einen blühenden Rhododendronstrauch. Unter ihm gab ein Mann durch Handzeichen Instruktionen.

Gillian stockte der Atem.

Der Mann hing ohne jeden Halt in der Luft. Und von den Hüften abwärts war er überhaupt nicht vorhanden. Es war, als ob er innerhalb von etwas stünde, das nicht sichtbar war, und das ihn ebenfalls den Blicken verbarg. Ein unsichtbares Gebilde...

»Kirk!« schrie Gillian. »Kirk, hören Sie mich an!«

Sie lief die Böschung hinauf, brach durch die glänzenden, dunkelgrünen Blätter und die rosa und hellroten Blüten des Rhododendrons. Sie schnellten zurück und überschütteten sie mit Tautropfen.

Erregt und verwirrt stieg sie über den Rand der Böschung. Und prallte gegen etwas Hartes. Sie stürzte benommen zu Boden und hörte ein metallisches Klingen. Noch immer schwindlig, streckte sie die Hand vor und berührte eine Strebe, kalt, hart... und unsichtbar. Verwundert und glücklich umklammerte sie das Metall mit beiden Händen und zog sich auf die Füße.

Der halb sichtbare Mann oberhalb von ihr dirigierte die Acryl-Platten, ließ sie absenken – ins Unsichtbare. Er winkte den Helikopter fort. Dieser stieg höher, drehte sich um die eigene Achse und knatterte davon. Der Rotorwind und der Lärm erstarben allmählich.

»Wo ist Kirk?« schrie Gillian. »Kirk! Mein Gott, Kirk, ich brauche Sie!«

Der teilweise unsichtbare Mann blickte zu ihr herab, blinzelte, beugte sich vor... und verschwand.

Gillian klammerte sich noch fester an die Strebe. Kirk, du wirst nicht vor meinen Augen verschwinden, dachte sie. Das lasse ich nicht zu!

Sie wartete einen Moment darauf, daß der unsichtbare Mann wieder halb sichtbar würde, doch er blieb verschwunden, und von Kirk war keine Spur zu entdecken. Sie tastete sich an der Strebe empor, suchte nach einem Halt und fragte sich, ob sie an der unsichtbaren Stütze zu dem von dieser getragenen unsichtbaren Schiff emporklettern könnte.

Die Strebe verlor plötzlich ihre Substanz und löste sich unter ihren Händen auf. Alles verschwamm vor ihren Augen, und ein prickelndes, erregendes Gefühl brandete über sie hinweg.

Der Park verschwand, und sie sah einen Raum, der von seltsamen, kantigen Beleuchtungskörpern erhellt wurde. Die Proportionen des Raums erschienen ihr ebenfalls fremdartig, und auch die Qualität des Lichts und der Farben.

Nicht fremdartig, dachte Gillian. Außerirdisch!

Sie stand auf einer kleinen Plattform. Das Glühen und das Summen des Transporterstrahls verebbten. Vor ihr stand James Kirk und streckte die Arme zu einer Konsole empor, die für erheblich größere Wesen gedacht war.

»Allo, Alice«, sagte Kirk. »Willkommen im Wunderland.«

Sie strich sich das verwirrte Haar aus dem Gesicht.

»Es ist also wahr«, flüsterte sie. »Es ist alles wahr. Alles, was Sie gesagt haben...«

»Ja. Und ich bin froh, daß Sie hier sind. Obwohl ich offen gestehe, daß Sie sich den denkbar ungünstigsten Zeitpunkt für Ihren Besuch ausgesucht haben.« Er nahm sie beim Ellbogen. »Vorsichtig. Wir brauchen Ihre Hilfe.«

»Bin ich geistig weggetreten?« fragte Gillian. Sie stieg von der Plattform und blickte verwundert umher. Eine Schrift, die sie nie zuvor gesehen hatte, bezeichnete die Bedienungsknöpfe der Konsole, doch neben einigen von ihnen klebten Plastikstreifen mit handgeschriebenen, englischen Hinweisen. »Ist irgend etwas davon wirklich?«

»Es ist alles wirklich«, sagte Kirk. Er führte sie hinaus, einen Korridor entlang und in einen hallenden, großen Raum. Sonnenlicht strömte schräg durch ein Deckenluk. Der halb sichtbare Mann, jetzt ganz sichtbar, zurrte durchsichtige Plastikplatten fest.

»Das ist mein Ingenieur, Mr. Scott«, sagte Kirk.

Scott richtete sich auf und nickte ihr zu. »Wie geht es Ihnen?« Er sprach mit einem starken schottischen Akzent. »Bin fertig, Admiral. Eine Stunde oder so, um das

Harz hart werden zu lassen, und es hält sogar Schleimteufel aus, gar nicht zu reden von Dr. Taylors Lieblingen.«

»Dies ist der Tank für die Wale«, sagte Kirk zu Gillian. »Gute Arbeit, Scotty.«

»Aber, Kirk...«, begann Gillian.

»Wir holen sie auf dieselbe Weise herein, wie wir Sie an Bord geholt haben. Es wird Transporterstrahl genannt...«

»Kirk, hören Sie mir zu! Sie sind fort!«

Er starrte sie an. »Fort?« sagte er.

»Briggs – mein Boß – hat sie in dieser Nacht wegschaffen lassen. Ohne mir etwas davon zu sagen. Um mich zu ›schonen‹! Sie sind inzwischen in Alaska.«

Verdammt.« Kirk preßte seine Faust sehr fest und sehr ruhig gegen das durchsichtige Plastik.

»Aber sie tragen Minisender!« sagte Gillian. »Ich habe es Ihnen doch gesagt. Können wir uns nicht sofort auf die Suche nach ihnen machen?«

»Im Augenblick«, sagte Kirk, »können mir nirgendwohin gehen.«

Gillian blickte ihn mit gerunzelter Stirn an. »Was für ein Raumschiff ist dies eigentlich?«

»Ein Raumschiff mit einem verschwundenen Besatzungsmitglied«, sagte Kirk.

Spock trat in den Frachtraum. Er trug nach wie vor seinen weißen Kimono, hatte jedoch das Stirnband abgelegt. Gillian sah seine Ohren und seine Augenbrauen zum ersten Mal.

»Wir haben wieder volle Energie, Admiral.«

»Danke, Mr. Spock«, sagte Kirk. »Gillian, Sie kennen Mr. Spock ja bereits.«

Gillian starrte ihn mit offenem Mund an.

»Hallo, Dr. Taylor«, sagte Spock völlig ruhig. »Willkommen an Bord.«

Eine Frauenstimme, gepreßt vor innerer Anspannung, kam durch das Intercom. »Admiral – sind Sie dort?«

»Ja, Uhura«, antwortete Kirk. »Was ist passiert?«

»Ich habe Chekov gefunden, Sir. Er ist verletzt. Er soll sofort operiert werden.«

»*Wo*, Uhura?«

»Mercy Hospital.«

»Das ist im Missions-Viertel«, sagte Gillian.

»Admiral, sein Zustand ist kritisch. Sie sagen... er wird wahrscheinlich nicht durchkommen.«

Gillian streckte ihre Hand nach Kirk aus, in Mitgefühl mit seinem Schmerz. Spock jedoch blieb unbewegt. Kirk drückte Gillian dankbar die Hand. Ein weiterer Mann kam in den Laderaum gestürzt.

»Du mußt mich zu ihm gehen lassen!« rief er ohne jede Vorrede, ohne Gillian auch nur wahrzunehmen. »Du darfst ihn nicht in den Händen von Ärzten des zwanzigsten Jahrhunderts lassen!«

»Und dies, Gillian, ist Dr. McCoy«, sagte Kirk. »Aber Pille –« Er unterbrach sich und wandte sich zu Spock. »Was denken Sie, Spock?«

Er hob eine Braue. Gillian spürte einen plötzlichen irrationalen Lachreiz. Sie stand hier einem Wesen von einem anderen Planeten gegenüber. Einem Alien.

»Spock?« sagte Kirk noch einmal.

»Wie der Admiral mir befohlen hat«, sagte Spock, »denke ich nach.« Er fuhr mit dem Denken fort. Sein Gesicht zeigte keinerlei Ausdruck. »Commander Chekov ist ein absolut normaler Mensch irdischen Ursprungs. Nur durch eine unvorstellbar gründliche Autopsie mag festgestellt werden, daß er nicht aus dieser Zeit kommt. Sein Tod hier könnte also kaum irgendeine Auswirkung auf die Gegenwart oder auf die Zukunft haben.«

»Sie meinen, wir sollten die Wale suchen, nach Hause zurückkehren... und Pavel dem Tod überlassen?«

»Einen Moment mal!« rief McCoy.

»Nein, Admiral«, sagte Spock. »Ich meine, daß Dr. McCoy recht hat. Wir müssen Commander Chekov helfen.«

»Ist das logisch, Spock?«

»Nein, Admiral«, sagte Spock. »Sie würden es sicher als menschlich bezeichnen.«

Für einen Moment hatte Gillian den Eindruck, als ob ein sanfterer Ausdruck auf sein ernstes und asketisches Gesicht trat. Dies waren praktisch die ersten Worte Spocks, die sie nicht überraschten, doch Kirk blickte ihn offensichtlich überrascht an. Er zögerte. Spock sah ihn an, kühl, beherrscht.

»Gut«, sagte Kirk abrupt. Er wandte sich an Gillian. »Werden Sie uns helfen?«

»Natürlich«, antwortete sie. »Aber wie?«

»Vor allem«, sagte Dr. McCoy, »müssen wir wie Ärzte aussehen.«

Diesmal achtete Gillian auf den Transporterstrahl. Das Gefühl, aufgehoben, herumgewirbelt und an einem ganz anderen Ort abgesetzt zu werden, erfüllte sie mit Staunen und Glück.

Vielleicht ist es nur eine Adrenalin-Reaktion, überlegte sie, doch für sie war es eine sichere Kur gegen Depressionen.

Als sie sich materialisiert hatte, war sie von Dunkel umgeben. Sie tastete sich zu einer Wand, zur Tür, zum Lichtschalter. Sie drückte ihn.

Ein Treffer! dachte sie. Sie hatte Mr. Scott gebeten, sie wenn möglich in irgendeinen kleinen, menschenleeren Raum zu bringen. Er hatte eine Meisterleistung vollbracht: Sie waren nicht nur in einer Kammer gelandet, sondern in einem Lagerraum für Leintücher, Labormäntel und OP-Kittel.

»Der verdammte klingonische Transporter ist sogar noch unangenehmer als unserer«, murmelte McCoy.

»Was meint er damit?« fragte Gillian. Sie kramte in einem Stapel von OP-Kitteln. Gab es diese Dinger in mehreren Größen, oder nur in einer, die allen passen mußte? Gestohlene OP-Kittel waren einmal in Mode gewesen, als sie studierte, aber sie hatte sich nie dafür interessiert. Und sie hatte auch niemals einen Medizinstudenten als Freund gehabt, der ihr einen hätte stehlen können. Alles, was sie darüber wußte, war, daß man sie beidseitig tragen konnte.

»Oh... Dr. McCoy mag Transporterstrahlen nicht.«

»Wirklich nicht? Ich finde sie großartig. Aber ich meine, warum ist es nicht *Ihr* Transporterstrahl?«

»Das Schiff – und der Transporter – stammen vom klingonischen Imperium«, sagte Kirk. »Er ist nicht... unsere gewohnte Marke, könnte man sagen.«

»Wie kommt es, daß Sie ein fremdes Schiff fliegen?« Gillian durchwühlte den Stapel von OP-Kitteln. Es gab sie in nur drei Größen, also brauchte sie sich um die Paßform keine Sorgen zu machen.

»Das ist eine lange Geschichte. Die kürzeste Version ist: Es war das einzige, das zu haben war, also haben wir es gestohlen.«

»Wir haben nicht einmal Zeit für Kurzversionen von Geschichten!« sagte McCoy scharf. »Laßt uns Chekov finden und machen, daß wir wegkommen.« Er griff nach dem Türknopf.

»Warten Sie«, sagte Gillian. Sie reichte McCoy einen blauen OP-Kittel. »Ich dachte, Sie wollten wie ein Arzt aussehen.«

»Ich dachte, Sie hätten gesagt, daß meine Tasche reichen würde.« Er hob seinen Instrumentenkoffer auf, eine Ledertasche, die sich äußerlich kaum von denen unterschied, die Ärzte im zwanzigsten Jahrhundert trugen.

»Das stimmt auch. Aber man betritt einen Operationssaal nicht mit normaler Kleidung.« Sie zog einen Kittel über ihren Kopf. »Dr. phil. Gillian Taylor, und neuerdings Dr. med.«, sagte sie.

Plötzlich drehte sich der Türknopf. Sofort packte Gillian Kirk und McCoy. Sie riß sie an sich, eine Hand in den Nacken jedes Mannes gepreßt. Sie küßte Kirk. Er legte seine Arme um sie. McCoy wollte sich im ersten Moment überrascht losreißen, dann preßte er sein Gesicht an ihren Hals.

Die Tür schwang auf. Gillian tat, als ob sie völlig in ihre Tätigkeit versunken sei. Das kostete nicht allzu viel Mühe. Kirk roch gut. Sein Atem kitzelte ihre Wange.

»Ihr perversen Lustmolche«, sagte eine Stimme von der Tür und lachte leise auf. Die Tür schloß sich wieder.

Gillian gab Kirk und McCoy frei.

»Entschuldigen Sie«, sagte sie.

McCoy räusperte sich.

»Nichts zu entschuldigen«, sagte Kirk, leicht verwirrt.

Kurz darauf waren sie alle drei in Chirurgenkittel gekleidet, öffneten vorsichtig die Tür und blickten auf den Korridor hinaus.

»Alles klar«, sagte Kirk.

Als Gillian den Wäscheraum verließ, ergriff sie rasch eine Handvoll Operationsmasken in sterilen Papierverpackungen.

»Wir versuchen es in dieser Richtung, Pille«, sagte Kirk. »Du siehst dich dort um.«

McCoy ging den Korridor entlang, wobei er sich allergrößte Mühe gab, so zu tun, als ob er genau wüßte, wohin er wollte und was er tat. Wenn ihm andere Menschen begegneten, nickte er ihnen zu, als ob er sie kennen würde. Und alle nickten zurück, als ob sie ihn kennen würden.

Eine abgezehrte ältliche Patientin lag auf einer Bahre neben der offenen Tür eines Raums voller esoterischer Geräte, die McCoy wie mittelalterliche Folterinstrumente vorkamen. McCoy trat neben die Bahre, um sich zu orientieren.

»Doktor...«, sagte die abgemagerte Patientin. Sie war bleich, und ihre Hände zitterten. Ein breiter, schwarzer Bluterguß hatte sich um die angestochene Vene ihres linken Handrückens gebildet.

»Was fehlt Ihnen?« fragte McCoy.

»Es sind die Nieren«, sagte sie und starrte resigniert in den Raum, neben dessen Tür sie sich befand. »Dialyse...«

»*Dialyse?* Wo sind wir denn hier?« sagte McCoy ohne nachzudenken. »Im Mittelalter?« Er schüttelte den Kopf. Zum Teufel mit der Vorschrift, keine Spuren anachronistischer Technologie zu hinterlassen. Er nahm eine Tablette aus seiner Tasche. »Hier, schlucken Sie das.« Er ging weiter. »Und rufen Sie mich, wenn Sie Beschwerden haben«, rief er über seine Schulter.

McCoy suchte nach einem Kommunikationsterminal – im zwanzigsten Jahrhundert mußte es doch Kommunikationsterminals geben? –, um dort zu fragen, wo sich der Operationssaal befand. Doch als er umherblickte, sah er Kirk, der ihm vom anderen Ende des Korridors aus zuwinkte. McCoy eilte zu ihm und Gillian zurück.

»Sie haben Chekov im Sicherheitstrakt untergebracht, einen Stock höher«, sagte Jim. »Sein Zustand ist nach wie vor kritisch. Schädelbruch – sie wollen gleich operieren.«

»Mein Gott! Warum bohren sie ihm nicht einfach ein Loch in den Kopf, um die bösen Geister hinauszulassen?« An der Wand stand eine freie Bahre. McCoy ergriff sie. »Kommt mit.«

Er schob die Bahre in ein leeres Zimmer und schlug das Laken zurück.

»Geben Sie uns zwei von den Masken«, sagte er zu Gillian, »und springen Sie hier rauf.«

Sie reichte ihm die Masken. »Moment mal«, sagte sie dann. »Wieso muß ich Patient sein, und Sie beide dürfen Ärzte spielen?«

»Wie?« sagte McCoy verblüfft.

»Mein Gott, Gillian, darauf kommt es doch wirklich nicht an«, sagte Jim.

Gillian erkannte, daß er wirklich nicht begriff, warum seine Anordnung sie so irritierte; und das gab ihr einen Einblick in seine Zukunft, der sie weitaus mehr anzog als alle seine Beschreibungen von Wundern. Sie sprang auf die Bahre und zog dann schnell das Laken über sich.

Kurz darauf rollten Kirk und McCoy die Bahre in die Aufzugskabine. Gillian lag reglos. Die beiden Leute, die sich bereits in dem Aufzug befanden, schenkten ihnen nicht die geringste Beachtung, sondern setzten ihre Diskussion über die Chemotherapie eines Patienten und deren Nebenwirkungen fort.

Die Technologie befand sich so nahe an einem Durchbruch, der Menschen diese Art von Tortur ersparen würden, aber dennoch fuhr diese Welt fort, ihre Ressourcen für Waffen zu vergeuden. »Unglaublich«, murmelte McCoy.

Die beiden anderen Lift-Passagiere wandten sich ihm zu. »Sind Sie anderer Ansicht, Doktor?« fragte einer von ihnen.

Die Lifttüren glitten auf. McCoy runzelte die Stirn.

»Es klingt wie die gottverdammte spanische Inquisition«, sagte er. Er stürmte hinaus und ließ überraschtes Schweigen zurück. Er mußte Chekov von hier wegbringen, bevor diese Leute so viel Schaden angerichtet hatten, daß er selbst durch das Wissen des dreiundzwanzigsten Jahrhunderts nicht mehr zu reparieren war.

Jim folgte ihm und schob die Bahre vor sich her.

Zwei Polizisten standen vor der Tür des Operationsbereichs.

»Aus dem Weg«, sagte McCoy im Befehlston.

Keiner der beiden rührte sich. McCoy sah Gillians Lider flattern. Plötzlich begann sie zu stöhnen.

»Tut mir leid, Doktor«, sagte einer der beiden Polizisten.

Gillian stöhnte wieder.

»Wir haben strikten Befehl...« Der Polizist mußte sehr laut sprechen, um durch Gillians Stöhnen gehört werden zu können. Er blickte auf sie hinab, verlegen und unschlüssig.

»Verdammt!« sagte McCoy. »Diese Patientin hat eine akute postprandiale Distension des oberen Abdomens! Wollen Sie sie auf dem Gewissen haben?«

Die beiden Polizisten blickten einander unsicher an.

Gillian begann laut zu jammern.

»Pfleger!« McCoy nickte Jim kurz zu, und der schob die Bahre zwischen den beiden Polizisten hindurch.

Die Tür glitt auf. Als sie auf der anderen Seite und in Sicherheit waren, atmete Jim erleichtert auf.

»Was hast du gesagt, daß sie hat?« fragte er McCoy.

»Krämpfe«, sagte McCoy.

Gillian setzte sich auf und warf das Laken von sich. »Was habe ich?!«

Jim warf ihr eine Chirurgenmaske zu. Er zog die seine vor sein Gesicht und führte seine kleine Gruppe in den Operationssaal. Chekov lag bewußtlos auf dem Tisch.

Ein junger Arzt, der ihn untersuchte, blickte auf. »Wer sind Sie? Dr. Adams soll mir assistieren.«

»Wir sind nur – Beobachter«, sagte McCoy.

»Davon hat mir niemand etwas gesagt.«

Ohne ihn zu beachten, trat McCoy zu Chekov, holte seinen Tricorder hervor und ließ ihn über Chekovs reglosen, bleichen Körper gleiten.

»Was, zum Teufel, machen Sie da?« sagte der junge Arzt.

»Ich stelle die Lebenswerte des Patienten fest.«

»Es ist ein experimentelles Instrument, Doktor«, erklärte Jim rasch.

»Experimentell! Sie werden an meinem Patienten keine Experimente durchführen – selbst wenn er unter Bewachung steht!«

»Riß der mittleren meningealen Arterie«, murmelte McCoy.

»Worin haben Sie eigentlich promoviert?« sagte der andere Arzt wütend. »In Zahnheilkunde?«

»Wie erklären *Sie* verlangsamsten Puls, niedrige Atemfrequenz und Koma?«

»Funduskopische Untersuchung...«

»Die funduskopische Untersuchung zeigt in einem Fall wie diesem gar nichts!«

Der junge Arzt schenkte McCoy ein herablassendes Lächeln. »Eine simple Evakuierung des sich ausdehnenden epiduralen Hämatoms wird den Druck mildern.«

»Mein Gott, Mann!« rief McCoy. »Löcher in seinen Kopf zu bohren ist doch nicht die Lösung. Die Arterie muß repariert werden, und zwar sofort, oder er stirbt! Also legen Sie Ihre Schlachtermesser beiseite und lassen Sie mich den Patienten retten!«

Der andere starrte ihn wütend an. »Ich weiß zwar nicht, wer, zum Teufel, Sie sind, aber ich werde Sie von hier entfernen lassen.«

Er ging zur Tür. Jim trat ihm in den Weg.

»Aber meine Herren, das ist doch sehr unstandesgemäß.«

Der Arzt knurrte und versuchte, an ihm vorbeizukommen. Jim ergriff ihn am Übergang vom Hals zur Schulter und fing ihn auf, als er zusammensackte.

»Kirk!« sagte Gillian.

»Das habe ich noch nie geschafft«, sagte Jim überrascht. »Und werde es wahrscheinlich auch nie wieder schaffen. Helfen Sie mir, bitte.«

Gillian half ihm, den bewußtlosen Arzt in den Nachbarraum zu tragen. Jim schloß die Tür und verschweißte das Schloß mit seinem Phaser. Er und Gillian traten wieder zu McCoy. McCoy hatte bereits eine Geweberegenerierung eingeleitet. Er ließ wieder seinen Tricorder über Chekovs Körper gleiten.

»Chemotherapie!« knurrte McCoy. »Funduskopischee Untersuchung! Mittelalterlich!« Er verschloß die Phiole mit Regenerationsserum und schob sie in seine Tasche zurück. Chekov machte einen tiefen, kräftigen Atemzug. Er stieß die Luft aus und stöhnte dabei leise.

»Wachen Sie auf, Mann, wachen Sie auf!«

»Kommen Sie schon, Pavel«, sagte Jim.

Chekovs Augenlider flatterten, und seine Hände zuckten.

»Er kommt zu sich, Jim«, sagte McCoy.

»Pavel, können Sie mich hören? Chekov! Nennen Sie mir Ihren Namen und Ihren Dienstgrad!«

»Chekov, Pavel«, murmelte er. »Dienstrang... Admiral...«

Jim grinste.

»Gibt es bei Ihnen keine gewöhnlichen Soldaten?« fragte Gillian.

Chekov öffnete die Augen, setzte sich mit Jims Hilfe auf und blickte umher.

»Dr. McCoy…? *Sdraswuidje*!«

»Und Ihnen auch hallo, Chekov«, sagte McCoy.

Jim zog seinen Kommunikator heraus. Er wollte gerade Scott anrufen, um sie hier herausbeamen zu lassen, als McCoy ihm mit dem Ellbogen in die Rippen stieß und auf die zugeschweißte Tür deutete. Das Gesicht des noch immer halb benommenen Arztes erschien in ihrem Fenster.

»Laßt mich hier raus!« schrie er.

Er konnte nicht zu viel von McCoys Operation mitbekommen haben, und selbst wenn es der Fall gewesen sein sollte, würde er nicht erkannt haben, was McCoy tat. Aber vor seinen Augen hinauszubeamen, wäre zu viel.

»Gehen wir.« Jim half Chekov auf die Bahre, warf ein Abdecktuch über ihn und schob die Bahre durch die Schwingtür und an den beiden Polizisten vorbei.

»Alles gut gegangen?« fragte einer von ihnen.

»Er wird durchkommen«, rief Jim ihm zu und ging weiter, ohne stehenzubleiben. Gillian und McCoy folgten ihm. Als sie um die Ecke bogen, begann Jim zu hoffen, daß sie ohne Schwierigkeiten hinausgelangen würden.

»Er?« sagte einer der Polizisten verblüfft. »Sie sind doch mit einer Sie hineingegangen!«

»Kleiner Irrtum«, sagte Jim wegwerfend. Er begann zu laufen und stieß dabei die Bahre vor sich her.

Im nächsten Augenblick gellte aus allen Lautsprechern Alarm. Jim fluchte. An einer Kreuzung von Korridoren bog er nach links ab, sah dunkle Uniformen hinter einer verglasten Tür, stoppte, wirbelte die Bahre herum und stieß sie in die entgegengesetzte Richtung. Gillian und McCoy sprangen aus dem Weg und folgten ihm, als er den Korridor in der anderen Richtung entlanghetzte. Vor der nächsten Tür bremste er die Bahre zu einem normaleren Tempo ab und schob sie hindurch. Gillian und McCoy folgten gemessenen Schrittes.

Eine ältliche Frau saß lächelnd in einem Rollstuhl. Zwei Ärzte standen hinter ihr, in ein ernstes Gespräch vertieft. Als Jim an ihnen vorbeiging, sagte der eine zu dem anderen: »Und wie erklären Sie sich das?«

»Nach der Röntgenaufnahme wächst ihr eine neue Niere!«

Jim blickte zurück. Die Frau entdeckte McCoy, ergriff seine Hand und hielt sie fest.

»Doktor, ich danke Ihnen.«

»Gern geschehen, Madam.«

Die Tür hinter ihnen krachte auf. Sicherheitsleute des Hospitals und Polizisten drängten in den Korridor. Jim sprintete los.

»Halt, Stehenbleiben, oder ich...« Die Stimme verstummte abrupt. Jim verließ sich darauf, daß niemand so dumm sein würde, in einem mit Menschen gefüllten Korridor zu schießen. Doch dann gelangten sie in einen Abschnitt des Korridors, in dem sich niemand befand. Die Verfolger kamen näher. Jim lief weiter. Gillian und McCoy liefen zu seinen beiden Seiten. Chekov, noch immer ein wenig groggy und verwirrt, hob den Kopf. McCoy stieß ihn wieder hinunter. Nur noch zwanzig Meter bis zum Lift. Seine Tür glitt auf, als ob Jim ihn so programmiert hätte.

Plötzlich trat ein Polizist aus einem quer verlaufenden Korridor und trat ihnen in den Weg. Jim verringerte sein Tempo nicht einmal. Er stieß die Bahre wie einen Rammbock auf ihn zu. Der Mann sprang zur Seite, stolperte und fiel zu Boden. Jim stürmte in den Lift. Gillian und McCoy ihm nach. Er schlug mit der Handfläche auf den ›Aufwärts‹-Knopf, sank gegen die Wand und rang nach Luft. Die Tür glitt zu.

Der Lift setzte sich in Bewegung.

»Wenn wir weiter aufwärts fahren, werden sie uns erwischen«, sagte Gillian.

»Beruhigen Sie sich, Dr. Taylor«, sagte Kirk. Er zog den Kommunikator heraus und öffnete ihn. »Scotty, holen Sie uns hier heraus!«

In dem Korridor kam der Polizist auf die Füße und versuchte, die Kante der zugleitenden Tür zu packen. Er hörte, wie die Liftkabine sich in Bewegung setzte. Fluchend trat er gegen die Tür. Auf dem Indikator über der Tür leuchtete die Ziffer des nächsthöheren Stockwerks auf. Die meisten Männer des Sicherheitsdienstes und ein Dutzend uniformierter Polizisten kamen den Korridor entlanggestürmt.

»Kommt! Sie stecken im Lift!« Er rannte zur Treppe und lief sie, drei Stufen auf einmal nehmend, hinauf. Die anderen folgten, und in jeder Etage blieben ein paar von ihnen zurück, um ein Entkommen der Flüchtenden zu verhindern. Walkie-talkies begannen zu summen und zu tönen: »Sie sind nicht ausgestiegen. Der Lift fährt noch immer aufwärts!«

Im obersten Stockwerk rannte er zur Lifttür. Der Lift hatte dieses Geschoß noch nicht erreicht, hatte bislang aber nicht gehalten. Der Polizist zog seinen Revolver.

Die Lifttür glitt auf.

»Okay!« sagte er. »Kommen Sie...« Er verstummte.

Der Lift war leer.

Gillian fand sich in der *Bounty* wieder. Wieder gab der Transporter ihr ein Gefühl unbeschreiblichen Glücks. Kirk und McCoy, die Chekov zwischen sich stützten, materialisierten neben ihr. Ein anderes Mitglied der Raumschiff-Crew, ein Asiate, den sie noch nicht kannte, trat auf McCoy zu und half ihm, Chekov fortzubringen. Kirk blieb bei Gillian. Sie gingen den eigenartig proportionierten Korridor entlang. Der Korridor ging in eine Rampe über, und bevor Gillian merkte, was geschah, führte Kirk sie über die Rampe auf die Böschung unterhalb des Schiffes. Die Rampe hob sich hinter ihnen und wurde eingezogen. Gillian blickte zurück, doch es war nichts von dem Raumschiff übriggeblieben. Es war, als ob es niemals existiert hätte.

»Gillian, sind die Wale jetzt schon im Meer?«

»Ja.« Gillian wandte sich ihm zu. »Wenn Sie eine Karte an Bord haben, kann ich Ihnen zeigen, wo sie jetzt sein müßten.«

»Alles, was ich noch brauche, um sie zu finden, ist ihre Senderfrequenz.«

»Wovon sprechen Sie? Ich komme natürlich mit Ihnen.«

»Das ist unmöglich. Unser nächster Halt ist das dreiundzwanzigste Jahrhundert.«

»Was interessiert das mich? Ich habe niemanden außer den beiden Walen!«

»Vielleicht brauchen die Wale hier im zwanzigsten Jahrhundert Sie auch. Sie können für ihre Erhaltung arbeiten. Vielleicht müssen sie nicht aussterben.«

»Und was geschieht dann? Soll das heißen, daß Sie nicht zurückkommen werden und ich Sie nie gesehen habe?« Sie brach ab und versuchte, die Zeit-Paradoxa auseinanderzuzerren. »Kirk, begreifen Sie denn nicht? Es gibt Hunderte – Tausende – von Menschen, die für die Erhaltung der Wale arbeiten! Und wenn Mr. Spock recht haben sollte, ist alles, was sie tun, nutzlos. Ich kann auch nicht mehr tun. Was, glauben Sie, sollte ich den anderen sagen? Vielleicht folgendes: ›Ich habe einen Mann in einem unsichtbaren Raumschiff aus dem dreiundzwanzigsten Jahrhundert getroffen, und sein grünlicher Freund mit den spitzen Ohren hat mir versichert, daß die Wale kurz vor dem Aussterben stehen!‹ Glauben Sie, daß irgend jemand auf mich hören würde? Sie würden mich in eine Zelle des Irrenhauses sperren und den Schlüssel in die San Francisco Bay werfen!«

»Es tut mir leid, Gillian. Ich habe nicht die Zeit für Argumente. Ich habe nicht einmal die Zeit, Ihnen zu sagen, wieviel Sie uns bedeuten. Vor allem mir. Bitte, die Frequenz.«

»Okay. Die Frequenz ist 401 Megahertz.«

»Danke.« Er zögerte. »Für alles.« Er zog seinen Kommunikator heraus und ließ ihn aufschnappen.

»Beamen Sie mich an Bord, Scotty.«

Das vertraute Summen ertönte. Ein schimmernder Nebel bildete sich um Kirks Körper. Er begann zu verschwinden.

KAPITEL 12

Ohne zu wissen, was geschehen würde, und ohne auch nur einen Gedanken daran zu verschwenden, warf Gillian sich in den Strahl und packte Kirk um die Taille. Sie fühlte, wie er sich unter ihren Händen auflöste.

Sie fühlte, wie sie sich auflöste.

Sie materialisierte im Transporterraum.

»Überraschung!« sagte Gillian.

Kirk starrte sie an. »Wissen Sie denn nicht, wie gefährlich – nein, woher sollten Sie das wissen? Sie hätten uns beide töten können. Kommen Sie, jetzt müssen Sie eben noch einmal von Bord gehen, das ist alles.«

»Hai!« Sie duckte sich zu einer Karatestellung, beide Hände erhoben. »Sie müssen mich schon mit Gewalt von hier wegbringen.«

Er stemmte die Hände in die Hüften und blickte ihre Haltung prüfend an. »Sie haben keine Ahnung von Karate, stimmt's?«

»Vielleicht nicht«, sagte sie, ohne ihre Haltung zu verändern. »Aber Sie haben keine Ahnung von Walen. Ich lasse Sie nicht George und Gracie mitnehmen, wenn Sie nicht auch mich mitnehmen!«

»Gillian, wir könnten alle sterben bei dem Versuch, nach Hause zurückzukehren! Die Wale, meine Offiziere, ich... und Sie.«

Das ließ sie zögern, doch konnte es nicht ihren Vorsatz ändern. »So viel zu Ihrem Versprechen, meine Wale in Sicherheit zu bringen«, sagte sie. »Ich bleibe.«

Er seufzte, hob die Hände und ließ sie ergeben wieder sinken.

»Wie Sie wollen.« Er ließ sie stehen.

Sie folgte ihm durch das sonderbare Schiff voller seltsamer Farbkombinationen, seltsamer Formen, seltsamer Winkel. Schließlich erreichte er einen Raum, der mit Computerbildschirmen, Konsolen und Instrumenten gefüllt war, auch diese von ungewohnten Proportionen und unüblichen Farben wie der Transporterraum. Und auch hier waren die Bedienungsknöpfe mit neuen, von Hand beschrifteten Etiketten versehen.

Spock stand an einer der Konsolen.

»Mr. Spock«, sagte Kirk, »wo, zum Teufel, ist die verdammte Energie, die Sie mir versprochen haben?«

»Admiral«, sagte Spock, »auf die müssen Sie noch eine verdammte Minute warten.«

Eine schwarzhäutige Frau blickte von ihrer Konsole auf, sah Gillian und lächelte ihr zu. Der asiatische Mann, der Chekov geholfen hatte, trat herein und setzte sich an eine andere Konsole. Gillian blickte verwundert umher. Sie befand sich in einem Raumschiff, das von einem Sternsystem zum anderen fliegen konnte, unter einer Gruppe von Leuten, die zusammen lebten und arbeiteten, ohne Unterschied von Rasse oder Geschlecht, unter Menschen der Erde und einem Mann von einem anderen Planeten. Gillian grinste. Wahrscheinlich war es ein albernes Grinsen, dachte sie, doch das war ihr egal.

»Ich bin bereit, Mr. Spock«, sagte Scott über das Intercom. »Machen wir uns auf die Suche nach George und Gracie.«

»Mr. Sulu?« sagte Kirk.

Sulu, der schlanke, gutaussehende asiatische Mann, legte einige Schalter seiner Konsole um. »Ich versuche, mich zu erinnern, wie dieses Ding funktioniert«, sagte er lächelnd. »Ich hatte mich inzwischen an einen Huey gewöhnt.«

Gillian spürte eine leichte Vibration unter ihren Füßen. Kirk blickte sie an und runzelte die Stirn.

»Das war ein gemeiner Trick«, sagte er.
»Sie brauchen mich«, erwiderte Gillian.
»Fertig, Sir«, meldete Sulu.
»Abheben, Mr. Sulu.«

Die Vibrationen des Schiffes verstärkten sich zu einem Dröhnen. Auf dem Bildschirm sah Gillian, wie Staub und Laub und abgefallene Blüten aufgewirbelt wurden.

Javy fühlte sich entsetzlich. Er hätte die ganze Nacht über wach bleiben sollen, anstatt sich ruhelos im Bett herumzuwälzen, um schließlich übermüdet wegzusacken und dann zu verschlafen. Ben hatte den ganzen Tag über mit ihm geschimpft, weil er zu spät zur Arbeit gekommen war. Er nörgelte noch immer, als sie die Reihe von Mülltonnen bei der Wiese im Golden Gate Park erreichten. An der Einfahrt des Parkplatzes zögerte Ben, fluchte und lenkte den Müllwagen dann auf den Platz. Sie stiegen beide aus und begannen, die Tonnen auszuleeren.

Ben fing wieder an zu meckern.

»Mein Gott, Javy, wir haben die Zeit überhaupt nicht eingeholt. Wir sind drei, vier Stunden im Rückstand. Bis wir fertig werden, ist es mindestens...«

»Ich habe dir schon dafür gedankt, daß du mich gedeckt hast, Ben«, sagte Javy. »Hör zu, du machst mittags Schluß, wie immer, und ich erledige den Rest der Route allein.«

Ben protestierte sofort, und das war schlimmer, als wenn er Javys Angebot angenommen hätte. Doch Javy wußte, daß Ben nur darauf aus war, weiter gebeten zu werden; also sprach Javy weiter auf ihn ein. Aber sein Blick wurde immer wieder von der Wiese angezogen, von der Stelle, an der er den Mann hatte verschwinden sehen. Er stellte die letzte Tonne ab.

»Warte einen Moment. Ich bin gleich zurück.«

»Javy, verdammt!«

Javy konnte auf der Wiese nichts finden, keine versengte Stelle auf dem Boden, nicht einmal Fußabdrükke. Vielleicht trog ihn seine Erinnerung. Er ging in spiralförmigen Kreisen um die ihm am wahrscheinlichsten erscheinende Stelle herum.

»Javy! Wenn du nicht sofort...«

Ein gewaltiges Dröhnen ließ den Boden erbeben. Wind fuhr aus dem Nichts herab. Zerknülltes Papier, Blätter und rosafarbene Rhododendronblüten wirbelten um Javys Füße. Er blickte auf. Das Dröhnen wurde stärker, und eine Hitzewelle fuhr an ihm vorbei.

Ein riesiger, vogelartiger Schatten verdunkelte das Sonnenlicht, zog langsam über ihn hinweg, schoß mit rasch zunehmender Geschwindigkeit über die Wiese und verschwand hinter den Bäumen.

Der Schatten war aus der Richtung der Böschung gekommen, und der Wind hatte Blüten von den Büschen gerissen, die dort standen. Javy sprintete die Anhöhe hinauf, drängte sich durch das dichte Gezweig. Ben folgte ihm, brach durch die Büsche und schrie ihn an.

Er erreichte die oberste Terrasse der Böschung, drängte sich durch versengte Vegetation. Die Hitze umgab ihn mit einem seltsamen, durchdringenden Geruch. Was immer hier gewesen sein mochte, war himmelwärts verschwunden.

»Javy, verdammt! Ich dachte schon, du hättest völlig durchgedreht – Jesus!«

Ben blieb wie angewurzelt stehen und starrte. Javy blickte zu Boden.

Er stand inmitten eines Kreises verbrannter Erde.

Spock war in die Zeit-Warp-Kalkulationen vertieft und konnte deshalb kaum Zeit dafür aufwenden, sich an dem Startmanöver der *Bounty* zu beteiligen oder auf die unter ihnen zurückbleibende Erde zu blicken. Er bemerkte jedoch, daß die Systeme des Schiffes Sulus Befehlen mit leichter Verzögerung folgten. Weit unter ihnen führte ein grüner Streifen vom Westrand der Stadt bis fast in ihr Zentrum: Golden Gate Park, dessen Einzelheiten durch die Entfernung verschwammen. San Francisco griff mit seinen Brückenarmen über das Wasser.

»Tarngerät ist stabil«, sagte Chekov. »Alle Systeme normal.«

»Energiereserven stabilisieren«, sagte Kirk. »Ruder: Status.«

»Weiter im Impuls-Steigflug«, sagte Sulu. »Tragflächen fünf zu null, Ruder fest.«

»Meldung bei Erreichen von zehntausend. Kurs drei-eins-null.«

»Drei-eins-null, verstanden«, antwortete Sulu.

»Uhura: Scan auf die Wale – 401 Megahertz.«

»Scan läuft, Sir.«

»Zehntausend Meter über dem Meeresspiegel, Admiral«, sagte Sulu.

»Tragflächen in Pfeilfiguration. Volle Impulskraft.«

»Jawohl, Sir. Drei-eins-null zur Bering-See. Ankunft in zwölf Minuten.«

Die Küste Kaliforniens raste unter ihnen hinweg und verschwand, als sie über das offene Meer jagten.

Admiral Kirk schaltete das Intercom ein. »Scotty, ist der Waltank in Ordnung?«

»Er würde besser sein, wenn das Harz etwas länger Zeit zum Erhärten haben könnte, aber das läßt sich nun einmal nicht ändern. Vielleicht wird er halten, aber ich würde einen Zahn für ein Kraftfeld hergeben. Admiral, ich habe noch nie vierhundert Tonnen an Bord gebeamt.«

»Vierhundert Tonnen?« rief Kirk.

»Es sind ja nicht nur die Wale, es ist auch das Wasser.«

»Oh«, sagte Kirk. »Ja, natürlich.«

Spock blickte auf seine unfertigen Gleichungen. Er wirkte beunruhigt.

»Uhura«, sagte Admiral Kirk, »schon Kontakt mit den Walen?«

Spock registrierte ihre negative Geste, während er weiter über seiner Formel brütete. Die Tür des Raums glitt auf. Dr. McCoy trat herein. Er blieb neben Spock stehen und beobachtete ihn eine Weile.

»Sie…« McCoy zögerte, fuhr dann in einem diplomatischen Tonfall fort: »Sie präsentieren das Bild eines Mannes mit einem Problem.«

»Ihre Wahrnehmung ist absolut richtig, Doktor«, sagte Spock. »Um uns zu dem exakten Zeitpunkt zurückzubringen, zu dem wir das dreiundzwanzigste Jahrhundert verlassen haben, benutzte ich unsere Rückreise durch die Zeit als Referenz und kalkulierte den Koeffizienten der abgelaufenen Zeit in Relation zu der Dezellerationskurve.«

»Natürlich«, sagte McCoy, als ob er es verstanden hätte. Spock hob eine Braue. Vielleicht hatte McCoys Verbindung mit vulkanischer Rationalität ihm doch einige Vorteile gebracht.

»Also…«, sagte McCoy, »wo *liegt* Ihr Problem?«

»Die Masse des Schiffes ist nicht konstant geblieben. Das wirkt sich auf die Beschleunigung aus.«

»Dann müssen Sie eben versuchen, ins Schwarze zu treffen«, sagte McCoy.

»Ins Schwarze zu treffen?«

»*Schätzen,* Spock. Ihre beste Schätzung.«

Spock blickte ihn entsetzt an. »Schätzen ist etwas, das mir widerstrebt«, sagte er.

McCoy grinste plötzlich. »Nun ja, niemand ist vollkommen.«

Aus den Lautsprechern drangen Geräusche, die Spock fremd waren.

»Das sind sie!« rief Gillian Taylor.

Der Laut war Gillian sehr vertraut. Es war der Antwortsender-Code, der Gracie zugeordnet worden war.

»Bestätigt«, sagte Uhura. »Kontakt mit den Walen.«

»Richtung?« fragte Kirk.

»Drei-zwanzig-sieben, Entfernung eintausend Kilometer.«

»Auf den Bildschirm.«

»Auf den Bildschirm!« rief Gillian. »Das ist doch nicht möglich! Es sind Radiowellen!«

Uhura lächelte ihr zu. Gillian wurde rot. Sie hatte viel zu lernen. Sie hoffte, daß sie die Chance dazu haben würde.

»Bild-Translation auf dem Bildschirm«, sagte Uhura.

Ein schwacher Umriß erschien, dessen Auflösung allmählich besser wurde. Gillian hielt den Atem an. George und Gracie schwammen im offenen Meer, springend und spielend. Kirk wirkte überaus zufrieden.

»*Vessyl kit*«, flüsterte Chekov.

Sie schwammen unter der Oberfläche des Wassers wie Adler durch die Luft fliegen. Bis jetzt hatte Gillian sie nur wie Falken mit Hauben und Halteriemen gesehen.

»Admiral«, sagte Uhura, »ich habe ein Signal, das sich den Walen nähert. Peilung drei-zwanzig-acht Grad.«

»Auf den Bildschirm«, sagte Kirk.

Ein verschwommenes Bild erschien. Gillian erstarrte vor Entsetzen.

»Was für eine Art von Schiff ist das?« fragte McCoy.
»Ein Walfänger, Doktor«, flüsterte Gillian.
»Geschätzte Entfernung Walfänger zu Walen?«
»Entfernung zwei Kilometer«, sagte Uhura.
»Oh, mein Gott«, sagte Gillian, »es ist zu spät.«
»Mr. Sulu! Sturzflug mit vollem Schub!«

Das Schiff kippte ab, und der Beschleunigungsdruck wuchs für einen Moment, bis eine andere Kraft – künstliche Schwerkraft? – ihn kompensierte. Gillian bemerkte den Achterbahneffekt kaum. Auf dem Bildschirm sah sie das moderne Schiff auf die Wale zu rasen, auf seinem hohen Bug eine Harpunenkanone. Diesen Walfängern konnte eine einmal ausgemachte Beute so gut wie nie entkommen.

George und Gracie konnten nicht wissen, daß sie kehrtmachen und fliehen sollten.

»Sturzgeschwindigkeit ist dreihundert Kilometer pro Minute. Fünf Kilometer pro Sekunde«, meldete Sulu. »Erreichen der Walle in ein Komma zwei Minuten.«

Gillian kannte die Routine eines Walfängers nur zu gut. Sie hatte den Film hundert-, tausendmal gesehen. Das verschwommene Bild intensivierte sich zu kristalliner Klarheit. Die Crew hatte die Beute erkannt und machte die Kanone schußbereit. Das Schiff änderte seinen Kurs ein wenig und wurde von seinen starken Maschinen mit Höchstgeschwindigkeit durch das Wasser getrieben. Seine Bugwelle zerteilte den Ozean. Gillian starrte auf den Bildschirm, als ob sie allein durch ihren Willen mit den Walen kommunizieren könnte.

Das Bild wechselte. Federwolken zerteilten sich vor dem Bug des Raumschiffes. Vor ihm erstreckte sich das offene Meer. Weit voraus spielten George und Gracie. Das Walfangschiff raste immer näher auf sie zu.

»Entfernung zu Walen: dreißig Sekunden«, sagte Sulu.

Das Bild war so klar, daß Gillian sehen konnte, wie die Walfänger die Harpune in das Rohr der Kanone schoben und sie feuerbereit machten. George und Gracie hatten das Schiff jetzt bemerkt. Sie hörten zu spielen auf und trieben auf dem Wasser. Gillian versuchte, ihnen durch ihren Willen zu befehlen, Furcht zu bekommen und zu fliehen.

Mit gemächlichen Schlägen seiner Fluken schwamm George auf das Walfangschiff zu.

Lachend zielten die Walfänger auf ihn.

»Zehn Sekunden, Sir!«

»Schwebeflug auf meinen Befehl, Mr. Sulu«, sagte Kirk. »Mr. Chekov, klar zum Enttarnen. Scotty, klar zur Energiekonzentration.« Er machte eine kurze Pause. »Jetzt, Mr. Sulu.«

Die *Bounty* schoß vor die Wale und schwebte zwischen ihnen und dem Walfänger. Aus der Mündung der Kanone quoll Schwarzpulverrauch. Die abgeschossene Harpune flog zu schnell, als daß man sie sehen konnte.

Die *Bounty* erzitterte mit einem gewaltigen Klingen! Auf dem Bildschirm sah man die abgefangene Harpune ins Wasser fallen. Die Walfänger starrten verwirrt und ungläubig herüber.

»Scotty«, sagte Kirk. »Tarngerät abschalten.«

»Jawohl, Sir.«

Gillian spürte ein flirrendes Erschauern um sich herum. Die Wände des Schiffes flimmerten so rasch, daß sie nicht sicher war, ob sie wirklich eine Veränderung bemerken konnte. Eine grelle Lichtwelle rollte über die Walfänger hinweg, und sie wurden von Entsetzen gepackt, als Kirks unsichtbares Raumschiff plötzlich sichtbar wurde. Der Harpunenkanonier fuhr von seiner Waffe zurück und schlug die Hände vor das Gesicht, um seine Augen zu schützen. Das Schiff verlor

Fahrt, warf die Männer bei der Kanone nach vorn an die Reling, dann zur Seite, als der Rudergänger das Rad bis zum Anschlag herumwirbelte und das Schiff so hart nach Backbord riß, daß Wasser über das Hauptdeck schwappte. Das Schiff krängte, richtete sich wieder auf, stob mit voller Fahrt davon.

Sulu stieß einen leisen Triumphschrei aus, und die anderen jubelten. Gillian wollte mit ihnen schreien. Sie keuchte. Sie hatte ihren Atem angehalten.

»Mr. Scott«, sagte Kirk. Es wurde still auf der Brücke, doch die Hochstimmung blieb. »Jetzt liegt es bei Ihnen. Beginnen Sie Energiekonzentration für Transporterstrahl.«

»Ich werde mein möglichstes tun, Sir«, sagte Scott. Er versuchte, sich seine Unruhe nicht anmerken zu lassen. »Es wäre doch wirklich eine Schande, wenn wir diesen ganzen Weg hinter uns gebracht hätten, nur um Dr. Taylors kleine Tierchen in einem zu schwachen Transporterstrahl zu verlieren.«

»Das Tarngerät hat das Energiesystem stark belastet«, sagte Spock. »Die Rekristallisierung des Dilithiums könnte aufgehoben worden sein.«

»Mr. Chekov, bringen Sie alles, was Sie haben, auf die Transporterenergie.«

»Jawohl, Sir.«

Die Lichter wurden matter, und die Geräusche auf der Brücke erstarben.

»Ist es so besser, Scotty?«

»Ein bißchen, Sir. Aber ich werde nicht zulassen, daß dieser klingonische Blecheimer mich jetzt im Stich läßt, oder ich bringe ihn persönlich auf den Schrottplatz. Auch wenn es Mr. Sulu Spaß macht, ihn zu fliegen.«

»Mr. Scott!« sagte Kirk.

»Ein wenig Geduld, Sir«, antwortete Scott. »Ich brauche eine steilere Energiekurve.«

»Wie lange, Scotty?«
»Zehn Sekunden, Admiral. Fünf...«
Während Scott den Countdown der letzten Sekunden durchführte, ballte Gillian die Fäuste und starrte auf den Bildschirm, als ob sie durch ihren Willen erzwingen könnte, daß alles gut ginge.
»Vier...«
Im Meer direkt unterhalb der *Bounty* hatten George und Gracie aufgehört zu spielen. Sie schwebten reglos dicht unter der Wasseroberfläche, beobachtend, wartend, ohne jede Furcht.
»Drei...«
Gillian wünschte, sie könnte den Walen sagen, daß der Transporterstrahl Spaß mache, daß es ihnen gefallen würde.
»Zwei...«
Vielleicht hatte Mr. Spock ihnen gesagt, daß es Spaß macht. Aber das lag so gar nicht im Charakter von Mr. Spock.
»Eins...«
Die Wale flirrten und verschwanden in dem schimmernden Strahl des Transporters. Die Oberfläche des Ozeans brach ein, und eine kreisrunde Welle breitete sich nach allen Seiten aus, als Meerwasser in den Trog stürzte, den ihr plötzliches Verschwinden hinterlassen hatte.
»Admiral«, flüsterte Scott, »es sind Wale hier.«
Das Bild wechselte, und der Bildschirm zeigte jetzt in dem Tank zwei Wale – ein Bild massiver Schönheit –, die ruhig in dem engen Raum lagen. Niemand sprach. Der unheimliche Schrei des Gesangs eines Buckelwals erfüllte das Schiff, des ersten, den George seit mehr als einem Jahr gesungen hatte. Gillian wischte ihre Tränen ab. Sie blickte Jim an.
Jim spürte die zitternde Anspannung, die ihn erfüll-

te und aus ihm herauszubrechen drohte. Er wollte aufspringen und vor Freude schreien. Doch er blieb reglos sitzen und zeigte nicht mehr Emotion als Spock – vielleicht sogar weniger, denn der Wissenschaftsoffizier blickte gebannt auf den Bildschirm, eine Braue ausdrucksvoll angehoben.

Noch haben wir es nicht geschafft, dachte Jim. Noch lange nicht.

»Gut gemacht, Mr. Scott«, sagte er. »Wie bald haben wir wieder Warp-Geschwindigkeit?«

»Ich muß die Energiespeicher neu aufladen.«

»Lassen Sie sich nicht zu lange Zeit damit. Wir sind eine Zielscheibe für ihre Radarsysteme. Mr. Sulu, Impuls-Steigflug.«

»Jawohl, Sir.«

Die Nase der *Bounty* hob sich himmelwärts, und das Schiff beschleunigte bis zur Grenze seiner strukturellen Belastbarkeit. Reibung verwandelte Luft in ionisiertes Plasma. Der Bug des Schiffes glühte in der Reibungshitze.

»Unidentifizierter Flugkörper«, sagte Uhura. »40000 Meter über dem Meer, Entfernung fünfzig Kilometer, Peilung null-eins-null.«

Jim fluchte leise. Es wäre ein schöner Mist, wenn sie nach all diesen Strapazen nach Hause zurückkehren würden, nur um festzustellen, daß ihre Anwesenheit hier den Atomkrieg ausgelöst hatte, den das zwanzigste Jahrhundert bisher vermieden hatte.

Sie schossen in die Ionosphäre. Uhuras Instrumente zeigten, daß der Flugkörper der Erde ihnen weiterhin folgte, sie einzuholen versuchte. Die Luft war hier dünn genug, um den Transit in Warp-Geschwindigkeit nur mäßig gefährlich zu machen, nicht mehr selbstmörderisch.

»Mr. Scott – wann?«

»Einen Moment, Sir. Der Wundertäter ist schon bei der Arbeit.«

»Mr. Scott, lassen Sie diese Scherze, bitte!« fuhr Jim ihn an. »Wir sind in Gefahr, von einem...«

»Volle Energie, Sir«, sagte Scott in einem leicht gekränkten Tonfall.

Jim bezwang seine Irritation. »Mr. Sulu – bitte.«

»Jawohl, Sir.«

Die *Bounty* verschwand im Warp-Raum.

Jim erhob sich vom Sessel. »Mr. Sulu, Sie übernehmen. Dr. Taylor, möchten Sie Ihre Wale besuchen?«

Gillian spürte, daß sie vor Aufregung zitterte. Sie hatte nicht die Hälfte von dem, was geschehen war, begriffen, doch alles, was sie im Augenblick interessierte, war die Tatsache, daß George und Gracie in Sicherheit waren. Und daß sie bei ihnen war. Sie grinste Kirk an. Er lächelte zurück. Er wirkte erschöpft und gleichzeitig innerlich angespannt. Sie gingen zur Tür. Auf dem Weg dorthin blieb Kirk bei Spock stehen.

»Mr. Spock, werden Sie es schaffen, die Adjustierungen für die veränderten Variabeln in Ihrem Zeit-Wiedereintrittsprogramm zu berechnen?«

»Mr. Scott kann mir nicht die genauen Werte der Masseveränderung geben, Admiral«, sagte Spock. »Also werde ich...« Er zögerte. Gillian fand, daß er ein wenig verlegen wirkte. »Ich werde eine Schätzung machen.«

»Sie?« rief Kirk. Er lachte vor Verblüffung. »Spock, das ist wirklich erstaunlich.« Er drückte Spock kurz die Hand.

Nachdem Admiral Kirk und Dr. Taylor gegangen waren, schüttelte Spock verwirrt den Kopf. Durch den Handschlag hatte er Admiral Kirks Verwunderung und Glücksgefühl gespürt. Er glaubte nicht, diese Emotionen als Abstraktum zu verstehen, und ganz gewiß begriff er nicht, warum der Admiral mit Freude auf die Mitteilung reagierte, daß ihr Überleben von einer Schätzung abhing.

»Ich glaube nicht, daß er es richtig verstanden hat«, sagte Spock.

McCoy lachte leise. »Doch, Spock, er hat es verstanden. Er meint, daß er sich mit Ihrer Schätzung sicherer fühlt als mit den Fakten der meisten anderen.«

Spock dachte einen Moment über McCoys Worte nach. »Sie wollen damit ausdrücken«, sagte er, eine vorsichtige Schlußfolgerung zur Analyse anbietend, »daß es ein Kompliment ist.«

»Das ist es«, sagte McCoy, »das ist es wahrhaftig.«

Spock nahm die Schultern zurück. »Ich werde natürlich versuchen, die beste Schätzung zu machen, die mir möglich ist.«

Gillian ging mit Kirk den langen Korridor entlang zum Frachtraum der *Bounty*.

»Ich gratuliere, Gillian«, sagte er.

»Sollte ich nicht Ihnen gratulieren, Kirk?«

»Nein«, sagte er nachdenklich. »Ich hoffe, daß ich alles richtig gemacht habe. Aber, was ich Ihnen schon früher sagen wollte: Kirk ist mein Familienname. Der Vorname ist James. Die meisten meiner Freunde nennen mich Jim.«

»Oh.« Sie fragte sich, warum er ihr das nicht schon früher gesagt hatte. »Inzwischen habe ich mich irgendwie daran gewöhnt, Sie Kirk zu nennen.«

»Das können Sie auch weiterhin tun, wenn Sie wollen. Ich habe mich auch irgendwie daran gewöhnt, von Ihnen Kirk genannt zu werden.«

Gillian blieb stehen. Der Gesang der Buckelwale hallte durch die *Bounty*, umhüllte sie mit einer unheimlichen Musik aus Schreien, Klicken, Heulen und Glissando.

»Wenn man in der Nähe von Buckelwalen ist, kann man ihren Gesang durch den Schiffsboden hindurch hören«, sagte Gillian. »Wenn man spät in der Nacht vor Anker liegt, kann man sich vorstellen, wie er für die Seeleute vor zwei- oder dreitausend Jahren geklungen haben muß, bevor jemand wußte, was diese Musik war. Sie glaubten, es sei der Gesang von Sirenen, die Männer in ihren Tod lockten.«

»Aber dieser Sirenengesang mag jetzt einem ganzen Planeten das Leben zurückgeben«, sagte Jim.

Der kühle Salzgeruch des Wassers erfüllte die Luft. Gillian lief voraus. Sie eilte an Scott vorbei, der die Wale fasziniert anstarrte. Gillian preßte ihre Hand gegen das kalte, durchsichtige Plastikmaterial. George und Gracie, zwar beengt, doch völlig ruhig in dem riesigen Tank, veränderten ihre Lage ein wenig, um Gillian anzublicken. Ihr Gesang erfüllte den Frachtraum.

Jim trat neben Gillian.

»Es ist eine Ironie«, sagte er. »Als die Menschen diese Tiere töteten, zerstörten sie ihre eigene Zukunft.«

»Die Tierchen scheinen glücklich zu sein, Sie zu sehen, Doktor«, sagte Scott zu Gillian. »Ich hoffe, Ihnen gefällt unser kleines Aquarium.«

»Es ist ein Wunder, Mr. Scott.«

Scott seufzte und ging fort, um die Energieversorgung zu überprüfen. »Das Wunder muß noch kommen.«

»Was meint er damit?« fragte Gillian.

»Er meint, daß unsere Chancen, nach Hause zu kommen, nicht sehr gut stehen«, sagte Jim. »Sie hätten vielleicht ein längeres Leben vor sich gehabt, wenn Sie dort geblieben wären, wo Sie hingehören.«

»Ich gehöre hierher«, sagte Gillian.

Kirks skeptischer Blick ließ Gillian fürchten, daß er wieder versuchen würde, sie zu überreden, in ihrer

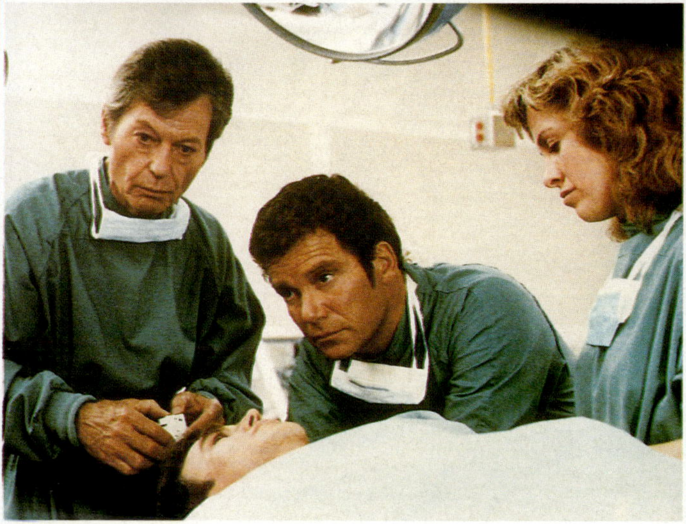

McCoy (l.) entsetzt sich über unsere primitive Medizin

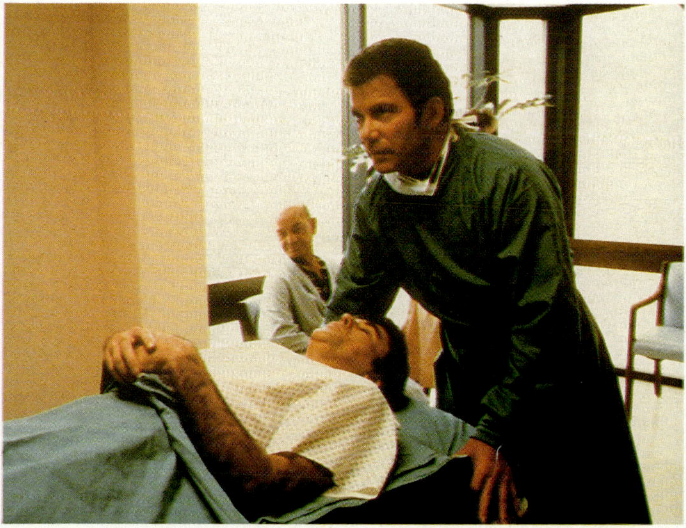

Der Bluff im Krankenhaus ist aufgeflogen

Bruchlandung in der Zukunft

Der Fremde hat den Wolkenmantel um die Erde aufgelöst

Zeit zu bleiben, oder sie sogar gegen ihren Willen zurückzuschicken.

»Hören Sie, Kirk«, sagte sie, »angenommen, Sie vollbringen das Wunder und bringen sie durch. Wer im dreiundzwanzigsten Jahrhundert weiß irgend etwas über Buckelwale?«

Er blickte die Wale schweigend an. »Der Punkt geht an Sie«, sagte er dann.

Das Schiff erbebte. Gillian preßte ihre Hände gegen den Tank, versuchte, den Walen eine Beruhigung zu übertragen, die sie nicht fühlte. George und Gracie spannten ihre massiven Körper an und bliesen einen hellen Wassernebel in die Luft; sie hatten im Raum genauso wenig vor irgend etwas Furcht wie draußen im offenen Meer.

Kirk berührte Gillians Hand in einer ebenso beruhigenden Geste. Die unregelmäßigen Vibrationen dauerten an.

»Sie sollten lieber nach vorn gehen, Admiral«, sagte Scott. »Wir haben Energieabfall.«

»Schon unterwegs.« Kirk drückte Gillians Hand und lief hinaus.

»Festhalten, Mädchen«, sagte Scott. »Es wird ein wenig holperig werden.«

Als Jim durch den langen Korridor nach vorn lief, verstärkten sich die Vibrationen. Das klingonische Schiff war nicht für solche extremen Schwerkraftbelastungen gebaut worden. Ein resonanter Ton verstärkte die Intensität des Vibrierens und drohte, die *Bounty* auseinanderzureißen. Die Tür des Brückenraums glitt auf. Das Schiff bockte. Jim lief zu seinem Sessel, umklammerte seine Lehne, um das Gleichgewicht zu halten, ließ sich dann auf den Sitz fallen.

Auf dem Bildschirm brannte die Sonne mit lautloser Gewalt. Die Abschirmung dämpfte zwar das hellste

Licht im Zentrum, ließ jedoch die flammende Korona frei.

Scott gab die laufende Geschwindigkeitssteigerung durch. »Warp sieben Komma fünf... sieben Komma neun... Mr. Sulu, das ist alles, was ich herausholen kann!«

»Abschirmschilde auf Maximum«, meldete Chekov.

Jim trat zu Spocks Station. »Schaffen wir Ausbruchsgeschwindigkeit?«

»Kaum, Admiral, bei so limitierter Energie. Ich kann nicht einmal dafür garantieren, daß wir der Schwerkraft der Sonne entkommen. Ich will versuchen, das durch Veränderung unserer Flugbahn zu kompensieren. Dadurch muß ich allerdings für das Schiff ein ziemliches Risiko in Kauf nehmen.«

Jim versuchte ein Lächeln. »Ein kalkuliertes Risiko, hoffe ich, Mr. Spock.«

»Nein, Admiral«, sagte er ausdruckslos.

»Warp acht«, sagte Sulu. »Acht Komma eins...« Er wartete ein wenig, sah dann zu Kirk hinüber. »Maximalgeschwindigkeit, Sir.«

Spock hob den Kopf von seinem Computer. »Admiral, ich brauche Zusatzraketen.«

»Beschleunigungsraketen auf Spocks Befehl«, sagte Jim ohne zu zögern.

Spock blickte auf die Sensoranzeige. Ihr Licht tanzte über sein Gesicht und seine Hände. Er konnte das fast unhörbare Rauschen des Sonnenwindes vernehmen, der die Schilde der *Bounty* durchdrang; er konnte spüren, daß die Temperatur anzusteigen begann. Die Menschen würden sie bald als Hitze empfinden. Wenn er einen Fehler machte, würden sie ihr eher erliegen als ein Vulkanier. Wenn er einen Fehler machte, würde er ein paar Sekunden länger leben als sie. Diese Sekunden würden nicht angenehm sein.

Die Schwerkraftwirbel um die Sonne beutelten das zerbrechliche Schiff. Spock klammerte sich an der Konsole fest, um nicht vom Stuhl gerissen zu werden.

Spock konnte die Anspannung riechen. Er hob für einen Moment den Kopf. Alle Augen waren auf ihn gerichtet.

Er erkannte, daß sie Furcht hatten. Und er verstand ihre Furcht.

»Achtung«, sagte er ruhig. Er beugte sich wieder über die Konsole. »Achtung.«

Von seiner Entscheidung hing das Leben dieser Menschen, seiner Freunde, ab; und die Zukunft allen Lebens auf der Erde.

»Jetzt!«

Sulu gab volle Kraft auf die Raketen.

Spock spürte den Stoß zusätzlicher Beschleunigung. Die Sonnenscheibe berührte die Ränder des Bildschirms, füllte ihn dann völlig aus. Ein Sonnenfleck dehnte sich rapide aus, als die *Bounty* hinabschoß.

Der Bildschirm flimmerte und wurde dunkel, als seine Rezeptoren von der Strahlung der Sonne verbrannt wurden. Spocks Augen stellten sich rasch auf die veränderten Lichtverhältnisse ein. Um ihn herum blinzelten die Menschen und kniffen die Augen zusammen, um sehen zu können. Schwerkraft und Beschleunigung schüttelten das Schiff durch, versuchten, es auseinanderzureißen. Hitze und Strahlung der Sonne durchdrangen die Schilde der *Bounty*.

Spock erinnerte sich eines früheren, ähnlichen Todes, wo Hitze und Strahlung um ihn herum tobten, während er versuchte, die *Enterprise* zu retten. Damals hatte er Erfolg gehabt. Dieses Mal, fürchtete er, hatte er es nicht geschafft. Er blickte einen Moment jeden der Menschen in dem kleinen Raum an, jeden seiner Freunde.

Nur Leonhard McCoy erwiderte seinen Blick. Der Arzt sah ihn ruhig an. Schweiß glänzte auf seinem Gesicht. Das Schiff wurde seitwärts gerissen, und McCoy mußte sich an dem Wandgeländer festklammern, um nicht von den Füßen gerissen zu werden. Er richtete sich wieder auf. Er hatte Furcht, wie alle anderen, doch sah man bei ihm keinerlei Anzeichen von Panik.

Zu Spocks Verwunderung lächelte er.

Spock wußte nicht, wie er auf dieses Lächeln reagieren sollte.

Plötzlich, unmöglicherweise, hörte die Folter der *Bounty* auf. Stille umfing das Schiff, eine Stille von solcher Intensität, daß selbst ein Atmen wie Lärm erschienen wäre.

Der Bildschirm blieb dunkel, und Spocks Sensoren gaben nur ein nutzloses, monotones Summen von sich.

»Spock –«, durchbrach Kirks Stimme die hypnotische Stille. »Haben die Bremsraketen gezündet?«

Spock nahm sich sofort zusammen. »Sie haben gezündet, Admiral.«

»Und wo, zum Teufel, sind wir?«

Spock hatte keine Antwort darauf.

In der Stille flüsterte der Gesang der Buckelwale durch das Schiff.

Das bedrohliche Heulen der Sonde antwortete.

KAPITEL 13

Die Befriedigung des Reisenden überwältigte die Trauer darüber, den Kontakt mit den Wesen dieses kleinen Planeten verloren zu haben. Der Planet war jetzt unter einer undurchdringlichen Wolkendecke verborgen. Bald würde das unerhebliche Leben, das verblieben war, durch die Kälte getötet werden.

Bis dahin brauchte der Reisende nur zu warten.

Turbulenzen rasten durch die Stille. Die *Bounty* wurde durchgeschüttelt. Nur das Heulen der Sonde schien wirklich und greifbar zu sein.

»Spock! Statusmeldung.«

»Keine Daten, Admiral. Computer ohne Funktion.«

»Mr. Sulu, schalten Sie auf manuelle Kontrolle.«

»Ich habe keine Kontrolle, Sir.«

»Bild, Uhura?«

»Sir, da ist nichts.«

Jim fluchte leise. »Ohne jede Kontrolle und blind wie ein Maulwurf.«

»Mein Gott, Jim«, sagte McCoy, »wo sind wir?«

In all den Jahren seines Lebens auf Vulkan, auf der Erde und auf vielen anderen Planeten hatte Sarek noch nie ein solches Wetter erlebt.

James Kirk kommt zur Erde, dachte er. Alle Schiffe waren von der Erde fortbeordert worden. Aber anstatt zu gehorchen, wird er herkommen.

James Kirk war es unmöglich, tatenlos zuzusehen, wenn sein Heimatplanet starb. Doch Sarek wußte auch, daß es keine logische Möglichkeit gab, die Erde zu retten. Das klingonische Schiff würde auf die Sonde treffen und vernichtet werden. Und Kirk und alle seine Gefährten würden sterben.

»Analyse«, sagte Kirk. Seine Stimme wurde klar und verebbte abwechselnd in Statik und Resonanz. Im Hintergrund pfiff und stöhnte ein seltsames Schreien. »Sonde... Ruf... Captain Spocks Meinung... ausgestorbene Spezies... Buckelwal... richtige Antwort...«

Kirks Bild und Stimme erstarben, doch Sarek hatte Spocks Erklärung für Anwesenheit und Vorhaben der Sonde begriffen. Ein Ausdruck von Stolz durchbrach den Gleichmut des Vulkaniers.

»Stabilisieren!« rief Cartwright. »Energiereserve!«

»Hören Sie mich?« sagte Kirk klar und deutlich. Sein Bild war eine Sekunde lang im Fokus, zerfiel dann wieder. »Starfleet, wenn Sie mich hören können: Wir werden Zeitreise versuchen. Wir berechnen gerade unsere Flugbahn...«

»Was, um alles in der Welt –?« entfuhr es dem Fleet Commander.

Die Energie versagte völlig.

»Notfallreserve!« rief Cartwright mit heiserer Stimme.

»Wir haben keine Notfallreserve«, sagte der Kommunikationsoffizier.

Das Ächzen von überbeanspruchtem Glas und Metall drang durch das Heulen des Windes und das Rauschen von Regen und Meereswellen. Sarek begriff, was Kirk vorhatte. Irgendwie, in dem Wahnsinn seiner Verzweiflung, besaß der Plan doch ein Element von Rationalität.

Die Absicherungen der Fenster brachen. Glas implodierte. Sarek hörte Schreie von Schmerz und Angst. Kalte, scharfe Glasscherben regneten auf ihn herab, und eisige Nadeln von Wind und Hagel warfen ihn zu Boden.

Sarek stemmte sich auf die Füße, versuchte, sein Gesicht vor Wind und herumfliegenden Trümmern zu schützen. Fleet Commander Cartwright hielt sich auf den Beinen, indem er sich gegen das Geländer des Beobachtungsdecks stützte. Sarek entdeckte eine seltsame Bewegung hinter dem zerschmetterten Fenster und dem heulenden Wind. Er kniff die Lider zusammen und starrte hinaus.

»Sehen Sie!«

Cartwright erstarrte vor Entsetzen.

Sarek und Cartwright sahen den klingonischen Jäger über den Himmel rasen. Er stieß in antriebslosem Gleitflug herab, die Maschinen tot, nur von der Struktur seiner Tragflächen gehalten.

Kirks Plan ist gescheitert, dachte Sarek.

Die Golden Gate Bridge lag direkt in der Flugschneise des Schiffes. Aber es war besser, rasch zu sterben, als in der ewigen Kälte umzukommen, dachte Sarek. Doch ein anderer, verbitterter Gedanke bohrte sich in sein Gehirn: Kirk, nach allen deinen Erfolgen hast du ausgerechnet jetzt versagt.

Sarek stählte sich gegen das Krachen der Explosion und die Flammen. Das Raumschiff schoß auf die Brükke zu – und unter ihr hindurch zur anderen Seite hinaus. Sarek erinnerte sich an etwas, das Amanda einmal gesagt hatte. Etwas darüber, daß das Glück blind sei.

Sulu biß die Zähne zusammen und ballte die Fäuste um die Hebel seiner Konsole. Plötzlich spürte er eine Reaktion. Obwohl er nicht wußte, wo sie waren, oder was vor ihnen lag, wurde ihr Schiff von atmosphärischen Turbulenzen durchgeschüttelt. Es raste mit terminaler Geschwindigkeit auf eine planetare Oberfläche zu.

»Sir – ich habe etwas Druck auf dem manuellen System!« Sulu zwang die Nase der *Bounty* empor.

»Halten Sie die Nase hoch, wenn Sie es können!«

Die Flugeigenschaften verschlechterten sich immer

weiter, als die *Bounty* durch die Kräfte von Reibung, Vibration und Wind in seiner Substanz erschüttert wurde. Kirk wußte, daß das Schiff verloren war. Nach dieser Landung würde es nie wieder fliegen. Die einzige Frage war nur, ob es ihm gelingen würde, seine Passagiere – Menschen, Vulkanier, Wale – am Leben zu erhalten, wenn es zerschellte. Die *Bounty* folgte schwerfällig den Steuerkommandos. Als der Bug sich langsam hob, veränderte sich ihre Aerodynamik. Die destruktiven Kräfte wurden verstärkt. Die Geschwindigkeit nahm rasch ab, doch überlastetes Metall kreischte und stöhnte. Sulu gab vorsichtig etwas Schub auf die Bremsraketen, wagte jedoch nicht, allzuviel Kraft von den senkrecht gerichteten Dämpfungsdüsen wegzunehmen. Die Sonde schrie.

Die *Bounty* schlug mit einem gewaltigen, berstenden Krachen auf. Die Wucht des Aufpralls schleuderte Sulu von der Konsole. Er kam taumelnd auf die Füße. Er wußte, daß das Schiff im Todeskampf lag, daß seine Freunde in Gefahr waren.

Dann hörten alle Geräusche der Zerstörung plötzlich auf. Ein paar unendliche Sekunden vergingen, während er und die anderen sich wieder auf ihre Plätze kämpften und dort festklammerten.

Ein zweiter Schlag traf das Schiff. Es schrie vor Schmerz. Wieder erstarben alle Geräusche plötzlich. Sulu konnte nicht begreifen, wie sie überlebt haben konnten.

Wir haben fast waagerecht aufgesetzt! dachte er. Wir sind horizontal heruntergekommen, und über einem Meer! Jetzt schnellen wir über das Wasser wie ein flacher Stein –

Er griff nach dem Höhenruderhebel und riß ihn zurück, um die Nase der *Bounty* zu heben, damit das Schiff schlittern würde, anstatt aufzuprallen. Die

Bounty schlug wieder auf. Und nach diesem dritten Aufschlag kam sie nicht wieder in die Luft. Sie schoß voran und abwärts, und schleuderte Sulu über die Konsole. Er schlug gegen die Schiffswand und fiel benommen auf das Deck.

Jim Kirk verzog das Gesicht bei dem durchdringenden, schrillen Kreischen reißenden Metalls. Er kam taumelnd auf die Füße. Ein Schwall eisigen Seewassers schoß durch die geborstete Schiffswand herein und riß Sulu zu Boden. Keuchend und hustend versuchte Sulu, sich hochzustemmen.

Jim packte ihn beim Arm und half ihm auf die Beine. Das Deck unter ihren Füßen wurde zunehmend schräger, als das Heck der *Bounty* zu sinken begann.

»Luk aufsprengen!« schrie Jim.

Durch die Geräusche von Wind und Wellen und dem sterbenden Schiff, durch das omnipräsente Schreien der Sonde, war die Explosion der Haltebolzen des Luks kaum zu vernehmen. Die Sprengkraft schleuderte die Abdeckung fort. Regen und Graupel prasselten herein. Wellen schlugen gegen den Rumpf der *Bounty*. Wasser rauschte durch ihre aufgerissenen Flanken herein. Das Wasser rief Kurzschlüsse in den Systemen hervor, und ozongeschwängerter Rauch vermischte sich mit dem prasselnden Hagel und der rauschenden See.

Jim blickte Sulu an.

»Alles wieder in Ordnung, Sir«, sagte Sulu. »Danke.« Er wirkte ein wenig benommen, doch klar.

Jim warf das tropfnasse Haar aus seiner Stirn. Er und Sulu kämpften sich die immer stärker werdende Schräge des Decks hinauf zum Luk vor. Uhura, Chekov und McCoy klammerten sich an eine Konsole nahe der Spocks. Irgendwie hatten alle, die auf der Brücke waren, überlebt. »Gehen Sie nach oben!« rief Jim Sulu zu.

»Helfen Sie den anderen hinaus!« Hoch über ihnen wogten und vibrierten Wolken mit den Schreien der Sonde. Jim stemmte Sulu durch das Luk und wandte sich zu Spock um. »Spock, Sie haben uns an die richtige Stelle gebracht!« Seine Stimme zerflatterte in der Gewalt des Sturms. »Bringen Sie jetzt die anderen in Sicherheit.«

»Jawohl, Admiral.«

Während Spock den anderen aus dem sterbenden Raumschiff half, kämpfte Jim sich zu einem Intercom zurück. »Mr. Scott. Melden Sie sich. Gillian? Scotty?« Er wartete, erhielt jedoch keine Antwort. »Verdammt!«

Jim watete durch knietiefes Wasser zur Brückentür. Er mußte sie mit Muskelkraft aufdrücken, dann lief er ins Achterschiff. Das Wasser wurde tiefer und verlangsamte seine Schritte. Als er den Laderaum erreichte, hatte es seine Hüften erreicht. Wasser schoß durch die Lecks der Doppeltür. Auf der anderen Seite mühte sich jemand verzweifelt, sie zu öffnen.

Jim packte den Notfallhebel und riß an ihm. Nichts geschah. Er riß wieder daran. Einen entsetzlichen Moment lang fürchtete er, die Tür nicht öffnen zu können. Wenn es ihm nicht gelang, würden Gillian und Scotty und die Wale elend ertrinken. Es war ein seltsamer Gedanke, daß zwei Meeresbewohner ertrinken könnten, doch ohne Luft würden George und Gracie gemeinsam mit den beiden Menschen sterben, nur ein wenig langsamer.

Er warf sich mit seiner ganzen Körperkraft gegen den Hebel. Die Wucht sprengte die Halterung auf. Die beiden Flügel der Tür glitten so leicht auf, als ob das Schiff durch die ruhigste Region des Raums schweben würde. Wassermassen schossen durch die breite Öffnung, spülten Gillian und Scotty in den Korridor und rissen Jim von den Füßen. Er kam hustend wieder hoch und zerrte Scott aus der Strömung. Gillian watete gegen das hervorbrechende Wasser und versuchte, in den Frachtraum zurückzugelangen. Die Türflügel waren bis zum Anschlag offen, mehr als weit genug, um einen Menschen hindurchzulassen. Einen Menschen. Nicht einen Wal.

»Die Wale?« rief Jim.

Die Verbindung zwischen dem Vorschiff und dem Rumpf der *Bounty* zerriß. Wasser strömte von allen Seiten herein. Der Wind heulte und blies Schaum durch die Öffnungen.

»Sie sind am Leben!« schrie Gillian. »Aber sie sitzen in der Falle!«

»Keine Energie auf dem Frachtluk«, sagte Scott.

»Was ist mit Absprengen?«

»Die Zündvorrichtung ist unter Wasser! Da kommt niemand ran!«

»Das wollen wir doch mal sehen!« rief Jim.

»Admiral, das ist Selbstmord!«

»Kirk, ich lasse nicht zu...!«

Jim warf sich durch die Tür in den Frachtraum, schloß und verriegelte sie hinter sich, damit Gillian ihm nicht folgen konnte. Die Tür dämpfte die Geräusche von Wind und Regen und schuf eine unheimliche Illusion von Frieden. Gillian schrie, er solle die Tür öffnen, und Scott hämmerte mit den Fäusten gegen das Metall. Er kümmerte sich nicht darum. Obwohl er sie hören konnte, obwohl er sich ihrer Gegenwart absolut bewußt war, gehörten sie nicht zur Realität dessen, was er zu tun hatte.

Er atmete mehrmals tief durch, um Sauerstoffreserven aufzubauen, während er immer tiefer ins Wasser watete. Es reichte ihm jetzt bis zu den Hüften, kroch zur Brust herauf. Die Gewalt der Wellen preßte Schaum durch gesprungene Nähte des Rumpfes. Luminöse Wandpaneele glühten in dem geisterhaften Blau der Notbeleuchtung. Am anderen Ende des Laderaums hatte das Wasser fast den oberen Rand des Acryl-Tanks erreicht. Gracie hob ihre Fluken und schlug sie auf das Wasser, wodurch es über den Rand schwappte. Bald würden beide Wale hinausschwimmen können. Doch wenn es Jim nicht gelang, das Luk des Laderaums zu öffnen, wurde das Schiff ihr Sarg. Er stieß die Stiefel von den Füßen, nahm einen letzten, tiefen Atemzug und tauchte.

Die eisige Kälte des Wassers traf ihn wie ein Stromschlag. Er biß die Zähne zusammen, um sich daran zu hindern, den Mund aufzureißen. Er stieß sich voran, tastete nach der Armatur mit der Zündvorrichtung. Sie müßte doch – er fragte sich, ob er die Orientierung verloren hatte in der Dunkelheit und der Kälte, und durch das unverständliche Schreien der Sonde, das durch seinen Körper peitschte. Seine Lungen brannten.

Vor dem Laderaum lehnte Gillian ihren Kopf gegen die verschlossene Tür und weinte.

»Kirk, lassen Sie mich hinein«, flüsterte sie. Der Wind wehte ihr das Haar ins Gesicht.

»Kommen Sie, Mädchen«, rief Scott durch das Prasseln des Regens. »Wenn jemand Ihre Tierchen hinausbringen kann, dann ist es der Admiral. Sie können ihm jetzt nicht helfen.« Er nahm ihren Arm und führte sie über die Schräge des Korridors nach vorn. Regen und Wind machten ihre Augen blind.

Jim kämpfte gegen den Instinkt an, Luft in seine Lungen zu ziehen, als er aus der Tiefe des Wassers nach oben schoß. Er brach durch die Oberfläche und hob einen Arm, um nicht mit dem Kopf gegen die Dekke zu prallen. Die Risse im Rumpf hatten die meiste Luft entweichen lassen. Nur eine Handbreit Luft war zwischen dem Wasser und der Decke des Laderaums verblieben. Keuchend, wassertretend, bog er den Kopf zurück, damit Nase und Mund in der Luft blieben. Er atmete lange und tief ein und tauchte wieder.

Die Serie der Aufschläge hatte Paneele zerschlagen und den Raum in einen Trümmerhaufen verwandelt. Er schwamm durch einen Unterwasser-Schrottplatz, suchte in dem richtungslosen Durcheinander nach einer bestimmten Armatur. Sein Herz schlug den Kontrapunkt zu der grausamen Musik der Sonde.

Er riskierte eine kurze Pause. Er hing reglos im Wasser und mobilisierte alle seine Sinne, um sich zu orientieren.

Jim tastete umher und schwamm direkt in ein Gewirr von Trümmern. Er schob sie beiseite. Die Armatur lag unter diesem Chaos. Er riß die Abdeckung mit den Fingernägeln auf und schlug den Zündhebel herunter.

Eine Druckwelle warf ihn gegen die Schiffswand. Der harte Schlag preßte ihm die Luft aus den Lungen. Seine Ohren klangen. Er spürte, daß er das Bewußtsein verlor. Eine andere, tiefere Dunkelheit öffnete sich unter ihm, als die Tür des Laderaums langsam aufglitt.

Jeder seiner Instinkte zog ihn nach oben, in die luftlose Falle des wassergefüllten Laderaums. Statt dessen tauchte er tiefer hinab. Er verließ den Schutz der *Bounty* und befand sich im offenen Wasser, folgte der Kontur des Schiffsrumpfes und zog sich an ihm entlang. Er stieß durch die Oberfläche des Wassers und rang keuchend nach Luft. Eine gewaltige Welle schlug ihm ins Gesicht, blendete ihn und füllte Mund und Nase mit Salzwasser. Es brannte in seiner Kehle, in seinen Lungen. Er hustete und rang nach Luft, bevor es ihm schließlich gelang, Atem in seine Lungen zu ziehen.

Jim versuchte, über die Wellen und durch den niederprasselnden Graupelregen zu sehen, durch seinen Willen die Wale zu zwingen, aufwärts und durch das

Luk glücklich in die Freiheit emporzuspringen, ins Meer hinauszuschwimmen und ihr Lied zu singen. Doch er sah nichts, nichts als den Ozean und das langsam versinkende Schiff. Durch das Klingen in seinen Ohren hörte er nichts, als den Sturm und das unaufhörliche, durchdringende, amelodische Schreien der Sonde.

Als er wieder tief Luft holte, klang es wie ein Schluchzen. Er tauchte erneut hinab, folgte der Rumpfkrümmung der *Bounty*. Er erreichte die offene Tür des Laderaums und starrte in den Bauch des Schiffes. Er verschwendete etwas von seiner kostbaren Atemluft, um einen unartikulierten Schrei auszustoßen.

Langsam, mit ruhigen, eleganten Bewegungen, glitten die beiden Buckelwale aus dem Schiff. Ein Gefühl von Glück und Bewunderung durchströmte ihn. Er wünschte, er könnte mit ihnen fortschwimmen und die Wunder der Meere erforschen.

Doch plötzlich riß eine Strömung das Wrack der *Bounty* herum und preßte Jim in den Winkel zwischen Laderaumtür und Bordwand. Er schwamm mit aller Kraft, konnte jedoch gegen die Kraft der See nicht ankommen. Sein Luftvorrat war nahezu verbraucht. Kälte und Anstrengung hatten seine Kräfte ausgelaugt.

Gracie kam durch das Wasser herangeschwommen, schwebte auf ihren langen Brustfluken wie ein riesiger Vogel. Ein machtvoller Schlag ihrer Schwanzflosse brachte sie neben Jim. Eine Fluke glitt an ihm vorbei. In seiner Verzweiflung packte Jim die Fluke und klammerte sich an ihr fest. Gracie zog ihn ohne jede Anstrengung aus dem Griff der Strömung und von dem Schiff fort. Sie glitt aufwärts, bog ihren Körper durch und hob ihre Fluken. Jim wurde an die Oberfläche gehoben. Gracie stieß einen leisen Ruf aus und verschwand.

»Kirk!«

Jim wandte sich um. Eine Welle klatschte auf seinen Hinterkopf, hob ihn jedoch auch etwas an, so daß er die schwimmende Kugel des Brückenraums der *Bounty* sah. Alle seine Gefährten hockten auf ihrer glatten Oberfläche. Gillian streckte ihm die Hand entgegen. Er zog sich durch unruhige Wellen auf die tanzende Kugel. Gillian und Spock halfen ihm hinaufzukriechen.

Unaufhörlich gellte der Schrei der Sonde.

Jim hielt Ausschau nach den Walen, doch sie waren verschwunden.

»Warum antworteten sie nicht?« schrie er. »Verdammt, warum singen sie nicht?«

Gillian berührte seine Hand. Er konnte nicht sagen, ob die Nässe auf ihrem Gesicht Regen oder Tränen waren, oder ob es Tränen der Freude oder Tränen der Verzweiflung waren.

Vor Kälte zitternd preßte er sich an das kalte, glatte Metall. Graupelnadeln stachen ihm in Gesicht und Hände. Der Frachtraum war weggebrochen und versunken, und bald würde auch diese Kugel versinken. Niemand würde kommen, um ihn und seine Gefährten zu retten; vielleicht war niemand mehr da, der sie retten konnte. Wenn er ohnehin keinen Erfolg gehabt hatte, wünschte er, die *Bounty* wäre im Feuer der Sonne verglüht. Er zog ein rasches, flammendes Ende dem Schicksal vor, seine Freunde an Kälte und Erschöpfung langsam sterben zu sehen.

Der Gesang eines Wals drang an sein Ohr. Ein zweiter Gesang antwortete. Beide Wale, der männliche und der weibliche, begannen zu singen.

Das Meer übertrug den Gesang auf die Metallkugel, und diese fokussierte und verstärkte ihn. Jim preßte sein Ohr, seine Hände, seinen ganzen Körper an die Kugel, nahm die Melodie in sich auf. Sie stieg bis über die Gehörgrenze hinweg, sank dann auf eine Tiefe ab, die er nicht hören, sondern nur noch fühlen konnte. Er blickte Gillian an. Er wollte lachen, weinen. Sie tat beides.

Der Ruf der Sonde verklang. Der Gesang der Buckelwale dehnte sich in diese Stille aus, übertönte das Heulen des Windes und das Tosen der Wellen.

Der Reisende, in der hellen, ungefilterten Strahlung des Raums badend, unterbrach seine Tätigkeit, den blauen Planeten mit Schnee und Eis und Sterilität zu überziehen. Irgend etwas war geschehen, das während der Milliarden von Jahrtausenden der Existenz des Reisenden niemals geschehen war. Von einem schweigenden Planeten antwortete ihm Gesang.

Die Information drang in sein Inneres ein. Selbst bei Lichtgeschwindigkeit vergingen einige Sekunden, bevor der Gesang das innerste Zentrum der Intelligenz des Reisenden erreichte. Selbst bei der supraleitenden Struktur dieser Intelligenz dauerte es eine Weile, bis sie sich von dem Schock dieses Ereignisses erholte.

Tastend, mit einigem Mißtrauen, reagierte er auf den Gesang der Wesen, die auf dem unter ihm liegenden Planeten lebten.

Warum habt ihr so lange geschwiegen?

Sie versuchten, es zu erklären, doch die Sonde reagierte mit Überraschung und Unglauben.

Wo wart ihr? fragte sie.

Wir waren nicht hier, antworteten sie, doch jetzt sind wir zurückgekehrt. Wir können es dir nicht erklären, Reisender, weil wir selbst noch nicht alles begreifen, was mit uns geschah.

Mit ›uns‹ meinten sie, wie es der Reisende verstand, sich selbst als Individuen und alle ihrer Art, die seit Jahrmillionen gelebt hatten. Doch ihr Gesang identifizierte sie als jung.

Wer seid ihr? fragte die Sonde. Wo sind die anderen? Wo sind die Alten?

Sie sind fortgegangen, sangen die Wale voller Trauer. Sie sind in den Tiefen versunken, sie sind auf weißen Stränden verschwunden. Wir allein überleben.

Euer Gesang ist naiv, sagte der Reisende vorwurfsvoll. Er war nicht über Launen erhaben. Wo sind die Geschichten, die ihr während all der Zeit entwickelt habt? Und wo sind die Erzählungen über eure Familien?

Sie sind verlorengegangen, antwortete der Gesang der Wale. Alles ist verloren. Wir müssen unsere Zivilisation von Grund auf neu entwickeln. Wir haben keine andere Antwort.

Der Reisende zögerte. Er fragte sich, ob er den Planeten nicht dennoch sterilisieren sollte, trotz der Gegenwart dieser ungebildeten, singenden Jugendlichen. Doch wenn er hier eine völlig neue Evolution einleitete, würde der Planet zumindest so lange schweigen, wie der Reisende brauchte, um die Galaxis zu umrunden. Der Reisende würde den Schmerz der Stille dieses Planeten erdulden müssen. Organische Evolution nahm eine so lange Zeit in Anspruch. Außerdem verfügte der Reisende nur über sehr wenig Grausamkeit. Er mochte die Vernichtung der jungen Sänger zwar in Erwägung ziehen, doch war die Vorstellung ihm äußerst schmerzlich. Er verwarf die Idee.

Also gut, sagte er. Ich erwarte eure Geschichten. Lebt wohl.

Der Reisende verstummte. Die Wale entboten ihm ihr Lebewohl.

Der Reisende sammelte seine Energie. Er beendete seine Einmischung in das Leben des blau-weißen Planeten. Er hörte auf, die zerstörerischen Stürme aufzuladen, die den Planeten heimsuchten. Er nahm seinen gewohnten Kurs auf, orientierte sich genau und glitt mit einem Flammenschweif in die schimmernde Schwärze der Galaxis.

Der Gesang der Wale, mit wachsender Entfernung immer leiser geworden, verschwand schließlich ganz aus Jims Hörbereich.

Nur Wildnis existierte in dieser Art absoluter Stille. Jim erinnerte sich an solche Momente der Stille, wenn er auf einem Berggipfel gestanden und das Sonnenlicht auf den Boden der Erde fallen, das Schmelzen von Kiefernharz an den Bäumen gehört hatte, das die Luft mit einem schweren Duft erfüllte.

Er hob den Kopf. Der Regen ließ nach. Die See wurde ruhiger. Die Kugel der Brückenkabine rollte sanft wie eine Seifenblase in der stillen Luft. Die Wolken wallten, rissen dann auf, und ein wachsender Fleck von Himmelsbläue schien hervor. Sonnenlicht ergoß sich auf das Meer. Sprachlos kroch Jim auf die höchste Stelle der Kugel. Er und seine Gefährten starrten die Welt und einander in tiefer Verwunderung an.

Sarek und Cartwright sahen den klingonischen Jäger ins Meer stürzen, wo er ihren Blicken entschwand. Sarek war sicher, daß Spock tot war. Und auch wenn er nach außen hin kein Zeichen von Trauer zeigte, half das doch nicht, sie zu mildern. Graupeln schlugen ihm ins Gesicht.

Erst als der Schrei der Sonde erstarb, spürte er, gegen seinen Willen und alle Logik, Hoffnung aufkeimen. Als der durchdringende Schrei abbrach und nicht wieder aufgenommen wurde, als die Sonne durch die Wolken brach, lief er zu dem zersplitterten Fenster und starrte hinaus, um sehen zu können, was auf der Oberfläche des Meeres liegen mochte.

»Herr Präsident!« rief Fleet Commander Cartwright. »Wir haben wieder Energie!«

Zum Leben erwachende elektronische Geräte begannen, miteinander zu schnattern. Lichter flammten auf. Doch Sarek war so konzentriert, daß nichts davon in sein Bewußtsein eindrang. Weit draußen auf dem Meer reflektierte Metall das neue Sonnenlicht.

»Sehen Sie dort.« Seine Stimme war völlig ruhig.

Der Ratspräsident trat neben ihn. »Mein Gott!« rief er. »Haben wir noch ein einsatzfähiges Shuttle?«

Cartwright sah, was sie draußen auf der See entdeckt hatten.

»Ich finde eins«, sagte er. »Irgendwo treibe ich eins auf.«

Der Himmel hatte fast völlig aufgeklart. Jim wandte sich der Sonne zu und ließ von ihrer Wärme die Kälte aus seinem erschöpften Körper und seiner durchnäßten Kleidung ziehen. Er blickte die anderen lächelnd an.

»Wir sehen aus, als ob wir eine ganze Woche im Wasser gelegen hätten«, sagte er.

»Wenn ich schon ein Schiffbrüchiger sein muß, lasse ich mir auch einen Bart wachsen«, sagte McCoy. Er hockte auf der Kugel, die Knie angezogen, die Unterarme darauf gestützt, die Hände dazwischen hängend. Er grinste. »Gratuliere, Jim. Ich glaube, du hast die Erde gerettet.«

Jim blickte Gillian an, drückte ihre Hand und blickte suchend auf die See hinaus. Gillian stieß ihn an und deutete.

»Nicht ich, Pille«, sagte Jim. »*Sie* haben es getan.«

Weit entfernt schnellte einer der Buckelwale aus dem Wasser. Jim erkannte, welcher der beiden es war, doch menschliche Namen bedeuteten den Tieren jetzt nichts mehr. Der Wal beschrieb eine gemächliche Spirale in der Luft und landete mit ausgebreiteten Fluken auf seinem Rücken; sie hörten ein gewaltiges Platschen und sahen eine Wasserfontäne emporsteigen. Neben dem ersten Buckelwal schoß der zweite durch die Luft.

Gillian lachte. »*Vessyl kit*«, sagte sie. »Fröhlicher Wal.«

Ein weiter, doppelter Regenbogen glühte am Himmel. Sein innerer Kreis begann bei Violett und endete im Rot; sein Spiegelbild, so hell wie jeder normale Regenbogen, begann bei Rot und endete im Violett.

»Oh, mein Gott«, flüsterte Gillian und brach in Tränen aus.

EPILOG

Leonhard McCoy trat durch das Tor, schritt über den gepflegten Rasen und die Stufen der Vulkanischen Botschaft empor. Er hämmerte an die mit Schnitzereien verzierte Tür. Als nach einigen Sekunden des Wartens niemand öffnete, hämmerte er noch einmal an das Holz.

»Lassen Sie mich rein!« Er war nicht in der Stimmung, höflich zu sein. Seit Tagen hatte er versucht, Spock zu erreichen. »Spock! Verdammt, wenn Sie sich am Telefon nicht melden, bleibe ich hier, bis Sie mit mir reden!« Er hob die Faust, um ein drittes Mal gegen die Tür zu hämmern.

Die Tür schwang auf. »Treten Sie ein«, sagte eine körperlose Stimme.

McCoy trat in das elegante, alte Haus. Die Vulkanier hatten es nur sehr wenig verändert und es im Stil dieses Planeten und seiner Zeitepoche möbliert. Orientalische Teppiche bedeckten goldschimmernde Hartholzböden; schwere, samtbezogene Sitzmöbel standen in den Räumen, durch die er ging. Die Stimme dirigierte ihn einen langen Korridor entlang zu einer breiten Glastür. Sie schwang auf, als er sich ihr näherte, und ließ heiße, trockene Luft hereinwehen. Er hatte erwartet, daß das Atrium des Hauses alle möglichen exotischen Einrichtungen enthielte, eventuell sogar ein Labyrinth, statt dessen bestand es aus einer glatten Fläche geharkten Sandes, windpolierten Granitblöcken, rotem Licht, dünner Luft und konzentrierter Hitze. Das Mikroklima und die Illusion einer riesigen, tiefroten Sonne verbannten den Frühnebel.

Spock stand im vollen Sonnenlicht in der Mitte des Atriums, mit einer Robe bekleidet und ohne Kopfbedeckung. McCoy ging auf ihn zu, ohne darauf zu warten, daß Spock ihn begrüßte. Der Sand knirschte unter seinen Stiefeln. »Spock!«

»Ja, Dr. McCoy«, sagte Spock.

»Warum melden Sie sich nicht, wenn ich Sie anrufe?«

»Ich habe Dr. Taylor geholfen, Sicherheit, Wohlergehen und Freiheit der Wale zu gewährleisten. Danach fand ich es nötig, zu meditieren. Wenn Sie geduldiger gewesen wären...« Er unterbrach sich und blickte McCoy an. »Aber Sie sind Arzt; Sie verlangen zwar von Ihren Patienten Geduld, während Sie selbst...«

»Ich tue *was*?«

»Es spielt keine Rolle«, sagte Spock. »Sind Sie gekommen, um mir Vorwürfe zu machen?«

»Nein. Warum glauben Sie, daß ich Ihnen Vorwürfe machen wollte? Was sollte ich Ihnen vorwerfen?«

»Daß ich mich mit anderen Dingen beschäftigt habe, während Sie und Admiral Kirk und meine anderen Kameraden das Urteil des Kriegsgerichts erwarten.«

»Nein, ich...« McCoy erkannte, daß er nicht einmal daran gedacht hatte, Spock wegen seiner Abwesenheit zur Rechenschaft zu ziehen. »Ich verstehe, warum Sie nicht geblieben sind. Sie haben Ihre Aussage gemacht, Sie haben alles getan, was Sie tun konnten. Es war also nicht logisch...« Stöhnend barg er das Gesicht in seinen Händen. »Es treibt mich zum Wahnsinn, Spock!« rief er. »Ich verstehe Sie so gut. T'Lar sagte, Sie seien wieder ganz Sie selbst. Sie hat geschworen, uns völlig voneinander befreit zu haben!«

»Bitte, setzen Sie sich, Dr. McCoy.«

McCoy ließ sich auf einen der polierten Granitblöcke fallen. Spock setzte sich in seine Nähe.

»Ist es denn so entsetzlich«, fragte der Vulkanier, »mich zu verstehen?«

McCoy zwang sich zu einem Lächeln. »Es ist etwas, woran ich nicht gewöhnt bin.« Er rieb mit den Handflächen über die glatten Seiten des sonnengewärmten Steins. Die Reihe seiner tiefen Fußabdrücke zwischen diesem Platz und der Tür des Hauses begannen undeutlich zu werden und zu verschwinden. »Nein, Spock, das Verstehen ist nicht so entsetzlich. Es ist überhaupt nicht entsetzlich – obwohl ich nicht glauben kann, daß ich es bin, der das zugibt. Aber es dürfte nicht geschehen! Ich habe das furchtbare Gefühl, mich wieder zu verlieren. Spock... ich habe Angst.«

Spock beugte sich vor, die Ellbogen auf die Knie gestützt. »Doktor, Sie sind dabei nicht allein.«

McCoy rieb sich die Schläfen. Die Behandlungen waren für ihn furchtbar gewesen. Er hatte ernsthaft überlegt, daß er alles tun würde – selbst den Irrsinn, den er fürchtete, zu verbergen –, um dadurch eine weitere Behandlung zu verhindern. Doch das Gefühl, daß ein anderes Ich Besitz von seinem Verstand ergriff, konnte schlimmer sein.

»Es hängt vom Urteilsspruch des Gerichts ab«, sagte McCoy und starrte auf den Sand. »Es kann es mir unmöglich machen, nach Vulkan zurückzukehren. Vielleicht, wenn Sie noch nicht ganz geheilt sind, wenn Ihre geistige Gesundheit meine Anwesenheit erfordern sollte...«

»Die Behandlung ist abgeschlossen. Wir brauchen nicht nach Vulkan zurückzugehen.«

McCoy blickte auf.

»Dr. McCoy«, sagte Spock, »T'Lar hat die Wahrheit gesagt. In dem Maß, das zu erreichen möglich ist, sind wir frei, jeder von dem anderen. Wir haben jeder unsere eigenen Erinnerungen. Aber wir haben Resonanzen voneinander zurückbehalten. Auch ich verstehe Sie jetzt besser. Können Sie sich nicht mit dem abfinden, was geschehen ist? Wenn Ihnen das nicht gelingt, werden Sie leiden. Und es wird Ihr Leiden sein, nicht das meine. Wenn es Ihnen jedoch gelingt, sich jenseits Ihrer Furcht zu bringen, werden Sie sich auch jenseits von Gefahr bringen.«

»Ist das wahr?« flüsterte McCoy.

Spock nickte.

Der Vulkanier hatte von Resonanzen gesprochen; die Wahrheit dessen, was er gesagt hatte, fand ihre Resonanz in McCoy.

Er erhob sich. »Ich danke Ihnen, Mr. Spock. Sie haben mir eine Last von der Seele genommen. Ich überlasse Sie jetzt wieder Ihren Meditationen. Ich muß zum Starfleet-Hauptquartier zurückkehren. Um mit Jim und den anderen auf das Urteil zu warten.«

»Spock.«

Spock erhob sich. »Ja, Vater.«

McCoy blickte zurück. Sarek kam über den Sand auf sie zu. Der Wüstengarten ließ die Spuren seiner Schritte rasch wieder verschwinden.

»Das Kriegsgericht hat bekanntgegeben, daß es sein Urteil verkünden wird.«

»Ich muß mich beeilen«, sagte McCoy.

»Ich werde Sie begleiten«, sagte Spock.

Admiral James T. Kirk stand in einem Raum, dessen eine Wand ein großes Panoramafenster war, starrte auf die San Francisco Bay hinaus und gab eine Ruhe vor, die er nicht fühlte. Das Wasser glitzerte im Sonnenlicht. Irgendwo dort draußen, in einer Tiefe von knapp zweihundert Metern, lagen die zerschmetterten Reste der *Bounty*. Irgendwo, noch weiter entfernt, draußen im Pazifik, schwammen zwei Wale in der Freiheit der Meere. Jim jedoch war gefangen, durch sein Ehrenwort gebunden, zu bleiben.

Ich kann es einfach nicht glauben, daß dies wirklich geschieht, dachte er wütend. Nach allem, was wir durchgemacht haben – ich kann nicht glauben, daß Starfleet nach wie vor auf einer Gerichtsverhandlung bestanden hat.

Die Erde erholte sich von den Auswirkungen der Sonde. Weil die Küstengebiete rechtzeitig evakuiert worden waren, hatte es nur wenige Tote gegeben. Die meisten der neutralisierten Starfleet-Schiffe waren lediglich beschädigt worden, nicht zerstört; auch das hatte nur wenige Opfer gefordert. Jim war glücklich darüber. Er hatte in letzter Zeit zu viel Tod erlebt. Er berührte das schmale, schwarze Trauerband an seinem Ärmelaufschlag. Seine Trauer über Davids Tod ergriff plötzlich wieder von ihm Besitz, wie es oft zu unerwarteten Zeiten geschah, und traf ihn mit ihrer ganzen Gewalt. Wenn Carol nur mit ihm reden würde, wenn sie ihre Trauer miteinander teilen und sich gegenseitig Trost spenden könnten... Doch sie war auf Delta geblieben und hatte jeden seiner Kontaktversuche zurückgewiesen. Jim blickte zu Boden.

Er versuchte, sich mit der Wiedererweckung seines Freundes Spock zu trösten, mit dem Überleben seines Heimatplaneten, mit der Wiedereinführung einer ausgestorbenen Spezies denkender Wesen. Spock hatte den beiden Walen Versprechen gegeben. Die Arbeit, die zur Einhaltung dieser Versprechen notwendig war, hatte Spock und Gillian von der Verhandlung ferngehalten.

Zellgewebe von Walen, das im zwanzigsten Jahrhundert aufbewahrt worden war, würde die Vielfalt der Spezies durch Clonen vergrößern. Trotz der Legenden und Mythen, die das Gegenteil behaupteten, waren zwei Individuen – und selbst drei, wenn Gracies Kalb geboren war – nicht ausreichend, um irgendeine

Spezies zu erhalten. Und die Wale würden nie wieder gejagt, ihre Freiheit nie wieder bedroht werden.

Gracie und George, zwei junge Lebewesen, die versuchten, die Zivilisation ihrer Spezies neu zu begründen, schienen von der immensen Größe ihrer Aufgabe nicht beeindruckt zu sein. Es würde mehr als ihre Lebensspanne in Anspruch nehmen, eine kleine Walbevölkerung aufzubauen. Aber Buckelwale dachten, wie Spock sagte, in Generationen und Jahrhunderten, nicht in Minuten, Jahreszeiten oder Jahren.

Jim strich das Trauerband und den Ärmel seiner Uniformjacke glatt.

Werde ich nach den kommenden Stunden noch das Recht haben, meine Uniform und meine Rangabzeichen zu tragen? fragte er sich. Er konnte die Frage nicht beantworten.

Er konnte nicht einmal sagen, wie er reagieren würde, wenn die Richter ihr Urteil fällten.

Er fragte sich, wie die anderen sich halten mochten. Alle seine Offiziere, mit Ausnahme von McCoy, hatten sich am Morgen hier versammelt, um einen weiteren Tag durchzustehen. Scott saß in seiner Nähe, nervös, finster, ungeduldig wegen des endlosen Wartens. Chekov versuchte hin und wieder, einen Witz zu erzählen, und Uhura versuchte zu lachen.

Sulu stand allein am anderen Ende des Fensters. Vielleicht suchte er die Stelle, wo die *Bounty* versunken war. Es könnte das letzte Raumschiff gewesen sein, das er jemals fliegen sollte, falls Jims Versuch, seine Kameraden zu decken, fehlschlagen sollte. Jim schritt zur anderen Seite des Raums und trat zu Sulu.

»Es war ein gutes, kleines Schiff«, sagte Jim.

Der junge Captain antwortete nicht. Von allen seinen Schiffskameraden machte Sulu ihm die größte Sorge. Empörung loderte in ihm.

»Captain Sulu. Ganz gleich, was geschehen mag – Sie werden unüberlegte Gesten unterlassen.«

»Ich verstehe nicht, was Sie damit meinen, Admiral«, sagte Sulu mit ausdruckslosem Gesicht.

»Einen Protest. Einen Ausbruch. Oder Resignation. Die Opferung Ihrer Karriere, um es klar auszudrücken. Ich denke, Sie wissen sehr gut, was ich meine.«

Sulu blickte ihn an, und seine dunklen Augen brannten. »Und meinen Sie auch, daß niemand gemerkt hat, was Sie bei Ihrer Vernehmung erreichen wollten, als Sie für alles die Verantwortung auf sich nahmen? Wenn Sie jemanden dazu überreden wollen, kein Opfer zu bringen, haben Sie ganz gewiß keine moralische Basis dafür! Ich will Ihnen sagen, was ich denke. Ich denke, daß diese Gerichtsverhandlung stinkt, und ich habe nicht die Absicht, den Mund zu halten, ganz gleich, was Sie mir befehlen mögen!«

Jim runzelte die Stirn. »Überlegen Sie sich Ihre Worte, Captain. Es *war* meine Verantwortung.«

»Nein, Admiral, das war es nicht. Wir alle haben unsere Wahl getroffen, und wenn Sie jetzt versuchen, allein dafür geradezustehen, wenn Sie uns verwehren, das zu verantworten, was wir getan haben, wie stehen wir dann da? Als hirnlose Marionetten, die nur blind gehorchen, ohne jede eigene Ethik.«

»Einen Moment mal!« begann Jim zu protestieren, dann unterbrach er sich. Er konnte Sulus Standpunkt verstehen. Indem Jim versuchte, alle Schuld sich selbst aufzuladen, hatte er, auf eine andere Art, gedankenlos und eigensüchtig gehandelt. »Nein. Sie haben recht. Was wir getan haben, hätte keiner von uns allein tun können. Captain Sulu, ich werde die Teilhabe – oder die Verantwortung – meiner Offiziere nicht mehr abstreiten.« Er streckte seine Hand aus. Nach kurzem Zögern drückte Sulu sie, hart und kräftig.

Die Tür wurde geöffnet. Es wurde still in dem Raum. Der Gerichtsdiener trat ein.

»Das Gericht ist zurückgekehrt«, verkündete er.

Die Offiziere traten zusammen. Jim führte sie aus dem Vorraum. Im Korridor stieß McCoy zu ihnen, eilig, außer Atem.

Als Jim den Gerichtssaal betrat, erhob sich erregtes Flüstern. Zuschauer füllten die Empore und die Sitze entlang den Wänden. Gillian Taylor saß bei Christine Chapel und Janice Rand, und, zu seiner Überraschung, waren auch Sarek und Spock gekommen. Obwohl Jim ihnen dafür dankbar war, nahm er von ihrer Anwesenheit keine Notiz. Den Blick geradeaus gerichtet, trat er in den Raum. Seine Offiziere nahmen zu beiden Seiten von ihm Aufstellung. Auf dem Fußboden bildete das eingelegte Siegel der Vereinigten Föderation der Planeten einen Kreis, in dessen Mitte sie standen.

Die Mitglieder des Gerichts saßen hinter dem langen Tisch und blickten auf Jim und seine Kameraden hinab. Ihre Gesichter verrieten nichts über ihre Entscheidung.

Ein lauteres Murmeln, ein kollektives Flüstern des Erstaunens lief durch die Menge der Zuschauer. Ein Mann kam mit langen, ruhigen Schritten durch den Raum.

Spock trat neben Jim und nahm Haltung an, wie die anderen. Auch er trug jetzt Starfleet-Uniform.

»Captain Spock«, sagte der Gerichtspräsident, »Sie sind nicht angeklagt.«

»Ich gehöre zu meinen Kameraden«, sagte Spock. »Ihr Schicksal soll auch das meine sein.«

»Wie Sie wollen.« Der Richter blickte jeden der Männer prüfend an. »Die Anklage lautet auf Konspiration; Tätlichkeit gegenüber Offizieren der Föderation; Diebstahl des Raumschiffs *Enterprise*, Eigentum der Föderation; Sabotage an Raumschiff *Excelsior*, Eigentum der

Föderation; vorsätzliche Zerstörung des erwähnten Raumschiffs *Enterprise*, Eigentum der Föderation; und schließlich Verweigerung eines vom Starfleet Commander erteilten Befehls. Erklären Sie sich für schuldig oder nicht schuldig?«

Admiral James Kirk wiederholte seine frühere Feststellung. »Im Namen von uns allen bin ich ermächtigt, uns für schuldig zu erklären.«

»Es wird so vermerkt. Hören Sie nun das Urteil des Rates der Föderation.« Er blickte auf seine Papiere, räusperte sich und blickte wieder auf. »Mildernde Umstände veranlassen das Gericht, alle Punkte der Anklage bis auf einen fallen zu lassen.«

Die Zuschauer murmelten erregt. Ein Blick des Präsidenten brachte sie zur Ruhe.

»Ich richte den letzten Punkt der Anklage, Befehlsverweigerung gegenüber einem vorgesetzten Offizier, gegen Admiral Kirk allein.« Er blickte Jim an, sein Gesicht drückte Ernst und Strenge aus. »Ich bin sicher, daß der Admiral die Notwendigkeit von Gehorsam in jeder Kommandostruktur begreift.«

»Das tue ich, Sir«, antwortete Kirk. Es war zu spät, um über die Notwendigkeit eigener Entschlüsse und Initiativen zu diskutieren.

»James T. Kirk, nach dem Urteil dieses Gerichts sind Sie schuldig im Sinne der Anklage.«

Jim starrte unbewegt geradeaus, doch innerlich zuckte er zusammen.

»Deshalb befindet dieses Gericht, daß Sie degradiert werden sollen. Sie sind des Ranges, der Pflichten und der Privilegien eines Flaggoffiziers enthoben. Das Gericht bestimmt, daß Captain James T. Kirk zu der Aufgabe zurückkehrt, für die er wiederholt seine überragende Fähigkeit bewiesen hat: dem Kommando eines Raumschiffs.«

Die Reaktion der Zuschauer wogte über ihn hinweg. Jim zwang sich, keine Bewegung zu zeigen. Doch ein Schrei von Erstaunen und Erlösung, ein Schrei reinen Glücks, zitterte in seinem Herzen.

»Ruhe!« rief der Präsident. Langsam gehorchten die Menschen. »Captain Kirk, Ihr neues Schiff erwartet Sie. Sie und Ihre Offiziere haben diesen Planeten vor seiner eigenen Kurzsichtigkeit errettet, und wir stehen deshalb für immer in Ihrer Schuld.«

»Bravo!«

Jim erkannte Gillians Stimme, doch hundert andere Stimmen übertönten sie. Und dann fand er sich inmitten von Menschen, Bekannten und Fremden, die ihm gratulieren und seine Hand drücken wollten. Er sah und hörte sie kaum. Er suchte nach seinen Freunden. Er sah McCoy, umarmte ihn und preßte ihn an sich. McCoy packte Jim bei den Schultern.

»Du kannst jederzeit Einspruch erheben, weißt du«, sagte er.

Jim starrte ihn einen Moment sprachlos an und fühlte seine Angst um den Arzt zurückkehren. Doch dann bemerkte er das Lächeln, das McCoy zu verbergen suchte. Jim begann zu lachen. McCoy gab es auf, ein ernstes Gesicht zu machen. Er lachte ebenfalls – endlich, nach einer zu langen Zeit, wieder er selbst.

Sie schoben sich durch die Menge der Zuschauer, bis sie Chekov und Scott und Uhura erreichten, umarmten einander und drückten Hände. Sulu stand dabei, vielleicht verstörter durch das positive Urteil als durch ein negatives, auf das er sich vorbereitet hatte.

»Gratuliere, Admi... ich meine Captain Kirk«, sagte er.

»Gratulationen sind für uns alle fällig, Captain Sulu«, antwortete Jim. Er wollte ihm noch etwas sagen, doch andere Menschen schoben sich zwischen sie.

Im San Francisco des zwanzigsten Jahrhunderts stiegen Javy und Ben die Böschung hinab und gingen zu ihrem dieselnden Müllwagen zurück. Trotz allem lag der Rest ihrer Tagesarbeit noch vor ihnen.

»Tut mir leid, Javy«, sagte Ben. »Ich hätte dir von Anfang an glauben sollen. Wenn ich es getan hätte, würden wir vielleicht gesehen haben, was diesen Brandfleck gemacht hat.«

»Ich habe es gesehen«, sagte Javy. »Zumindest habe ich seinen Schatten gesehen.«

»Ich meine, wir könnten es richtig gesehen haben und es jetzt anderen Menschen erzählen. Einem Reporter, zum Beispiel, und der hätte über uns geschrieben, vielleicht in einem Buch, und eventuell wären wir sogar von Johnny Carson vor die Kamera geholt worden.« Er strahlte. »Vielleicht, wenn wir ihnen die verbrannte Stelle zeigen...«

»Wenn wir ihnen die verbrannte Stelle zeigen, verhaften sie uns möglicherweise wegen Brandstiftung. Oder sie beschreiben uns in der Zeitung als zwei arme Irre«, sagte Javy. »Und vielleicht zu Recht. Wir haben keinerlei Beweise. Eine verbrannte Stelle am Boden und ein Schatten...«

»Es tut mir wirklich leid«, sagte Ben noch einmal.

»Laß nur, Ben. Es ist okay, ehrlich.«

»Ich wäre stinksauer, wenn ich du wäre.«

»Vielleicht wäre ich das auch«, sagte Javy. »Wenn ich nicht...« Er zögerte, da er nicht wußte, ob er es laut sagen sollte, bevor er sicher war, daß es stimmte.

»Was?«

Ach was! Ben eine Geschichte zu erzählen, hatte sich bisher immer als wirksam erwiesen. Javy grinste. »Ich weiß jetzt, wie mein Roman ausgehen wird.«

Der FBI-Agent schob alle Berichte zusammen und blickte sie an. Und er wünschte, es wäre heller gewesen, so daß er seine Sonnenbrille hätte aufsetzen können.

Er mochte mit Fug und Recht Bond genannt werden, überlegte er. Nur in einem Spionageroman würde jemand glauben, was geschehen war. Mein Boß wird es mir bestimmt nicht abnehmen, und mein Partner wird mich fragen, ob ich vielleicht auf dem LSD-Trip bin.

»Ich glaube es ja nicht einmal selbst«, murmelte er. »Ich glaube nicht einmal die Dinge, die ich mit eigenen Augen sah.« Und die Radarmeldungen aus San Francisco und Nome waren auch nicht dazu angetan, seine Stimmung zu heben.

Vielleicht geht der Bericht verloren, wenn ich ihn einfach ablege, hoffte er. Das kommt ja schließlich öfter vor. Bevor jemand Gelegenheit hat, ihn zu lesen. Mit ein wenig Glück...

Doch er traute Murphys Gesetz mehr als dem Glück. Er beschloß, den Vorgang selbst abzulegen.

Er nahm ihn auf, brachte ihn an die richtige Stelle und legte ihn ab.

In den Papierkorb.

Endlich verlief sich die Menge im Gerichtssaal. Jim fühlte sich ausgewrungen. Er blickte umher, suchte nach einer Möglichkeit, unauffällig zu verschwinden, und sah sich plötzlich Gillian Taylor gegenüber.

»Mein freigesprochener Kirk!« rief sie. »Ich bin so aufgedreht, daß ich Ihnen nicht sagen kann, wie glücklich es mich macht!« Sie gab ihm einen flüchtigen Kuß. »Ich muß mich beeilen. Auf bald, Kirk. Und danke.« Sie lief zur Tür.

»He!« rief Kirk. »Wohin wollen Sie denn?«

»Sie müssen zu Ihrem Schiff, und ich zu dem meinen. Ein Forschungsschiff zu dem Planeten Mer, um ein paar Taucher anzuheuern, die den Walen helfen sollen. Wenn Sie mich wiedersehen, habe ich vielleicht gelernt, unter Wasser zu atmen!« Sie grinste, ehrlich und absolut glücklich, zum ersten Mal, seit Jim sie kannte. »Ich habe dreihundert Jahre nachzuholen«, sagte sie.

Obwohl Jim sich über ihr Glück freute, war er dennoch ein wenig enttäuscht.

»Sie meinen, dies ist – der Abschied?« sagte er.

»Warum muß dies denn der Abschied sein?« fragte sie verwundert.

»Ich... wie man in Ihrem Jahrhundert sagt, habe ich nicht einmal Ihre Telefonnummer. Wie kann ich Sie dann finden?«

»Keine Sorge«, sagte sie. »Ich werde Sie schon finden.« Sie hob grüßend die Hand. »Bis später also, irgendwo in der Galaxis.« Sie ging hinaus.

Nur ein Lebewohl, sagte Jim sich. Kein Auf-Wiedersehen. Er schüttelte den Kopf, als sie durch die weite Bogentür des Saales verschwand.

In einer stillen Ecke wartete Spock darauf, daß die letzten Zuschauer sich verliefen. Er würde auch gern hinausgehen, doch wußte er nicht, wohin er auf diesem Planeten gehen sollte. Spock erinnerte sich jetzt – erinnerte er sich wirklich, oder hatte er es neu gelernt? Doch darauf kam es nicht an – daß er sich weder auf Vulkan, noch auf der Erde jemals zu Hause gefühlt hatte. Zu Hause fühlte er sich nur im Raum.

Sarek trat auf ihn zu, würdevoll, mit ausdruckslosem Gesicht.

»Vater«, sagte Spock.

»Ich werde in einer Stunde nach Vulkan zurückkehren«, sagte Sarek. »Ich möchte mich von dir verabschieden.«

»Es ist nett, daß du dir diese Mühe machst.«

»Es ist keine Mühe. Du bist mein Sohn.« Er unterbrach sich hastig, erschrocken über diesen momentanen Verlust der Selbstbeherrschung. »Außerdem«, fuhr er fort, »möchte ich dir sagen, daß deine Leistungen während dieser Krise mich sehr beeindruckt haben.«

»Das ist sehr freundlich von dir, Vater«, sagte Spock, und wieder fand Sarek keine passende Antwort auf die Worte seines Sohnes.

»Ich war gegen deinen Eintritt bei Star Fleet«, sagte Sarek. »Es ist möglich, daß meine Meinung falsch war.« Spock hob eine Braue. Er konnte sich nicht erinnern, daß sein Vater jemals einen Fehler eingestanden oder überhaupt begangen hatte.

»Deine Gefährten sind von hohem Charakter«, sagte Sarek.

»Sie sind meine Freunde«, sagte Spock.

»Ja«, sagte Sarek. »Ja, natürlich.« Er sprach in einem Tonfall des Akzeptierens und beginnenden Verstehens. »Spock, gibt es etwas, das ich deiner Mutter ausrichten soll?«

Spock überlegte. »Ja«, sagte er. »Bitte sage ihr, daß ich… daß es mir gut geht.«

Spock verabschiedete sich von seinem Vater, durchquerte den Raum und trat zu James Kirk und seinen anderen Kameraden.

»Kommen Sie mit uns, Mr. Spock?« fragte der Captain.

»Selbstverständlich, Sir«, sagte Spock. »Haben Sie etwas anderes erwartet?«

»Während der letzten Tage war ich mir dessen nicht so sicher.«

»Sarek hat Ihnen ein Kompliment gemacht«, sagte Spock.

»Oh, wirklich? Und was wäre das?«

»Er sagte, Sie seien von hohem Charakter.«

Kirk blickte Spock überrascht an, fing sich dann wieder.

»Sarek scheint durch seine Pensionierung etwas überschwenglich geworden zu sein«, sagte Kirk. »Ich frage mich, was ich getan haben mag, um ihn nach all den Jahren zu dieser Schlußfolgerung zu bringen.«

Spock war erstaunt, daß Kirk es nicht verstand. »Captain!« sagte er protestierend. Doch dann sah er Jims Lächeln. Er sagte sehr ernst: »Das kann ich auch nicht sagen.«

Jim Kirk begann zu lachen.

Im Raumdock schwebte ein Shuttle durch die riesige Höhle des Docks. Die Offiziere der *Enterprise* suchten zwischen Schiffen und Tendern und Reparaturbarken nach ihrem neuen Raumschiff.

Sie passierten die *Saratoga,* die gerade zur Inspektion hereingezogen wurde. Captain Alexander hatte ihre Offiziere und Mannschaften in Kühlschlaf versetzt und so gerettet, bevor die Lebenserhaltungssysteme ganz aussetzten.

»Die Bürokraten-Mentalität ist die einzige Konstante des Universums«, sagte McCoy. »Ich wette, wir bekommen einen Frachter.«

Jim blieb still, doch seine Hand preßte sich fester um den Umschlag aus dickem Papier, den sie hielt. Der Umschlag enthielt schriftliche Befehle, keinen Speicher-Chip eines Computers, und allein das verriet Jim, daß diese Befehle etwas sehr Spezielles beinhalten mußten. Doch es war ihm untersagt, das holographische Wachs des Starfleet-Siegels zu zerbrechen, bevor er sein neues Schiff übernommen und es außerhalb des Sonnensystems gebracht hatte.

Er drehte den Umschlag in seinen Händen, dann richtete er seine Aufmerksamkeit wieder auf das Gespräch der anderen.

»Ich denke, es ist die *Excelsior*«, sagte Sulu zu McCoy.

»*Excelsior!*« rief Scott entsetzt. »Warum, um alles in der Welt, wollen Sie ausgerechnet diesen Blecheimer?«

Bevor Sulu antworten und die beiden Männer eine ihrer endlosen Diskussionen über Vor- und Nachteile der *Excelsior* starten konnten, unterbrach Jim: »Scotty, bitte keine vorschnellen Urteile. Ein Schiff ist ein Schiff.« Gleichzeitig fragte er sich jedoch, wie Sulu sich fühlen mochte, wenn er als Kirks Untergebener auf einem Schiff dienen müßte, das eigentlich Sulus eigenes Schiff sein sollte.

Es schien, als ob sie tatsächlich auf die *Excelsior* zuhielten. Das riesige Schiff füllte die breiten Fenster des Shuttles. Scott starrte es mit einem Ausdruck von Ergebung an.

»Was immer Sie sagen, Sir«, murmelte er und fügte fast unhörbar hinzu: »Dein Wille geschehe, Amen.«

Zu Jims Überraschung glitt das Shuttle jedoch an der *Excelsior* vorbei.

Jim blinzelte. Im nächsten Dock lag ein Raumschiff der Constellation-Klasse, dessen Linien denen seiner verlorenen *Enterprise* glichen. Und diesmal schlug das Shuttle keinen Bogen um den Liegeplatz. Am untertassenförmigen Hauptrumpf des Schiffes sah Jim den Namen und die Registriernummer.

U.S.S. *Enterprise* NCC 1701-A.

Ein Techniker im Raumanzug, der gerade die letzten Pinselstriche an dem ›A‹ angebracht hatte, wandte sich um, sah das Shuttle, winkte fröhlich und schwebte, von kleinen Düsen angetrieben, davon.

Die Männer in dem Shuttle starrten das Schiff verblüfft an. Spock, der rechts von Jim stand, schweigend, McCoy, links von ihm, leise lachend. Scotty hatte sich so weit vorgebeugt, daß er fast seine Nase gegen das Glas drückte. Sulu und Chekov schlugen einander auf die Schulter, und Uhura lächelte ihr stilles Lächeln.

»Meine Freunde«, sagte Jim leise, »wir sind wieder zu Hause.«

Als Jim seinen Platz auf der Brücke der *Enterprise* einnahm, umklammerte er den versiegelten Umschlag so fest, daß er ihn zerknüllte. »Alle Halterungen los. Umkehrschub.«

Jim löste seine Hände und versuchte, ihr erregtes Zittern zu unterdrücken.

»Rotation und Stop.«

Unten würde Scotty jetzt wie eine Glucke über seinen Maschinen hocken. Sulu und Chekov waren auf ihren gewohnten Plätzen an Navigations- und Ruderkonsole. Uhura sprach mit der Raumdockkontrolle, und Spock saß über seine Computerkonsole gebeugt.

Die *Enterprise* drehte sich langsam um ihre Achse und schwebte regungslos, während die Flügel des Raumdocktors aufglitten.

McCoy stand an Kirks Sessel gelehnt.

»Nun, was ist, Captain?« sagte er. »Wollen wir nur hier herumsitzen?«

Die Tiefe des Weltraums erstreckte sich vor ihnen.

»Viertelkraft voraus«, sagte Kirk.

»Welchen Kurs, Captain?« fragte Chekov.

McCoy grinste. »Immer der Nase nach, Mr. Chekov.«

Spock blickte auf. »Das ist, hoffe ich, nur eine Redewendung.«

Die Impulstriebwerke drückten sie aus dem Raumdock.

Jim hätte am liebsten vor Glück laut gelacht. »Lassen Sie mal sehen, was sie drauf hat, Mr. Sulu.« Er rieb mit den Fingerspitzen über das glitzernde Starfleet-Siegel. »Warp-Geschwindigkeit.«

»Jawohl, Sir!«

Die *Enterprise* schoß in das helle Spektrum des Warp-Raums, fremden, neuen Planeten entgegen, neuen Leben, neuen Zivilisationen.

ANHANG

Stab

Regie	*Leonard Nimoy*
Produzent	*Harve Bennett*
Ausführender Produzent	*Ralph Winter*
Co-Produzent	*Industrial Light & Magic*
Drehbuch	*Steve Meerson, Peter Krikes, Harve Bennett, Nicholas Meyer*
Story	*Leonard Nimoy, Harve Bennett*
Beratung	*Gene Roddenberry*
Kamera	*Don Peterman (Technicolor, Panavision)*
Unterwasserkamera	*Jack Cooperman*
Musik	*Leonard Rosenman*
Schnitt	*Peter E. Berger*
Production Designer	*Jack T. Collis*
Set Decorator	*John Dwyer*
Kostüme	*Robert Fletcher*
Beleuchtung	*Kal Manning*
Requisit	*Ron Greenwood*
Erste Regieassistenten	*Patrick Kehoe, Douglas E. Wise*
Zweiter Regieassistent	*Frank Capra II*
Visuelle Effekte	*Industrial Light & Magic (Ken Ralston)*
Effektkamera	*Don Dow*
Opticals	*Ralph Gordon*
Matte-Gemälde	*Chris Evans*
Modelle	*Jeff Mann*
Entwurf der Walmodelle	*Walt Conti*

Mechanisches Design
der Walmodelle . . . . *Rick Anderson*
Guß der Walmodelle . . . . *Sean Casey*
Steuerung der Walmodelle . . . . . . *Tony Hudson,*
Mark Miller
Animation . . . . *Ellen Lightwardt*
Rotoscope . . . . *Ellen Ferguson*
Visuelle Beratung . . . . *Ralph McQuarrie*
Zeitreiseeffekte . . . . *ILM Computer Graphics*
Creatures . . . . *Richard Snell Designs*
Computeranimation/Taktische
Anzeigen . . . . *Video Images*
John Wash,
Richard Hollander,
Novocom,
Jim Gerken
Mark Peterson,
Michael Okuda
Spezialeffekte . . . . *Michael Lanteri*
Tonmischung . . . . *Gene S. Cantamessa*
(Dolby-Stereo)
Toneffekte . . . . *Mark Mangini*
Spezielle Toneffekte . . . . *John Pospisil,*
Alan Howarth
George Budd
Stunt-Koordinator . . . . *R. A. Rondell*
Stunt-Double für William Shatner . . . . *John Meier*
Stunt-Double für Leonard Nimoy . . *Gregory Barnett*
Titel-Entwurf . . . . *Dan Curry,*
Harry Moreau

Darsteller

Kirk	*William Shatner*
Spock	*Leonard Nimoy*
McCoy	*DeForest Kelley*
Scotty	*James Doohan*
Sulu	*George Takei*
Chekov	*Walter Koenig*
Uhura	*Nichelle Nichols*
Amanda	*Jane Wyatt*
Gillian	*Catherine Hicks*
Sarek	*Mark Lenard*
Lt. Saavik	*Robin Curtis*
Vorsitzender des Föderationsrats	*Robert Ellenstein*
Klingonischer Botschafter	*John Schuck*
Admiral Cartwright	*Brock Peters*
Funküberwachung	*Michael Snyder*
Monitorkontrolle	*Michael Berryman*
Wissenschaftsoffizier der ›Saratoga‹	*Mike Brislane*
Commander Rand	*Grace Lee Whitney*
Raumschiffkapitän	*Vijay Amritraj*
Commander Chapel	*Majel Barrett*
Männer von der Müllabfuhr	*Phil Rubenstein, John Miranda*
Besitzer des Antiquitätenladens	*Joe Knowland*
Punk im Bus	*Kirk Thatcher*
Hubschrauberpilot	*Tony Edwards*
Nichols	*Alex Hentelhoff*
Kellner	*Bob Sarlatte*
Diensthabender Offizier	*Newell Tarrant*

Elektroniker . . . . *Mike Timoney,*
Jeffrey Martin
FBI-Agent . . . . *Jeff Lester*
Ältere Patientin . . . . *Eve Smith*
Assistenzärzte . . . . *Tom Mustin,*
Greg Karas
Ärzte . . . . *Raymond Siner,*
David Ellenstein,
Judy Levitt

Laufzeit: 119 Minuten

Ein Paramount-Film im Verleih der UIP

HEYNE BÜCHER

BATTLETECH®

HEYNE SCIENCE FICTION UND FANTASY

06/4628

06/4629

06/4630

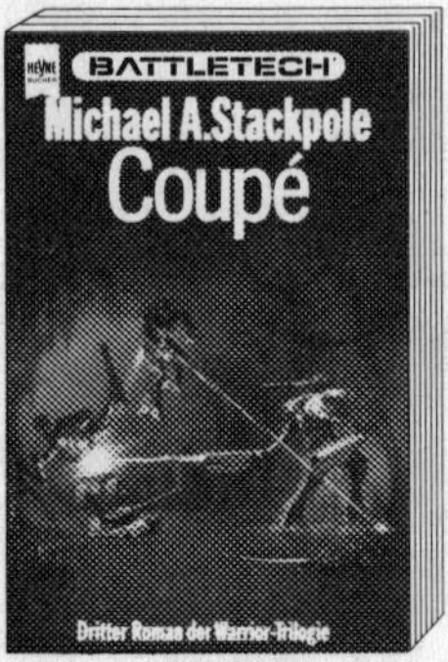

06/4689

06/4794

06/4829

Weitere Bände in Vorbereitung

Wilhelm Heyne Verlag München